LE CARNET NOIR

IAN RANKIN

LE CARNET NOIR

Une enquête de l'inspecteur Rebus

Traduit de l'anglais (Écosse)
par Michèle et Frédéric Witta

ÉDITIONS DU
ROCHER
Jean-Paul Bertrand

L'auteur tient à remercier le *Chandler-Fulbright Award* pour son assistance lors de la rédaction de cet ouvrage.

Conseillers éditoriaux : Claude Mesplède & Jean-Pierre Deloux.

Titre original : *The Black Book*, Orion Books, Londres, 1993.

Tous droits de traduction, de reproduction et d'adaptation réservés pour tous pays.

© Ian Rankin, 1993.

© Éditions du Rocher, 1998, pour la traduction française.

ISBN 2 268 03067 9

« Aux yeux du pécheur, tout est mauvais,
mais aux yeux du juste, chaque chose est à sa juste place. »

James Hogg
The Private Memoirs and Confessions of the Sinner

Prologue

Ils étaient deux dans la camionnette, très tôt ce matin-là, et ils avaient allumé leurs phares pour combattre les brumes qui montaient de la mer du Nord. Des brumes aussi blanches et épaisses que de la fumée.

L'un conduisait avec prudence, obéissant à de strictes instructions.

– Mais pourquoi c'est tombé sur nous ? prononça-t-il en étouffant un bâillement. Qu'est-ce qui n'allait pas avec les deux autres ?

Son passager était beaucoup plus corpulent que lui. Bien qu'il ait passé la quarantaine, il portait les cheveux longs, taillés en forme de casque allemand. Il ne cessait de tirailler une mèche le long de sa joue gauche, ce qui avait eu pour effet de la raidir. Mais à cet instant précis, c'était lui qui se raidissait sur son siège. Il n'appréciait pas du tout les fréquents bâillements du conducteur qui lui faisaient fermer les yeux. Le passager n'était pas bavard, mais n'importe quel discours maintiendrait peut-être le chauffeur éveillé.

– C'est seulement temporaire, répondit-il. Et puis, c'est pas comme si on devait faire ça tous les jours.

– Dieu soit loué.

Le conducteur ferma les yeux une fois de plus et bâilla. La camionnette glissa légèrement vers l'herbe du bas-côté.

– Tu veux que je conduise ? demanda le passager, souriant. Tu pourrais piquer un petit roupillon à l'arrière.

— Très drôle. Mais le pire, Jimmy, c'est que ça pue !
— Au bout d'un certain temps, la viande sent toujours.
— Tu as réponse à tout, hein ?
— Oui.
— On est presque arrivés ?
— Sûr, par les grandes routes. Mais dans ce brouillard…
— En longeant la côte, ça ne devrait plus être loin.

Le passager songeait aussi : *Si on la longe de trop près, alors deux pieds d'écart suffiront à nous faire plonger depuis la falaise.* Ce n'était pas la seule cause de sa nervosité. Ils n'étaient jamais passés par la Côte Est auparavant, mais trop de gens surveillaient la Côte Ouest ces derniers temps. Ils avaient donc entrepris ce voyage sans avoir repéré le terrain, et ça le rendait nerveux.

— Ah, voilà un panneau.

Ils freinèrent pour le scruter au travers de la brume.

— La prochaine à droite.

Le conducteur repartit en cahotant. Mettant son clignotant, il s'engagea entre deux portes basses en métal, dont le cadenas était ouvert.

— Et si elles avaient été fermées ? suggéra-t-il.
— J'ai des cisailles derrière.
— Et une foutue réponse à tout.

Ils pénétrèrent sur un petit parking recouvert de graviers. Ils ne pouvaient pas les voir, mais il y avait là des tables et des bancs de bois où les familles avaient l'habitude de s'installer le dimanche, pour pique-niquer en combattant les moucherons. L'endroit était très prisé : vue imprenable sur une étendue infinie de ciel et d'eau. En ouvrant les portières ils entendirent et sentirent enfin la mer. Les mouettes criaillaient déjà au-dessus de leurs têtes.

— Il doit être plus tard qu'on croyait si les oiseaux sont déjà réveillés.

Ils se préparèrent mentalement avant d'ouvrir les portes arrière du véhicule. L'odeur était vraiment infecte. Si stoïque qu'il fût, le passager fronça le nez et s'efforça de ne pas respirer.

— Le plus tôt sera le mieux, dit-il en se précipitant à l'intérieur.

On avait placé le corps dans deux sacs plastiques épais qui avaient contenu de l'engrais, l'un recouvrant les pieds, l'autre la tête. Ils se superposaient vers le milieu. Pour les coller ensemble, on avait utilisé des bandes de ruban adhésif et de la ficelle. Outre leur macabre contenu, on avait mis des parpaings dans les sacs, un lest assez lourd mais peu maniable. Ils portèrent leur grotesque paquet à bout de bras, balayant l'herbe humide. Leurs chaussures s'étaient mises à couiner longtemps avant qu'ils n'eussent atteint la pancarte signalant une falaise à pic. Ils eurent un mal fou à franchir la rambarde, pourtant minable.

— Ça n'arrêterait même pas un putain de gamin, commenta le chauffeur.

Il étouffait, la salive lui engluait la langue.

— Pt'êt'ben qu'oui, pt'êt'ben qu'non, répondit le passager.

Ils soulevèrent leur charge cinq centimètres par cinq jusqu'à ce qu'ils parviennent enfin à lui faire franchir le faîte de la barrière. Il n'y avait plus de terre après ça, juste un à-pic au-dessus de la mer agitée.

— Allez.

Sans plus de cérémonie, dans un dernier effort, ils lancèrent la chose dans l'espace, immédiatement soulagés d'en être débarrassés.

— On se tire.

— Eh ! mec, mais c'est qu'y sent bon, l'air d'ici.

Le conducteur fouilla sa poche pour en extraire une flasque de whisky. Ils étaient déjà à mi-chemin de la camionnette lorsqu'ils entendirent approcher une voiture, puis le crissement des graviers sous les pneus.

— Oh ! merde...

Les phares les épinglèrent au moment où ils atteignaient leur véhicule.

— Putain, la police, s'étrangla le chauffeur.

— Garde ton calme, l'avertit le passager.

Sa voix était douce mais ses yeux brillaient d'un feu glacé. Ils perçurent le bruit du frein à main et la portière s'ouvrit. Apparut un policier en uniforme. Il tenait une torche. Il avait laissé tourner son moteur. Ses phares étaient allumés. Il n'y avait personne d'autre dans la voiture.

Le passager avait saisi le topo. Ce n'était pas une souricière. Probable que le flic passait par ici à la fin de sa ronde nocturne. Il devait y avoir une Thermos et une couverture dans la bagnole. Soit un café, soit un roupillon avant de rentrer signer la main-courante.

— B'jour, dit l'homme en uniforme.

Il n'était pas jeune et ne devait pas être familier des grosses embrouilles. À la limite, il avait réglé des bagarres les samedis soir ou des querelles entre fermiers. Il venait de passer une longue nuit ennuyeuse, une nuit de moins jusqu'à la retraite.

— B'jour, répondit le passager.

Il savait qu'ils pourraient bluffer ce type si le conducteur restait calme. C'est alors qu'il songea : « C'est moi qui suis le plus repérable. »

— Une sacrée purée de pois, hein ? dit le policier.

Le passager acquiesça.

— C'est pour ça qu'on s'est arrêtés, expliqua le conducteur. On s'est dit qu'on allait attendre que ça se lève.

— C'est plus sage.

Le chauffeur observa alors son passager qui contournait la camionnette pour se mettre à examiner le pneu arrière, côté conducteur, auquel il donna un coup de pied. Il se dirigea ensuite vers l'autre côté et fit la même chose avant de s'agenouiller pour inspecter le dessous du véhicule. Le policier, lui aussi, observait le spectacle.

— Vous avez un problème ?

— Pas vraiment, répliqua le conducteur. Mais vaut mieux vérifier.

— Je vois que vous avez fait du chemin.

Le conducteur acquiesça.

— On monte à Dundee.

Le policier fronça les sourcils.

— Depuis Édimbourg ? Pourquoi n'êtes-vous pas restés sur la nationale ou sur l'A 914 ?

Le conducteur pesa rapidement sa réponse.

— On a une livraison à Tayport d'abord.

— Dans ce cas... commença le policier.

Le conducteur fixait le passager qui avait terminé son inspection et se trouvait à présent derrière l'homme en uniforme. Il se releva, une pierre à la main. Le conducteur soutint fixement le regard du policier tandis que la pierre s'élevait. Elle retomba. Le monologue avait été interrompu à mi-phrase quand le corps s'effondra sur le sol.

— C'est génial.

– Qu'est-ce qu'on pouvait faire d'autre ?

Le passager se dirigeait déjà vers sa portière.

– Viens, on se tire.

– Ouais, répondit le conducteur, une minute de plus et il repérait ton... euh...

Le passager lui lança un regard noir :

– Tu veux dire qu'une minute de plus et il reniflait ton haleine d'alcoolique.

Il le fixa du même œil jusqu'à ce que le conducteur acquiesce d'un haussement d'épaule.

La camionnette fit demi-tour et ils sortirent du parking. Les mouettes criaillaient toujours au loin. Le moteur de la voiture de police tournait encore. Les phares éclairaient la silhouette inconsciente étendue sur le ventre. Mais la torche s'était brisée dans la chute.

1

Tout advint parce que John Rebus était occupé à lire la Bible dans son salon de massage préféré.

Tout advint parce qu'un homme passa la porte avec l'idée saugrenue qu'un salon de massage situé entre une brasserie et une demi-douzaine de bons pubs devait tourner grâce aux payes du vendredi, donc fournir des boissons alcoolisées à toute heure – et, partant, devait se plier à ses quatre volontés.

Mais l'Organiste, tenancier dévot des lieux, dirigeait un commerce propre, un endroit où les muscles fatigués se laissaient attendrir. Et Rebus était fatigué : fatigué de ses disputes avec Patience Aitken, fatigué de ce que son frère soit venu chercher refuge dans un logement déjà plein à craquer d'étudiants et, plus que tout, fatigué de son boulot.

Une putain de semaine de plus. Le lundi soir, il avait reçu un appel de son appartement d'Arden Street. Les étudiants auxquels il l'avait loué avaient le numéro de Patience et savaient pouvoir le joindre là, mais c'était bien la première fois qu'ils avaient une raison de le faire. Cette raison s'appelait Michael Rebus.

– Salut John.

Rebus reconnut tout de suite la voix.

– Mickey ?

– Comment vas-tu, John ?

– Seigneur, Mickey. Où es-tu ? Non, laisse tomber, je sais. J'veux dire...

Mickey rigolait doucement.

– C'est juste qu'on m'avait dit que tu étais dans le Sud.
– Ça n'a pas marché. (Il baissa la voix.) Au fait, John, est-ce qu'on peut parler ? J'ai toujours appréhendé ce moment, mais j'ai vraiment besoin de te parler.
– D'accord.
– Est-ce que c'est moi qui viens ?

Rebus réfléchit rapidement. Patience était allée chercher ses deux nièces à la gare de Wawerley, mais de toute façon…
– Non, reste où tu es. J'arrive. Les étudiants sont de braves gosses, ils t'offriront peut-être une tasse de thé, ou un joint, pour te faire patienter.

Le silence régna un temps sur la ligne, rompu par la voix de Michael :
– T'aurais pu m'épargner ça.

Puis l'appel fut coupé.

Michael Rebus avait purgé trois des cinq ans de sa condamnation pour trafic de drogue. Pendant cette période, John Rebus n'avait pas rendu visite à son frère plus d'une demi-douzaine de fois. Il s'était senti absolument soulagé quand, après sa sortie, Michael avait pris un autocar pour Londres. Ça s'était passé deux ans plus tôt et les deux frères n'avaient pas échangé un mot depuis. Et voilà que Michael était de retour, ramenant avec lui les souvenirs d'une période de sa vie que John Rebus aurait préféré oublier.

L'appartement d'Arden Street était rangé lorsqu'il arriva. Il n'y avait plus que deux locataires, le couple qui dormait dans ce qui avait été sa chambre. Il les croisa dans le vestibule. Ils partaient pour le pub mais prirent le temps de lui remettre une nouvelle lettre des Impôts. À vrai dire, Rebus aurait préféré qu'ils restent. Après leur départ, le silence régna. John savait que Michael devait être dans le salon. En effet, il s'y trouvait, accroupi devant la chaîne stéréo, passant en revue une pile de disques.
– Regarde-moi ça, dit Michael, le dos toujours tourné à Rebus. Les Beatles, les Stones, tout ce que tu aimais écouter. Tu te rappelles comment ça rendait Papa dingue ? Et le tourne-disque, c'était un quoi déjà… ?
– Un Dansette.
– C'est ça. Papa l'avait gagné en collectionnant des bons dans les paquets de cigarettes.

Michael se releva et fit face à son frère.
— Bonsoir, John.
— Bonsoir Michael.

Ils ne se jetèrent pas dans les bras l'un de l'autre, ne se serrèrent même pas la main. Ils se contentèrent de s'asseoir, Rebus sur une chaise, Michael sur le divan.

— Cet endroit a changé, remarqua Michael.
— J'ai dû acheter quelques meubles pour pouvoir le louer.

Tout en parlant, Rebus notait quelques détails : brûlures de cigarettes sur le tapis, posters scotchés sur le papier peint (à l'encontre de toutes ses recommandations formelles). Il ouvrit la lettre du percepteur.

— Tu aurais dû les voir s'agiter quand je leur ai dit que tu arrivais. Grand ballet d'aspirateur et vaisselle express. Qui a dit que les étudiants étaient paresseux ?
— Ce sont de braves gosses.
— La date du grand chambardement ?
— Quelques mois déjà.
— Ils m'ont dit que tu vivais avec un docteur.
— Elle s'appelle Patience.

Michael hocha la tête. Il était pâle, avait l'air malade. Rebus essaya de ne pas y faire attention, en vain. La lettre de la perception insinuait clairement qu'ils n'ignoraient pas la location des lieux. Alors, quand allait-il se décider à déclarer ce nouveau revenu ? Il avait des fourmis à l'arrière du crâne. Ça se produisait à chaque fois qu'il se sentait hargneux, depuis qu'il avait été brûlé dans l'incendie. Les médecins ne pouvaient rien y faire. Il n'avait qu'à ne pas être hargneux. Il fourra la lettre dans sa poche.

— Qu'est-ce que tu veux, Mickey ?
— Avant tout, John, j'ai besoin d'un point de chute. Juste pour une semaine ou deux, jusqu'à ce que je me remette sur pieds.

Impossible, Rebus fixait les posters sur le mur en écoutant Michael parler : Il voulait trouver du travail… L'argent se faisait rare… Il était prêt à faire n'importe quoi… Il avait juste besoin qu'on lui donne une nouvelle chance.

— C'est tout, John, juste une chance.

Rebus réfléchissait. Bien sûr, Patience avait de la place chez elle. Plein de place, même quand ses nièces étaient là. Mais il n'était pas question de ramener son frère à Oxford Terrace. Ces temps-ci, les choses n'allaient pas si bien. Ses horaires à lui et ses horaires à elle, leur épuisement à tous les deux, leurs problèmes de boulot... Rebus n'imaginait pas comment Michael pourrait améliorer la situation. Il se prenait à penser : *Je ne suis pas le gardien de mon frère, n'empêche !*

– On pourrait te caser dans le débarras. Il faudra que j'en parle aux étudiants.

Il ne les voyait pas refuser mais il lui semblait plus poli de leur demander la permission. D'abord, comment oseraient-ils refuser ? C'était lui le propriétaire et les logements étaient durs à trouver. En particulier les jolis appartements, et à Marchmont, qui plus est.

– Ce serait génial.

Michael avait l'air soulagé. Il quitta le divan pour rejoindre la porte du débarras. Ce n'était qu'un vaste placard bien aéré donnant sur le salon. Juste assez grand pour contenir un lit à une place et une commode, à condition d'en virer tous les cartons et autres saletés.

– On doit sûrement pouvoir caser tout ce fatras dans la cave, dit Rebus, debout derrière son frère.

– John, dit doucement Michael, vu l'état dans lequel je suis, je serais presque heureux de coucher moi-même dans la cave.

Lorsqu'il se retourna vers son frère, les yeux de Michael Rebus brillaient de larmes.

C'est le mercredi que Rebus réalisa que sa vie était une comédie noire.

Michael avait emménagé dans l'appartement d'Arden Street sans aucun problème. Rebus avait prévenu Patience du retour de son frère sans s'appesantir sur la chose. De toute manière, elle passait la plupart de son temps avec les filles de sa sœur. Elle avait pris quelques jours de congé pour leur faire visiter Édimbourg. Et ça n'allait pas tout seul. À quinze ans, Susan voulait faire tout ce que sa sœur Jenny, huit ans, ne voulait ou ne pouvait pas faire. Rebus se sentait presque totalement exclu de ce triumvirat féminin ; pourtant il se glissait la nuit dans la chambre de Jenny juste pour revivre la magie et l'innocence d'un sommeil d'enfant. Il passait aussi une bonne partie de son temps à éviter Susan qui ne semblait que trop au fait des différences entre les messieurs et les dames.

Il avait pas mal de travail au bureau, ce qui voulait dire qu'il ne pensait pas à Michael plus de six douzaines de fois par jour. Et le bureau, maintenant, c'était quelque chose ! Lorsque le poste de Great London Road avait brûlé, Rebus avait été transféré à celui de St Leonard, Q.G. de la division du district central.

L'avaient suivi d'abord le sergent Brian Holmes, et, à leur immense consternation à tous deux, le superintendant-chef « Péquenot » Watson ainsi que l'inspecteur chef « Péteux » Lauderdale. Ils avaient bien eu quelques compensations : nouveaux bureaux meublés à neuf, équipement de qualité, aménagements agréables, mais ça ne faisait pas le poids. Rebus en était encore à faire son trou dans ces nouveaux locaux. Tout était si bien rangé qu'il ne retrouvait jamais rien, ce qui le poussait invariablement à quitter le bureau pour rôder dans les rues.

En conséquence il se retrouva chez un boucher de South Clerk Street, en train de contempler un homme poignardé.

L'homme avait déjà été secouru par un médecin du quartier qui faisait la queue pour acheter des côtes de porc et du lard en tranche lorsqu'il s'était avancé en titubant dans la boutique. Très vite, la blessure avait été pansée à l'aide d'un tablier de boucher propre et, à présent, chacun attendait le brancard qui permettrait de le charger dans l'ambulance en stationnement dehors.

Un agent faisait son rapport à Rebus.

– J'étais juste en haut de la rue, donc il n'a pas pu se passer plus de cinq minutes avant qu'on vienne me prévenir et je suis venu ici directement. J'ai passé mon message radio sur place.

Rebus avait intercepté le message dans sa voiture et avait décidé de venir voir. Il en était à le regretter. Il y avait de longues traînées de sang sur le sol, qui coloraient en rouge la sciure étalée par terre. Il n'aurait su dire pourquoi certains bouchers s'obstinaient à répandre de la sciure dans leurs boutiques. On distinguait aussi un barbouillage sanglant en forme de main sur le mur carrelé de blanc et des éclaboussures moins parlantes juste en dessous.

L'homme blessé avait semé des gouttes de sang brillantes à l'extérieur, tout au long d'une piste qui remontait la rue jusqu'à mi-chemin de Lutton Place (insolemment située à deux pas de

St Leonard), où elles s'interrompaient soudain au bord du trottoir.

Il se nommait Rory McOozin et avait été frappé à l'abdomen. C'était tout ce qu'ils savaient. Ils n'avaient pu en apprendre plus parce que Rory McOozin refusait de parler de « l'incident ». Attitude que ne partageaient pas les clients présents dans la boutique lors de son irruption. À présent, ils étaient réunis à l'extérieur, commentant les excitantes nouvelles au bénéfice de la foule rassemblée pour mater la vitrine de la boucherie. Ça rappelait à Rebus certains samedis après-midi au St James Center, quand des flopées de mecs s'agglutinaient devant les vitrines des loueurs de télés dans l'espoir de saisir les résultats des matchs de football.

Rebus s'accroupit auprès de McOozin, dans une attitude légèrement intimidatrice.

– Donc, où habitez-vous, monsieur McOozin ?

Mais l'homme n'était pas en état de répondre. De l'autre côté de la vitrine réfrigérée surgit une voix.

– Dunction Terrace. (Celui qui parlait portait un tablier maculé de sang et essuyait un grand couteau sur un torchon.) C'est dans le quartier de Dalkeith.

Rebus regarda le boucher.

– Et vous êtes ?

– Jim Sanzaw. C'est ma boutique.

– Vous connaissez M. McOozin ?

McOozin avait péniblement tourné la tête, cherchant à dévisager le boucher, comme pour influer sur sa réponse. Mais affaibli comme il l'était, au pied de la vitrine réfrigérée, il lui aurait fallu l'aide d'un démon pour parvenir à ses fins.

– Il faut bien, répondit le boucher. C'est mon cousin.

Rebus s'apprêtait à rajouter quelque chose lorsque le brancard fit enfin irruption à l'intérieur du magasin, porté par deux ambulanciers. L'un d'entre eux manqua de s'étaler comiquement sur le sol glissant. C'est au moment où ils déposaient leur civière devant McOozin que Rebus remarqua quelque chose qui devait le hanter. Il y avait deux étiquettes dans la vitrine, l'une piquée dans un morceau de corned-beef et l'autre dans un morceau de rumsteck bien rouge.

ASSIETTE ANGLAISE, disait l'une. L'autre énonçait simplement : VIANDE FRAÎCHE. Une large tache de sang frais s'étalait sur le sol lorsqu'il soulevèrent le cousin du boucher. Assiette anglaise et viande fraîche.

Rebus frissonna en se dirigeant vers la porte.

Le vendredi, après le boulot, il décida d'aller se faire masser. Il avait promis à Patience d'être rentré à 20 heures et il n'en était que 18. En plus, de se faire brutalement pétrir avait toujours semblé le mettre d'attaque pour le week-end.

Mais auparavant il s'aventura au Broadsword pour y boire une pinte de la bière locale. Et que pouvait-on faire de plus local que la brune Gibson, un breuvage épais brassé à moins de six cent mètres de là, à la brasserie Gibson ? Une brasserie, un pub et un salon de massage : Rebus estimait que si on y ajoutait un bon restaurant indien et une épicerie ouverte jusqu'à minuit, il aurait pu vivre heureux dans ce périmètre pour l'éternité plus un jour.

Non qu'il n'aimât pas vivre avec Patience dans son appartement du rez-de-chaussée avec jardin d'Oxford Terrace. Mais, pour ainsi dire, celui-ci représentait comme l'autre versant de la montagne. À coup sûr, il semblait appartenir à un monde différent de ce coin mal famé d'Édimbourg et de tous les autres quartiers populaires. Rebus se demanda pourquoi il était tellement attiré par eux.

Autour de lui, l'air sentait la levure de bière fraîche que concurrençaient les arômes plus forts montant des autres brasseries plus importantes disséminées dans la ville. Le Broadsword était un bar populaire et, comme la plupart des pubs populaires d'Édimbourg, il se glorifiait de sa clientèle diversifiée : étudiants, petites gens avec, à l'occasion, un homme d'affaires. L'établissement était sans prétention : seules parlaient en sa faveur la bière, qui était bonne, et la cave, meilleure encore. Le week-end avait déjà commencé et Rebus était coincé au bar, à côté d'un homme dont l'énorme berger allemand dormait, couché sous leurs tabourets. Il prenait bien la place de deux personnes mais nul n'aurait osé lui demander de se bouger. Un peu plus loin, un type tenait son verre d'une main tandis que l'autre reposait d'un geste de propriétaire sur un portemanteau. Rebus supposa qu'il venait de l'acquérir dans l'une des boutiques d'occasion du secteur. Tout le monde, au comptoir, consommait la même bière brune.

Bien qu'il y eût une demi-douzaine de pubs dans un rayon de quelques centaines de mètres, le Broadsword était le seul à offrir de la Gibson à la pression. Les autres établissements étaient fournis par l'une ou l'autre des grandes brasseries de la ville. Rebus commençait à se demander, en sirotant sa bière, quel effet elle aurait sur son métabolisme une fois que l'Organiste se serait mis au travail. Il décida sur-le-champ d'arrêter là ses libations et de se rendre directement chez *Jee O*, enseigne que l'Organiste avait donnée à son commerce. Rebus aimait ce nom, il ressemblait au bruit que les clients émettaient lorsque l'Organiste en personne exerçait ses talents sur eux : « Jii, Ooh ! » Mais ils prenaient toujours soin de ne rien dire de plus virulent. L'Organiste ne supportait pas d'entendre blasphémer sur sa table de massage. Ça le mettait hors de lui et personne n'aurait voulu se retrouver entre les battoirs d'un Organiste en colère. Aucun être sensé n'aurait souhaité devenir son souffre-douleur.

Donc il était assis là, la Bible sur les genoux, attendant son rendez-vous de 18 h 30. La Bible était le seul ouvrage disponible en salle d'attente, par une attention courtoise de l'Organiste en personne. Rebus l'avait déjà lue mais ne voyait pas d'inconvénient à recommencer.

C'est alors que la porte s'ouvrit brutalement.

— Où qu'elles sont les filles, hein ?

Ce nouveau client ne disposait pas seulement d'informations erronées, il était en plus considérablement saoul. Mieux valait ne pas imaginer la manière dont l'Organiste poserait ses pattes sur un ivrogne.

— Tu t'es gouré de boutique, mon vieux.

Rebus s'apprêtait à lui indiquer une ou deux officines du voisinage qui, à coup sûr, lui fourniraient sauna et massage thaïlandais avec friction… quand l'homme le stoppa net en pointant sur lui un doigt monumental.

— Mais c'est ce putain de John Rebus ! Espèce de fils d'enculé !

Rebus fronça les sourcils, cherchant dans ses souvenirs à identifier ce visage. À toute vitesse, son esprit passa en revue deux décennies de photos anthropométriques. Discernant l'embarras de Rebus, l'homme ouvrit toutes grandes ses mains :

— Deek Torrance, tu te rappelles pas ?

Rebus secoua la tête. Torrance avançait vers lui avec détermination. Rebus, prêt à tout, serra les poings.

— On a fait l'entraînement parachutiste ensemble, reprit Torrance. Bon Dieu, tu dois bien t'en souvenir !

Et soudain, en effet, Rebus se souvint. Il se remémora tout, toute la noire comédie de son passé.

Ils étaient au Broadsword, échangeant des histoires autour d'un verre. Deek n'était pas resté dans le régiment de parachutistes. Il en avait eu assez au bout d'un an et n'avait d'ailleurs pas tardé à racheter son engagement dans l'armée.

— Trop fatigant, John, c'était ça mon problème. Et le tien ?

Rebus hocha la tête tout en avalant encore un peu de bière.

— Mon problème, Deek, personne ne saurait mettre un nom dessus.

Et pourtant l'apparition soudaine de Mickey puis maintenant celle de Deek Torrance avaient bien fait surgir un mot dans son esprit : fantômes ; ils étaient tous deux des fantômes mais Rebus ne voulait absolument pas être leur Scrooge *. Il commanda une nouvelle tournée.

— Tu disais toujours que tu voulais essayer la S.A.S., dit Torrance.

Rebus haussa les épaules :

— Ça n'a pas marché.

L'activité du bar était de plus en plus fébrile, à tel point qu'à un moment Torrance fut bousculé par un jeune homme qui tentait d'extirper sa contrebasse de la mêlée.

— Vous auriez pas pu laisser ça dehors ?

— Pas dans ce quartier.

Torrance se retourna vers Rebus :

— Tu te rends compte ?

---

* *Scrooge* : personnage de vieil avare dans les *Christmas Carrolls* de Dickens, hanté par plusieurs spectres durant la nuit de Noël. (*N.d.T.*)

Rebus se contenta de sourire. Il se sentait bien après le massage.

– Personne ne se balade avec de petits objets dans les bars du coin !

Il vit clairement Torrance grogner. C'est ça, il se le rappelait parfaitement, maintenant. Il avait pris du poids, perdu encore plus de cheveux, son visage était plus empâté et plus marqué qu'avant. Il ne s'exprimait pas de la même façon, enfin pas exactement. Mais il y avait ce truc caractéristique : le grognement de Torrance. Toujours à l'essentiel, voilà comment s'exprimait Deek Torrance dans le temps. Mais ça, ça avait changé, il était maintenant fort loquace.

– Alors qu'est-ce que tu deviens, Deek ?

– Sachant que tu es flic, je ferais peut-être mieux de la boucler, sourit Torrance... (Rebus prit son temps. Torrance était saoul comme un Polonais. À tous les coups, il ne pourrait se taire.) J'achète et je vends, je vends surtout, poursuivit-il.

– Quoi donc ?

Torrance se pencha un peu vers lui.

– Je parle au policier ou au vieux copain ?

– Au copain, répliqua Rebus. Je ne suis pas en service. Alors, qu'est-ce que tu vends ?

– Tout ce que tu veux, John, grogna Torrance. Je suis une espèce de genre de Galeries Lafayette... sauf que je dispose de marchandises qu'ils n'ont pas en rayon.

– Du genre ?

En parlant, Rebus fixait la pendule au-dessus du bar. Impossible, il ne pouvait pas être aussi tard. Ils avançaient toujours leur pendule de dix minutes, ici, mais même...

– Absolument tout, reprit Torrance. Tout, du taf à l'arroseuse. T'as qu'à demander.

– Même une montre ? (Rebus se mit à remonter la sienne.) La mienne n'a pas l'air de vouloir marcher plus de deux heures d'affilée.

Torrance l'examina.

– Une Longines, dit-il en prononçant correctement le mot. Tu ne veux tout de même pas t'en débarrasser. Fais la réviser et ça repartira. Remarque, je pourrais sans doute te l'échanger contre une Rolex...

– Donc tu vends des montres à l'origine douteuse.
– J'ai dit ça ? Je n'en ai aucun souvenir. J'ai dit « tout », John. Ce qu'un client désire, je mets un point d'honneur à le lui dénicher.
Torrance lui fit un clin d'œil.
– Écoute, t'as quelle heure, toi ?
Torrance haussa les épaules et retroussa la manche gauche de sa veste. Il n'avait pas de montre. Rebus réfléchissait. Il avait maintenu son rendez-vous avec l'Organiste et Deek avait été trop heureux de poireauter dans la salle d'attente. Après il s'était dit qu'ils avaient largement le temps de s'envoyer une pinte ou deux avant de rentrer à la maison. Jusqu'ici, ils en avaient bu deux… non, trois. Donc, il se pouvait qu'il soit un peu en retard. Il attira l'attention d'un barman en tapotant son poignet.
– 20 h 20, cria le barman.
– Je ferais mieux d'appeler Patience, dit Rebus.
Quelqu'un utilisait déjà le téléphone public, sans doute pour cimenter une passion naissante. En plus on avait tiré l'écouteur jusque dans les toilettes des dames, pour pouvoir s'entendre malgré le bruit qui régnait dans le pub. Le cordon du téléphone était étiré à l'extrême, prêt à garrotter l'imprudente qui voudrait utiliser les commodités. Rebus rongeait son frein en fixant d'un air mauvais le récepteur accroché au mur. *Quelle merde.* Il posa le doigt sur la fourche, l'en ôta rapidement avant de se mêler à la foule des buveurs de bière. Un jeune homme jaillit des toilettes et écrasa brutalement l'écouteur sur sa fourche. Il cherchait de la monnaie dans ses poches et, constatant qu'il n'en avait plus, se dirigea vers le comptoir pour en faire.
Rebus se précipita sur l'appareil. Il décrocha : pas de tonalité. Il renouvela l'expérience, essaya de composer le numéro. Rien. De toute évidence quelque chose s'était détraqué lorsque le type avait raccroché. *Bordel de merde.* Il devait être près de 20 h 30 maintenant et il lui fallait bien un quart d'heure pour rentrer en voiture à Oxford Terrace. Il allait le payer cher.
– T'as l'air d'avoir besoin d'un verre, dit Deek Torrance lorsque Rebus le rejoignit au bar.
– Tu sais quoi, Deek, glissa Rebus. Ma vie, c'est une comédie noire.
– Ah ! bon. Ben, c'est mieux que si c'était une tragédie, non ?

Rebus commençait à se demander s'il y avait vraiment une différence entre les deux.

Il arriva à l'appartement à neuf heures vingt. Patience avait sans doute préparé le dîner pour eux quatre. Sans doute aussi avait-elle attendu un bon quart d'heure avant de se mettre à table. Elle avait dû garder sa part au chaud durant un autre quart d'heure puis elle l'avait jetée. Si c'était du poisson, alors le chat l'aurait mangé. Sinon, le contenu de son assiette avait atterri sur le tas de compost dans le jardin. La même chose s'était déjà produite, trop souvent à vrai dire. Et aujourd'hui encore... Rebus n'était pas sûr du tout que des retrouvailles avec un vieil ami et une montre arrêtée soient des excuses valables.

Les marches qui menaient au rez-de-jardin étaient usées et glissantes. Rebus les descendit avec précaution, aussi mit-il un certain temps à remarquer le grand sac de sport qui, illuminé par le réverbère au sodium, gisait sur le paillasson de la porte principale de l'appartement. C'était son sac. Ouvrant la fermeture à glissière, il regarda à l'intérieur. Sur un tas de vêtements et une paire de chaussures trônait un message. Il le lut deux fois de bout en bout.

Ne te fatigue pas à essayer d'ouvrir la porte, je l'ai verrouillée. J'ai aussi mis la sonnette hors d'usage et débranché le téléphone pour le week-end. Je déposerai un autre tas de tes affaires dehors sur l'escalier lundi matin.

Pas besoin de signature. Rebus expira longuement en sifflant, puis engagea sa clef dans la serrure. Bloquée. Il pressa le bouton de sonnette. Silence. En dernier ressort, il s'accroupit et jeta un coup d'œil à l'intérieur par la fente de la boîte aux lettres. L'entrée était plongée dans l'ombre, sans le moindre rai de lumière provenant de l'une quelconque des pièces.

— Il est arrivé quelque chose ! cria-t-il.

Pas de réponse.

— J'ai essayé de téléphoner mais je n'y suis pas arrivé !

Toujours rien. Il attendit encore quelques instants, s'attendant à demi à une réaction de la part de Jenny. Ou de Susan, en bonne semeuse de trouble. Et en bonne briseuse de cœurs, grâce à son physique.

– Au revoir, Patience, cria-t-il. Au revoir Susan. Au revoir Jenny.

Toujours le silence.

– Je suis désolé.

Et c'était bien vrai.

Encore une de ces fichues semaines, se dit-il. Et il ramassa son sac.

Le dimanche matin, sous un soleil pâle et un vent insidieux, Andrew McPhail s'en revint furtivement à Édimbourg. Il était resté absent longtemps et la ville avait changé. Tout – lieux et choses – avait changé. Il subissait encore les effets du décalage horaire après plusieurs jours et se retrouvait plus pauvre que prévu à cause des prix prohibitifs pratiqués à Londres. Il marcha de la gare routière jusqu'au quartier de Broughton, près de Leith Walk. Le trajet n'était pas bien long, mais chaque pas lui coûtait, même si ses bagages étaient plutôt légers. Il avait mal dormi dans le car, et ça n'avait rien de nouveau ; il ne parvenait plus à se souvenir de sa dernière nuit de bon sommeil, d'un sommeil sans rêves.

Le soleil semblait sur le point de disparaître à tout moment. D'épais nuages recouvraient Leith Walk. McPhail tenta d'allonger le pas. Il avait une adresse en poche, l'adresse d'une pension de famille. Il avait téléphoné la veille et la propriétaire l'attendait. Elle lui avait semblé agréable, au téléphone, mais qui peut savoir ? Il s'en fichait, peu importe à quoi elle ressemblait du moment qu'elle lui fichait la paix. Il savait que son départ du Canada avait été annoncé dans la presse canadienne et même dans quelques journaux américains. Et il supposait que les journalistes d'ici pourraient bien être après lui, en quête d'une bonne histoire. Il avait été surpris d'avoir pu se fondre dans la foule à Heathrow. Personne ne semblait savoir qui il était, et c'était tant mieux.

Il n'aspirait à rien d'autre qu'à une vie calme, mais peut-être pas aussi tranquille que quelques-unes des toutes dernières années.

Il avait appelé sa sœur depuis Londres, la priant de demander aux renseignements l'adresse d'une madame Mac Kenzie dans le quartier de Bellevue (les renseignements à Londres n'étaient pas parvenus à l'aider). Mélanie et sa mère logeaient chez Mme Mac Kenzie quand il les avait rencontrées, avant qu'ils n'emménagent ensemble. Alexis était mère célibataire, un cas social. Mme Mac Kenzie avait été une logeuse plus sympathique que la plupart. Non qu'il ait jamais rendu visite à Mélanie et à sa maman chez elle. Mme Mac Kenzie n'aurait pas apprécié.

Elle ne prenait plus beaucoup de locataires à présent, mais elle était bonne chrétienne et McPhail avait su se montrer persuasif.

Il examina longuement la maison de l'extérieur. C'était un bâtiment quelconque de deux étages couvert d'un crépis gris et agrémenté d'horribles doubles vitrages. Il ressemblait à l'identique aux constructions qui le flanquaient de part et d'autre. Mme Mac Kenzie répondit immédiatement à son coup de sonnette, comme si elle s'était longuement préparée à l'accueillir. Elle fit tout un tas de manières dans le salon et la cuisine, puis le conduisit à l'étage pour lui montrer la salle de bains et enfin sa chambre. Elle n'était pas plus grande qu'une cellule de prison, mais joliment décorée (il aurait situé le style vers le milieu des années soixante). C'était parfait, il n'avait rien à redire.

— C'est ravissant, dit-il à Mme Mac Kenzie, qui haussa les épaules comme pour signifier : « Bien sûr. »

— Le thé est prêt, dit-elle. Je vais nous en servir une bonne petite tasse. Puis, se rappelant soudain quelque chose : Attention, pas de cuisine dans la chambre.

Andrew McPhail hocha la tête.

— Je ne sais pas faire la cuisine, répondit-il.

Elle pensa soudain à autre chose et traversa la pièce jusqu'à la fenêtre dont les rideaux étaient toujours fermés.

— Voilà, je les ouvre. Vous pouvez aussi ouvrir la fenêtre si vous voulez un peu d'air frais.

— Un peu d'air frais, très bien, acquiesça-t-il.

Tous deux se mirent à examiner la rue en bas.

— C'est calme, reprit-elle. Presque pas de circulation. Bien sûr il y a toujours un tout petit peu de bruit pendant la journée.

McPhail voyait à quoi elle faisait référence : de l'autre côté de la rue se dressait une vieille école, ceinturée d'une haute barrière de fer peinte en noir. Elle n'était pas grande, sans doute une école primaire. La fenêtre de McPhail donnait sur les portes à droite du bâtiment principal. Juste derrière les portes on distinguait la cour de récréation, déserte à cette heure.

— Je vais m'occuper du thé, dit Mme Mac Kenzie.

Une fois la logeuse partie, McPhail déposa ses valises sur le lit moelleux. Juste à côté se dressaient un petit bureau et une chaise. Soulevant la chaise, il vint la placer devant la fenêtre et s'assit. Il déplaça un minuscule clown de verre sur le rebord de la fenêtre afin de pouvoir poser son menton à la place. Rien ne lui gâchait la vue. Il resta assis là à rêvasser en regardant la cour de récréation jusqu'à ce que Mme Mac Kenzie lui annonce que le thé était servi au salon... « avec du quatre-quarts ».

Andrew McPhail se leva en soupirant. Il n'avait aucune envie de thé à cet instant, mais il supposa qu'il pourrait toujours le remonter dans sa chambre pour le boire plus tard. Il se sentait fatigué, épuisé même, mais il était rentré chez lui et quelque chose lui disait que cette nuit il dormirait comme une bûche.

— J'arrive, madame Mac Kenzie, cria-t-il, s'arrachant à regret à la contemplation de l'école.

2

Le lundi matin, un message muet se répandit dans tout le commissariat de St Leonard : John Rebus était de très, très mauvaise humeur, plus que d'habitude ! Certains, incrédules, auraient presque voulu le côtoyer de plus près pour se forger une opinion personnelle... presque.

Mais d'autres n'avaient pas le choix.

Le sergent Brian Holmes et l'agent Siobhan Clarke, installés face à Rebus dans le box qui lui était alloué au milieu du bureau paysagé du C.I.D., avaient l'air assis sur des œufs mollets.

– Alors, interrogea Rebus, quoi de neuf sur Rory McOozin ?

– Il a quitté l'hôpital, monsieur, répondit Siobhan Clarke.

Rebus fit un mouvement impatient de la tête. Il n'attendait qu'un faux pas de sa part. Rien à voir avec sa nationalité anglaise, ni avec ses diplômes supérieurs, ni même avec sa riche famille qui lui avait payé un appartement dans le quartier de New Town. Pas non plus parce qu'elle était une bonne femme. Rebus traitait tous les *bleus* de la même façon.

– Il persiste à ne rien dire, intervint Holmes. Il refuse de raconter ce qui s'est passé et de porter plainte.

Brian Holmes semblait fatigué. Rebus le nota d'un coup d'œil. Il évitait de le regarder, craignant que Holmes ne réalise qu'ils partageaient la même expérience. Tous les deux avaient été largués par leur petite amie. Pour Holmes, c'était arrivé un mois auparavant. Comme il devrait le raconter plus tard, après avoir emménagé chez sa tante de Barton, tout ça c'était à cause des gosses. Il n'avait pas compris à quel point Nell souhaitait un bébé et en avait fait un sujet constant de plaisanterie. Alors, un jour, elle avait explosé – scène terrible – et l'avait jeté dehors sous le regard de presque toutes leurs voisines de ce petit village minier au sud d'Édimbourg. À ce qu'il semblait, elles avaient toutes applaudi en le voyant décamper.

Il bossait maintenant plus dur que jamais (et ç'avait été une autre cause de conflit dans leur couple : ses horaires à elle étaient aussi réguliers que les siens à lui ne l'étaient pas). Rebus, en le regardant, se le représentait comme une salopette usée, passée, prête à rendre l'âme.

– Qu'est-ce que vous voulez dire ? demanda Rebus, reprenant pied dans la réalité.

– Je dis qu'on devrait laisser tomber, monsieur, avec tout le respect que je vous dois.

– « Tout le respect que tu me dois », Brian ? C'est exactement ce que disent les gens qui pensent : « foutu crétin ».

Rebus ne regardait toujours pas Holmes mais il sentait que le jeune homme avait rougi. Clarke contemplait fixement ses genoux.

– Écoutez, reprit Rebus, ce gars décide de se traîner sur près de deux cents mètres avec une boutonnière de cinq centimètres dans le bide. Pourquoi ?

Pas de réponse. Il insista :

– Pourquoi a-t-il dépassé une quinzaine de boutiques pour s'arrêter seulement à celle de son cousin ?

– Il essayait peut-être d'arriver chez le docteur et il n'a pas pu aller plus loin, suggéra Clarke.

– C'est ça, dit Rebus, buté. C'est drôle qu'il ait pourtant réussi à aller jusqu'à la boucherie.

– Vous croyez que le cousin est impliqué, monsieur ?

– Permettez-moi de vous poser une autre question, à tous les deux.

Rebus se leva pour faire quelques pas dans la pièce. Au retour, il surprit le regard qu'échangeaient Holmes et Clarke. Ce qui le rendit songeur. Dès le premier jour, il y avait eu des étincelles entre ces deux-là, des étincelles meurtrières. Maintenant tout semblait fonctionner entre eux. Il espérait seulement que leur relation s'arrêterait là.

— Donc je vous demande, reprit-il, que savons-nous de la victime ?
— Pas grand-chose, dit Holmes.
— Il habite Dalkeith, osa Clarke, travaille comme technicien de laboratoire au dispensaire. Marié, un fils, conclut-elle en haussant les épaules.
— C'est tout ? demanda Rebus.
— Oui monsieur.
— Et voilà, remarqua Rebus. Il n'est rien ni personne. Aucun des témoins n'a quoi que ce soit à dire contre lui. Alors expliquez-moi ça : comment s'est-il débrouillé pour se faire poignarder ? Et un vendredi après-midi, encore. S'il s'était fait agresser par un inconnu, il vous l'aurait dit, c'est sûr. À ce que je constate, il est aussi fermé que le porte-monnaie d'un Aberdonien à la quête. Il a quelque chose à cacher. Dieu sait quoi, mais c'est lié à une voiture.
— Comment en êtes-vous arrivé à cette conclusion, monsieur ?
— Les traces de sang partent du caniveau, Holmes. Pour moi il est descendu d'une voiture à cet endroit précis et il était déjà blessé.
— Il a son permis, monsieur, mais ne possède pas de véhicule actuellement.
— Vous êtes une brave fille, Clarke !
Elle tiqua sur le brave, mais Rebus reprenait déjà :
— Il avait pris une demi-journée de congé sans en parler à sa femme. (Il se rassit.) Pourquoi ? Je veux que vous retourniez le voir tous les deux. Expliquez-lui que nous déplorons son absence d'explications. S'il n'en trouve aucune, dites-lui que nous le harcèlerons jusqu'à ce qu'il nous dise quelque chose. Faites-lui comprendre qu'on flaire une sale affaire. (Rebus se tut un instant.) Après, allez me cuisiner le boucher.
— On va y *filet*... osa Holmes.
Il fut sauvé par la sonnerie du téléphone. Rebus décrocha. C'était peut-être Patience.
— Inspecteur Rebus.
— John, voulez-vous venir dans mon bureau.
Ce n'était pas Patience mais le grand chef.
— Deux minutes, monsieur, implora Rebus avant de raccrocher. (Puis, à Holmes et Clarke :) Fouinez un peu.

– Oui, monsieur.
– Vous trouvez que j'en fais trop, Brian ?
– Oui, monsieur.
– Vous avez peut-être raison, mais je n'aime pas les mystères, si ridicules soient-ils. Alors fichez-moi le camp et faites en sorte de satisfaire ma curiosité.

Ils se levèrent. Debout, Holmes indiqua d'un signe la grosse valise que Rebus avait tenté de dissimuler derrière son bureau.
– Quelque chose d'important ?
– Très, indiqua Rebus, c'est là que je conserve le montant des pots-de-vin qu'on me verse. Je suppose que les vôtres tiennent dans votre poche-revolver.

Holmes ne faisait pas mine de sortir alors que Clarke s'était déjà retirée derrière son propre bureau. Rebus expira et baissa le ton :
– Je viens de rejoindre les rangs des expulsés. (Le visage de Holmes s'anima.) Mais attention, pas un mot, c'est juste entre nous.
– Compris. (Holmes pensa soudain à quelque chose :) Vous savez, je mange tous les soirs au Heatbreak Café...
– Donc, je saurai où vous joindre, si j'ai envie d'écouter les premiers disques d'Elvis.

Holmes hocha la tête.
– Ceux de la période Las Vegas aussi... Ce que je voulais dire, c'est que si je peux faire quelque chose...
– Vous pourriez peut-être commencer par vous déguiser en Rebus et par trotter jusqu'au bureau de Watson le Péquenot.

Holmes repoussa l'idée d'un mouvement de tête.
– Je parlais de quelque chose de raisonnable.

Raisonnable. Rebus se demandait s'il avait été raisonnable de prier ses locataires de le laisser dormir sur le divan alors que son propre frère occupait déjà le débarras. Il devrait peut-être proposer de baisser le loyer. Lorsqu'il était arrivé sans tambour ni trompettes le vendredi soir, trois étudiants et Michael étaient assis en tailleur par terre, occupés à se rouler des joints en écoutant un disque des Stones des années soixante-dix. Rebus fixa avec horreur le papier à rouler dans la main de Michael.

– Bordel de nom de Dieu, Mickey !

Ainsi, enfin, Michael Rebus avait suscité une réaction de son grand frère. Les étudiants, pour leur part, avaient au moins la décence de prendre l'expression des criminels qu'ils étaient.

– Vous avez de la chance, leur lança Rebus, qu'en ce moment même je déconne plein pot.

– Allez John, dit Michael en lui passant une cigarette à demi entamée, ça ne te fera pas de mal.

– Je sais bien. Mais ça, oui, dit Rebus en extirpant une bouteille de whisky d'un sac en papier.

Et il avait passé la fin de la soirée écroulé sur le divan, à siroter son whisky en accompagnant de la voix toutes les vieilles chansons qui défilaient sur la platine. Et il avait passé presque tout le week-end dans la même position. Les étudiants n'avaient pas l'air de s'en préoccuper, même s'il avait exigé de voir disparaître toute substance illicite durant les deux jours. Ils avaient fait le ménage autour de lui, aidés par Michael, puis avaient quitté l'appartement en bande pour le pub, le samedi soir, laissant Rebus face à la télé en compagnie d'un pack de bières. À première vue, Michael n'avait pas parlé aux locataires de son séjour en prison ; Rebus espérait qu'il continuerait comme ça. Son frère lui avait proposé de déménager, ou au moins de lui laisser la jouissance du débarras, mais Rebus avait refusé. Il ne savait pas bien pourquoi.

Le dimanche matin, il s'était rendu à Oxford Terrace, mais il semblait bien que la maison était vide et il ne parvint toujours pas à ouvrir la porte avec sa clef. De deux choses l'une : soit Patience avait fait changer la serrure, soit elle était tapie à l'intérieur, vivant sa propre version du « manque » avec les filles pour seule compagnie.

Il se tenait face à la porte de Watson et s'examina d'un œil critique. Comme prévu, lorsqu'il était arrivé ce matin-là à Oxford Terrace, Patience lui avait laissé une valise pleine d'affaires devant la porte. Pas un mot, juste une valise. Il avait enfilé un costume propre dans les toilettes du poste de police. Il était un peu froissé, mais pas plus que ce qu'il avait l'habitude de porter. Le hic, c'est qu'il n'avait pas de cravate pour aller avec : Patience avait bien mis deux horribles cravates marron dans la valise (étaient-ce bien ses cravates ?) à côté du costume bleu nuit. Mais les cravates marron n'allaient vraiment pas. Il frappa un coup à la porte avant de l'ouvrir.

— Entrez, John, entrez.

Il sembla à Rebus que le Péquenot non plus ne trouvait pas ses marques à St Leonard. L'endroit n'était tout simplement pas adapté.

— Prenez un siège.

Rebus chercha une chaise du regard. Il y en avait une, le long du mur, sur laquelle s'empilaient des dossiers. Les soulevant, il leur chercha une place sur le sol. Si ça pouvait le consoler de quelque chose, le grand chef avait encore moins de place que lui dans son bureau.

— J'attends toujours ces foutus classeurs, admit Watson.

Rebus souleva la chaise jusqu'au bureau et s'assit.

— Quoi de neuf, monsieur ?
— Comment vont vos affaires ?
— Mes affaires ?
— Oui.
— Elles vont bien, monsieur.

Rebus se demandait si le Péquenot avait eu vent de ses démêlés avec Patience. Sûrement pas.

— L'agent Clarke se débrouille bien, non ?
— Je n'ai pas à me plaindre.
— Bon. Nous avons une grosse opération en vue, en collaboration avec la Répression des Fraudes.
— Oh ?
— L'inspecteur chef Lauderdale vous donnera les détails ; mais je souhaitais vous en parler d'abord, vérifier que tout allait bien.
— Cette opération conjointe, c'est pour quoi ?
— Prêt usuraire, répondit Watson. Oh, j'ai oublié de vous demander si vous vouliez du café.

Rebus refusa d'un signe et observa Watson qui se penchait par-dessus son fauteuil. Il y avait si peu de place dans la pièce qu'il avait été obligé d'installer sa cafetière électrique par terre, derrière son bureau, où, à la connaissance de Rebus, il l'avait déjà renversée deux fois sur la nouvelle moquette beige clair. Lorsque Watson reprit son assise, il tenait dans son poing massif une tasse du breuvage même du Diable. Le café du grand chef avait sa place parmi les légendes d'Édimbourg.

– Prêt usuraire et un peu de racket, corrigea Watson, mais surtout prêt usuraire.

Toujours la même triste histoire, en d'autres termes. Les pauvres gens auxquels les banques refusaient un crédit, qui n'avaient rien à mettre au clou pouvaient toujours emprunter de l'argent, et tant pis pour les risques encourus. Le problème, bien sûr, était que les intérêts se chiffraient presque à cent pour cent et que les arriérés augmentaient si vite que ces intérêts devenaient bientôt prohibitifs. C'était le plus vicieux de tous les cercles, particulièrement vicieux parce qu'il débouchait immanquablement sur des intimidations, des coups, ou pire.

Tout à coup Rebus comprit pourquoi le chef avait sollicité ce petit entretien.

– C'est quand même pas le Gros Gerry, non ? demanda-t-il.

Watson opina du chef.

– D'une certaine façon, si.

Rebus sauta sur ses pieds.

– Ce sera la quatrième fois en quatre ans ! Et il passe toujours à travers ! Vous le savez, je le sais ! (En temps normal il aurait récité son laïus en marchant, mais il n'y avait pas un mètre de libre dans ce bureau, aussi dut-il se tenir raide comme un piquet.) C'est perdre son temps que d'essayer de l'épingler pour usure. Il me semble que nous en avons déjà parlé des douzaines de fois et qu'il était bien entendu que nous ne tenterions plus de le coincer sans avoir une nouvelle piste.

– Je sais, John, je sais mais la Répression des Fraudes s'inquiète. Le problème leur semble plus grave qu'ils ne le pensaient.

– Les connards...

– Enfin, John.

– Mais monsieur... (Rebus marqua une pause.) Avec tout le respect que je vous dois, monsieur, c'est une perte complète de temps et une mobilisation absurde de nos hommes. On va effectuer une surveillance rapprochée, prendre quelques photos, arrêter une ou deux pauvres andouilles qu'il utilise comme messagers et à la fin, personne ne portera plainte. Si le procureur veut coincer le Gros Gerry, il doit nous donner les moyens de monter une opération d'envergure.

En vérité, le problème était que personne ne souhaitait vraiment épingler M. Morris Gerald Cafferty (bien connu sous le nom de Gros Gerry) autant que l'inspecteur John Rebus. Il lui souhaitait même une crucifixion en Cinémascope. Et il rêvait de tenir la lance et de lui porter un dernier coup, rien que pour s'assurer que le gros porc était bien mort. Cafferty était une ordure, mais une ordure habile. Il s'entourait toujours de larbins prêts à aller en tôle à sa place. Comme Rebus avait échoué un nombre incalculable de fois à mettre ce type à l'ombre, il préférait ne plus y penser du tout. Et maintenant Le Péquenot lui annonçait une *opération*. C'est-à-dire de longues journées et de longues nuits de planque, tout un tas de paperasserie et l'arrestation de quelques apprentis caïds couverts d'acné juvénile pour couronner le tout.

— John, reprit Watson en rassemblant toutes les notions de psychologie qu'il avait pu glaner au cours des années, John, je sais ce que vous ressentez. Mais portons-lui encore un coup, hein ?

— Je sais bien le genre de coup que j'aimerais sérieusement lui porter.

Et mimant un revolver avec la main, il fit mine de tirer. Watson sourit.

— Eh bien, encore une chance que nous ne soyons pas armés, hein ?

Rebus mit un moment à lui rendre son sourire. Il reprit sa chaise.

— Allons-y, monsieur, je vous écoute.

À 23 heures ce soir-là, Rebus regardait le télé dans son appartement. Comme d'habitude, il n'y avait personne dans les environs. Ou bien ils planchaient à la bibliothèque universitaire, ou bien ils étaient au pub. Comme Michael n'était pas là non plus, il n'aurait pas parié pour le pub à six contre un. Il flairait de la circonspection chez ses étudiants : ils s'attendaient certainement à ce qu'il en vire au moins un pour pouvoir récupérer une chambre. Ils se déplaçaient dans les lieux comme autant de mandats d'expulsion.

Il avait appelé Patience trois fois, était toujours tombé sur le répondeur et avait expliqué à la machine qu'il savait bien qu'*elle* était là et qu'*elle* devrait décrocher.

En conséquence, le téléphone était par terre à côté du divan et, lorsque la sonnerie retentit, il n'eut qu'à laisser pendre son bras pour décrocher et porter le récepteur à son oreille.
– Allô ?
– John ?
Rebus se redressa d'un coup.
– Patience, Dieu merci, c'est toi...
– Écoute, c'est important.
– Je sais. Je sais aussi que je me suis conduit comme un idiot, mais tu dois me croire...
– Écoute-moi, veux-tu ! (Rebus se tut. Il était prêt à faire tout ce qu'elle lui demanderait sans discussion.) Ils ont pensé que tu étais toujours ici, alors quelqu'un du poste de police a appelé. C'est Brian Holmes.
– Qu'est-ce qu'il voulait ?
– Non c'est à cause de lui qu'ils ont appelé.
– Comment ça à cause de lui ?
– Il s'est retrouvé dans une sorte de... je ne sais quoi. Enfin, il est blessé.
Tenant toujours le récepteur collé à l'oreille, Rebus se leva d'un bond en traînant l'appareil derrière lui sur le plancher.
– Où est-il ?
– Quelque part dans Haymarket, dans un bar...
– Le Heartbreak Café.
– C'est ça. Et écoute, John ?
– Oui ?
– Il faut qu'on parle. Mais pas maintenant. Laisse-moi du temps.
– Quoi que tu aies à me dire, Patience, à bientôt.
John Rebus lâcha le téléphone et saisit sa veste.

Il était garé devant le Heartbreak Café moins de sept minutes plus tard. C'était l'un des charmes d'Édimbourg de pouvoir trouver un itinéraire sans feux rouges. L'établissement avait été inauguré juste un an plus tôt par un chef cuisinier qui était surtout fan d'Elvis Presley. Il avait utilisé une petite partie de sa collection de souvenirs pour décorer les murs, et toute son habileté professionnelle pour concocter un menu qui valait le déplacement même si, comme Rebus, on n'avait jamais aimé Elvis. Holmes délirait à propos de ce restaurant depuis son ouverture, s'extasiant sans fin sur un dessert dénommé « Blue Suede Choux ». Le café était un restaurant bar, où l'on servait des cocktails aux noms tapageurs sur fond musical des années cinquante et des bières américaines en bouteilles dont le prix aurait occasionné des convulsions parmi la clientèle du Broadsword. Rebus avait dans l'idée que Holmes s'était lié d'amitié avec le propriétaire ; il avait dû passer pas mal de temps ici depuis sa rupture avec Nell. Le résultat se mesurait en kilos superflus.

Vu du dehors, l'endroit n'avait rien de bien caractéristique : une façade de ciment clair percée d'une étroite fenêtre rectangulaire, partiellement garnie de publicités au néon pour des marques de bières. Au-dessus, une grande enseigne clignotait au nom du restaurant. L'action ne s'était pas déroulée là, de toute façon. Holmes avait été agressé vers l'arrière de l'établissement. Une allée étroite, permettant juste le passage d'une Ford Cortina, menait au parking des habitués. Comparé à celui de n'importe quel autre restaurant, ce parking-là était petit et en plus on y entreposait les poubelles débordantes de déchets. Rebus devina que la plupart des clients devaient se garer dans la rue. Si Holmes y mettait sa voiture, c'est d'abord parce qu'il passait ici la plus grande partie de son temps libre, et ensuite parce qu'il s'était fait égratigner sa carrosserie, un jour qu'il l'avait garée dehors.

Il y avait deux voitures sur le parking. Celle de Holmes et, sans doute, celle du patron du Heartbreak Café. C'était une Ford Capri décorée d'un portrait d'Elvis sur le capot. Brian Holmes gisait entre les deux véhicules. Jusqu'ici, personne ne l'avait bougé. Mais ce n'était qu'une question de minutes. Le médecin terminait son examen. L'un des détectives présents, reconnaissant Rebus, vint le rejoindre.

– Un sale coup derrière la tête. Il est là depuis au moins vingt minutes, heure de l'appel du patron. C'est lui qui l'a découvert. Il l'a reconnu et nous a appelés. Pourrait bien être une fracture du crâne.

Rebus se contenta d'acquiescer sans rien dire, les yeux rivés sur la silhouette de son collègue étendu à plat ventre. Le policier continuait à parler, expliquant que la respiration de Holmes était régulière, émettant les habituelles paroles rassurantes. Rebus se dirigea vers le corps et se tint immobile derrière le médecin agenouillé. Ce dernier ne lui jeta pas même un regard mais ordonna à la recrue en uniforme qui dirigeait le faisceau d'une torche sur Brian Holmes d'éclairer un peu sur la gauche. Il se mit alors à examiner cette partie du crâne de la victime.

Rebus ne distinguait pas de sang, ce qui ne voulait rien dire. Des tas de gens mouraient sans perdre la moindre goutte de sang. *Seigneur, il a l'air si paisible*. Rebus avait l'impression de contempler le contenu d'un cercueil. Il se retourna vers le détective.

– C'est quoi, déjà, le nom du patron ?
– Eddie Ringan.
– Il est là-dedans ?
– Écroulé au bar, répondit le détective avec un signe de tête.
Ça expliquait tout.
– Je vais juste lui dire un mot, conclut Rebus.

Eddie Ringan cultivait ce que par euphémisme on appelait « un problème de boisson » depuis des années, bien avant d'avoir ouvert le Heartbreak Café. C'est la raison pour laquelle les gens supposaient que l'entreprise allait péricliter comme toutes celles qu'il avait dirigées auparavant. Mais ils supposaient à tort pour la seule et unique raison qu'Eddie avait su gérer son affaire. Il s'était débrouillé pour se trouver un gérant, un gérant qui n'était pas seulement une sorte de gourou de la finance mais qui était aussi droit et solide qu'une poutre. Non seulement il ne filoutait pas Eddie, mais il le maintenait là où il devait être pendant les heures ouvrables : à la cuisine.

Eddie buvait toujours, mais il savait boire et cuisiner en même temps : pas de problème, surtout lorsqu'il avait à sa disposition un ou deux apprentis pour faire à sa place tout ce qui nécessitait un œil perçant et une main sûre. Ainsi, à en croire Brian Holmes, le Heartbreak Café était une entreprise florissante. Il n'avait toujours pas réussi à convaincre Rebus de l'accompagner pour déguster des « Crevettes à la King Créole » ou du « Love Me Tendron ». Rebus n'avait pu se résoudre à franchir la porte... jusqu'à ce soir.

Toutes les lumières étaient allumées. On avait l'impression de pénétrer dans une chapelle consacrée à son idole par un adolescent. Il y avait des posters d'Elvis sur les murs aux côtés de pochettes des disques d'Elvis, une silhouette grandeur nature du chanteur et même une pendule Elvis dont les aiguilles n'étaient autres que les bras du King. La télé était allumée et diffusait les dernières informations de la soirée : un chèque surdimensionné était remis à une association caritative devant les portes de la brasserie Gibson.

Il n'y avait personne dans le bar à l'exception d'Eddie Ringan effondré sur son tabouret de bar et d'un autre homme derrière le comptoir qui lui servait une double dose de Jim Beam. Rebus se présenta et on l'invita à s'asseoir. Le barman se présenta sous le nom de Pat Calder.

— Je suis l'associé de M. Ringan.

À la façon dont il prononça ces mots, Rebus se demanda si les jeunes gens n'étaient pas plus qu'associés en affaires. Holmes n'avait jamais mentionné le fait qu'Eddie était gay. Il reporta son attention sur le cuisinier.

Eddie Ringan n'avait probablement pas encore atteint la trentaine mais paraissait dix ans de plus. Il avait les cheveux raides et clairsemés, plantés sur une grosse tête ovale, elle-même surmontant l'ovale encore plus prononcé de son corps. Rebus avait déjà rencontré de gros cuisiniers, de très gros cuisiniers même, et Ringan était une publicité vivante pour sa propre cuisine. Son visage terreux montrait des signes d'une ivresse due non seulement à l'affaire sensationnelle du jour, mais à des semaines et des mois de constante et importante consommation.

Rebus le regarda avaler les trois centimètres de feu ambré d'une seule gorgée gourmande.

— Donne-m'en un autre.

Pat Calder secoua la tête.

— Non, pas si tu conduis. Ce monsieur est officier de police, Eddie, ajouta-t-il d'une voix claire en articulant chaque mot. Il est venu parler de Brian.

Eddie Ringan hocha doucement la tête.

— Il est tombé et s'est cogné.

— C'est ce que vous pensez vraiment ? demanda Rebus.

— Non, pas vraiment. (Pour la première fois le regard de

Ringan quitta le dessus du bar pour se planter dans les yeux de Rebus.) Il s'est peut-être fait agresser, ou alors c'était un avertissement.

– Quel genre d'avertissement ?

– Eddie a beaucoup trop bu ce soir, inspecteur, coupa Pat Calder. Il va imaginer...

– Putain, je n'imagine rien du tout. (Ringan frappa le zinc de la paume pour renforcer son propos. Il fixait toujours Rebus.) Vous savez ce que c'est. Soit c'est pour qu'on leur file de l'argent contre leur protection. Ils trouvent malin d'appeler ça une assurance. Soit c'est les autres restaurants qui se liguent contre vous, parce qu'ils n'apprécient pas que vous fassiez ce dont ils sont incapables. On se fait des tas d'ennemis dans notre partie.

Rebus opinait.

– Est-ce que vous pensez à quelqu'un, Eddie ? À quelqu'un de précis ?

Ringan secoua lentement la tête.

– Pas vraiment, non. Pas vraiment.

– Pourtant vous croyez que vous étiez peut-être la victime désignée ?

Ringan fit signe qu'on lui verse un autre verre et Calder s'exécuta. Il prit le temps de boire avant de parler.

– C'est possible. Je ne sais pas. Ils pourraient vouloir terroriser mes clients. Les temps sont durs.

Rebus se retourna vers Calder qui contemplait Eddie Ringan avec un profond mépris.

– Et vous, monsieur Calder, vous avez une idée ?

– À mon avis, c'est une simple agression.

– Il semble qu'on ne lui ait rien volé.

– Ils ont peut-être été dérangés.

– Par quelqu'un qui remontait l'allée ? Alors par où se sont-ils échappés ? Votre parking est un cul-de-sac.

– Je n'en sais rien.

Rebus regardait Pat Calder. Il devait avoir quelques années de plus que Ringan mais paraissait plus jeune. Ses cheveux noirs étaient tirés en arrière en ce que Rebus supposait être le dernier cri en matière de queue de cheval, mais il portait des favoris qui lui descendaient jusqu'au milieu des joues. Il était long et mince. De fait, on aurait pu croire qu'il avait besoin de manger. Rebus avait souvent vu plus de viande sur le crayon d'un boucher que sur les os de ce type.

— Peut-être, peut-être je dis bien, reprit Calder, peut-être qu'il est tombé, après tout. Il fait noir comme dans un four là-bas. Nous allons faire installer un éclairage.

— C'est très louable de votre part, monsieur. (Rebus quitta son inconfortable tabouret de bar.) Pendant que j'y suis, reprit-il, si jamais vous pensez à quelque chose ou plus spécialement à quelqu'un, n'hésitez pas à nous en faire part.

— Bien entendu.

Rebus fit halte devant la porte.

— Ah ! Autre chose, monsieur Calder.

— Oui ?

— Si vous laissez M. Ringan conduire ce soir, je le ferai ramasser avant qu'il n'ait atteint Haymarket. Vous ne pourriez pas le reconduire, vous ?

— Je n'ai pas le permis.

— Alors je vous conseille de mettre la main au tiroir-caisse pour lui payer un taxi. Sinon je gage que la prochaine création de M. Ringan s'appellera « Jailhouse Roquefort ».

En quittant le restaurant, Rebus put entendre le rire d'Eddie Ringan.

Il ne rit pourtant pas longtemps. La boisson requérait toute son attention.

— Sers-m'en un autre, ordonna-t-il.

Pat Calder versa silencieusement le liquide jusqu'au bord du verre. C'était l'un de ceux qu'ils avaient achetés ensemble lors d'un séjour à Miami, avec tout un tas d'autres trucs. L'argent provenait généralement des poches de Pat Calder ou de celles de ses parents. Il tint le verre à hauteur des yeux de Ringan, lui porta un toast et en vida lui-même le contenu. Et quand Ringan se mit à râler, Calder le gifla.

Ringan n'eut l'air ni surpris ni blessé. Alors Calder le frappa derechef.

— Espèce de pédé stupide, siffla-t-il, pauvre connard de pédé.

— J'y peux rien, répliqua Ringan en poussant vers lui son

verre vide. Je suis tout retourné. Alors sers-moi à boire avant que je ne fasse quelque chose de vraiment stupide.

Pat Calder réfléchit un instant. Puis il remplit le verre d'Eddie Ringan.

L'ambulance conduisit Holmes à l'hôpital Royal.

Rebus n'avait jamais été convaincu par cet hôpital. Il lui semblait plein de bonnes intentions et vide de personnel qualifié. Aussi décida-t-il de rester près du lit de Brian Holmes autant qu'on voudrait bien le lui permettre. Et, malgré le temps qui passait, il ne flancha pas. Il glissa simplement de plus en plus bas le long du mur auquel il était appuyé. À présent, sa tête reposait sur ses genoux et ses avant-bras sur le sol. Il sentit que quelqu'un le toisait. C'était Nell Stapleton. Rebus la reconnut d'abord à sa grande taille bien avant que ses yeux n'aient atteint le visage ravagé de larmes.

– Bienvenue, Nell.

– Oh ! Seigneur, John.

Ses larmes se remirent à couler. Il se redressa et la serra rapidement dans ses bras. Les mots qu'elle prononçait se bousculaient à son oreille.

– On s'est parlé pas plus tard que ce soir. J'ai été atroce. Et maintenant, ça...

– Chut, Nell. Ce n'est pas ta faute. Ces choses-là peuvent arriver n'importe quand.

– C'est vrai mais je ne peux pas m'empêcher de penser que la dernière fois qu'on s'est vus, c'était pour nous disputer. Si on ne s'était pas disputés...

– Chut, poussin. Calme-toi maintenant.

Il la serra plus fort contre lui. *Dieu, que c'était bon*. Il avait un peu honte de ses sensations, mais c'était bon quand même. Son parfum, ses formes, la façon dont elle se collait à lui...

– On s'est disputés, alors il est parti pour ce bar, et puis...

– Chut, Nell. Ce n'est pas ta faute.

Il croyait à ce qu'il disait tout en se demandant à qui revenait cette faute : à des racketteurs ? Des concurrents jaloux ? Un simple quidam ? Difficile à dire.

– Je peux le voir ?

– Bien sûr.

Il lui désigna le lit. Puis il se retourna vers le mur comme Nell Stapleton s'en approchait, désireux de laisser un peu d'intimité au couple. Non que ce geste soit nécessaire : Holmes était toujours inconscient, relié à une sorte de moniteur et la tête largement bandée. Cependant il pouvait presque saisir les mots que Nell prononçait à l'attention de l'amant avec lequel elle s'était brouillée. Le ton qu'elle employait lui fit penser au Dr Patience Aitken, ce qui lui fit presque souhaiter être lui-même étendu là, inconscient. C'était agréable de penser que des gens vous murmuraient des choses gentilles.

Au bout de cinq minutes, elle revint vers lui d'un pas lourd.

– C'est dur, hein, suggéra Rebus.

Nell Stapleton opina.

– Tu sais, dit-elle d'une voix calme. Je crois que j'ai une idée de la cause de tout ça.

– Ah oui ?

Elle murmurait presque, dans cette salle isolée. Ils étaient pourtant les deux seuls êtres éveillés à la ronde. Elle soupira profondément. Rebus se demandait si elle avait jamais pris des cours d'art dramatique.

– Le carnet noir, dit-elle.

Rebus hocha la tête comme s'il avait compris, puis fronça les sourcils.

– Quel carnet noir ? demanda-t-il.

– Je ne devrais sûrement pas t'en parler, mais tu es plus qu'un simple collègue, non ? Tu es son ami. (Elle soupira à nouveau.) C'est le carnet de Brian. Rien d'officiel, il y consignait des trucs sur lesquels il enquêtait en douce.

Rebus, craignant de réveiller quelqu'un, la conduisit hors de la salle.

– C'était son journal ? questionna-t-il.

– Pas vraiment. C'est juste que quelquefois il prêtait l'oreille à des rumeurs, des bruits de cafés. Et il notait tout ça dans son carnet noir. Et puis il approfondissait la chose. C'était comme un passe-temps pour lui, ou il y voyait peut-être le moyen de monter plus vite en grade. Je ne sais pas. C'était une des raisons de nos disputes. On n'était presque jamais ensemble. Il était trop occupé.

Rebus fixait le mur du couloir. La lumière des plafonniers lui brûlait les yeux. Il n'avait jamais entendu Holmes mentionner le moindre carnet.

— Qu'est-ce que tu sais encore ?

Nell secoua la tête.

— C'est juste une chose qu'il a dite avant qu'on... (Elle porta la main à la bouche, comme si elle allait fondre en larmes.) Avant qu'on ne se sépare.

— Qu'est-ce que c'était, Nell ?

— Je ne suis pas très sûre. (Elle croisa le regard de Rebus.) Tout ce que je sais c'est que Brian était terrifié et que je ne l'avais jamais vu comme ça.

— Terrifié par quoi ?

Elle haussa les épaules.

— Par quelque chose dans le carnet...

S'interrompant, elle secoua la tête.

— Je ne sais pas très bien. Je ne peux pas m'empêcher de penser... de penser que je suis en partie responsable. Si nous n'avions pas...

Rebus la reprit dans ses bras.

— Là, là, poussin. Ce n'est pas ta faute.

— Mais si. Si.

— Non, certainement pas.

Puis, d'une voix déterminée, il demanda :

— Maintenant, dis-moi, où Brian conservait-il ce fameux carnet ?

La réponse était : sur lui. Les vêtements et autres possessions de Brian Holmes lui avaient été enlevés dès son arrivée à l'hôpital. Mais le statut d'inspecteur de Rebus était suffisant pour avoir accès au vestiaire de l'établissement, même à cette heure indue. Il extirpa le carnet de l'une des grandes enveloppes destinées à recueillir les objets personnels des patients et jeta un œil sur les autres possessions de Holmes : portefeuille, agenda, plaque de police, clefs, petite monnaie. Tout un tas de choses impersonnelles, maintenant qu'on les avait ôtées à leur propriétaire, mais qui renforçaient chez Rebus la conviction qu'il ne s'agissait pas d'une simple agression.

Nell était rentrée chez elle, toujours en larmes, mais sans laisser de message pour Brian. Et Rebus restait avec cette impression : elle soupçonnait le carnet d'avoir été la cause de son passage à tabac. Il se pouvait qu'elle ait raison. Il s'assit dans le couloir devant la porte de la salle où Holmes reposait, sirotant un verre d'eau en scrutant les pages du carnet bon marché recouvert de simili cuir noir. Holmes utilisait une sorte de sténo mais son code secret était trop simpliste pour dérouter un autre flic. La plupart des informations avaient été recueillies une par une, soir par soir, lieu par lieu : une nuit, le groupuscule d'action d'une association pour la défense des droits des animaux avait fait irruption dans les locaux informatiques du siège de Fettes. Entre autres choses, ils avaient découvert l'existence d'un réseau pédophile impliquant quelques-uns des citoyens les plus respectables d'Édimbourg. Ça, ce n'était pas une nouvelle pour John Rebus mais d'autres notes l'intriguaient beaucoup plus, en particulier celle qui faisait référence à l'hôtel Central.

Jusqu'à il y a cinq ans, date de sa destruction, l'hôtel Central avait fait partie des institutions d'Édimbourg. On avait suspecté une escroquerie à l'assurance et la compagnie intéressée avait offert une prime de 5 000 livres pour prouver que cette arnaque était réelle. Jusqu'à présent, personne n'était venu la réclamer.

Dans le temps, l'hôtel avait été un paradis pour les voyageurs. Situé sur Princes Street, tout près de la gare de Waverley, il servait de pied-à-terre aux hommes d'affaires en déplacement. Cependant, au cours des dernières années de son existence, la comptabilité du Central avait périclité. Et tandis que les affaires honnêtes déclinaient, les affaires parallèles avaient pris le pas. C'était un secret de polichinelle : les chambres respectables du Central se louaient à l'heure. Le personnel y portait le champagne et autant de vaseline que les clients en demandaient.

En d'autres termes, le Central était devenu une maison close, et pas des plus discrètes. Il pourvoyait aussi aux besoins les plus louches des habitants de la ville, sous toutes leurs formes. On y organisait des réceptions de mariage et des nuits « entre hommes » pour la crème des voyous du secteur. Les mineurs pouvaient se prélasser au bar pendant des heures, certains qu'aucun flic honnête ne passerait les portes. Ces privautés envers la loi en engendrèrent de nouvelles, et bientôt on utilisa les salons pour y revendre de la drogue et bien d'autres choses pas moins excitantes. Le Central n'était plus une maison close. C'était un bordel.

Un boxon menacé d'expulsion.

La police ne pouvait tout de même pas fermer les yeux pour l'éternité plus un jour, surtout si les plaintes s'accumulaient semaine après semaine. Et plus la racaille s'introduisait au Central, plus le Central produisait d'ordure. On en était arrivé au point où aucun vrai buveur n'aurait été s'asseoir à son bar. Celui qui entrait au Central cherchait une pute, de la came ou la baston. Et que Dieu vienne en aide à celui qui ne cherchait que des joies saines.

Puis, comme ça devait arriver, une nuit, le Central brûla jusqu'aux fondations. L'incident ne surprit personne. Les reporters des journaux locaux hésitèrent même à y consacrer un entrefilet. La police était ravie, comme de juste. L'incendie lui évitait de faire une descente dans la boîte.

Mais, le matin venu, ils eurent une surprise : personne n'avait manqué à l'appel, ni employés ni clients, et pourtant un cadavre fut découvert dans les décombres. Un corps tellement calciné qu'il ne permettait aucune identification.

Le corps de quelqu'un qui était mort avant l'incendie.

Tous ces détails, Rebus les connaissait. Il aurait été indigne de son grade d'inspecteur de la police d'Édimbourg s'il les avait ignorés. Mais le carnet noir de Holmes suggérait des pistes terriblement tentantes. Ou ce qui en avait l'air. Rebus relut toute cette partie :

Incendie du Central. El était là ! Poker au premier étage. Frères R. impliqués (et Mork ??). À creuser.

Il étudiait l'écriture de Holmes en essayant de déterminer si le journal parlait de El ou de E.1, la lettre l ou le chiffre 1. Si c'était la lettre l, Holmes indiquait-il par « El » un équivalent phonétique à la lettre L ? Que signifiait le point d'exclamation ? Il semblait bien que la présence de El (ou L ou E-un) représentait une sorte de révélation aux yeux de Brian Holmes.

Qui diable pouvaient bien être les frères R. ? Rebus pensa immédiatement à Michael et à lui-même, les frères Rebus, mais chassa l'image de son esprit. Pareil pour Mork, ça faisait penser à une mauvaise série télévisée, rien de plus.

C'est vrai, il était trop fatigué pour tout ça. Demain serait un autre jour. Demain, peut-être, Brian serait réveillé et prêt à tout traduire. Rebus décida de dire une petite prière pour sa guérison avant d'aller se coucher.

3

Sa prière n'avait pas été entendue. Brian Holmes n'avait toujours pas repris connaissance quand Rebus appela l'hôpital à sept heures du matin.
– Il est dans le coma, ou quoi ?
À l'autre bout du fil, la voix était froide et impersonnelle.
– On lui fait des tests, ce matin.
– De quel genre ?
– Êtes-vous un membre de la famille de M. Holmes ?
– Bon Dieu ! non. Je suis...
Quoi, un inspecteur de police ? Son patron ? Juste un ami ?
– Laissez tomber.
Il raccrocha. Une de ses locataires étudiantes passa la tête par la porte du salon.
– Vous voulez une tisane ?
– Non merci.
– Un bol de muesli ?
Rebus secoua la tête. Elle lui sourit avant de disparaître. Tisane ou muesli, Dieu tout-puissant ! Quelle drôle de façon de commencer la journée. La porte du débarras s'ouvrit de l'intérieur et Rebus fut interloqué d'en voir sortir une toute jeune fille, uniquement vêtue d'une chemise d'homme, qui se frottait les yeux à la lumière du jour. Elle lui sourit en passant à côté de lui pour se diriger vers la porte. Elle se déplaçait sur la pointe des pieds, pour éviter de sentir le froid du linoléum.
Pendant dix secondes, Rebus fixa la porte du salon.

Puis il se dirigea vers le débarras. Michael était tout nu sur le lit étroit, ce lit que Rebus avait acheté d'occasion le week-end dernier. Il se caressait le menton en fixant le plafond. L'atmosphère du cagibi était fétide.
— À quoi est-ce que tu joues ? demanda Rebus.
— Elle a dix-huit ans, John.
— C'est pas le problème.
— Ah bon ?

Rebus n'en était plus si sûr. C'est seulement qu'il discernait quelque chose de dégoûtant dans le fait que son frère partage le débarras avec une étudiante alors qu'il dormait sur un divan à moins de trois mètres. C'était dégueulasse. Tout était dégueulasse. Michael allait devoir partir. Rebus devait se trouver un hôtel ou autre chose. Il était impensable qu'ils continuent à vivre dans ces conditions. Ce n'était pas chic pour les étudiants.
— Tu devrais peut-être venir au pub avec nous plus souvent, proposa Michael. C'est ça qui déconne avec toi.
— Quoi ?
— Tu ne connais pas la vie, John. Il serait temps que tu te décides.

Michael souriait toujours lorsque son frère claqua la porte derrière lui.

— Je viens d'apprendre pour Brian.

L'agent Siobhan Clarke avait l'air malheureux. Toute couleur avait déserté son visage à l'exception de deux taches rouges en haut des pommettes et du rouge plus pâle de ses lèvres. Rebus, d'un signe de tête, la fit s'asseoir. Elle tira une chaise jusqu'à son bureau.
— Qu'est-ce qui s'est passé ?
— Quelqu'un l'a frappé à la tête.
— Avec quoi ?

Ça, c'était une bonne question, une vraie question de flic. C'était aussi la question que Rebus avait oublié de poser la nuit précédente.
— Nous l'ignorons, esquiva-t-il. Comme nous ignorons encore le mobile.
— Ça s'est passé près du Heartbreak Café ?

– Derrière, dans le parking, approuva Rebus.
– Il n'arrêtait pas de me proposer d'aller dîner avec lui.
– Brian a toujours tenu ses promesses. Ne vous inquiétez pas, Siobhan, il s'en sortira.

Elle opina, se raccrochant à ces bonnes paroles.
– J'irai le voir un peu plus tard.
– Si vous voulez, dit-il.

Il ne savait pas quel sous-entendu elle pouvait mettre dans ces quelques mots. Elle reporta les yeux sur lui.
– Oui, je veux, répondit-elle.

Après le départ de Siobhan, Rebus prit connaissance d'une note de l'inspecteur chef Lauderdale. Elle détaillait les plans initiaux de surveillance pour l'opération lancée contre les usuriers. On demandait à Rebus s'il avait des questions et des « commentaires constructifs ». Il sourit en lisant ces mots, sachant bien que Lauderdale les avait utilisés à dessein dans l'espoir de décourager les critiques que Rebus ne manquait jamais d'émettre à chaque fois qu'on lui soumettait un problème. À cet instant, un planton vint lui apporter un gros colis, celui qu'il attendait. Il souleva les rabats du carton et déballa des dossiers énormes. C'étaient tous les rapports sur l'affaire de l'hôtel Central depuis sa construction jusqu'à sa triste destruction. Sachant que l'examen de ces papiers lui prendrait la matinée, il récupéra la note de Lauderdale, inscrivit en gros « OK », apposa sa signature et la jeta dans la corbeille du courrier au départ. Lauderdale n'en croirait pas ses yeux. Il ne voudrait pas croire que Rebus avait accepté cette surveillance sans même un murmure. *De quoi rendre l'inspecteur chef perplexe pour un bout de temps*, sourit-il intérieurement.

La journée de bureau ne commençait donc pas si mal.

Rebus prit le premier dossier dans le carton et s'assit pour le lire.

Il en était à sa deuxième page de notes quand le téléphone sonna. C'était Nell Stapleton.
– Nell, où es-tu ?

Rebus continuait de noircir sa page.
– Au travail. J'ai pensé qu'il fallait que j'appelle pour savoir si tu avais trouvé quelque chose.

Il finit d'écrire la phrase qu'il avait commencée.
– Quelque chose ?
– Sur ce qu'il est arrivé à Brian.
– Jusqu'à présent, je n'ai aucune certitude. Il nous en dira peut-être plus en se réveillant. Tu as appelé l'hôpital ?
– À la première heure.
– Moi aussi.
Rebus se remit à écrire. À l'autre bout de la ligne, il percevait une certaine nervosité derrière le silence.
– Qu'est-ce que tu a trouvé dans ce carnet noir ?
– Ah ! ça. J'y ai jeté un petit coup d'œil.
– Tu as trouvé ce qui effrayait Brian ?
– Peut-être bien que oui, peut-être bien que non. Ne t'en fais pas, Nell. J'y travaille.
– Très bien. (On sentait un véritable soulagement dans sa voix.) Mais quand Brian se réveillera, ne lui dis pas que je t'en ai parlé, s'il te plaît, reprit-elle.
– Pourquoi pas ? Je pense que... que ça prouve que tu t'inquiètes pour lui.
– Bien sûr que je m'inquiète.
– Mais ça ne t'a pas empêchée de le virer.
Il s'en voulut d'avoir dit ça, mais trop tard. Il entendait l'angoisse dans sa respiration et l'imagina à la bibliothèque de l'université, tentant de dissimuler son visage à ses collègues.
– John, reprit-elle enfin, tu ne connais pas toute l'histoire. Tu n'as entendu que la version de Brian.
– C'est vrai. Tu veux me raconter la tienne ?
Elle réfléchit un moment.
– Pas comme ça, pas au téléphone. Peut-être une autre fois.
– Quand tu voudras, Nell.
– Je dois retourner à mon boulot. Tu vas voir Brian aujourd'hui ?
– Sans doute ce soir. Ils doivent lui faire subir des tests toute la matinée. Et toi ?
– J'y passerai sûrement. Ce n'est qu'à deux minutes.
C'était tout à fait exact. Rebus pensa à Siobhan Clarke. Pour une raison inavouée, il ne souhaitait pas que les deux jeunes femmes se rencontrent au chevet de Brian.
– À quel moment penses-tu y aller ?

– À l'heure du déjeuner, je suppose.
– Oh ! Une dernière chose, Nell.
– Oui ?
– Connais-tu des ennemis à Brian ?

Elle mit quelques secondes à lui répondre : « Non. » Rebus patienta pour voir si elle avait quelque chose à ajouter.

– Bon, prends bien soin de toi, Nell.
– Toi aussi, John. Salut.

Après avoir raccroché, Rebus revint à ses notes. Il s'arrêta brusquement au bout d'une demi-phrase et tapota le coin de sa bouche avec son stylo. Il passa alors nombre de coups de fil à ses contacts (il n'aimait pas le mot « indics ») en les priant de tendre l'oreille à propos d'une affaire de coups et blessures derrière le Heartbreak Café.

– C'est un de mes collègues, ce qui signifie que j'y attache de l'importance, compris ?

Il s'était décidé à employer le mot « collègue », mais au fond de lui il pensait : ami.

À l'heure du déjeuner, il se rendit à pied jusqu'à l'université pour présenter ses hommages au membre le plus intéressant du département de pathologie. Il avait téléphoné un peu plus tôt et le Dr Curt l'attendait déjà dans son bureau, revêtu de son imperméable beige et fredonnant un air de musique classique qu'à son grand dépit Rebus connaissait sans pouvoir le nommer.

– Ah ! Inspecteur, quelle agréable surprise.
– Vraiment, répliqua Rebus en battant des paupières.
– Certainement. D'habitude, lorsque vous venez me harceler, c'est à cause d'une nouvelle affaire urgente. Mais aujourd'hui... Curt déploya les bras en signe de soulagement. Aujourd'hui, pas d'affaire en cours. Et en plus vous m'avez téléphoné pour m'inviter à déjeuner. Il n'y a donc rien à faire à St Leonard ?

C'était bien loin d'être le cas, mais Rebus s'était assuré que la besogne était en de bonnes mains. Avant de partir, il avait donné assez de travail à Siobhan Clarke pour être certain qu'elle ne sortirait pas à l'heure du déjeuner sauf pour courir avaler un sandwich et un verre de soda à la cafétéria. Lorsqu'elle s'en était

plainte, il lui avait assuré qu'il lui laisserait un moment dans l'après-midi pour aller voir Brian Holmes.
— À propos, tu t'y fais ?
Rebus haussa les épaules.
— On peut me mettre n'importe où, ça m'est égal. Où veux-tu déjeuner ?
— J'ai pris la liberté de réserver une table au club de l'université.
— Comment, à la cantine ?
Curt rit en agitant la tête. Il avait poussé Rebus hors de son bureau et fermait la porte à clef.
— Non, dit-il. Il y a bien une cantine ici, mais comme c'est toi qui paie j'ai préféré opter pour quelque chose d'un peu plus raffiné.
— Alors, en route pour le raffinement.

La salle à manger occupait le rez-de-chaussée près de la porte d'entrée du club des Dirigeants sur Chambers Street.
Ils avaient parcouru à pied la courte distance qui les en séparait sans parler de grand-chose car le grondement de la circulation les empêchait de s'entendre. Curt marchait toujours à une allure soutenue, comme s'il allait être en retard à quelque rendez-vous. Mais il fallait reconnaître que c'était un homme occupé : professeur titulaire de sa chaire, il devait en outre accomplir de nombreux travaux qui lui étaient demandés par toutes les forces de police d'Écosse et en particulier la P.J. d'Édimbourg.
La salle à manger n'était pas vaste mais les tables étaient agréablement espacées. Rebus fut heureux de constater que les prix affichés étaient raisonnables, mais l'addition atteint soudain des chiffres mirobolants quand Curt commanda une bouteille de vin.
— Ma contribution, dit-il.
Mais Rebus fit un signe de dénégation.
— Non, celle du directeur, corrigea-t-il.
Après tout, il avait bien l'intention de faire passer cette dépense en note de frais. On leur servit le vin avant le potage. En regardant la serveuse le lui verser, Rebus se demandait quand il allait engager la véritable conversation.

— À la nôtre, dit Curt en levant son verre. Puis : Alors, que se passe-t-il ? Vous n'êtes pas du genre à inviter un ami à déjeuner pendant vos heures de service, sauf si vous voulez un renseignement que quelques pintes de bière et des amuse-gueule dans un pub enfumé ne pourraient vous faire obtenir.

Sa réflexion fit sourire Rebus.

— Vous souvenez-vous du Central ?

— L'espèce de bouge sur Princes Street. Il a brûlé il y a six-sept ans.

— Cinq ans, seulement !

Curt prit une autre lampée de vin.

— Si j'ai bonne mémoire, on y a retrouvé un cadavre tout chaud. Un « beignet croustillant », comme on appelle ça chez nous.

— Lorsque vous avez examiné le cadavre, vous avez remarqué qu'il n'était pas mort par crémation, non ?

— On a trouvé de nouveaux indices ?

— Non, pas vraiment, je voulais seulement vous demander ce que vous aviez retenu de l'affaire.

— Eh bien, voyons...

Curt s'interrompit alors qu'on leur servait le potage. Il en avala trois ou quatre cuillerées avant de s'éponger délicatement les lèvres avec sa serviette.

— Le cadavre n'a jamais été identifié. Je me souviens que nous avons essayé de le faire à partir des empreintes dentaires, en vain. Il était méconnaissable, bien sûr, mais les gens croient toujours bêtement qu'un corps brûlé ne parle pas. C'est moi qui l'ai autopsié et, comme je m'y attendais, j'ai trouvé tous les organes internes en parfait état. Grillé à l'extérieur mais bien saignant à l'intérieur, comme les steaks qu'affectionnent nos amis Français.

À la table d'à côté, un couple tendait l'oreille, mastiquant son déjeuner les yeux rivés sur la nappe. Curt ne les avait pas remarqués ou s'en fichait complètement.

— Ses empreintes génétiques ont circulé partout pendant quatre ans. Nous avions trouvé du sang frais dans son cœur mais nous n'avons jamais pu le comparer avec quoi que ce soit. Comme de bien entendu, ce cœur était le nœud de l'affaire.

— À cause de la blessure par balle.

– Des deux blessures, entrée et sortie. Ça vous a obligés à passer les lieux du crime au peigne fin, hein ?

Rebus acquiesça. Ils avaient fouiné au voisinage immédiat de l'endroit où le corps avait été découvert, puis avaient élargi leurs recherches. En fin de compte, un élève policier avait trouvé le projectile : une balle de calibre .8 qui correspondait bien à la blessure mais n'ouvrait aucune voie d'investigation.

– Vous avez découvert aussi que l'homme avait eu un bras cassé peu de temps auparavant, souligna Rebus.

– Je l'avais oublié.

– Mais ça non plus ne nous a pas aidés.

– Pas étonnant, dit Curt en sauçant son bol avec un morceau de pain. Quand on songe à la réputation qu'avait le Central. Il est probable qu'un client de l'endroit sur deux s'était déjà bagarré et avait souffert d'une ou plusieurs fractures.

Rebus était bien d'accord.

– Pourtant il n'a jamais été identifié. Si ç'avait été un habitué ou un membre du personnel, quelqu'un se serait aperçu de sa disparition. Or personne n'est jamais venu nous signaler un fait de ce genre.

– Enfin, tout ceci s'est passé il y a bien longtemps. Êtes-vous en train de réveiller de vieux fantômes ?

– Celui qui a assommé Brian Holmes n'avait rien d'un spectre.

– Le sergent Holmes ? Qu'est-ce qui lui est arrivé ?

Rebus avait espéré pouvoir passer l'après-midi à relire une partie du dossier. Au départ, il avait pensé qu'il lui faudrait tout au plus une demi-journée pour revoir toute l'affaire mais il avait péché par optimisme. À présent, il se voyait plutôt attelé à cette tâche pour trois ou quatre jours sans compter les soirées où il relirait le dossier à la maison. Il y avait de quoi faire : long compte rendu des pompiers et de la commission, coupures de presse, rapports de police, dépositions des témoins...

Mais lorsqu'il regagna St Leonard, Lauderdale l'attendait. Il avait bien reçu la note de Rebus sur la surveillance des prêteurs sur gages assortie de son bref commentaire et maintenant il voulait lancer l'opération. Ce qui eut pour conséquence de contraindre Rebus à un séjour de deux heures dans le bureau de l'inspecteur chef. Ils passèrent la première en tête à tête puis furent rejoints par l'inspecteur Alister Flower, qui appartenait au commissariat de St Leonard depuis son ouverture en 1989 et se glorifiait encore du fait qu'en serrant la main d'un haut dignitaire présent pour l'occasion, ils s'étaient aperçus qu'ils étaient tous deux francs-maçons et que Flower l'était à un degré supérieur.

Flower n'avait jamais admis la présence des « envahisseurs » du poste de Great London Road. S'il y avait désaccord ou disputes au sein du poste de St Leonard, on pouvait être certain que Flower y était pour quelque chose. Et si quoi que ce soit réunissait Lauderdale et Rebus, c'était leur aversion commune pour Flower. Encore que Lauderdale fût progressivement en train de changer de camp.

Rebus, pour sa part, méprisait même la façon dont l'homme épelait son prénom. Il le surnommait « Mauvaise herbe » et pensait que Flower devait être à l'origine de ces soudaines investigations du percepteur.

Pour l'opération contre les usuriers, Flower serait à la tête de l'autre équipe de surveillance. Dans un effort typique pour se concilier les bonnes grâces de l'individu, Lauderdale lui offrit le choix du lieu à surveiller. Soit le pub où, paraissait-il, traînaient les prêteurs et où ils recevaient les paiements. Soit ce qui semblait être le Q.G. du gang, un bureau attenant à une compagnie de taxis sur Gorgie Road.

— Je me suis arrangé pour la surveillance de Gorgie Road avec le Q.G. de la division ouest, dit Lauderdale, toujours efficace derrière un bureau.

Qu'on le lâche dans la rue et il était aussi utile qu'un cautère sur une jambe de bois, Rebus le savait bien.

— Bien, dit Flower, si l'inspecteur Rebus est d'accord, je crois que je préférerais surveiller le pub. C'est plus près de chez moi.

Et il fit un grand sourire.

— Un choix judicieux, répondit Rebus, bras croisés et jambes étendues devant lui.

Lauderdale hochait la tête, le regard voletant de l'un à l'autre.

— Bon, voici une affaire réglée. Passons aux détails de l'opération.

Détails que Rebus et lui-même avaient déjà passé en revue durant l'heure qui avait précédé l'arrivée de Flower. Rebus essaya sans succès de se concentrer sur ceux-ci. Il désespérait de retourner au dossier du Central. Mais plus son agitation augmentait, moins les choses avançaient.

En lui-même, le plan était simple. Les prêteurs travaillaient aux alentours du pub Firth sur Tollcross. Ils y repéraient les gogos et en général y attendaient les débiteurs qui venaient rembourser leurs dettes hebdomadaires. L'argent était alors regroupé pour être convoyé au bureau de Gorgie Road. C'est là que les débiteurs venaient, en dernier ressort, et là qu'on avait une chance de coincer le principal maillon visible de la chaîne.

Les hommes qui exerçaient leur coupable activité près du Firth n'étaient que des sous-fifres. Ils ramassaient la monnaie et parfois, quand le besoin s'en faisait sentir, ils allaient jusqu'à menacer les payeurs récalcitrants.

Mais dans les situations critiques, tout le monde s'en remettait à Davey Dougary. Davey, en bon homme d'affaires, passait tous les matins au bureau, garant sa BMW 635 C.S.I. avec la batterie de taxis. Entre l'auto et le bureau, si le temps s'y prêtait, il ôtait sa veste et retroussait ses manches. On devait ces détails à la brigade de Répression des Fraudes qui tenait le bonhomme à l'œil depuis un bout de temps.

Les officiers de cette brigade participeraient d'ailleurs aux planques. La police n'était là qu'en renfort, mais toute l'opération appartenait à la brigade. Elle l'avait d'ailleurs surnommée « Bourses Pleines ». *Encore un choix judicieux*, songeait Rebus, *et tellement original*. Planquer au pub signifiait : rester là à lire le journal, cocher des numéros de chevaux sur un bulletin de pari, jouer au loto sportif, aux dominos ou mettre de l'argent dans le juke-box. Et puis, bien sûr, boire de la bière jusqu'à plus soif. Après tout, ils n'allaient pas faire le pied de grue sur le trottoir.

La surveillance du bureau consistait à rester assis devant la fenêtre d'un logement inoccupé dans l'immeuble d'en face. Le local était dépourvu d'agrément, de toilettes et de chauffage (tous les accessoires de la salle de bains avaient été volés un peu plus tôt dans l'année, tous, jusqu'à la cuvette des chiottes). Heureuse perspective pour Holmes et Clarke qui se partageraient cette charge, en supposant toutefois que Holmes soit remis sur pieds. Il songea à ses deux jeunes collègues passant de fastidieuses journées blottis l'un contre l'autre dans un double sac de couchage pour se tenir chaud. Saloperie. Dieu merci, Dougary ne travaillait pas la nuit et il y aurait toujours un membre de la brigade des Fraudes à proximité.

Et le seul fait de penser qu'ils allaient épingler Davey Dougary réchauffait le cœur de Rebus. Dougary était aussi mauvais qu'une pomme pourrie. Sous ses aspects d'homme intègre, il n'y avait rien à sauver. Et, bien sûr, Dougary était l'un des principaux lieutenants du gros Gerry Cafferty. On avait même vu Cafferty une fois au bureau, l'événement avait été immortalisé sur pellicule. Mais grand bien leur fasse : il avait mille bonnes raisons d'être là et aucune n'avait pu le mener devant la justice. Ils pinceraient peut-être Dougary, mais ils étaient encore loin de Cafferty, si loin qu'on aurait pu dire qu'ils tournaient encore la manivelle alors que lui passait déjà en cinquième.

— Bon, dit Lauderdale, on pourrait s'y mettre à partir de lundi prochain, d'accord ?

Rebus sortit de sa rêverie. À l'évidence, on avait beaucoup discuté pendant que son esprit vagabondait. Il se demanda s'il aurait été d'accord sur le moindre point (mais qui ne dit mot, consent).

— Aucun problème, dit Flower.

Rebus remua sur sa chaise, comprenant qu'il devait s'impliquer.

— J'aurai sans doute besoin de quelqu'un pour remplacer le sergent Holmes.

— Ah oui ! Comment va-t-il ?

— Je n'ai pas de nouvelles fraîches, mentit Rebus, mais j'appellerai avant de partir.

— Parfait, tenez-moi au courant.

— On a commencé une collecte, interrompit Flower.

— Mais bon Dieu, il n'est pas encore mort !

Flower ne broncha pas.

— On ne sait jamais, dit-il.

— C'est un beau geste, souligna Lauderdale.

Flower haussa hypocritement les épaules. Alors Lauderdale sortit son portefeuille et lui tendit à contrecœur un billet de cinq livres.

Quelle dépense somptuaire, songea Rebus. Même Flower semblait ahuri.

– Cinq sacs, dit-il, bien inutilement.

Lauderdale refusa tout remerciement. Il voulait que Flower prenne l'argent, un point c'est tout. Le portefeuille avait réintégré sa poche. Flower glissa le billet dans la poche de poitrine de sa chemise et se leva. Tout comme Rebus qui n'éprouvait pourtant aucune impatience à se retrouver seul dans le couloir avec Flower. Mais Lauderdale l'arrêta.

– Encore un mot, John.

Flower fit une grimace faussement apitoyée, pensant que Rebus allait probablement se faire remonter les bretelles pour sa sortie intempestive. Mais ce n'était pas du tout ce que Lauderdale avait en tête.

– Dites, je suis passé dans votre bureau, un peu plus tôt. J'ai vu que vous aviez ressorti le dossier de l'incendie du Central. Des vérifications, je suppose... (Rebus ne répondit pas.) Quelque chose que je devrais savoir ?

– Non, monsieur, dit Rebus en se dirigeant vers la porte. (Il estimait que Flower avait dû regagner son bureau.) Rien qui vous concerne, reprit-il. Une simple étude de cas que j'ai entreprise. Vous diriez : étude historique.

– Plutôt archéologique.

Ce qui n'était pas loin de la vérité : vieux ossements et hiéroglyphes pour tenter de ramener les morts à la vie.

– Le passé peut avoir son importance, monsieur, dit Rebus en prenant congé.

4

Certes, le passé avait son importance à Édimbourg. La ville s'en repaissait comme un serpent se mord la queue. Et le passé de Rebus lui-même semblait resurgir de partout. Sur son bureau reposait un message de la main de Clarke. Il semblait qu'elle était partie voir Holmes, mais elle avait noté le contenu d'un appel téléphonique destiné à son supérieur :

L'inspecteur Morton a appelé de Falkirk. Il rappellera plus tard. Il n'a pas voulu dire à quel sujet. Peu communicatif. Je serai là dans deux heures.

Elle était bien du genre à rattraper ces deux heures en restant plus tard au bureau plusieurs soirs de suite et ce, bien que Rebus l'ait privée de sa pause déjeuner. Quoique anglaise, il y avait quelque chose de très protestant écossais chez Siobhan Clarke. Ce n'était pas de sa faute si elle s'appelait Siobhan. Ses parents avaient été professeurs de littérature anglaise à l'université d'Édimbourg dans les années soixante. Ils l'avaient affublée d'un prénom gaélique avant de regagner le sud du pays pour lui faire suivre des études à Nottingham et à Londres. Elle était revenue ici comme étudiante et était tombée amoureuse (d'après ce qu'elle disait) de la ville elle-même. Elle avait ensuite décidé de faire carrière dans la police (s'aliénant du même coup l'affection de ses amis, et, supposait Rebus, celle de ses libéraux de parents). Ils lui avaient pourtant acheté un appartement à New Town, donc la rupture ne devait pas être définitive.

Rebus pressentait qu'elle ferait son chemin dans la police, en dépit de types comme lui. Les femmes devaient travailler deux fois plus que les hommes pour obtenir le même avancement que leurs collègues masculins, chacun savait ça. Mais Siobhan tenait le bon rythme et par Dieu, quelle mémoire elle avait ! D'ici un mois il pourrait lui rappeler la note qu'elle venait de poser sur son bureau et elle lui restituerait mot pour mot toute la conversation téléphonique. C'était stupéfiant.

Presque aussi stupéfiant, le fait que le nom de Jack Morton ait refait surface à ce moment précis. Encore l'un des fantômes du passé de Rebus. Lorsqu'ils avaient travaillé ensemble six ans plus tôt, Rebus n'aurait pas donné au jeune Morton une espérance de vie supérieure à quatre ou cinq ans, tant il buvait et fumait.

Il n'avait pas laissé de numéro où le rappeler. Il ne lui aurait pas fallu plus de cinq minutes pour trouver les cordonnées de la tôle de Morton, mais il n'en avait pas envie. Il préférait se remettre à l'étude des dossiers qui jonchaient son bureau. Cependant il appela d'abord l'hôpital pour s'enquérir des progrès dans la guérison de Brian Holmes. Il n'y en avait aucun, mais pas non plus de signe d'aggravation de son état.

— C'est gai !
— C'est juste l'expression consacrée, lui confia la voix au téléphone.

On n'aurait pas les résultats des examens avant le lendemain matin. Il réfléchit un instant et passa un autre coup de fil au cabinet de Patience Aitken. Elle était en visite à l'extérieur, aussi Rebus laissa-t-il un message. Il pria la réceptionniste de le lui relire afin de s'assurer qu'il sonnait juste.

J'ai pensé devoir t'appeler pour te donner des nouvelles de Brian. Je suis désolé de ne pas avoir pu te parler mais tu n'étais pas là. Si tu veux, tu peux me joindre à Arden Street. John.

Ça devrait faire l'affaire. Elle serait bien obligée de lui téléphoner, rien que pour montrer qu'elle ne se désintéressait pas de l'état de santé de Brian. Une étincelle d'espoir au fond du cœur, Rebus reprit sa tâche.

Il rentra chez lui à 18 heures après avoir fait quelques achats en route. Il avait bien eu l'intention de rapporter les dossiers à la maison, mais n'avait finalement pas voulu s'embêter. Il était fatigué, il avait mal à la tête et le nez bouché par toute la poussière emmagasinée dans les classeurs qu'il avait parcourus. Il grimpa péniblement les quelques volées de marches, ouvrit la porte et porta ses sacs d'épicerie dans la cuisine, où un étudiant étalait du beurre de cacahuète sur une fine tranche de pain noir.

– Salut, m'sieur Rebus. Vous avez eu un coup de fil.
– Oh ?
– Ouais, d'une dame docteur.
– Quand ?
– Y a dix minutes à peu près.
– Qu'est-ce qu'elle a dit ?
– Elle a dit que si elle voulait des nouvelles de...
– Brian ? Brian Holmes ?
– C'est ça. Si elle voulait des nouvelles de lui, elle n'avait qu'à appeler l'hôpital, ce qu'elle avait d'ailleurs fait deux fois dans la journée.

L'étudiant rougit de satisfaction à l'idée qu'il avait restitué le message dans son intégralité.

Donc Patience avait déjoué son plan. Il aurait dû s'en douter. C'est son intelligence, entre autres, qui l'avait le plus attiré chez elle. Rebus, depuis le temps, aurait dû savoir qu'il était inutile d'essayer de tromper quelqu'un qui sait comment fonctionne votre cerveau. Il sortit d'un sac des œufs, une boîte de haricots à la tomate et un paquet de bacon.

– Oh ! mon Dieu, s'écria l'étudiant dégoûté. Vous connaissez le degré d'intelligence d'un cochon, monsieur Rebus ?
– Il est certainement beaucoup plus malin qu'une cacahuète, répliqua Rebus en fixant le sandwich de son interlocuteur. Où est la poêle à frire ?

Beaucoup plus tard, Rebus se retrouva devant la télé. Il avait fait un saut à l'hôpital pour voir Brian Holmes. Il avait calculé qu'il irait plus vite à pied qu'en voiture. Il avait donc marché jusque-là, libérant son cerveau de ses soucis. Mais la visite en elle-même l'avait déprimé. On ne constatait aucune amélioration.

– Il peut rester « déconnecté » comme ça combien de temps ?

– Ça peut durer un moment, lui avait dit une infirmière d'un ton consolateur.

– Mais ça fait déjà un moment.

Elle lui toucha le bras en murmurant : « Patience, patience. »

Patience. Il avait failli prendre un taxi pour foncer chez elle mais avait abandonné cette idée. Au contraire il était rentré à pied à Arden Street, avait remonté les mêmes escaliers et s'était écroulé sur le divan. Il avait passé tant de soirées plongé dans ses pensées dans cette même pièce, mais ça remontait à l'époque où il occupait l'appartement à lui tout seul.

Michael entra dans le salon, revigoré par une douche et un rasage. Il portait une serviette nouée sur son ventre plat. Il avait la forme. Rebus ne s'en était pas aperçu plus tôt. Et Michael, notant la direction de son regard, tapota son estomac.

– Une des rares choses que je dois à Peterhead : j'ai fait beaucoup de gym.

– Je suppose que tu as dû t'adapter là-bas, dit Rebus d'une voix traînante, il fallait apprendre à te battre pour défendre ton cul.

Michael repoussa la remarque d'un revers de main comme on chasse une goutte d'eau.

– C'est vrai, il y avait beaucoup de ça aussi. Mais ça ne m'a jamais intéressé.

Il rentra dans son débarras en sifflotant et commença à s'habiller.

– Tu sors ? cria Rebus.

– Pourquoi est-ce que je resterais ici ?

– Tu vas revoir cette petite fille ?

– C'est une adulte consentante.

– C'est une petite fille.

Il se dirigea vers le débarras et fixa Michael, l'obligeant à arrêter ce qu'il était en train de faire.

— Qu'est-ce que tu veux, John ? Tu veux m'empêcher de sortir avec des femmes ? Si tu n'aimes pas ça, tant pis.

Rebus songea à ce qu'il pourrait répliquer : Je suis chez moi... Je suis ton grand frère... Tu ferais mieux de... Il savait bien que Michael rirait, à juste titre, de chacune de ses remarques. Alors il pensa à une autre phrase.

— Va te faire foutre, Mickey.

Michael recommença à s'habiller.

— Désolé. Je sais que je te déçois, mais qu'est-ce que tu me proposes comme alternative ? Tu veux que je reste ici toute la nuit à te regarder bouder, ou te mettre les méninges au court-bouillon ou quoi que tu fasses à ton cerveau. Merci, mais non merci !

— Je croyais que tu devais chercher du boulot.

Michael Rebus saisit un livre sur son lit et le jeta à la tête de son frère.

— J'en cherche, du foutu boulot. Qu'est-ce que tu crois que je branle toute la sainte journée ? Alors laisse tomber, tu veux.

Il saisit sa veste et passa en trombe devant Rebus.

— Ne m'attends pas toute la nuit, hein.

C'était pour rire, bien sûr. Rebus dormait, seul dans l'appartement, avant même les informations de dix heures. Mais d'un sommeil agité, un sommeil troublé de rêves. Il poursuivait Patience dans un immeuble de bureaux et ne cessait de la perdre. Il mangeait avec une jeune fille dans un restaurant où les Rolling Stones se produisaient dans l'indifférence générale, sur une estrade, dans un coin. Il observait l'incendie d'un hôtel en se demandant si Brian Holmes, qui était toujours porté disparu, arriverait à s'en sortir vivant...

Puis il s'éveilla en frissonnant, à la seule lumière d'un réverbère qui brillait derrière les rideaux entrebâillés. Il avait parcouru le livre que Michael lui avait jeté au visage. Il traitait d'hypnothérapie et gisait encore sur ses genoux, sous la couverture que quelqu'un avait étendue sur lui pendant son sommeil. Il percevait des bruits, des bruits de jouissance. Ils provenaient du débarras. Une autre forme de thérapie, sans aucun doute. Rebus les écouta pendant ce qui lui sembla durer des heures, jusqu'aux premières lueurs de l'aube.

5

Andrew McPhail était assis devant la fenêtre de sa chambre. De l'autre côté de la rue, les enfants étaient alignés deux par deux devant les portes des classes. On avait obligé les garçons à tenir chacun la main d'une petite fille et l'opération était supervisée par deux membres féminins du personnel enseignant, qui avaient l'air bien trop jeunes pour être des parents d'élèves et, à plus forte raison, des institutrices. McPhail sirotait le thé refroidi dans sa tasse, en observant la cour. Il couvait littéralement les enfants des yeux. L'une des fillettes aurait pu être Melanie. Sauf, bien sûr, que Melanie devait être plus grande. Pas tellement plus vieille, mais quand même. Il se montait la tête. Il savait fichtrement bien que Melanie ne pouvait pas fréquenter cette école, et même qu'elle n'habitait plus Édimbourg. Mais il regardait quand même et l'imaginait là, en bas, la main dans celle, fraîche et moite, de l'un de ces petits garçons. Avec ses petits doigts fins et l'ébauche de lignes dans ses paumes. Cette fillette lui ressemblait beaucoup, avec ses courts cheveux raides qui bouclaient simplement au-dessus des oreilles et dans la nuque. Sa taille aussi lui était familière, mais son visage, du moins ce qu'il pouvait distinguer de ce visage, n'avait rien de celui de Melanie. Vraiment rien. Et puis, qu'est-ce que ça pouvait bien faire à McPhail ?

À présent, ils entraient dans le bâtiment, laissant derrière eux l'homme avec son thé froid et ses souvenirs. Il entendait Mme Mac Kenzie en bas. Elle faisait la vaisselle, ébréchant ou cassant presque autant de faïence qu'elle parvenait à en laver. Ce n'était pas sa faute, sa vue déclinait. D'ailleurs, tout déclinait chez la vieille dame. La maison devait bien valoir 40 000 livres, un meilleur placement que de l'argent à la banque. Et qu'est-ce qu'il avait ? Rien que des souvenirs de ce qui s'était passé au Canada, et avant le Canada.

Une assiette s'écrasa sur le carrelage de la cuisine. Ça ne pouvait pas continuer comme ça, vraiment pas. Il n'y aurait bientôt plus rien. Il ne voulait pas penser à la vieille perruche dans le salon...

Il termina son thé noir. La caféine lui fit légèrement tourner la tête et monter la sueur au front. La cour de récréation était vide maintenant, et les portes de l'école fermées. Il ne voyait strictement rien au travers des quelques fenêtre aperçues de son poste d'observation. Bien sûr, on pouvait toujours compter sur quelques retardataires, mais il n'avait pas de temps à perdre. Il avait du travail. C'est bien de se tenir occupé. Le travail, c'est la santé.

– Le Gros Gerry, disait Rebus, s'appelle en réalité Morris Gerald Cafferty.

Consciencieusement, malgré sa mémoire phénoménale, l'agent Siobhan Clarke notait ses paroles sur un calepin. Rebus ne lui en voulait pas de prendre des notes, c'était un bon exercice. Lorsqu'elle baissait la tête pour écrire, il ne voyait que le dessus de sa tête et ses cheveux châtains dissimulaient son visage. Elle avait une sorte de beauté rassurante. En fait, elle lui rappelait un peu Nell Stapleton.

– C'est lui le chef et, si nous en avons l'occasion, nous le coffrerons. Mais l'opération Bourses Pleines est en fait dirigée contre David Charles Dougary, dit Davey.

Le stylo se remit à courir sur le papier.

– Dougary loue un bureau à une petite entreprise de taxis sur Gorgie Road.

– Ce n'est pas loin du Heartbreak Café ?

La question le surprit.

– Non, répondit-il, pas très loin.

– Et le patron du restaurant vous a parlé de racket ?

Rebus secoua la tête.

— Ne vous emballez pas, Clarke.

— Et ces types sont compromis dans des affaires de racket aussi, n'est-ce pas ?

— Il n'existe pas grand-chose dans quoi le Gros Gerry Cafferty ne soit pas impliqué depuis le blanchiment de l'argent sale jusqu'à la prostitution. C'est le pire salaud qui soit, mais ne nous égarons pas. L'opération est montée contre un délit de prêt usuraire, point final.

— Ce que je voulais dire, c'est que le sergent Holmes a peut-être été agressé par erreur à la place du propriétaire du café.

— C'est une possibilité, dit Rebus.

Et si c'est vrai, je perds mon temps et mon énergie à fouiner dans une vieille histoire, pensa-t-il. Mais, comme l'a dit Nell, Brian avait peur à cause de quelque chose qu'il avait noté dans son carnet noir. Et tout ça parce qu'il avait commencé à enquêter sur les mystérieux frères R.

— Pour en revenir à notre affaire, nous allons nous mettre en planque en face de l'entreprise de taxis.

— Vingt-quatre heures sur vingt-quatre ?

— Non, pour commencer, pendant les heures ouvrables. D'après ce que nous savons, Dougary a des horaires très réguliers.

— Qu'est-ce qu'il prétend faire dans ce bureau ?

— À l'en croire, toutes sortes de choses, de la simple direction d'entreprise jusqu'à l'envoi de colis aux enfants du Tiers-Monde. Ne vous méprenez pas, Dougary est habile. Il est « associé » au Gros Gerry depuis plus longtemps que la plupart des autres. En plus, il est cinglé, ne perdez pas ça de vue. Une fois, on l'a arrêté après une bagarre dans un pub. Il avait arraché l'oreille d'un type avec ses dents. Quand nous sommes arrivés sur les lieux, Dougary ruminait consciencieusement. On n'a jamais retrouvé l'oreille.

Rebus guettait toujours la réaction de ses auditeurs quand il racontait son histoire favorite, mais Siobhan Clarke se contenta de sourire en disant :

— Comme j'aime cette ville... Avons-nous un dossier sur M. Cafferty ? ajouta-t-elle.

— Oh oui, gros comme ça. Plongez-vous donc dedans. Ça vous donnera une idée de ce que nous allons affronter.

— J'en ai bien l'intention, dit-elle en hochant la tête. Et quand devons-nous commencer cette surveillance, monsieur ?

— À la première heure lundi matin. Toutes les modalités seront réglées dimanche. J'espère seulement qu'on nous donnera un appareil photo en état de marche.

Il nota que Clarke paraissait soulagée. C'est alors qu'il pigea :

— Ne vous en faites pas, vous ne louperez pas le match des Hibs *.

— Ils jouent à Aberdeen, sourit-elle.

— Et vous allez les voir jouer ?

— Absolument.

Elle essayait de ne jamais manquer un match de son équipe favorite. Rebus secoua la tête. Il ne connaissait pas beaucoup de supporters des Hibs.

— Je ne ferais pas un tel voyage même pour assister au second avènement du Messie.

— Mais si, bien sûr.

Il sourit.

— Qu'est-ce que vous en savez ? Mais revenons à nos moutons. Quoi de prévu, aujourd'hui ?

— J'ai été voir le boucher. En pure perte. Je crois que j'aurais eu plus de chance de tirer une phrase complète de l'une des carcasses qui pendent dans sa chambre froide que du bonhomme. Mais il roule en Mercedes. C'est une voiture chère. Et, autant que je sache, les bouchers ne sont pas réputés pour leur fortune, si ?

Rebus haussa les épaules.

— Avec les prix qu'ils pratiquent, je n'en serais pas si sûr.

— Quoi qu'il en soit, j'ai projeté de lui rendre une petite visite à son domicile ce matin. Il reste un point ou deux à éclaircir.

— Mais il sera à sa boutique...

— Oui, malheureusement.

Rebus comprit soudain son plan.

— Mais sa femme sera à la maison.

---

* *Hibernians Football Club* : l'une des deux équipes de football de la ville d'Édimbourg, l'autre étant les Hearts. *(N.d.T.)*

– C'est bien ce que j'espère. Elle devrait m'offrir une tasse de thé et nous la boirons au salon en papotant : N'est-ce pas terrible ce qui est arrivé à Rory ? ou quelque chose comme ça.

– Ainsi, vous vous ferez une idée de sa vie privée et vous aurez peut-être en prime la chance de tomber sur une épouse bavarde. (Rebus opinait doucement. C'était tellement tordu qu'il aurait dû y penser lui-même.) Eh bien allez-y ! Essayez ça, dit-il.

Ce qu'elle fit immédiatement, le laissant libre de se pencher pour ramasser l'une des chemises concernant l'hôtel Central et la poser sur son bureau. Il se mit à lire, et se figea bientôt en parcourant une page. On y avait établi la liste de tous les clients qui avaient passé la soirée à l'hôtel le jour où il avait brûlé. Et un nom lui avait sauté aux yeux.

– Qui aurait cru ça ?

Rebus se leva et enfila sa veste. Encore un fantôme. Et une bonne excuse pour quitter le commissariat.

Le fantôme se nommait Matthew Vanderhyde.

6

La maison voisine de celle de Vanderhyde avait toujours l'air aussi farfelue. Elle appartenait à un vieux nationaliste et arborait le drapeau écossais sur la porte. Les fenêtres étaient couvertes de tracts qui avaient l'air vieux de trente ans. Avec ces papiers scotchés sur chaque vitre, l'occupant des lieux ne devait pas avoir beaucoup de lumière. Mais dans la maison vers laquelle se dirigeait Rebus, tous les rideaux étaient hermétiquement clos.

Il sonna à la porte et attendit. L'idée lui vint soudain que Vanderhyde était peut-être décédé. Il devait avoir près de soixante-quinze ans et, bien qu'il lui ait paru en pleine forme la dernière fois qu'ils s'étaient rencontrés, deux années s'étaient écoulées depuis.

Il avait consulté Vanderhyde à propos d'une affaire, dans le passé. Et une fois cette dernière classée, Rebus avait pris l'habitude de venir le voir de temps à autre, juste comme ça. Après tout, ils ne vivaient qu'à six rues de distance. Et puis il s'était mis à fréquenter sérieusement le Dr Patience Aitken et n'avait pas trouvé le temps de lui rendre visite depuis.

La porte s'ouvrit, découvrant Matthew Vanderhyde tel qu'en lui-même. Ses yeux aveugles étaient dissimulés derrière une paire de lunettes aux verres foncés, surplombée par un front haut et brillant et par une longue chevelure jaunâtre peignée en arrière. Il portait un costume de velours beige sur un gilet marron. Une chaîne de montre dépassait de la poche du gilet. Il s'appuyait légèrement sur une canne à pommeau d'argent, attendant que son visiteur veuille bien parler.

— Eh bien ! Bonjour, monsieur Vanderhyde.

— Mais c'est l'inspecteur Rebus ! Je me demandais quand je vous reverrais. Entrez, entrez.

À entendre Vanderhyde, on aurait pu croire qu'ils s'étaient quittés deux semaines plus tôt. Il entraîna Rebus à travers le sombre vestibule jusqu'au salon plus sombre encore. Rebus distinguait les ombres de la bibliothèque, des tableaux, de la vaste cheminée surmontée des souvenirs rapportés de voyages lointains.

— Comme vous pouvez le constater, inspecteur, rien n'a changé en votre absence.

— Je suis heureux de vous voir en bonne santé, monsieur.

Vanderhyde chassa la remarque d'un mouvement d'épaule.

— Du thé ?

— Non, merci.

— Je suis tout émoustillé de vous revoir. Ça doit signifier que je vais pouvoir vous aider en quelque chose.

Rebus sourit.

— Je suis désolé d'avoir interrompu mes visites.

— Nous vivons dans un pays libre et je n'en suis pas mort.

— C'est ce que je constate.

— Alors, à quoi puis-je vous être utile ? S'agit-il de sorcellerie ? De quelque diablerie qui se déroulerait dans les rues de notre bonne vieille ville ?

Rebus souriait toujours. En son temps, Matthew Vanderhyde avait beaucoup pratiqué la magie blanche. Du moins, Rebus espérait que c'était bien de la magie blanche. Ils n'en avaient jamais parlé ensemble.

— Je ne crois pas que ça ait rien à voir avec la prestidigitation, répondit Rebus. En fait, je viens vous voir à propos de l'hôtel Central.

— Du Central ? Ah, que d'heureux souvenirs vous me rappelez, inspecteur ! J'y avais mes habitudes quand j'étais jeune. Les thés dansants, des déjeuners très acceptables – leur cuisine était réputée à cette époque, savez-vous – et même, une fois ou deux, un bal qui durait toute la nuit.

— Je pensais plutôt à une période plus récente. Vous étiez à l'hôtel le soir où il a été incendié ?

– Je n'ai jamais entendu dire que l'incendie criminel avait été prouvé.

Comme toujours la mémoire de Vanderhyde était sans défaut, quand ça l'arrangeait.

– C'est vrai. Quoi qu'il en soit, vous y étiez, non ?
– Oui. Mais j'ai quitté l'établissement plusieurs heures avant le début de l'incendie. Non coupable, votre honneur !
– Et pourquoi étiez-vous venu là ?
– Pour prendre un verre avec un ami.
– Un peu minable pour prendre un verre.
– Vraiment ? Vous devez vous rappeler, inspecteur, que je ne pouvais rien voir. Et je n'ai certainement ni flairé ni ressenti rien de louche.
– Un point pour vous.
– Je berçais mes souvenirs. Pour moi, c'était toujours le bon vieil hôtel Central où j'avais déjeuné et dansé dans ma jeunesse. J'ai passé une très bonne soirée.
– C'est donc vous qui aviez choisi de rencontrer votre ami au Central ?
– Non, c'était mon ami.
– Qui se nommait... ?

Vanderhyde examina la question.

– Je suppose que je n'ai rien à cacher. C'était Aengus Gibson.

Rebus passa en revue tout ce que lui rappelait ce nom.

– Vous ne voulez pas parler d'Aengus le Noir ?

Vanderhyde éclata de rire, montrant quelques chicots noircis.

– Vous feriez bien de lui laisser ignorer que vous l'appelez toujours comme ça.

À la vérité, Aengus Gibson s'était amendé, du moins en apparence. Et, présumait Rebus, il était l'un des jeunes gens les plus susceptibles d'être élu député de l'Écosse si, à trente-deux ans, on était encore considéré comme un jeune homme. Aengus le Noir, après tout, était l'unique héritier de la brasserie Gibson, avec tout ce que cela impliquait.

– Aengus Gibson, donc, reprit Rebus.
– En personne.
– Et ça se passait il y a cinq ans, quand il était encore...
– Fringant ? (Vanderhyde émit une sorte de gloussement.) Ah ! il méritait bien son surnom d'Aengus le Noir à cette époque-là.

Les journalistes avaient eu du nez en l'affublant d'un tel sobriquet.

Rebus réfléchissait.

– Je n'ai pas vu son nom apparaître dans mes dossiers. Le vôtre, oui, mais pas le sien.

– Je suis sûr que sa famille a veillé à ce que son nom n'apparaisse jamais sur aucun procès-verbal, inspecteur. Ça aurait donné aux journaux plus de grain à moudre qu'ils n'en avaient besoin à l'époque.

Seigneur, on pouvait dire qu'Aengus le Noir avait fait les quatre cents coups dans sa jeunesse. Même la presse de Londres s'y était intéressée. Il avait donné l'impression d'être pris dans une spirale ascendante d'excès en tous genres et puis, soudain, de tout avoir cessé. Il s'était amendé et était à l'heure actuelle aussi respectable qu'on pouvait l'être, s'impliquant aussi bien dans les affaires de la brasserie que dans tout un tas d'organisations charitables.

– Pour faire mentir le proverbe, il a définitivement chassé le naturel, inspecteur. Je sais bien que vous, les policiers, vous doutez toujours de ces choses-là. Voleur un jour, voleur toujours. C'est votre devoir de pratiquer le cynisme mais, en ce qui concerne le jeune Aengus, il a réellement changé.

– Savez-vous pourquoi ?

– Peut-être à cause de notre conversation, répondit Vanderhyde en haussant les épaules.

– Celle que vous avez eue, ce soir-là, à l'hôtel Central ?

– Son père m'avait demandé de lui parler.

– Vous les connaissez, alors.

– Depuis bien longtemps. Aengus m'a toujours considéré comme une sorte d'oncle. De fait, lorsque j'ai appris que le Central avait brûlé de fond en comble, j'y ai vu un symbole. Et Aengus aussi, peut-être. Je connaissais bien sûr la réputation qu'avait acquise l'établissement. Une réputation assez nauséabonde. Et d'imaginer qu'il avait brûlé cette même nuit, eh bien, ça m'a fait penser à Aengus qui, tel le phénix, renaissait régénéré de ses cendres. Et le fait s'est avéré. Et vous voilà, inspecteur, à me poser des questions sur des événements depuis longtemps oubliés, reprit-il après une courte pause.

– On a trouvé un cadavre.

– Ah oui. Non identifié.
– Le corps d'un homme assassiné.
– Et pour quelque obscure raison, vous avez décidé de reprendre cette enquête. Intéressant !
– Je voulais vous demander de me dire tout ce que vous vous rappelez de cette soirée. Qui vous aviez rencontré, tout ce qui aurait pu vous paraître anormal.

Vanderhyde pencha la tête sur le côté.

– Il y avait beaucoup de monde à l'hôtel ce jour-là, inspecteur. Vous avez la liste de tous ces gens. Et vous avez choisi de venir trouver un aveugle ?
– Exactement, répondit Rebus. Un aveugle doté d'une mémoire photographique.

Vanderhyde éclata de rire.

– Certainement, je peux vous fournir des... impressions.

Il réfléchit un instant avant de reprendre :

– Très bien, inspecteur. Pour vous je ferai de mon mieux. Mais je vous demande une chose.
– Quoi donc ?
– Il y a trop longtemps que je suis enfermé ici. Emmenez-moi dehors, voulez-vous ?
– Dans un endroit précis ?

Vanderhyde parut surpris de la question.

– Mais, inspecteur, à l'hôtel Central, bien sûr !

– Nous y voilà, dit Rebus, c'est ici qu'il se dressait. Vous êtes face à l'entrée.

Il sentait sur sa nuque le regard des passants. À cette heure du déjeuner, Princes Street était bondée d'employés de bureau qui souhaitaient profiter au maximum de leur heure de pause. Quelques-uns d'entre eux semblaient réellement contrariés à l'idée de devoir contourner deux personnes qui *osaient* rester immobiles sur le trottoir. Mais la plupart avaient remarqué que l'une des deux était aveugle et que l'autre l'accompagnait, alors, puisant un peu de charité au tréfonds de leurs âmes, ils passaient sans se plaindre.

– Qu'est-ce que c'est devenu, inspecteur ?
– Une boîte à hamburgers.

Vanderhyde hocha la tête.

– Je me disais bien que ça sentait la viande. Un de ces machins franchisés, sans doute, une marque américaine. Ah ! Princes Street a connu des jours meilleurs, inspecteur. Saviez-vous qu'à la création du mouvement nationaliste de l'Épée et du Bouclier d'Écosse, ses membres se réunissaient dans la salle de bal du Central ? Des douzaines et des douzaines de gens qui appelaient de tous leurs vœux la restauration du royaume de Dalriada dans toute sa splendeur.

Rebus garda le silence.

– Vous ne vous souvenez pas de l'Épée et du Bouclier ?

– Ça devait se passer avant ma naissance.

– En y réfléchissant, oui, probablement. C'était dans les années cinquante, une résurgence du Parti nationaliste. J'ai assisté moi-même à une ou deux réunions. On y appelait furieusement à prendre les armes, puis tout le monde se calmait devant une tasse de thé et des scones. Ça n'a pas duré longtemps. Broderick Gibson a été président, une année.

– Le père d'Aengus ?

– Oui.

Vanderhyde laissait ses souvenirs lui remonter à la mémoire.

– À l'époque, il y avait un pub près d'ici, reprit-il. Renommé pour ses réunions politiques et poétiques. Quelques-uns d'entre nous avaient l'habitude de s'y rendre après les meetings.

– Je croyais vous avoir entendu dire que vous n'étiez venu que deux fois.

– Peut-être un peu plus de deux fois.

Rebus rit en son for intérieur. S'il creusait un peu il découvrirait sans doute qu'un certain M. Vanderhyde avait présidé l'Épée et le Bouclier à une certaine époque.

– C'était un endroit agréable, se souvint Vanderhyde.

– À son époque, souligna Rebus.

Vanderhyde soupira.

– Ah ! Édimbourg, inspecteur. Le temps que vous vous retourniez et ils changent le nom d'un pub ou l'enseigne d'une boutique.

Il pointa derrière lui avec sa canne, manquant faire trébucher quelqu'un.

– Mais ils ne pourront pas changer ça. Ça aussi c'est Édimbourg.

La canne se balançait dans la direction de Castle Rock. Elle égratigna au passage la jambe d'une passante. Rebus tenta un sourire d'excuse en direction de la pauvre femme victime de l'aveugle.

— Nous pourrions peut-être aller nous asseoir en face ? suggéra-t-il.

Vanderhyde acquiesça et tous deux traversèrent la chaussée aux feux pour gagner le côté le plus calme de la rue. On y trouvait une rangée de bancs qui tournaient le dos aux jardins. Chacun était dédié à la mémoire de quelques donateurs. Vanderhyde pria Rebus de lui lire la plaque qui ornait leur banc.

— Non, dit-il en secouant la tête de droite à gauche. Je ne reconnais aucun de ces noms-là.

— Monsieur Vanderhyde, dit Rebus, je commence à croire que vous ne m'avez amené ici que pour la promenade.

Vanderhyde sourit sans rien dire.

— À quelle heure êtes-vous arrivé au bar, ce soir-là ?

— À 19 heures pile, comme convenu. Bien sûr, Aengus, étant ce qu'il était alors, est arrivé en retard. Je pense qu'il est entré à 20 h 30, heure à laquelle j'étais déjà installé dans un coin avec un whisky à l'eau. C'était du J & B, je crois.

Il semblait fier de cette mince prouesse de sa mémoire.

— Y avait-il des connaissances à vous, au bar ?

— J'entends une cornemuse, dit Vanderhyde.

Rebus aussi, bien qu'il ne pût voir le musicien.

— Il joue pour les touristes, expliqua-t-il. En été, ça peut rapporter gros.

— Il n'est pas très bon. Je parie qu'il porte le kilt, mais d'une mauvaise couleur de tartan.

— Quelqu'un que vous connaissiez, au bar ? insista Rebus.

— Laissez-moi réfléchir...

— Avec tout le respect que je vous dois, monsieur, vous n'avez aucun besoin d'y réfléchir. Vous le savez, ou pas.

— Eh bien, je crois que Tom Hendry était présent ce soir-là et qu'il est venu me saluer à ma table. Il travaillait pour les journaux.

En effet, Rebus avait lu son nom sur la liste.

— Il y avait d'autres gens... Je ne les connaissais pas et ils ne parlaient pas. Mais je me souviens d'une odeur de citron. C'était très frais. Je pensais qu'il s'agissait d'un parfum mais, lorsque j'en ai parlé à Aengus, il a ri et m'a assuré qu'il ne pouvait appartenir à une femme. Il n'a rien dit de plus mais j'ai eu l'impression que mon commentaire initial le mettait dans une joie profonde. Je ne sais pas si c'est important.

– Moi non plus.

L'estomac de Rebus grondait. Un coup de canon retentit derrière eux. Vanderhyde sortit sa montre de la poche de son gilet, en souleva le verre et toucha le cadran avec ses doigts.

– Une heure pile, remarqua-t-il. Comme je vous le disais, inspecteur, dans cette cité bordée de précipices, certaines choses demeurent immuables.

– Comme les précipitations, par exemple, répliqua Rebus.

Il commençait à bruiner, le soleil du matin avait disparu comme par magie.

– Voyez-vous encore quelque chose d'autre à me dire ?

– Aengus et moi avons discuté. J'ai essayé de le convaincre qu'il s'était engagé sur une voie dangereuse. Sa santé déclinait autant que la richesse de sa famille. À vrai dire, ce dernier argument a dû être le plus persuasif.

– Et c'est là-bas, alors, qu'il a renoncé à sa vie de bâton de chaise ?

– Je n'irai pas jusque-là. À Édimbourg, les lieux de plaisirs sont toujours à portée des ivrognes. Lorsque nous nous sommes séparés, il s'apprêtait à rejoindre une fille.

Vanderhyde était songeur.

– Mais quand j'y réfléchis, je pense que mes paroles ont porté, reprit-il avec un mouvement de la tête. Ce soir-là, j'ai dîné tout seul à l'Eyrie.

– Je connais, dit Rebus.

Son estomac gronda de plus belle.

– Ça vous tente, un hamburger ?

Après avoir reconduit Vanderhyde chez lui, il rentra à St Leonard, pas beaucoup plus avancé qu'avant. Siobhan bondit de son bureau dès qu'elle le vit. Elle semblait contente d'elle.

– À vous voir, je devine que la bouchère a été bavarde, dit Rebus en s'affalant dans son fauteuil.

Il trouva un nouveau message de Jack Morton sur son bureau, mais cette fois il avait laissé un numéro où le joindre.

– Nous avons taillé une bonne bavette. J'ai cru que je n'en ressortirais jamais.

– Et alors ?

– Tout et rien.

– Parlez moi du « tout ».

Rebus se frottait l'estomac. Il avait apprécié son hamburger, mais n'était absolument pas rassasié. Il aurait pu descendre à la cantine mais n'avait pas envie de finir avec une « bouée de sauvetage » autour de la taille, comme tous ceux qui la fréquentaient.

– Voici tout ce que j'ai pu découvrir, dit Siobhan Clarke en s'asseyant. Sanzaw a gagné sa Mercedes grâce à un pari.

– Un pari ?

Elle acquiesça.

– Il a parié sa part de la boutique contre la voiture. Et il a gagné.

– Nom de Dieu.

– Sa femme a l'air très fière de la chose. Elle m'a dit qu'il avait une passion pour les paris. C'est peut-être vrai mais il ne me donne pas l'impression d'avoir découvert la martingale infaillible.

– Qu'est-ce que vous entendez par-là ?

Elle s'échauffait sur son sujet. Rebus appréciait de découvrir dans son regard la lueur d'excitation allumée par une enquête réussie.

– J'ai découvert quelques anomalies dans leur salon. Par exemple, ils possèdent plein de cassettes mais pas de magnétoscope. Et puis ils ont un de ces meubles qui sert à ranger un téléviseur grand écran et tout un tas de matériel vidéo, mais ils n'ont qu'une petite télé portable.

– Ils se seraient donc débarrassés de tout le matériel.

– Pour rembourser une ou plusieurs dettes, à mon avis.

– Et vous parieriez que c'étaient des dettes de jeu.

– Si, ce qu'à Dieu ne plaise, j'étais du genre flambeuse.

Il sourit.

– Ils avaient peut-être tout pris à crédit et n'ont pu payer les traites.

– Peut-être, concéda-t-elle.
Mais le doute perçait dans sa voix.
– Bon, eh bien tout ceci est très intéressant jusque-là, mais ça ne nous mène pas très loin, pas encore. Et ça ne nous apprend rien de neuf sur Rory McOozin.
Elle fronça les sourcils.
– Vous vous souvenez de lui, Clarke ? reprit-il. C'est ce type qui s'est fait poignarder dans la rue et qui n'a rien à dire. C'est *lui* qui nous intéresse.
– Alors, vous me suggérez quoi, monsieur ? (Il y avait une pointe de colère dans ce « monsieur ». Elle n'appréciait pas beaucoup qu'il ne l'ait pas félicitée pour ce qu'elle estimait une enquête bien menée.) Nous l'avons déjà interrogé, conclut-elle.
– Et vous allez y retourner. (Elle fut sur le point de protester.) Mais cette fois-ci, reprit Rebus, vous allez le questionner sur son cousin, M. Sanzaw, le boucher. Je ne sais pas ce qu'on pourra en tirer, alors fiez-vous à vos impressions. Vous verrez bien si ça fait mouche.
– Très bien, monsieur, dit-elle en se levant. Oh, à propos, j'ai pris le dossier Cafferty.
– Vous avez de quoi vous occuper, vous verrez, et la plupart des choses que vous lirez devraient être interdites aux moins de dix-huit ans.
– Je sais, j'ai commencé. Et, de nos jours, on ne dit plus interdit aux moins de dix-huit ans, on emploie plutôt : classé X.
Il lui fit un clin d'œil.
– Ce n'était qu'une expression.
Comme elle tournait les talons, il l'interpella :
– Voudriez-vous prendre quelques notes ? Je veux dire sur Cafferty et sa bande. Comme ça, quand vous aurez achevé votre lecture, vous pourrez me rafraîchir la mémoire. J'ai mis un temps fou à essayer de chasser ce type de mon esprit, mais il va falloir l'y laisser pénétrer de nouveau.
– Pas de problème.
Et elle quitta la pièce sur ces mots. Rebus se demanda s'il aurait dû lui dire qu'elle avait fait du bon boulot chez Sanzaw. C'était trop tard maintenant. En plus, si elle prenait conscience de l'avoir contenté, elle ne ferait plus autant d'efforts. Il saisit le téléphone pour appeler Jack Morton.

— Jack ? Ça fait une paye. C'est John Rebus.
— John, comment vas-tu ?
— Pas mal et toi ?
— Très bien. Je suis inspecteur.
— Ouais, moi aussi.
— On me l'a dit. Ses paroles furent étouffées par une quinte de toux.
— Toujours la cigarette, hein, Jack ?
— J'essaie de diminuer.
— Rappelle-moi de t'envoyer mes réserves de tabac. Trêve de plaisanterie, c'est quoi ton problème ?
— Ce n'est pas mon problème, c'est le tien. Voilà, j'ai reçu quelque chose de Scotland Yard à propos d'Andrew McPhail.

Rebus réfléchit un instant à ce nom.

— Non, admit-il, je ne vois pas de qui tu veux parler.
— Il est fiché comme délinquant sexuel. Il s'en était pris à la fille de la femme avec laquelle il vivait. Ça s'est passé il y a huit ans à peu près. Mais on n'a jamais pu le coincer.

La mémoire de Rebus s'éclaircit un peu.

— On l'a interrogé quand toutes ces petites filles ont commencé à disparaître.

Il frissonna à ce souvenir : sa propre fille était l'une de ces « petites ».

— C'est ça, la routine. On avait commencé par interroger tous les pédophiles, suspects ou convaincus. On a continué à partir de là.
— Un type râblé avec des cheveux épais.
— Exactement, tu y es.
— Alors, quel est le problème, Jack ?
— Le problème, c'est que tu l'as vraiment pour toi tout seul. Il est à Édimbourg.
— Et alors ?
— Seigneur ! John. Je croyais que tu étais au courant. Il s'est tiré au Canada après la dernière fois qu'on l'a enquiquiné. Il s'est présenté là-bas comme photographe, prenant des clichés pour des catalogues de prêt-à-porter. Il faisait des travaux d'approche auprès des parents des gosses dont il avait envie. Il avait des cartes professionnelles, tout le matériel photographique, il louait un studio et faisait des photos des enfants en promettant toujours qu'elles seraient publiées dans un catalogue ou un autre. Les

mômes devaient porter des déguisements ou parfois seulement des sous-vêtements.
— J'ai pigé le tableau, Jack.
— Bon, ils l'ont coincé. Il se contentait de toucher les petites filles. Beaucoup de petites filles. Alors ils l'ont coffré.
— Et ?
— Et maintenant ils l'ont relaxé. Mais ils l'ont extradé aussi.
— Et il est à Édimbourg ?
— J'ai fait des recherches. Je voulais savoir où il avait atterri, parce que j'avais dans l'idée, s'il était dans mon secteur, d'aller lui rendre une petite visite à la nuit tombée. Seulement, c'est dans ton secteur qu'il est. J'ai une adresse.
— Attends une seconde. (Rebus l'inscrivit sur son bloc.) Cette adresse, tu l'as eue comment ? Par la DASS ?
— Non, dans son dossier j'ai vu qu'il avait une sœur à Ayr. Je l'ai jointe et elle m'a dit qu'il lui avait demandé de lui trouver un numéro de téléphone, celui d'une pension de famille. Et tu sais ce qu'elle a ajouté ? Qu'on devrait l'enfermer dans un caveau et jeter la clef.
— Une fille charmante...
— Tout à fait mon genre de beauté. Bien sûr, il s'est probablement amendé.
Ce mot – *amendé* – c'est celui que Vanderhyde avait utilisé à propos d'Aengus Gibson.
— Probablement, répondit Rebus qui y croyait à peu près autant que Morton.
Mais ils étaient des incrédules professionnels. Comme tous les policiers.
— Enfin, c'est toujours bon à savoir. Merci, Jack.
— De rien. Est-ce qu'on a une chance de te voir à Falkirk un de ces quatre ? Ça serait sympa de boire un coup ensemble.
— C'est vrai. Je vais te dire, ça ne va peut-être pas tarder.
— Oh ?
— Je t'amènerai McPhail à coups de pompe jusqu'au centre ville.
— Merde, c'est ça qui serait bien, répondit Morton en riant avant de raccrocher.
Jack Morton fixa le téléphone en souriant pendant près d'une minute. Puis son sourire s'évanouit. Il déballa une tablette de

chewing-gum et se mit à la mâchonner. Il ne cessait de se répéter que ça valait mieux qu'une cigarette. Il examina la feuille couverte de notes qui reposait devant lui. La petite fille que McPhail avait agressée se nommait à présent Melanie Maclean. Sa mère s'était mariée et Melanie vivait avec le couple à Haddington, suffisamment loin d'Édimbourg pour ne pas courir le risque de rencontrer McPhail par hasard. Et, selon toutes probabilités, McPhail ne parviendrait pas non plus à la retrouver. Il aurait dû pour cela connaître le nom du beau-père, ce qui lui serait difficile. Même Jack Morton avait eu du mal. Mais il l'avait : Alex Maclean. Ainsi qu'une adresse, un numéro de téléphone à la maison et au bureau. Il se demandait si...

Il savait encore qu'Alex Maclean était charpentier, et la police d'Haddington avait pu lui dire qu'il avait un sale caractère et avait par deux fois (bien avant son mariage) été arrêté à l'issue d'homériques bagarres. Il s'interrogeait encore, mais il savait qu'il allait le faire. Il souleva l'écouteur et composa le numéro. Puis il attendit.

— Bonjour, pourrais-je parler à M. Maclean, s'il vous plaît ? Monsieur Maclean ? Vous ne me connaissez pas mais je détiens une information que je souhaiterais partager avec vous. Cela concerne un homme qui s'appelle Andrew McPhail...

Matthew Vanderhyde, lui aussi, passa un coup de fil ce même après-midi, mais seulement après y avoir longuement réfléchi dans son fauteuil favori. Il tenait le récepteur sans fil à la main, le tapotant de l'un de ses ongles longs. Dehors, il pouvait entendre un chien, celui du bas de la rue qui avait un gémissement nasillard. Sur la cheminée, la pendule tictaquait, tout doucement lui semblait-il en se concentrant sur le bruit. Le battement du cœur du temps. Enfin, il passa son coup de téléphone. Il parla sans préambule.

— Un policier sort d'ici, dit-il. Il avait des questions à me poser sur la soirée où l'hôtel Central a pris feu. (Il hésita légèrement.) Je lui ai dit, pour Aengus, risqua-t-il.

Il avait le temps de faire une pause, maintenant, et écoutait, le sourire aux lèvres, l'explosion de fureur à l'autre bout de la ligne, une fureur qu'il connaissait si bien.

– Broderick, interrompit-il, si tu as conservé des squelettes dans tes placards, je ne veux pas être le seul à trembler.

Quand la fureur fut un peu calmée, Matthew Vanderhyde mit fin à l'appel.

7

Rebus remarqua l'homme pour la première fois ce soir-là. Il pensa l'avoir déjà vu plus tôt dans l'après-midi devant St Leonard. Un jeune homme grand et large d'épaules. Il attendait à l'extérieur, au pied des escaliers de l'immeuble d'Arden Street. Rebus se gara de l'autre côté de la rue afin de pouvoir examiner le type dans son rétroviseur. Il semblait agité, comme préoccupé par quelque chose. Peut-être attendait-il seulement sa copine. Peut-être.

Rebus n'avait pas peur, mais il remit quand même la voiture en route. Il laisserait passer une heure puis reviendrait voir. Si, passé ce délai, l'homme était toujours là c'est qu'il n'avait pas rendez-vous, si mignonne que puisse être la fille. Il descendit Meadows jusqu'à Tollcross puis tourna à droite dans Lothian Road. C'était encombré, comme d'habitude. Le nombre de véhicules qui devaient traverser le centre chaque soir semblait augmenter de semaine en semaine. Édimbourg au crépuscule ressemblait à n'importe quelle autre ville : boutiques, bureaux et foule envahissant les trottoirs. Personne n'avait l'air particulièrement heureux.

Il traversa Princes Street, Charlotte Square et aborda la lente remontée par Queensferry Street et Queensferry Road jusqu'à ce qu'il puisse (malgré quelques difficultés de manœuvre) emprunter un virage à droite qui l'amena dans Oxford Terrace. Mais Patience n'était pas chez elle. Il savait que sa sœur devait venir passer quelques jours en ville cette semaine avant de rentrer avec les filles. Lucky, le chat de la maison, était assis devant la porte, miaulant pour qu'on lui ouvre. Pour la première fois, Rebus ressentit une certaine sympathie pour l'animal.

– Bonne chance, lui lança-t-il avant de remonter les quelques marches.

De retour à Arden Street, il ne vit aucun signe du rôdeur costaud. Mais Rebus savait qu'il le reconnaîtrait s'il devait le revoir. Ça oui, il en était sûr.

Dans l'appartement, il eut une nouvelle prise de bec avec Michael au salon, pendant que tous les autres occupants étaient réfugiés à la cuisine. C'était un autre de ses soucis : combien de locataires avait-il donc ? La population mouvante semblait atteindre une douzaine d'individus alors qu'il avait loué les lieux à trois personnes, et les avait autorisées à en recruter une quatrième. Il aurait juré qu'il voyait de nouveaux visages chaque matin et, du coup, ne se rappelait plus le nom d'aucun d'entre eux.

Donc il eut un nouvel accrochage, cette fois dans la cuisine et avec les étudiants, tandis que Michael s'était réfugié dans son débarras. Il le conclut par un « Allez au diable », instruction qu'il suivit lui-même immédiatement en remontant dans sa voiture pour se diriger vers les quartiers les plus mal famés de la ville. Arrivé là, il mangea quelques pâtés arrosés de bière en regardant une télé muette. Il prit langue avec quelques-uns de ses contacts qui n'avaient rien appris de nouveau concernant l'agression de Brian Holmes.

Une soirée comme les autres, quoi !

Il fit exprès de rentrer tard, en espérant que tout le monde serait déjà couché. Il tâtonna pour trouver la poignée de la porte de l'immeuble et la laissa se refermer bruyamment derrière lui, tandis que, les yeux au sol, il fouillait ses poches à la recherche de la clef plate de l'appartement. C'est pourquoi il ne vit pas l'homme qui devait être assis depuis un certain temps sur les dernières marches de l'escalier.

– Bonsoir.

Rebus, saisi, leva les yeux, reconnut l'homme et fit pleuvoir clef et monnaie autour de lui quand il lança le poing en avant. Il n'était pas complètement ivre, mais sa cible était, elle, parfaitement sobre et de vingt ans sa cadette. L'homme arrêta facilement le coup avec sa paume. Il avait l'air surpris de cette attaque mais aussi un peu excité. Rebus mit immédiatement fin à cette excitation en lui balançant un coup de genou dans l'aine. L'autre expira bruyamment et se plia lentement en deux, ce qui permit à Rebus de le cogner à la nuque. Il sentit ses jointures craquer sous le choc.

— Bon Dieu, haleta l'inconnu, arrêtez !

Rebus arrêta donc, secouant sa main douloureuse. Mais il n'offrit pas d'aide à son adversaire. Gardant ses distances, il demanda :

— Qui êtes-vous ?

— Andy Steele, répondit l'homme après être parvenu à maîtriser ses haut-le-cœur.

— Heureux de vous avoir rencontré, Andy. Qu'est-ce que vous me voulez, bordel ?

L'homme, les larmes aux yeux, releva la tête vers Rebus. Il lui fallut un certain temps pour reprendre son souffle. Mais lorsqu'il parla enfin, Rebus parut ne pas le comprendre, peut-être à cause de son accent ou parce qu'il ne pouvait en croire ses oreilles. Il demanda à Steele de bien vouloir répéter.

— C'est votre tantine qui m'envoie, disait Steele. Elle m'a donné un message pour vous.

Rebus fit asseoir Steele sur le divan et lui tendit une tasse de thé avec quatre sucres comme il l'avait demandé.

— C'est pas bon pour les dents.

— De toute façon, elles ne sont pas à moi, répliqua Steele, penché sur sa chope brûlante.

— Alors elles sont à qui ? demanda Rebus.

Steele eut un léger sourire.

— Vous m'avez suivi toute la journée ? reprit-il.

— Pas vraiment. Peut-être, si j'avais eu une voiture. Mais j'en n'ai pas.

— Vous n'avez pas de voiture ?

Steele secoua la tête en manière de dénégation.

— Pourtant, les détectives privés...

— J'ai pas dit que j'étais détective privé. Je veux dire. Je voudrais bien le devenir.

– Alors, c'était une espèce d'entraînement.
– Ouais, c'est ça. Pour me faire une idée, comme qui dirait.
– Et cette idée, elle est comment, Andy ?
Nouveau sourire, nouvelle gorgée de thé.
– Un peu explosive. Mais je serai plus prudent la prochaine fois.
– Je ne savais même pas que j'avais une tante. En tout cas pas dans le Nord.
L'accent de Steele lui avait fourni cet indice. Andy Steele secouait la tête.
– Elle habite juste à côté de m'man et p'pa, à une rue de Pittodrie.
– À Aberdeen ? (Rebus opina pour lui-même.) Ça me revient, un oncle et une tante d'Aberdeen.
– Vot'papa et Jimmy – c'est votre oncle – se sont fâchés il y a des années. Vous êtes trop jeune pour vous rappeler, probable.
– Merci du compliment.
– C'est juste ce qu'Ena m'a dit.
– Et voilà qu'oncle Jimmy est mort.
– Y a trois semaines.
– Et tante Ena veut me voir.
Steele acquiesça.
– Pour quoi faire ? demanda Rebus.
– J'sais pas. Elle disait juste qu'elle aimerait tellement vous revoir.
– Seulement moi ? Elle n'a pas parlé de mon frère ?
Steele secoua la tête. Rebus était allé voir si Michael était dans son débarras, mais il n'y était pas. Toutes les autres chambres paraissaient occupées.
– C'est possible, reprit Rebus ; s'ils se sont engueulés quand j'étais petit, peut-être que Michael n'était pas encore né.
– P'têt même qu'ils en ont jamais entendu parler, concéda Steele. Bon, mais c'est quand même la famille. De toute façon, Ena n'arrêtait pas de rabâcher qu'elle voulait vous voir, alors j'y ai dit que je descendrais ici pour jeter un coup d'œil. J'ai perdu mon boulot de marin-pêcheur y a six mois et depuis, je glandouille. En plus, comme je vous ai dit, j'ai toujours rêvé de devenir privé. J'adore tous ces films...

— Dans les films, vous ne prenez pas de coup de genou dans les joyeuses.
— Ça c'est vrai.
— Bon, mais comment avez-vous fait pour me trouver ?
Le visage de Steele s'illumina.
— J'ai été à l'adresse qu'Ena m'a donnée, là où vous habitiez avec vot'papa. Tous les voisins savaient que vous étiez devenu policier à Édimbourg. Alors j'ai pris l'annuaire et j'ai téléphoné à tous les commissariats que j'ai trouvés en demandant John Rebus.
Il haussa les épaules en signe d'évidence et replongea dans son thé.
— Mais pour mon adresse personnelle, comment avez-vous fait ?
— Un inspecteur me l'a donnée.
— Laissez-moi deviner, l'inspecteur Flower ?
— Ouais, un nom comme ça.
Assis sur le divan, Andy faisait dans les vingt-cinq ans. Il avait une forte carrure, de celles qui gardent la forme si on les soumet à de durs travaux comme la pêche en mer du Nord. Mais déjà, après six mois de chômage, l'homme avait commencé à s'empâter. Rebus se sentait triste en pensant à Andy Steele et à son rêve. Rien qu'à le voir, l'œil vague en sirotant son thé, on le sentait perdu, sans perspective d'avenir immédiat.
— Alors, vous allez la voir ?
— Peut-être en fin de semaine, répondit Rebus.
— Elle sera contente.
— Je peux vous ramener là-haut, si vous voulez.
Mais le jeune homme secoua vigoureusement la tête.
— Non, je crois que je vais rester un peu ici.
— Si ça vous chante, dit Rebus, mais tâchez d'être prudent.
— Prudent ? Je pourrais vous raconter des histoires sur Aberdeen qui auraient pu me faire perdre des cheveux.
— Perdus pour perdus, ils ne voudraient pas regarnir mes tempes ?
Il fallut bien une minute à Andy Steele pour comprendre que c'était une blague.

Le lendemain, Rebus voulut rendre visite à Andrew McPhail, mais ce dernier était absent et sa logeuse ne l'avait pas vu depuis la veille au soir.

– D'habitude, il descend à 7 heures pétantes pour prendre un bon petit-déjeuner. Alors je suis montée voir, et personne. Il a des ennuis, inspecteur ?

– Non, rien de grave, madame Mac Kenzie. Votre quatre-quarts est un délice.

– Bah, il y a déjà quelques jours que je l'ai fait, il est un peu sec maintenant.

Rebus fit un grand signe de dénégation et avala une longue goulée de thé en espérant qu'elle chasserait de sa gorge toutes les miettes desséchées qui l'encombraient. Malheureusement, elles s'étaient agglutinées en une masse compacte et il dut s'y prendre à plusieurs fois sans rien laisser paraître.

Il y avait une cage dans un coin, garnie de petits miroirs, d'os de seiche et de graines de millet. Aucun signe de l'oiseau. Il s'était peut-être échappé.

Il laissa sa carte à Mme Mac Kenzie en la priant de la remettre à McPhail quand elle le verrait. Il ne doutait pas qu'elle s'exécuterait. Ce n'était pas très chic de sa part de s'être présenté d'emblée comme policier à la logeuse. Ça allait la rendre soupçonneuse et elle allait peut-être donner ses huit jours à McPhail, sur la simple foi de ses soupçons. Ce qui serait honteux.

En fait, Rebus ne pensait pas que Mme Mac Kenzie avait compris. Et McPhail lui servirait certainement une bonne raison pour la visite de Rebus. Quelque chose comme : La police de la ville d'Édimbourg me recherche pour me féliciter d'avoir sauvé une portée de chiots des flots tumultueux de la Leith. McPhail était très fort pour inventer des histoires, après tout : les enfants adorent qu'on leur en raconte.

Rebus se tenait devant la maison de Mme Mac Kenzie et regardait l'autre côté de la rue. Il fallait que ce soit une coïncidence que McPhail ait choisi une pension dont les fenêtres donnaient sur une école primaire. Rebus l'avait remarquée en arrivant et ça avait suffi pour le décider à se présenter comme policier à la propriétaire. Après tout, il ne croyait pas aux coïncidences.

Et si sa visite ne suffisait pas à faire déloger ce McPhail, peut-être que les voisins découvriraient la véritable histoire du locataire de Mme Mac Kenzie. Rebus monta dans sa voiture. Il n'aimait pas toujours ce qu'il était, ni son métier.

Mais quelquefois, si.

De retour à St Leonard, il apprit que Siobhan Clarke n'avait rien trouvé de neuf sur l'attaque au couteau. Rory McOozin avait été très réticent à l'idée de subir un nouvel interrogatoire. Il avait annulé leur rendez-vous et elle n'avait pas réussi à le joindre depuis.

— Il a un fils de dix-sept ans au chômage, qui passe presque toutes ses journées à la maison. Je pourrais peut-être essayer de lui parler.

— Oui. Beaucoup d'ennuis en perspective. Holmes avait peut-être raison. Faites de votre mieux, reprit Rebus. Quand vous aurez parlé à McOozin, s'il n'en ressort rien de nouveau, nous classerons l'affaire. Après tout, si ce type est content de s'être fait poignarder, ça ne me dérange pas.

Elle acquiesça et s'apprêta à sortir.

— Pas de nouvelles de Brian ?

Elle se retourna.

— Il parle.

— Il parle ?

— Dans son sommeil. Je croyais que vous étiez au courant.

— Et qu'est-ce qu'il dit ?

— Rien de cohérent, mais ça prouve qu'il revient progressivement à la conscience.

— Bien.

Elle se dirigeait à nouveau vers la porte lorsque Rebus songea à quelque chose.

— Comment comptez-vous vous rendre à Aberdeen, samedi ?

— En voiture, pourquoi ?

— Vous avez de la place ?

— Oui, je suis toute seule.

— Ça vous ennuierait de m'avoir comme passager ?

— Pas du tout. Jusqu'où ? répondit-elle d'un ton ahuri.

— Jusqu'à Pittodrie.

Elle avait l'air de plus en plus étonnée.

— Je ne vous aurais jamais pris pour un supporter des Hibs, monsieur.

Rebus fit la grimace.
— Non, vous êtes seul membre de cette catégorie, ici. J'ai juste besoin d'un chauffeur, c'est tout.
— Très bien.
— Et en route, vous pourrez me raconter ce que vous avez découvert dans le dossier du Gros Gerry.

8

Le samedi matin, Rebus s'était déjà engueulé trois fois avec Michael (qui parlait de déménager), une fois avec les étudiants (qui menaçaient de se tirer) et une fois avec la réceptionniste du cabinet de Patience (qui refusait de les mettre en ligne). Brian Holmes avait brièvement ouvert un œil et la faculté considérait qu'il était en voie de guérison. Aucun médecin n'aurait encore osé ajouter « pleine et entière » cependant. Ces nouvelles avaient pourtant réjoui Siobhan Clarke et elle se sentait de bonne humeur en se garant devant l'immeuble d'Arden Street. Il l'avait attendue en bas. Elle avait une R5 rouge cerise, vieille de deux ans, beaucoup plus neuve et vive que la caisse de Rebus, parquée devant, qui semblait au bout du rouleau. Pourtant, trois ou quatre ans plus tôt, sa voiture avait le même air fringant et à chaque fois qu'il se décidait à s'en débarrasser, elle semblait entrer en phase de rémission. *Peut-être qu'elle peut lire dans mes pensées ?* songeait-il.

– Bonjour, monsieur, dit Siobhan Clarke.

La radio diffusait de la pop à plein tube et, surprenant le mouvement de recul de Rebus, elle baissa le volume.

– Mauvaise nuit ?

– Je ne sais pas pourquoi les gens s'obstinent à me poser la question.

– Moi non plus !

Rebus la fit arrêter devant une boulangerie pour s'acheter un petit-déjeuner. Il n'avait rien trouvé dans l'appartement qui corresponde à sa définition de la nourriture, mais il ne pouvait pas se plaindre. Jusqu'à présent, sa contribution au remplissage du garde-manger s'était limitée à un seul sac d'épicerie. Qui contenait principalement de la viande d'ailleurs, ce qu'aucun de ses locataires n'acceptait de toucher. Il avait même noté que Michael tournait végétarien, du moins en public.

— C'est meilleur pour la santé, John, lui avait dit son frère en lui frappant l'estomac.

— Tu veux dire ? avait répliqué Rebus, agressif.

— Trop de caféine, dit Michael en hochant tristement du chef.

C'était un autre de ses griefs : les placards de la cuisine débordaient de pots pleins de substances qui ressemblaient à du café, mais qui n'étaient qu'infusions d'écorces diverses et chicorée.

Donc, chez le boulanger, Rebus s'offrit une pleine tasse en polystyrène de café et deux feuilletés à la saucisse. Les feuilletés, c'était une erreur ; ils répandaient des miettes partout malgré les efforts de Rebus pour limiter les dégâts avec son sac en papier.

— Désolé pour le bordel, glissa-t-il à Siobhan qui conduisait avec sa fenêtre délibérément ouverte. Vous n'êtes tout de même pas végétarienne ?

— Vous ne l'aviez pas remarqué ? répondit-elle en riant.

— Je dois dire que je n'y avais pas fait attention.

— Avez-vous déjà entendu parler de la recomposition des viandes, fit-elle en indiquant ce qui restait du roulé à la saucisse.

— Je n'y tiens pas, l'avertit Rebus.

Il engloutit rapidement la chose et s'éclaircit la gorge.

— Y a-t-il quelque chose que je doive savoir de vos relations avec Brian ?

Il vit immédiatement sur son visage qu'il n'avait pas utilisé la meilleure ouverture pour une conversation détendue.

— Pas que je sache...

— C'est seulement qu'avec Nell... enfin, quoi... il aurait pu y avoir encore une chance...

— Je ne suis pas un monstre, monsieur. Et je connais toute l'histoire de Brian et Nell. Brian est un chic type. On sort ensemble. (Elle fixait le pare-brise.) Un point c'est tout...

Rebus s'apprêtait à répliquer.

— Mais si ça devait aller plus loin, reprit-elle, je ne vois pas en quoi ça vous regarderait, monsieur, avec tout le respect que je vous dois. En tout cas pas tant que ça n'influe pas sur notre travail, ce que je ne permettrais pas. Et Brian serait d'accord avec moi.

Rebus garda le silence.

– Désolée, je n'aurais pas dû dire ça.

– Vous en avez assez dit. Le problème c'est comment vous l'avez exprimé. Un officier de police est toujours en service et c'est moi le patron, même en promenade, comme aujourd'hui. Ne l'oubliez jamais.

Le silence se fit encore plus pesant jusqu'à ce que Siobhan le rompe :

– Marchmont est un joli quartier.

– Presque autant que New Town.

Elle le fusilla du regard. Elle serrait le levier de vitesse comme si elle avait voulu l'étrangler.

– Je pensais, insinua-t-elle, que vous habitiez Oxford Terrace ces derniers temps, monsieur.

– Et vous vous trompiez. Bon, et si on éteignait cette foutue musique ? Nous avons beaucoup de choses à voir ensemble.

Ces « choses », bien sûr, concernaient Morris Gerald Cafferty. Siobhan Clarke n'avait pas ses notes sur elle, mais elle n'en avait pas besoin. Elle récita de tête tous les faits saillants de l'affaire, plus quelques autres qui, pour être moins cruciaux, n'en étaient pas moins intéressants. La leçon était bien apprise. Rebus songea à la frustration qui pourrait naître de tout ce travail. Elle avait bûché sur le cas du Gros Gerry pour préparer l'opération Bourses Pleines et à coup sûr, cette dernière ne permettrait pas d'épingler Cafferty. En plus, elle avait passé des heures sur l'affaire McOozin qui pourrait bien ne mener nulle part.

– Encore une chose, poursuivait-elle. Il semblerait que Cafferty possède une sorte d'agenda, entièrement codé. Personne n'a jamais pu le décrypter, ce qui dénote un énorme effort de dissimulation.

Rebus se rappelait toute l'affaire. En effet, un jour qu'ils avaient réussi à alpaguer Gros Gerry, ils avaient examiné ses affaires pendant la garde à vue, trouvé le carnet, photocopié chaque page et n'avaient jamais pu le déchiffrer.

– La rumeur dit que l'agenda tient le décompte des mauvais

payeurs, reprit Siobhan, de ceux dont Cafferty a choisi de se charger personnellement.

— Un type pareil suscite des rumeurs. Ça grandit sa réputation. Mais, en vérité, ce n'est qu'un gangster contre lequel nous n'avons pas de preuves.

— Ce carnet codé, ce pourrait être une preuve.

— Peut-être.

— Dans le dossier j'ai vu une coupure récente du *Sun*. Ça parle de cadavres inconnus flottant au large des côtes.

— De la côte de Solway, apprécia Rebus, pas loin de Stanraer.

— Vous pensez que c'est Cafferty ?

Rebus haussa les épaules, désabusé.

— On n'a jamais pu identifier les corps. Ils pouvaient provenir de n'importe où. Des gens jetés du ferry Larne-Stanraer. Qui sait si ça n'a rien à voir avec l'Ulster ? Et dans le secteur, les courants sont forts. Ça peut être n'importe quoi, soupira-t-il après un silence.

— Donc, ça pourrait être Cafferty.

— Pourquoi pas...

— Ça fait une sacrée trotte pour se débarrasser d'un cadavre.

— Il est trop malin pour chier devant sa porte.

Elle réfléchit un moment.

— Dans un des articles, on mentionne une camionnette repérée près de la même côte, trop tôt le matin pour avoir pu livrer quoi que ce soit.

— J'ai lu ça, approuva Rebus. Il n'y avait pas non plus d'endroit sur la route où livrer quoi que ce soit. Ne vous y trompez pas, Clarke, moi aussi je parcours les journaux. La police des comtés de Dumfries et Galloway a organisé des patrouilles dans le secteur.

Siobhan conduisit un moment en silence, ruminant ses pensées.

— Jusqu'ici, il a eu beaucoup de chance, n'est-ce pas, monsieur ? Je veux dire, j'ai compris que c'était un type malin, et que ce genre de malfrat est difficile à coincer. Mais il doit bien déléguer la besogne à d'autres et, aussi malin que soit un chef de bande, ses acolytes sont souvent si stupides ou si paresseux qu'ils pourraient bien, eux, chier devant leurs propres portes.

— Des mots, Clarke, des mots. (Il la vit sourire.) Mais message reçu.

– D'après ce que j'ai lu des « associés » de Cafferty, je n'ai pas eu l'impression qu'ils avaient atteint le niveau du brevet élémentaire. Ils portent tous des noms comme le Déserteur, Pépé ou le Radiateur.

– Ah, Mc Callum le Radiateur, je m'en souviens, grimaça Rebus. Il disait descendre d'une lointaine lignée de cannibales des Highlands. Il avait même établi un arbre généalogique et tout, tellement il était fier de ses ancêtres.

– Il semble avoir quitté le devant de la scène.

– Oui, il y a trois ou quatre ans, je dirais.

– Quatre ans et demi, à en croire les rapports. Je me demande ce qui lui est arrivé.

– Il a dû vouloir doubler le Gros Gerry, dit Rebus en haussant les épaules, et puis il a eu peur et s'est tiré au diable.

– Ou n'a même pas eu l'occasion de se tirer, comme vous dites.

– Encore possible, ou bien il en a eu marre, ou on lui a proposé un autre job. On bouge beaucoup dans la profession de gangster. Partout où il y a du boulot.

– Cafferty tient certainement son personnel en main. Les cousins de Mc Callum n'ont plus donné signe de vie une semaine pile avant que votre Radiateur ne disparaisse.

Rebus fronça les sourcils.

– Je ne savais même pas qu'il avait des cousins.

– Connus familièrement sous le nom de frères Brunet, en raison de leur penchant pour l'Irn-Brune.

– Très malin. Et leurs vrais noms ?

Elle ne réfléchit qu'une seconde.

– Tam et Eck Robertson.

– Eck Robertson, oui, acquiesça Rebus. Mais je n'avais jamais entendu parler de l'autre. Attendez une minute...

Tam et Eck Robertson. Les frères R. Ce qui signifiait que Mork devait être...

– Saloperie de Morris Cafferty.

Il frappa le tableau de bord.

Brian a raccourci son nom et utilisé un k à la place du c. *Seigneur...* Si Brian Holmes était sur une piste menant à Cafferty et à sa bande, ce n'est pas étonnant qu'il ait été terrifié. Et ça a quelque chose à voir avec la nuit où l'hôtel Central a été incendié. Ils auraient mis le feu parce que l'hôtel n'avait pu payer sa

« police d'assurance ». Et le corps ? L'un ou l'autre de ses débiteurs. Et peu de temps après, Radiateur Mc Callum et ses cousins quittaient la scène. *Bordel de bordel.*

— Si vous couvez une attaque, le coupa Siobhan, j'ai le brevet de réanimation cardiaque.

Rebus ne l'écoutait même pas. Il fixait le ruban de bitume devant eux, un poing serré autour de son gobelet de café, l'autre martelant son genou. Il revoyait la note de Brian. Il n'avait pas affirmé que Cafferty était présent, seulement que les frères étaient là. Puis il avait écrit quelque chose à propos d'une partie de poker. Il fallait qu'il retrouve les frères Robertson, point final. Peu après, on venait lui fracasser le crâne. Tout allait peut être se mettre miraculeusement en place.

— Mais je ne suis pas certaine de savoir soigner la catatonie.
— Quoi ?
— C'est quelque chose que j'ai dit ?
— Oui.
— Les frères Brunet.
— Exactement. Que savez-vous d'autre à leur sujet ?
— Nés à Niddrie, petits voleurs depuis leur sortie du berceau...
— Et ils ont sans doute volé le berceau en prime. Quoi d'autre ?

Siobhan avait compris qu'elle avait touché un nerf sensible.

— Plein de trucs. Leurs dossiers sont chargés. Eck aimait les fringues voyantes et Tam ne portait que des jeans et des tee-shirts. Le plus drôle, c'est que Tam était tellement à cheval sur la propreté qu'il trimballait partout sa propre savonnette. J'ai trouvé ce détail curieux.

— Si j'étais homme à parier, la coupa Rebus, je miserais que le savon était parfumé au citron.

— Comment le savez-vous ?

— Par instinct. Pas le mien, celui de quelqu'un d'autre. (Il fronça les sourcils.) Mais comment se fait-il que je n'aie jamais entendu parler de ce Tam ?

— Il est parti pour Dundee dès sa sortie de l'école ou, pour être exacte, dès qu'on l'a eu prié de quitter l'école. Il n'est revenu à Édimbourg que des années plus tard. D'après son dossier, il n'aurait travaillé pour le gang que pendant six mois, peut-être moins. Ça vous ennuierait de me dire de quoi il retourne, reprit-elle après un instant de silence.

— C'est au sujet de l'incendie d'un hôtel.
— Ah ! toutes ces chemises qui jonchent le plancher derrière votre bureau !
— Exactement, les dossiers qui traînent par terre derrière mon bureau.
— Ça aiderait si j'y jetais un œil ?
— Ça pourrait avoir un rapport avec l'agression dont Brian a été victime.

Elle se tourna brusquement vers son patron.
— Gardez les yeux sur la route, reprit-il. Vous, vous vous concentrez sur la conduite et moi, je vous raconte une histoire. Ça pourrait bien nous mener jusqu'à Aberdeen.

Ce qui fut bien le cas.

— Mais entre donc, Jock. Mon Dieu, mon Dieu, j't'aurais jamais reconnu !
— La dernière fois que tu m'as vu, j'étais en culottes courtes, tatie Ena.

La vieille femme rit. S'aidant de son déambulateur elle le conduisit à travers un étroit vestibule humide jusqu'à un petit salon à l'arrière de la maison. La pièce était bourrée de meubles. Il existait certainement une salle plus grande sur le devant de la maison, un salon réservé aux occasions les plus protocolaires. Mais Rebus, c'était la famille et on recevait la famille dans le petit salon.

Elle avait l'air fragile, un peu bossue et elle portait un châle sur des épaules anguleuses. Sa chevelure argentée était sévèrement tirée en arrière et nouée en chignon sur la nuque. Ses yeux étaient comme deux points profondément enfoncés dans son visage parcheminé. Rebus ne l'aurait jamais reconnue.

— Tu devais avoir trois ans la dernière fois qu'on est descendus dans le comté de Fife. T'étais un vrai moulin à paroles, mais avec ton accent, je ne comprenais pas un mot. Toujours à vouloir dire une blague ou chanter une chanson.

— J'ai beaucoup changé, remarqua Rebus.

— Hein ? (Elle s'était laissée lourdement tomber sur un siège près de la cheminée et tendait le cou.) J'entends plus très bien, Jock, dit-elle.

– Je disais que personne ne m'a jamais appelé Jock, cria-t-il. Mon nom est John.
– Ah ! oui, John. T'as raison.
Elle tira un plaid sur ses jambes. La cheminée était garnie d'un appareil électrique, de ceux avec de fausses braises, de fausses flammes et, autant que Rebus pouvait en juger, une fausse chaleur. On apercevait bien une vague lueur orangée, mais rien ne semblait s'en dégager.
– Comme ça, Danny t'a trouvé.
– Tu veux dire Andy ?
– C'est un bon p'tit gars. Quelle pitié qu'y se r'trouve à rien faire. Il est rentré avec toi ?
– Non. Il a voulu rester à Édimbourg.
Elle appuya la tête au dossier de sa chaise. Rebus eut l'impression qu'elle se laissait aller au sommeil. Sa promenade jusqu'à la porte et retour l'avait probablement épuisée.
– Ses parents sont des gens bien, toujours si gentils avec moi.
– Tu voulais me voir pour une raison spéciale, tatie Ena ?
– Hein ?
Il s'accroupit en face d'elle, les mains posées de chaque côté du siège.
– Tu as demandé à me voir.
Eh bien oui, elle pouvait le voir... et d'un coup ce n'était plus possible car ses yeux devinrent vitreux, sa bouche s'ouvrit et elle se mit à ronfler.
Rebus poussa un profond soupir en se redressant. Sur la cheminée, la pendule était arrêtée mais il savait qu'il avait deux bonnes heures à tuer. Le fait de parler de l'hôtel Central à Siobhan Clarke l'avait rendu impatient. Il voulait se remettre au travail. Et il se retrouvait ici, piégé dans ce minuscule musée. Il examina la pièce autour de lui, grimaçant à la vue d'une commode chromée dans un coin sombre de la pièce. Il y avait des photos dans un cadre en porcelaine et il se déplaça pour les examiner. Il reconnut entre autres ses grands-parents paternels mais ne vit aucune image de son père. La querelle, ou quel que soit le nom qu'on lui donne, avait balayé tout ça.
Les Écossais n'oublient jamais rien. C'est un fardeau et un don. Le petit salon ouvrait directement sur une cuisine exiguë. Il ouvrit l'antique réfrigérateur pour y trouver un morceau de bœuf

bouilli qu'il renifla. Il y avait du pain dans une grande boîte en fer, au garde-manger, et du beurre dans un ravier sur la paillasse. Il mit dix minutes à confectionner les sandwichs et encore cinq à découvrir laquelle des innombrables boîtes contenait le thé.

Il y avait une radio à côté de l'évier et il tenta de trouver un canal qui diffuserait les résultats du football mais les piles étaient encore plus faibles que son thé. Il revint donc à pas de loup auprès de tatie Ena toujours endormie et s'assit en face d'elle. Il n'était pas venu jusqu'ici pour toucher un héritage, mais il avait tout de même espéré mieux que ça. Un ronflement particulièrement sonore ramena la tante Ena à la conscience dans un tressaillement.

— Hein ? C'est toi, Jimmy ?
— Non, c'est John, ton neveu.
— Bonté divine, John, est-ce que je me suis endormie ?
— Pas plus d'une minute.
— Je devrais avoir honte, avec un visiteur et tout ça.
— Je ne suis pas un visiteur, tatie Ena, je suis de la famille.
— Oh ! oui, mon fils, t'as bien raison. Ah ! écoute-moi. J'ai du bœuf au frigo. Tu veux que j'...
— C'est déjà fait.
— Hein ?
— Les sandwichs. Ils sont prêts.
— T'as fait ça. J'ai toujours su que t'étais futé. Et un bon thé, qu'est-ce que tu dirais d'un bon thé ?
— Reste assise. Je vais en refaire.

Il en fit une pleine théière et rapporta les sandwiches sur une assiette, la posant sur un tabouret entre eux.

— C'est prêt.

Il s'apprêtait à lui tendre un canapé lorsqu'elle saisit son poignet avec tant de violence que l'assiette manqua de voler. Il vit qu'elle avait fermé les yeux, et s'étonna de la fermeté de son étreinte malgré son apparence fragile. Elle se mit à marmonner et Rebus comprit soudain qu'elle disait les grâces.

> *Certains ont du pain et peuvent pas manger*
> *D'autres qui n'ont rien voudraient bien manger*
> *Nous avons du pain, nous pouvons manger*
> *Et que le Seigneur en soit remercié.*

Rebus faillit éclater de rire. Faillit seulement, parce que, quelque part, il se sentait remué. Il la gratifia d'un grand sourire avec son sandwich et partit chercher le thé.

Le repas l'avait requinquée et elle semblait se souvenir de la raison pour laquelle elle avait voulu le voir.

— Ton père et mon pauv'mari se sont disputés il y a bien longtemps, peut-être quarante ans ou même plus. Depuis ils n'ont plus échangé ni lettre, ni carte de vœux, ni même une parole civilisée. Alors, tu ne crois pas que c'était idiot ? Et est-ce que tu sais le pourquoi de tout ça ? C'est parce qu'on avait invité ton p'pa et ta m'man au mariage de notre Ishbel, mais pas toi. Tu comprends, on avait décidé qu'il y aurait pas de gosses. Et puis, tu vois, une de mes amies, Peggy Callaghan qu'elle s'appelait, ben elle est venue avec son fils qu'était pas invité, et on pouvait pas le renvoyer, comment qu'il aurait fait le pauvre petit père ? Mais quand ton p'pa a vu ça, il s'est disputé avec Jimmy. Une vraie engueulade. Et ton père est sorti de la maison comme un ouragan. Et ta pauv'mère avait plus qu'à le suivre. Une femme gentille que c'était. Et voilà l'histoire.

Elle se cala sur sa chaise, des miettes collées aux lèvres.

— Et c'est tout ?

— Ça paraît pas grand-chose, hein ? acquiesça-t-elle. Surtout avec du recul. Mais ça a suffi. Et ils étaient trop têtus tous les deux pour tenter de se rabibocher.

— Alors tu voulais me voir pour me raconter cette histoire ?

— En partie. Mais aussi parce que j'ai quelque chose à te donner.

Elle se leva lentement de son siège en prenant appui sur son déambulateur et se pencha pour atteindre le dessus de la cheminée. Rebus s'était levé pour l'aider, mais elle n'avait pas besoin de lui. Elle trouva tout de suite la photo qu'elle lui tendit. Il l'examina. C'était un cliché noir et blanc légèrement jauni qui montrait deux écoliers souriants, pas vraiment sur leur trente et un. Ils se tenaient chaleureusement par le cou et serraient leurs visages l'un contre l'autre. Les meilleurs amis du monde, et même mieux que ça : des frères.

— Il l'avait gardée, tu vois. Y m'avait dit un jour qu'il avait jeté toutes les photos de ton père. Mais quand on a rangé ses affaires, j'ai retrouvé ça au fond d'une vieille boîte à chaussures. Je tenais à te la donner, Jock.

— C'est pas Jock, c'est John, protesta Rebus, les larmes aux yeux.
— Mais bien sûr, dit tante Ena, mais bien sûr.

Un peu plus tôt cet après-midi-là, Michael Rebus gisait, étendu de tout son long sur le canapé. Il dormait, inconscient de louper l'un de ses films favoris : *Double Indemnity* sur BBC2. Il était descendu au pub à l'heure de l'apéritif et s'était retrouvé tout seul. Les étudiants n'étaient pas là. Ils avaient dû aller faire des courses ou leur lessive à la laverie automatique. Ou encore ils étaient rentrés chez leurs parents pour le week-end, pour revoir de vieux copains. Michael s'était contenté de boire deux panachés puis il avait regagné l'appartement où il n'avait pas tardé à s'endormir devant la télé.

Il avait beaucoup pensé à John ces derniers temps. Il savait tout ce qu'il avait imposé à son grand frère et ne comptait pas continuer très longtemps. Il avait eu Chrissie au téléphone. Elle était toujours à Kirkcaldy avec les gosses. Elle n'avait plus voulu le voir après l'« affaire » mais elle avait été particulièrement dégoûtée d'apprendre que son propre frère avait témoigné contre lui. Michael, lui, ne blâmait pas John pour cela. John avait des principes. En plus, une partie du témoignage avait joué en sa faveur, de manière délibérée, il en était sûr.

Enfin, Chrissie acceptait à nouveau de lui parler. Il lui avait écrit tout au long de son incarcération, et de Londres aussi, ignorant si elle avait reçu ses lettres. Elle les avait bien reçues. Elle le lui avait dit lorsqu'ils s'étaient parlé. Et aussi qu'elle n'avait pas de petit ami et que les enfants allaient bien et « est-ce que ça te dirait de les voir de temps en temps ?

— C'est toi que je veux voir », avait-il répondu. Et ces mots sonnaient juste.

Il rêvait justement à elle lorsque la sonnette retentit. Ou, pour être franc, à elle et à Gail, l'étudiante. Il se leva en sursaut, la sonnette se faisait insistante.

Il lui fallut une seconde pour défaire le verrou, après quoi le monde de Michael implosa.

Accablée par une nouvelle défaite des Hibernians, Siobhan Clarke se tenait coite sur la route du retour, ce qui convenait parfaitement à Rebus. Il avait des choses à quoi penser et, pour une fois, ça ne concernait pas le boulot. Il réfléchissait beaucoup trop au boulot en vérité, il se consacrait à son travail comme il ne s'était jamais consacré à *personne* dans toute sa vie. Ni à son ex-femme, ni à sa fille, ni à Michael.

Il était entré dans la police, prématurément las et cynique. Depuis il observait les jeunes recrues comme Holmes et Clarke, et comment leurs meilleures intentions étaient contrecarrées par le système et l'attitude du public. Ils auraient parfois été mieux reçus s'ils avaient peint des croix de pestiférés sur la porte des maisons qu'ils visitaient.

— Un sou pour vos pensées, dit Siobhan Clarke.
— Ne gaspillez pas votre argent.
— Et pourquoi pas ? Vous vous rendez compte de tout l'argent que j'ai perdu pour rien aujourd'hui ?

Réflexion qui fit sourire Rebus.

— Ouais, dit-il, j'oublie systématiquement qu'il existe toujours quelqu'un de plus malheureux que soi dans le monde. Sauf bien sûr si on est supporter des Hibs.
— Ha ! ha ! très drôle.

Siobhan Clarke se pencha vers l'autoradio et tenta de trouver une station qui ne donnerait pas les résultats du championnat.

9

Plein de bonnes résolutions, Rebus ouvrit la porte de l'appartement et comprit immédiatement qu'il n'y avait personne. Bon après tout, c'était samedi soir. Mais ils auraient tout de même pu éteindre la télé.
 Il se rendit directement au débarras et posa la vieille photo sur le lit défait de Michael. La pièce était légèrement imprégnée de parfum, ce qui lui rappela Patience. Elle lui manquait plus qu'il n'aurait aimé l'admettre. Quand ils avaient commencé à se voir sérieusement, ils avaient été d'accord tous les deux pour dire qu'ils étaient trop vieux pour l'Amour avec un grand A. Et d'accord aussi pour se sentir plus que prêts à tous les débordements sexuels. Plus tard, quand Rebus était venu vivre chez elle, ils en avaient reparlé. Ce n'était pas vraiment un engagement, toujours d'accord, juste un arrangement provisoire. Mais lorsque Rebus avait loué à d'autres son appartement, là, c'était devenu un engagement, un engagement à dormir sur le divan si Patience le mettait un jour à la porte.
 Il s'allongea donc sur le divan, remarquant pour la première fois qu'il s'était attribué la principale pièce commune du logement. Désormais, les étudiants se regroupaient dans la cuisine pour parler tranquillement, porte close. Rebus ne leur en voulait pas. Ici c'était le bordel, son bordel. Sa valise béait sur le plancher devant la fenêtre, dégueulant ses chaussettes et ses cravates. Sa penderie portable pendouillait derrière le divan. Deux de ses costumes étaient accrochés aux cimaises, près de la bibliothèque,

et dissimulaient une bonne partie du poster qui avait choqué les yeux de Rebus. Ça manquait d'air frais ici !

À l'odeur on aurait pu reconnaître la bauge de Rebus.

Il décrocha le téléphone pour appeler Patience. Sa voix était enregistrée, avec un nouveau message :

« Je suis partie raccompagner Jenny et Susan chez leur mère. Si vous le souhaitez, laissez un message après le bip sonore. »

La première impression de Rebus fut que Patience était stupide. Tous ses correspondants, n'importe lequel de ses correspondants savait à présent qu'elle était absente. Il était le mieux placé pour savoir que les cambrioleurs téléphonaient souvent avant... Tout le monde savait qu'ils prenaient l'annuaire au hasard et repéraient les adresses correspondant aux numéros qui sonnaient à l'infini ou qui étaient sur répondeur. Le message devait être le plus vague possible.

Il devina que si elle était partie chez sa sœur, elle ne reviendrait pas avant le lendemain soir, au plus tôt, et y resterait même peut-être jusqu'au lundi.

« Bonjour Patience, dit-il à la machine. C'est moi, je suis prêt à discuter quand tu... Je... Tu me manques, salut. »

Donc, les filles étaient rentrées. Les choses allaient peut-être reprendre leur place. Plus de Susan aguichante, plus de gentille Jenny. Elles n'avaient pas été la cause réelle du fossé qui s'était creusé entre Patience et lui, mais qui sait ? En fait elles avaient servi de catalyseur.

Il se confectionna une tasse d'« ersatz de café », sans cesser de penser à cette échoppe ouverte si tard au coin de Marchmont Road. Ils ne servaient que du café instantané et très cher ; peut-être que ce qu'il avait en main lui plairait autant. Le goût était infect, et la boisson totalement décaféinée, ce qui explique sans doute qu'il soit resté somnolent pendant une bonne moitié de la soirée devant la télévision.

Il reprit ses esprits en entendant le téléphone. Quelqu'un avait éteint la télé et le même individu avait sans doute jeté une couverture sur ses genoux. Il ne faudrait pas que ça devienne une habitude. Il se sentit tout raide en se redressant pour saisir le combiné. À sa montre, il était 1 h 15 du matin.

— Allô ?

— J'aimerais parler à l'inspecteur Rebus.

– C'est moi.

Rebus se gratta la tête.

– Inspecteur, ici l'agent Hart. Je vous appelle de South Queensferry.

– Oui ?

– Nous avons quelqu'un ici qui prétend être votre frère.

– Michael ?

– C'est bien le nom qu'il nous a donné.

– Qu'est-ce qui se passe ? Il est bourré ?

– Pas vraiment, monsieur.

– Alors, quoi ?

– Eh bien, monsieur, nous l'avons trouvé...

– Trouvé où ? Rebus était bien réveillé.

– Il était pendu au pont de Forth Rail.

– Quoi ? (Rebus sentait ses mains étrangler le combiné.) Pendu ?

– C'est pas ce que je veux dire, monsieur. Désolé de vous avoir causé...

La poigne de Rebus s'était relâchée.

– C'est juste, reprit l'agent, qu'il était pendu par les pieds... suspendu, quoi. Juste à se balancer dans les airs.

– D'abord on a pensé à une espèce de blague qu'aurait mal tourné.

L'agent Hart conduisait Rebus à une cabane du quai de Queensferry. La Firth of Forth était calme et noire devant eux, mais Rebus devinait le pont de chemin de fer un peu plus loin au-dessus de leurs têtes.

– Mais ce n'est pas du tout ce qu'il nous a raconté. Et nous avons très vite été convaincus qu'il ne s'était pas jeté du pont tout seul.

– Comment ça, convaincus ?

– Il avait les mains attachées et du sparadrap sur la bouche.

– Bon Dieu !

– Le docteur dit que tout ira bien. S'ils l'avaient jeté du parapet, peut-être que ses mollets auraient glissé des chaussettes mais, d'après le doc', ils l'ont seulement fait descendre la tête en bas.

– Comment sont-ils parvenus à cet endroit du pont ?

– C'est facile quand on n'a pas le vertige.

Rebus, vertigineusement enclin à ce malaise, avait immédiatement décliné l'offre de visiter l'endroit où l'on avait retrouvé Michael, tout en haut du pont ferroviaire peint en ocre.

– On dirait qu'ils ont attendu qu'il n'y ait plus de trains. Mais un bateau passait en dessous, et comme le capitaine croyait avoir vu quelque chose, il a lancé un appel radio. Sans ça il aurait pu passer toute la nuit là-haut. J'aurais pas aimé être à sa place, ça caille, conclut Hart en remuant la tête.

Ils avaient atteint la cabane. À l'intérieur, il n'y avait d'espace que pour deux personnes. L'une, assise, une couverture sur les épaules, était Michael. L'autre, un généraliste du coin qu'on avait tiré du lit pour l'examiner. Tous les autres se tenaient à l'extérieur : des policiers, le propriétaire d'un hôtel qui donnait sur le quai, le capitaine du bateau qui avait peut-être bien sauvé la vie de Michael, ou au moins sa santé mentale.

– John, Dieu soit loué.

Michael grelottait et semblait vidé de toute substance.

Le docteur tendait à Michael une tasse de quelque chose de brûlant et l'incitait gentiment à boire.

– Avale, Mickey, dit Rebus.

Michael avait l'air pathétique, comme la victime d'une horrible tragédie. Une tristesse immense submergea Rebus. Michael avait passé des années en prison et Dieu sait ce qui lui était arrivé là-bas. À sa sortie, il n'avait pas eu beaucoup de chance et était revenu à Édimbourg. Ses bravades, ses nuits passées avec des étudiantes, Rebus remit tout cela à sa vraie place : une façade, une tentative de rejeter tout ce que Michael avait craint au cours des quelques années passées. Et maintenant, cet attentat qui le réduisait à l'état d'animal tremblant, terré dans une cahute.

– Je reviens tout de suite, Mickey, dit Rebus en entraînant Hart derrière la cabane. Qu'est-ce qu'il vous a dit ?

Il essayait de contenir sa fureur.

– Qu'il était seul chez vous, monsieur.

– À quelle heure ?

– Cet après-midi, vers 16 heures. On a sonné. Il a ouvert et trois hommes sont entrés en force. Ils ont commencé par lui enfiler un sac sur la tête. Ensuite ils l'ont mis à plat ventre, l'ont ligoté. Après ils ont ôté la cagoule, l'ont bâillonné serré et ont remis le sac.

— Il a pu les voir ?
— Non, ils lui ont maintenu le visage contre le tapis de l'entrée. Il les a seulement aperçus quand il a ouvert la porte.
— Continuez !

Rebus se retenait de regarder le pont ferroviaire au-dessus de lui et, pour ce, fixait les éclairs rouges scintillant au sommet du plus lointain des ponts routiers.

— Il semblerait qu'ils l'aient enveloppé dans une espèce de carpette pour le descendre dans une camionnette. À en croire votre frère, on n'avait pas la place de s'y retourner. Étroit, quoi ! Il a eu l'impression d'être entouré de sortes de boîtes.

Hart se tut brusquement. Il n'appréciait pas beaucoup l'air concentré du visage de l'inspecteur.

— Et puis ? aboya Rebus.
— Il dit qu'ils l'ont promené pendant des heures, sans rien dire. Ensuite on l'a sorti du camion pour le déposer dans une cave ou une réserve. Comme ils ne lui ont jamais ôté sa cagoule il n'est pas très sûr. Je n'ai pas voulu le harceler dans les circonstances présentes, monsieur, avoua Hart après quelques instants de silence.

Rebus marqua son approbation de la tête.

— Et puis, pour finir, ils l'ont amené ici. Ils l'ont attaché au tablier du pont et l'ont doucement fait descendre. Ils n'avaient toujours pas prononcé un mot mais, quand ils ont commencé la descente, ils lui ont enfin ôté le sac de sur les yeux.
— Seigneur !

Rebus serra très fort les paupières. Ça lui rappelait les pires moments de son entraînement dans les S.A.S., le jour où ils avaient tout fait pour qu'il livre une information. Ils l'avaient mis dans un hélicoptère avec un sac sur la tête, puis l'avaient menacé de le jeter au sol par la porte coulissante et avaient mis leur menace à exécution... Mais à seulement huit pieds du sol et non à des centaines de pieds comme il avait pu le voir auparavant. Horrible de bout en bout. Il poussa Hart pour entrer, écarta le médecin de son chemin et se pencha pour étreindre Michael, le serrant encore plus contre sa poitrine quand il entendit son frère se mettre à brailler. Le torrent de cris et de larmes dura de longues minutes, mais Rebus n'avait pas l'intention de relâcher sa prise.

Enfin, il se calma. Après quelques raclements de toux sèche, la respiration se fit plus unie puis vint une sorte de calme. Le visage de Michael était sillonné de larmes et de morve. Rebus lui tendit son mouchoir.

— L'ambulance attend dehors, dit calmement le docteur.

Rebus, d'un hochement de tête, lui fit signe qu'il avait compris. Michael était de toute évidence en état de choc. On allait devoir le garder en observation toute la nuit à l'hôpital.

Deux malades à visiter, songea Rebus. Et en plus, il soupçonnait des motifs proches à ces deux agressions. Des motifs très similaires, à y mieux regarder. La rage l'envahit à nouveau tout entier et son ancienne blessure se mit à le démanger à mort.

L'impression se calma légèrement tandis qu'il aidait Michael à se diriger vers l'ambulance.

— Tu veux que je vienne avec toi ? demanda-t-il.

— Certainement pas, répliqua Michael. Rentre à la maison, hein ?

Au milieu du trajet jusqu'à la voiture, les jambes de Michael se dérobèrent sous lui. Ils durent le porter comme on soutient un joueur blessé pour le tirer hors du terrain, refermèrent la porte sur lui et l'emportèrent. Rebus remercia le docteur, le capitaine et Hart.

— Une sacrée vacherie, dit Hart. Vous avez une idée du mobile ?

— Quelques idées, répondit Rebus.

Il rentra ruminer dans son salon plongé dans l'obscurité. Sa vie tout entière lui semblait foutue en l'air. Quelqu'un avait voulu lui faire parvenir un message, ce soir. Soit délibérément par l'intermédiaire de Michael, soit, plus simplement, parce qu'ils l'avaient confondu avec lui. Après tout, les gens disaient qu'ils se ressemblaient beaucoup. Comme les types avaient débarqué à Arden Street, ou bien ils ne disposaient que de très anciennes informations, ou bien ils étaient au courant de sa séparation d'avec Patience, ce qui signifiait alors qu'ils étaient particulièrement bien informés. Rebus privilégiait pourtant la première hypothèse. Sous la sonnette, il y avait toujours le nom de Rebus même si quatre nouveaux noms s'étaient ajoutés au sien. Ça avait dû les dérouter une minute. Et pourtant ils avaient quand même décidé de passer à l'attaque. Pourquoi ? Est-ce que ça voulait dire qu'ils se sentaient acculés ? Ou bien que n'importe quel otage aurait fait l'affaire pour faire passer le message ?

Message reçu.

Et presque compris. Presque. C'était sérieux, mortellement sérieux.

D'abord Brian, maintenant Michael. Il doutait à peine que les deux affaires soient connectées. Le temps semblait venu de faire quelque chose d'autre que d'attendre leur prochain mouvement. Et il savait ce qu'il voulait faire. Cette phrase le lui avait fait comprendre : *foutue en l'air*. Une partie de son être rêvait de tenir une arme en main. Une arme permettrait assez bien d'égaliser les chances. Et il savait même où se la procurer, non ? *Tout, du taf à l'arroseuse.* Il s'aperçut qu'il avait fait les cent pas devant la fenêtre. Il se sentait pris au piège, peu disposé à dormir et incapable d'agir contre son ennemi invisible. Pourtant il fallait qu'il fasse quelque chose... il prit donc sa voiture.

Il conduisit jusqu'à Perth. Le trajet était court par l'autoroute en pleine nuit. Arrivé en ville il se perdit une ou deux fois (il n'y avait personne alentour à qui demander son chemin, pas même un policier) avant de trouver la rue qu'il cherchait. Elle bordait une corniche et n'était bâtie que d'un seul côté. C'est là que vivait la sœur de Patience. Rebus repéra la voiture de Patience et trouva une place deux voitures devant. Il éteignit ses phares et son moteur, attrapa sur le siège arrière la couverture qu'il avait apportée et s'en enveloppa du mieux qu'il put. Il resta assis comme ça un moment, se sentant plus détendu qu'il n'avait été depuis une éternité. Il avait bien pensé à apporter du whisky mais il avait craint une gueule de bois le lendemain. Or, le lendemain, il souhaitait au moins avoir les idées claires. Il pensait à Patience endormie dans la chambre d'amis, à côté de celle de Susan. Elle devait dormir profondément, la lune éclairant son front et ses joues. Il lui sembla qu'il était à des milliers de kilomètres d'Édimbourg, à des milliers de kilomètres du pont ferroviaire de Forth. John Rebus glissa dans le sommeil et, pour une fois, dormit bien.

À son réveil, il était 6 h 30, ce dimanche matin. Il rejeta la couverture, mit le moteur en route et le chauffage à fond. Il était transi mais reposé. La rue était déserte à l'exception d'un homme qui promenait son horrible cabot blanc. L'homme semblait trouver bizarre la présence de Rebus en ces lieux. Rebus lui adressa un calme sourire et démarra.

10

Il s'en fut droit à l'hôpital où, en dépit de l'heure matinale, on était en train de servir le premier thé de la journée. Michael était assis dans son lit, une tasse posée sur un plateau devant lui. Il avait l'air d'une statue, et, le visage impavide, fixait la surface brun foncé du liquide. Il ne fit pas un mouvement à l'approche de Rebus, ni lorsque ce dernier extirpa bruyamment une chaise d'une pile disposée le long du mur pour s'asseoir.

– Salut, Mickey.
– Bonjour, John.

Michael avait toujours le regard fixe. Rebus ne l'avait pas encore vu ciller.

– Tu te repasses encore tout ça dans la tête, hein ?

Michael ne répondit rien.

– Je suis déjà passé par là, Mickey. Il t'arrive quelque chose de dramatique et tu le revis encore et encore en esprit. À la longue, ça s'estompe. Mais, en ce moment précis, tu ne me croiras pas.

– J'essaie de comprendre qui a fait ça, pourquoi on m'a fait ça.

– Ils ont voulu te terrifier, Mickey. Je pense qu'ils voulaient me faire passer un message.

– Ils n'auraient pas pu écrire, plutôt ? Pour me terrifier, ils m'ont terrifié. J'aurais pu chier par le trou d'une pastille Polo à la menthe.

Rebus rit bruyamment à cette repartie. Si Michael récupérait son sens de l'humour, le reste allait bientôt suivre.

— Je t'ai apporté ça, dit-il.

C'était la photo récupérée à Aberdeen. Rebus la déposa sur le plateau, à côté du thé intact.

— Qui sont ces types ?

— Papa et l'oncle Jimmy.

— Oncle Jimmy ? Je ne me souviens pas d'un oncle Jimmy.

— Ils se sont brouillés il y a très longtemps et ne se sont plus jamais adressé la parole.

— C'est nul.

— Et oncle Jimmy est mort il y a quelques semaines. Sa veuve, tante Ena, a voulu que cette photo nous revienne.

— Pourquoi ?

— Peut-être parce que nous sommes frères nous aussi, avança Rebus.

— Tu ne t'en es pas toujours souvenu, dit Michael avec un sourire.

Il leva sur Rebus des yeux brillants de larmes.

— Mais maintenant nous ne l'oublierons plus, répliqua Rebus. Est-ce que je peux boire ça ? demanda-t-il en désignant du menton la tasse de thé. J'ai la langue comme celle d'un poivrot à l'heure de l'ouverture des pubs.

— Sers-toi.

Rebus avala le thé en deux gorgées.

— Bon Dieu, dit-il, je viens de t'épargner l'empoisonnement, tu peux me croire.

— Je sais, je n'ignore plus rien du thé qu'on sert dans les établissements d'État.

— Tu n'es pas aussi fou que tu en as l'air.

Rebus fit une pause avant de reprendre.

— Tu ne les as pas vus très clairement, hein ?

— Qui ?

— Les types qui t'ont emballé.

— J'ai vu des silhouettes passer la porte. Le premier était à peu près de ma taille, mais beaucoup plus costaud. Pour les autres, mystère. Et je n'ai pas eu l'occasion de voir leurs visages. Désolé.

— Pas de problème. Est-ce que tu peux me donner un quelconque indice ?

— Rien de plus que ce que j'ai dit à l'agent de police la nuit dernière. Comment s'appelle-t-il déjà ?

— Hart.

— C'est ça. Il a d'abord cru que j'avais voulu sauter à l'élastique, dit Michael dans un grand éclat de rire. Mais je lui ai dit que non, que je pendouillais comme ça, pour rien.

— Sans raison mais, Dieu merci, avec un nœud bien serré, hein ? sourit Rebus.

Michael avait cessé de rire.

— Ça m'a donné des cauchemars. Ils ont dû me prescrire quelque chose pour dormir. Je ne sais pas ce que c'était mais je suis encore dans les vapes.

— Demande-leur de te faire une ordonnance, tu pourras refourguer les pilules aux étudiants.

— Ce sont de braves gosses, John.

— Je sais.

— Ç'aurait été honteux de les faire déménager.

— Je sais ça aussi.

— Tu te souviens de Gail ?

— La fille que tu voyais ?

— J'ai même vu chaque centimètre carré de son corps. Mais c'est du passé maintenant. Elle a un petit ami à Auchterarder. Tu ne penses pas qu'il pourrait être du genre jaloux ?

— Je ne crois pas qu'il soit derrière ce qui s'est passé hier soir.

— Non ? C'est que je n'ai pas passé suffisamment de temps à Édimbourg pour me faire des ennemis.

— Ne cherche pas, répondit Rebus. J'ai assez d'ennemis pour nous deux.

— Voilà qui me rassure ! À propos...

— Oui ?

— Que dirais-tu de faire installer un judas à ta porte ? Imagine ce qui aurait pu se passer si une des gamines avait ouvert.

Oh, Rebus y avait déjà songé !

— Et une chaîne, répliqua-t-il. Je m'en occuperai cet après-midi. Hart a dit quelque chose à propos de la camionnette, reprit-il après un instant de silence.

— Quand ils m'ont jeté dedans, j'ai eu l'impression de me trouver coincé dans un espace restreint. Pourtant, du dehors, j'ai dans l'idée que le véhicule était de bonne taille.

— Donc il devait y avoir des marchandises à l'intérieur ?

— Peut-être, mais alors sacrément solides, quelles qu'elles

aient pu être ; je me suis écorché les deux genoux. (Il haussa les épaules.) C'est tout.

Il sembla soudain penser à quelque chose.

— Ah, oui ! il y avait une sale odeur. Quelque chose ou quelqu'un avait dû crever sur le tapis dans lequel ils m'ont enroulé...

Ils poursuivirent leur conversation pendant un bon quart d'heure jusqu'à ce que Michael ferme les yeux et s'endorme. Il n'allait pas pouvoir se reposer bien longtemps car on commençait à servir le petit déjeuner. Rebus se leva et remit la chaise à sa place, puis il déposa la photo sur la table de chevet de Michael. Tant qu'il était là, il avait une autre visite à rendre.

Mais des médecins s'agitaient au chevet de Brian Holmes et l'infirmière ne put lui dire pour combien de temps ils en avaient. Tout ce qu'elle savait, c'est que Brian avait de nouveau repris conscience pendant près d'une minute au cours de la nuit. Rebus aurait bien voulu avoir été présent : une minute était bien suffisante pour répondre à la question qu'il désirait lui poser. Brian avait aussi parlé pendant son sommeil mais ses marmonnements étaient plutôt indistincts et, de toute façon, personne n'avait noté ce qu'il avait dit. Rebus abandonna donc la partie et sortit pour faire quelques courses. S'il rappelait aux environs de midi, on lui dirait quand Michael pourrait regagner ses pénates.

Il passa à l'épicerie du coin avant de rentrer à l'appartement et fit des provisions pour une bonne semaine. Il terminait son petit déjeuner quand un premier étudiant s'aventura dans la cuisine pour avaler coup sur coup trois grands verres d'eau.

— On est plutôt supposé faire ça avant de se mettre au lit, conseilla Rebus.

— Merci bien, Sherlock, grogna le jeune homme. Vous n'auriez pas une aspirine ?

Rebus fit non de la tête.

— Décidément, reprit le garçon, hier soir le fût de bière devait être gâté. J'ai trouvé un drôle de goût à ma première pinte.

— C'est ça, mais je parie que la deuxième était meilleure et la sixième, excellente.

L'étudiant se mit à rire.

— Qu'est-ce que vous mangez ?

— Du pain grillé avec de la confiture.

— Pas de lard ni de saucisses ?

– J'ai décidé de laisser tomber la viande pendant quelque temps, répondit Rebus en hochant la tête.

Le garçon en parut anormalement ravi.

– Il y a du jus d'orange dans le frigo, poursuivit Rebus.

L'étudiant ouvrit le meuble et poussa une exclamation de surprise.

– Mais il y a de quoi nourrir un régiment !

– C'est pourquoi j'espère bien que ça nous fera un jour ou deux, dit Rebus.

Le jeune homme prit une lettre sur le dessus du frigo.

– C'est arrivé hier pour vous.

Elle provenait du Trésor Public qui annonçait qu'ils allaient envoyer quelqu'un pour inspecter l'appartement.

– Rappelle-toi bien ça, dit Rebus à son jeune locataire, si on vous pose des questions, vous êtes tous mes neveux et nièces.

– Oui, tonton.

L'étudiant se remit à farfouiller dans le réfrigérateur.

– Où vous étiez passés hier soir, Michael et vous ? demanda-t-il. Je suis rentré ici sans faire de bruit à 2 heures du matin, mais il n'y avait pas signe de vie.

– Oh ! On était juste...

Mais Rebus ne trouvait pas ses mots. Aussi le garçon termina-t-il la phrase.

– Dehors à papoter.

– Dehors à papoter, c'est ça.

Il prit sa voiture pour se rendre au Bricorama à la sortie de la ville et acheta une chaîne de sécurité, un œilleton et tous les outils qu'un aimable vendeur lui signala comme nécessaires pour poser les deux objets. (Bien plus d'outils que Rebus n'allait en utiliser, comme il le constata par la suite.) Comme il y avait un supermarché juste à côté, Rebus fit encore quelques provisions, ce qui l'entraîna jusqu'à l'heure d'ouverture des pubs. Il en inspecta quelques-uns sans pouvoir trouver l'homme qu'il cherchait. Mais il parvint cependant à échanger quelques mots avec deux barmen dévoués qui l'assurèrent qu'ils feraient circuler le message.

De retour chez lui, il appela l'hôpital où on lui répondit que

Michael pourrait sortir l'après-midi même. Il prit ses dispositions pour passer le prendre à quatre heures. Puis il se mit au travail. Il perça le trou pour l'œilleton dans la porte puis s'aperçut qu'il l'avait foré trop haut pour l'étudiante qui ne l'atteignait même pas sur la pointe des pieds. Il fit donc un second trou, reboucha le premier avec de la pâte à bois, et installa le judas. Il était un peu de traviole mais remplissait tout de même son office. Il lui fut plus facile de poser la chaîne et il se retrouva avec deux outils et une mèche inemployés. Il se demanda alors si Bricorama les lui reprendrait.

Il remit ensuite de l'ordre dans le placard de Michael, mit ses vêtements dans la machine à laver, après quoi il partagea avec les étudiants le gratin de macaronis qu'ils avaient préparé pour le déjeuner. Il ne s'excusa pas vraiment auprès d'eux pour la semaine qu'ils venaient de passer, mais insista pour qu'ils utilisent le salon quand ils le voudraient et leur annonça aussi une baisse de leur loyer – nouvelles qu'ils accueillirent avec joie, ce qui n'avait rien de surprenant. Et ne leur parla pas de Michael. Il n'était pas sûr que son frère aurait voulu les mettre au courant. Et puis il avait justifié les aménagements de sécurité sur la porte par une recrudescence de cambriolages en ville.

Il ramena Michael et un gros flacon de somnifères de l'hôpital, après avoir soudoyé les étudiants pour qu'ils passent le restant de l'après-midi et la soirée dehors. Si Michael ressentait à nouveau le besoin de pleurer, il n'aimerait pas le faire en public.

– Regarde notre bel œilleton tout neuf, dit Rebus en arrivant devant la porte.

– Tu as fait vite.

– C'est la morale du travailleur protestant. Ou peut-être le complexe de culpabilité calviniste ? Je ne sais jamais. Vous êtes prié de remarquer aussi la chaîne de sécurité à l'intérieur, dit Rebus en ouvrant la porte.

– On peut dire que tu as salopé le boulot, regarde, la peinture est tout écaillée.

– Ne pousse pas le bouchon trop loin, petit frère.

Michael s'installa dans le salon tandis que Rebus leur préparait deux chopes de thé. La cage d'escalier avait paru pleine de menaces aux deux frères qui percevaient chacun l'inquiétude de l'autre. Et même maintenant Rebus ne se sentait pas complètement en sécurité. Mais ce sentiment, il ne souhaitait pas le partager avec Michael.

– Juste comme tu l'aimes, dit-il en apportant le thé.

Il vit que Michael était au bord des larmes bien qu'il tentât de le cacher.

– Merci, John.

Le téléphone se mit à sonner avant que Rebus n'ait pu dire quelque chose. C'était Siobhan Clarke, passant en revue les détails de l'opération de surveillance du lendemain matin.

Rebus l'assura que tout était prévu : tout ce qu'elle aurait à faire serait de prendre son poste et de se geler les fesses pendant quelques heures.

– Vous êtes le roi de la motivation, monsieur.

Tel fut son commentaire final.

– Eh bien, demanda Rebus à Michael, qu'est-ce que tu veux faire ?

Michael secouait le flacon brun pour en extraire une grosse pilule ronde. Il la déposa sur sa langue d'un grand geste de la main et la fit descendre avec une gorgée de thé.

– Je me contenterais bien d'une bonne nuit tranquille à la maison, dit-il.

– Les désirs de monsieur sont des ordres, répondit Rebus.

11

L'opération Bourses Pleines débuta assez tranquillement à 8 h 30 le lundi matin, trente minutes à peine avant que la BMW de Davey Dougary ne se fraye un chemin dans le parking en cul-de-sac de la compagnie de taxis. Alister Flower et son équipe ne se mettraient bien sûr pas au boulot avant 11 heures, ou même plus tard, mais mieux valait ne pas y penser, surtout si, comme Siobhan Clarke, vous étiez déjà raide de froid dès le départ et pleine d'appréhension en songeant à votre prochain séjour sur les toilettes chimiques qu'on avait installées, à défaut de mieux, dans un placard à balais.

En plus, elle s'enquiquinait. L'agent Peter Petrie (de St Leonard) et Elsa-Beth Jardine de la Répression des Fraudes semblaient soigner leurs gueules de bois et le spleen qui les accompagnait après un week-end chargé. Elle avait imaginé qu'elle-même et Jardine auraient beaucoup à se dire – elles étaient des femmes qui se battaient pour la reconnaissance de leur valeur dans une profession dominée par les mâles –, mais la seule présence de Petrie excluait toute discussion.

Peter Petrie était l'un de ces officiers de police dotés d'une certaine intelligence au départ mais dépourvus de perspicacité. Il avait gravi les échelons en passant tous les examens (sans obtenir de notes faramineuses) et sans se mettre jamais au travers du chemin de quiconque. Petrie était un homme tranquille et méthodique. Elle ne pouvait douter de ses compétences, mais, à son avis, il manquait de la moindre étincelle d'inspiration ou d'instinct. Quant à lui, songeait-elle, qui se tenait là, face à elle, en berçant sa Thermos, il devait la qualifier intérieurement de bavarde intarissable, mais bien foutue, avec un diplôme supérieur de l'université.

De toute façon, ce n'était certainement pas un John Rebus.

Elle avait accusé son supérieur de ne pas vraiment motiver ses subordonnées, mais c'était un mensonge. Il était capable de vous immerger dans une affaire et de vous la faire envisager comme lui, en réduisant simplement vos recherches à sa propre vision, étroite, du cas. Il était cachottier, vous vous immergiez dans l'affaire. Il était tenace, vous vous immergiez dans l'affaire. Et, plus que tout, il donnait l'impression de savoir exactement où il allait. Et puis, il n'était pas trop mal de sa personne. Elle en avait beaucoup appris sur lui en se collant aux basques de Brian Holmes qui ne demandait pas mieux que de parler d'anciennes affaires résolues et de ce qu'il connaissait de la vie de son patron.

Pauvre Brian. Elle se prit à espérer qu'il s'en sortirait bien. La nuit passée, elle avait bien entendu beaucoup pensé à lui, mais plus encore à Cafferty et son gang. Elle souhaitait agir de façon utile dans l'enquête de l'inspecteur John Rebus. Elle s'était même fait une petite idée sur l'incendie de l'hôtel Central...

– Quelqu'un approche, dit Petrie.

Il s'était accroupi derrière le trépied et faisait fébrilement le point avec l'objectif de l'appareil photo. Il mitrailla son sujet près d'une douzaine de fois.

– Homme inconnu, veste en jean, pantalon clair. S'approche à pied du bureau.

Saisissant son bloc-notes, Siobhan transcrivit la description de Petrie en indiquant les heures.

– Il pénètre dans le bureau... maintenant.

Petrie se détourna de l'appareil, un rictus aux lèvres :

– Et voilà pourquoi je suis entré dans la police... une existence passionnante.

Sur ces mots, il se versa une nouvelle tasse de chocolat chaud.

– Je ne peux simplement pas utiliser ces chiottes, dit Elsa-Beth Jardine. Il va falloir que je sorte.

– In-ter-dit, fit Petrie. Tu pourrais attirer l'attention à aller et venir à chaque fois que tu veux pisser.

Se tournant vers Siobhan, Jardine demanda :

– C'est un poète, ton collègue ?
– Oui, un vrai romantique. Mais il a raison à propos des toilettes.

La salle de bains avait été inondée lors de l'effraction commise l'année précédente et son plancher était trop vermoulu. D'où le placard à balais. Jardine tourna nerveusement une page du magazine qu'elle lisait.

– Quand on pense que Burt Reynolds a sept salles de bains chez lui...
– Une pour chacun des sept nains, marmonna Petrie.

Selon l'expression de Siobhan, Rebus avait peut-être l'air de savoir exactement où il allait mais, dans le cas présent, il avait plutôt l'impression de tourner en rond. Il s'était déjà rendu dans plusieurs pubs qui ouvraient tôt (près des bureaux du quotidien local, sur les docks, à Leith), dans des clubs de rencontre, dans des officines de pari, il y avait posé la question qui lui tenait à cœur et laissé partout son message. Deek Torrance devait garder profil bas, ou bien il avait quitté la ville. Mais s'il était encore dans les parages il semblait incroyable qu'il ne s'aventure pas dans un bar et n'y déclare en même temps son identité et sa soif. Quand il s'était présenté, peu de gens pouvaient oublier Deek Torrance.

Il s'était mis aussi en rapport avec les hôpitaux d'Édimbourg et de Dundee afin de découvrir si l'un ou l'autre des frères Robertson y avait reçu des soins pour un bras droit cassé, cette ancienne blessure remarquée sur le cadavre découvert à l'hôtel Central.

Mais à cette heure-ci, il allait devoir abandonner ses enquêtes personnelles et s'occuper de l'opération Bourses Pleines. Lorsqu'il avait quitté l'appartement, Michael dormait encore et dormirait un bon moment si les somnifères faisaient de l'effet. Les jeunes locataires s'étaient glissés sur la pointe des pieds dans la maison à minuit et une minute, « bien dressés » comme le souligna l'un d'eux après avoir dépensé les trois cents balles de Rebus en boissons diverses au café du coin. Eux aussi devaient dormir à l'heure où Rebus avait quitté la maison. Il n'aurait pas osé se l'avouer, mais il aimait coucher à la dure dans son salon.

À y penser, tout le week-end lui apparaissait comme un mauvais rêve. Le voyage à Aberdeen, la tante Ena, Michael... plus tard, le trajet jusqu'à Perth, la serrurerie et pourtant (malgré tout) une masse de temps perdu à broyer du noir. Il se demanda comment s'était déroulé le week-end de Patience. Elle rentrerait certainement dans la journée. Il allait encore essayer de l'appeler.

Il se gara dans l'une des nombreuses rues donnant sur Gorgie Road et verrouilla ses portières. Cette partie de la ville n'était pas des plus sûres. Il émit le vœu muet que Siobhan Clarke n'ait pas porté d'écharpe vert et blanc * ce matin-là... Il descendit Gorgie Road. Les bus éclaboussaient les trottoirs de la pluie du matin. Il prit soin de ne pas stationner devant la porte et de ne pas regarder, sur le trottoir d'en face, le garage des taxis. Il se borna à ouvrir, à grimper l'escalier et à frapper à un nouveau battant.

C'est Siobhan en personne qui lui ouvrit.

– J'our, monsieur.

Elle avait l'air frigorifiée bien qu'elle fût suffisamment vêtue.

– Du café ?

Elle lui proposa sa propre Thermos et il refusa. En temps ordinaire, pendant une planque, on pouvait se faire ravitailler, mais pas là. L'immeuble était considéré comme à l'abandon, il semblerait donc plus que suspect de voir un type se pointer devant la porte avec trois grands gobelets de thé chaud et une pizza. Il n'y avait même pas d'entrée de service.

– Ça se passe comment ?

– Doucement, répondit Elsa-Beth Jardine qui n'avait vraiment pas l'air dans son assiette ; son magazine gisait ouvert sur ses genoux. Dieu merci, reprit-elle, on me relève à une heure.

– Veinarde, commenta Petrie.

Rebus adorait contempler une si joyeuse équipe.

– Vous n'êtes pas ici pour rigoler, lança-t-il, c'est censé être sérieux. Si et quand nous pincerons Dougary & Cie, là nous pourrons nous amuser.

---

* *Vert et blanc* : couleurs du club des Hibs, alors que Gorgie Road est le fief des supporters des Hearts. (*N.d.T.*)

Personne ne trouva rien à lui répliquer et Rebus s'en tint là. Il se dirigea vers la fenêtre pour regarder dehors. Le verre était si sale qu'il douta qu'on pût les voir de l'extérieur, surtout du trottoir opposé. Cependant on avait légèrement nettoyé un carré de vitre afin que les photos soient utilisables.

– L'appareil fonctionne comme il faut ?

– Jusqu'ici, oui, répondit Petrie. Je ne fais pas trop confiance à ces engins à moteur. S'ils tombent en rade vous êtes dans la merde. Impossible de les rembobiner à la main.

– Vous avez assez de piles ?

– Deux jeux de rechange. Il ne devrait pas y avoir de problèmes.

Rebus fit un signe de tête satisfait. Il connaissait la réputation de Petrie, un enquêteur solide tout prêt à gravir un échelon de plus dans la hiérarchie.

– Le téléphone ?

– Il fonctionne, monsieur, dit Siobhan Clarke.

D'habitude on établissait un contact radio entre les planqueurs et le quartier général, mais impossible dans le cas de Bourses Pleines. À cause de la compagnie de taxis. Chaque véhicule ainsi que les bureaux étaient équipés d'émetteurs-récepteurs, aussi avait-on envisagé sérieusement que les communications entre Bourses Pleines et le Q.G. puissent être interceptées en face. Pour corser le problème, les appels des radio-taxis pourraient interférer dans les transmissions de la police.

Donc, pour éviter une possible catastrophe, on avait installé une ligne téléphonique très tôt le dimanche matin. L'appareil gisait sur le sol près de la porte. Jusqu'ici, il avait été utilisé deux fois : la première par Jardine pour prendre un rendez-vous chez son coiffeur, la seconde par Petrie pour passer un ordre à son bookmaker après avoir épluché la page des pronostics dans son quotidien préféré. Siobhan avait, quant à elle, l'intention de s'en servir dans l'après-midi pour prendre des nouvelles de Brian. Pour l'instant, c'est Rebus qui l'occupait pour appeler le poste de St Leonard.

– Des messages pour moi ? (Il patienta.) Oh, c'est intéressant. Autre chose ? *Comment ?* Pourquoi diable ne me l'avez-vous pas dit tout de suite ? (Il raccrocha avec violence.) Brian est réveillé, dit-il. Il est assis dans son lit et il regarde la télé en dégustant un bouillon de poule.

— L'un ou l'autre pourraient provoquer une rechute, dit Siobhan en se demandant quel pouvait bien être l'autre message.

— Bonjour, Brian.
— Bonjour, monsieur.
Holmes écoutait quelque chose sur son Walkman. Il l'éteignit et descendit le casque sur ses épaules.
— C'est Patsy Cline, dit-il. Je l'écoute beaucoup depuis que Nell m'a viré.
— Où avez-vous trouvé cette cassette ?
— C'est ma tante qui l'a apportée, grâces lui en soient rendues. Elle sait ce que j'aime. Ça m'attendait là quand je me suis réveillé.

Une pensée traversa l'esprit de Rebus. Ils passaient de la musique aux patients dans le coma, non ? Ils avaient peut-être diffusé Patsy Cline pour Holmes. Pas étonnant qu'il ait mis si longtemps à se réveiller !

— J'ai du mal à m'y faire, reprit Holmes. Je veux dire : plusieurs jours de ma vie envolés, juste comme ça. Ça me serait égal, j'ai toujours aimé dormir un bon coup. Mais ce qui m'énerve, c'est que je n'arrive pas à me rappeler le moindre rêve.

Rebus s'assit près du lit. La chaise était à la bonne place.
— Vous avez eu de la visite ?
— Une seule. Nell est passée.
— C'est gentil.
— Elle a pleuré tout le temps. Dites-moi, je suis atrocement défiguré et personne n'ose me le dire ?
— Non, vous êtes aussi moche qu'avant. Et votre mémoire ?
— Rien du tout, sourit Holmes. Je me souviens de tout, pour ce que ça peut servir !

Holmes avait vraiment l'air d'aller bien. Juste comme les médecins l'avaient prédit : le cerveau coupe toutes les communications, évalue les dommages, effectue les réparations et puis vous vous réveillez. Policier, guéris-toi toi-même !

— Alors ?
— Alors, dit Holmes, j'ai passé la soirée au Heartbreak Café. Je peux même vous préciser ce que j'ai mangé.

— Quoi que ça ait été, vous avez dû finir par des « Blue Suede Choux ».

Holmes fit un grand signe de dénégation.

— Y en avait plus. Comme dit Eddie, c'est ce qui part le plus vite après le « King » lui-même.

— Bon, et qu'est-ce qui s'est passé après votre dîner ?

— Comme d'habitude, je me suis installé au bar pour boire un coup et bavarder en rêvant qu'une jeune créature de rêve allait venir occuper le tabouret voisin et me demander si je venais là souvent. J'ai pas mal discuté avec Pat. Il faisait le service au bar ce soir-là. Il faut que je vous explique, Pat c'est... reprit Holmes après une pause.

— ... l'associé d'Eddie dans l'affaire et peut-être aussi son partenaire au lit.

— Allons, allons, pas d'homophobie.

— Quelques-uns de mes meilleurs amis connaissent des homos, répliqua Rebus. Vous m'aviez déjà parlé de Calder et je peux vous dire qu'il ne sait pas conduire.

— C'est vrai. Eddie tient le volant.

— Même quand il a de la merde plein les yeux ?

— Ça, ce n'est pas mon problème.

Holmes repoussa l'idée d'un mouvement d'épaule.

— Ça le deviendra quand il aura renversé une pauvre vieille.

— Sa voiture a peut-être l'air d'un bolide, sourit Holmes, mais de l'extérieur seulement. Elle atteint à peine les soixante à l'heure dans les descentes. Et en plus, Eddie est, si vous me passez l'expression, le conducteur le plus *piétonnier* que je connaisse. Il roule si lentement que je l'ai vu doublé par un skateboard, et encore, son propriétaire le portait sous le bras.

— Donc, vous étiez seul avec Calder au bar ?

— Jusqu'à ce qu'Eddie nous rejoigne après avoir fini de faire la cuisine. Je veux dire, il y avait d'autres gens au restaurant, mais, a priori, pas des méchants.

— Continuez, je vous en prie.

— Bon, je suis parti pour rentrer chez moi. Quelqu'un devait me guetter derrière les poubelles. L'impression suivante a été celle d'un courant d'air sous mon kilt. J'ai ouvert les yeux pour découvrir deux infirmières qui me lavaient les joyeuses.

— Comment ?

– C'est ça qui m'a réveillé, je vous jure.
– Un miracle de la médecine !
– L'éponge magique, conclut Holmes.
– Reprenons, qui vous a assommé, une idée ?
– J'ai retourné ça dans tous les sens. Ils en avaient peut-être après Eddie ou Pat.
– Et pourquoi ?
Holmes haussa les épaules.
– Ne dissimulez pas vos secrets à l'oncle Rebus, Brian. Vous oubliez que je peux lire dans vos pensées.
– Alors c'est vous qui allez éclairer ma lanterne.
– Est-ce qu'ils n'auraient pas payé leurs dettes ?
– Vous parlez de « protecteurs » ?
– De nos jours, on appelle ça assurance-vie.
– Bof, possible.
– Le dynamique duo qui dirige le Heartbreak Café semble croire qu'une vilaine alliance s'est peut-être formée entre les propriétaires de bouis-bouis, mécontents de la chute de leur clientèle.
– Je n'y crois pas.
– Et moi non plus. Ce n'était peut-être personne, Brian. Peut-être personne n'était-il après Eddie et Pat. Ils en avaient peut-être après vous. Alors, qui ?
Le rose des joues de Holmes tournait rapidement au pivoine.
– Vous avez lu mon carnet noir ?
– Bien sûr. Je cherchais des indices donc j'ai fouillé vos affaires. Et j'en ai trouvés, écrits en code. Ou du moins dans un langage abrégé que personne, sauf un autre flic, ne pourrait déchiffrer. Mais je suis flic moi aussi, Brian. Bon, alors il y a tout un tas d'affaires résumées là-dedans. Mais une seule qui ressort.
– L'hôtel Central.
– Donnez un cigare au monsieur. Oui, le Central. On organise une partie de poker, en présence de Tam et Eck Robertson qui n'apparaissent pourtant pas sur la liste des clients du Central ce soir-là. Vous avez tenté de les retrouver. Sans résultat, jusqu'ici ?
Holmes secoua la tête.
– Pourtant quelqu'un vous a parlé. Or dans le dossier il n'est nulle part fait mention d'une partie de poker. Alors, fit Rebus en

se penchant vers le malade, est-ce que je me trompe en pensant que votre informateur est le mystérieux El ?

Holmes acquiesça.

— Donc, tout ce que vous avez à me dire, Brian, c'est sous quelle aile se dissimule cet El.

À cet instant une infirmière poussa la porte pour apporter médicaments et plateau-repas à Holmes.

— Je crève de faim, expliqua-t-il à Rebus. C'est mon deuxième déjeuner depuis mon réveil.

Il souleva la cloche en aluminium pour découvrir une tranche de viande rose pâle entourée d'une purée de pommes de terre à l'eau et de tronçons de haricots verts.

— Miam, miam, fit Rebus.

Mais Holmes ne manquait pas d'appétit. Il enfourna purée et jus de viande et avala sans tarder.

— J'aurais cru, dit-il, que comme vous aviez déchiffré le plus difficile vous n'auriez eu aucun mal à découvrir l'identité de El.

— Désolé de vous décevoir. Qui est-ce ?

— C'est Elvis, répliqua Brian Holmes. Elvis lui-même m'a tout raconté.

Il porta une autre fourchette de purée à ses lèvres et se mit en devoir de l'avaler.

12

Rebus étudiait le menu et ne trouvait rien à son goût parmi les plats désignés par de douteux calembours. Le Heartbreak Café restait ouvert toute la journée mais il était arrivé juste à l'heure du déjeuner. Le « Hound-dog » * devait être une saucisse de trente bons centimètres glissée dans un petit pain spongieux, et ce nom n'aiguisait pas son appétit. Il espérait seulement qu'il ne faille pas prendre cette appellation dans son sens original. La liste des boissons était encore plus obscure, il y avait même un vin dénommé « Mama Liked the Rosé ». Rebus décida qu'après tout il n'avait pas vraiment faim. Au lieu de manger il préféra faire durer sa « Teddy Bière » au bar et rendit la carte à l'adolescent qui se tenait derrière le comptoir.

– Pat n'est pas là ? demanda-t-il au passage.
– Il fait des courses. Il arrivera plus tard.
Rebus fit un signe d'assentiment.
– Mais Eddie est dans la maison ?
– À la cuisine, ouais.
Le barman parcourut la salle des yeux. Il arborait trois clous dorés à l'oreille gauche.
– Il ne tardera pas à venir ici, sauf s'il prépare quelque chose de spécial pour ce soir.
– Bien, dit Rebus.

* *Hound-dog* : bâtard. (*N.d.T.*)

Quelques instants plus tard, verre en main, il se dirigeait vers un immense juke-box qui trônait près des toilettes. Il découvrit que l'objet était purement décoratif et se mit à étudier quelques-uns des souvenirs de Presley qui décoraient les murs, dont une photo dédicacée d'Elvis dans sa période Las Vegas et ce qui semblait un pressage rare des Sun Records. Ces deux objets étaient encadrés dans des sous-verre et les spots dirigés dessus les mettaient en valeur dans l'obscurité ambiante. Comme par hasard Rebus se retrouva devant la porte de la cuisine qu'il poussa de l'épaule et laissa se refermer derrière lui.

Eddie Ringan était en plein processus créatif. La sueur ruisselait sur son visage, de fines mèches de cheveux lui collaient aux tempes et il secouait une petite poêle au-dessus du gaz. L'aménagement des lieux était impressionnant, plus propre que ce à quoi Rebus s'était attendu, avec beaucoup plus de fourneaux, de casseroles et de surfaces de travail que prévu. Ici l'argent avait coulé à flots : le Café n'était pas qu'une façade agencée par un décorateur. C'était drôle, mais il sembla à Rebus que la musique ici différait de l'Elvis constamment diffusé dans la salle. Eddie Ringan écoutait Miles Davis.

Le chef n'avait pas encore remarqué Rebus qui, lui-même, n'avait pas noté la présence d'un apprenti occupé à sortir quelque chose de l'une des nombreuses chambres froides de l'arrière-cuisine.

Rebus l'observait quand Eddie, abandonnant son travail, saisit une bouteille de Jim Beam au goulot et la porta à sa bouche, pour la reposer bientôt avec un soupir de satisfaction.

— Eh, s'exclama l'apprenti cuisinier, vous n'avez pas le droit d'entrer ici.

Eddie quitta sa poêle des yeux et poussa un cri.

— Vous êtes celui que j'attendais ! s'écria-t-il. Exactement celui qu'il me fallait ! Venez par ici.

Si c'était possible, il semblait encore plus saoul qu'à leur première rencontre. Mais lors de cette première entrevue il y avait eu la présence lénifiante (ou du moins calmante en ce qui concernait la boisson) de Pat Calder et l'effet dégrisant produit par l'agression de Brian Homes.

Rebus se dirigea vers le fourneau. Il se mit lui aussi à transpirer en approchant de la source de chaleur.

— Et voici ma dernière trouvaille, fit Eddie Ringan en désignant la poêle du menton. Des morceaux de roquefort *emprisonnés* dans la chapelure et les épices, puis frits. Mais dois-je les frire à la poêle ou à la friteuse, c'est ce que j'essaie de déterminer.
— Le « Jailhouse Roquefort », devina Rebus.
Ringan poussa un nouveau cri et perdit légèrement l'équilibre en glissant en arrière sur un pied.
— C'est votre trouvaille, inspecteur Rabies.
— Je suis très flatté, mais mon nom est Rebus.
— Ça, vous pouvez bien être flatté. Peut-être même qu'on mentionnera votre nom en tout petit sur le menu. Alors, qu'est-ce que vous en pensez ? (Il examinait ses beignets dorés en les retournant expertement à la fourchette.) Ceux-ci, je vais les faire cuire six minutes. Willie ?
— Je suis là.
— Où on en est du temps ?
Son protégé vérifia à sa montre.
— Trois minutes et demie. J'ai mis le beurre là, près des œufs.
— Willie est mon assistant, inspecteur.
L'exaspération qui pointait dans la voix et les expressions de Willie firent douter Rebus de la longévité de cet assistanat. Un peu plus jeune que Ringan, il avait la même stature. On ne pouvait le qualifier de mince. Rebus se fit la remarque que les cuisiniers devaient souvent se taper leur B.A. (comme Beurre et Alcool).
— Pourrions-nous parler une minute ?
— Deux minutes et demie même, si vous voulez.
— J'aimerais que vous me parliez de l'hôtel Central.
Ringan ne semblait pas l'avoir entendu, l'attention focalisée sur le contenu de sa poêle.
— Vous y étiez la nuit où il a brûlé, reprit Rebus.
El était le diminutif d'Elvis et Elvis le nom de code d'Eddie Ringan. Holmes avait voulu éviter, si son carnet noir tombait en de mauvaises mains, qu'on identifie celui qui avait parlé. C'est pourquoi il avait doublement déguisé l'identité de Ringan.
Il avait aussi fait promettre à Rebus qu'il ne dirait pas au cuisinier qu'il connaissait son secret. Ça aurait dû rester un secret, mais il avait giclé d'une bouteille de bourbon. Malheureusement, Ringan n'en avait pas assez versé, il avait juste donné un avant-goût à Holmes.

– Vous m'avez entendu, Eddie ?
– Il reste une minute, inspecteur.
– Vous n'êtes jamais apparu sur la liste du personnel parce que vous travailliez au noir, certains soirs, sans avertir votre patron du moment. Vous aviez donné un faux nom et personne n'a jamais découvert que vous étiez présent cette fameuse nuit, celle de la partie de poker.
– Ça y est presque.
Il y avait un peu plus de sueur ruisselant sur le visage d'Eddie et sa bouche se tordait de colère retenue.
– Moi aussi j'y suis presque, Eddie. Quand est-ce que tu t'es mis à picoler, hein ? Juste après ce soir-là, n'est-ce pas ? Parce que quelque chose s'était produit dans cet hôtel. Je me demande bien quoi. Mais quoi qu'il se soit passé, tu y as assisté et même si tu ne veux pas parler, je trouverai ce que c'était et alors je reviendrai ici m'occuper de toi.
Pour ajouter du poids à ses paroles, Rebus planta un doigt dans le bras du cuisinier. Ringan se jeta sur la poêle et la lança vers Rebus, envoyant valser les morceaux de « Jailhouse Roquefort » à travers toute la cuisine.
– Foutez-moi le camp d'ici !
Rebus esquiva la poêle à frire, mais Ringan la tenait toujours devant lui, prêt à frapper.
– Alors, vous foutez le camp ? Et d'abord, qui vous a dit ?
– Personne n'a rien eu besoin de me dire, Eddie. J'ai trouvé tout seul.
Pendant ce temps, Willie était tombé sur un genou. Un cube brûlant de fromage fondu l'avait frappé en plein dans l'œil.
– Je meurs, criait-il. Appelez une ambulance ! Prévenez mon avocat ! C'est un accident du travail.
Eddie jeta un coup d'œil à son apprenti, puis à la poêle qu'il tenait en main, enfin à Rebus et il se mit à rire, d'un rire de plus en plus éclatant, hystérique. Enfin, il reposa sa poêle. Il ramassa même l'un des carrés de fromage et mordit dedans.
– Un goût de merde, dit-il, toujours hilare et crachotant des parcelles de chapelure au visage de Rebus.
– Alors, voulez-vous en dire plus, Eddie ? reprit calmement Rebus.
– Tout ce que j'ai à vous dire, c'est foutez-moi le camp.

Rebus ne bougea pas d'un centimètre mais Eddie lui avait tourné le dos.

— Dites-moi où je peux trouver les frères Brunet.

Le rire reprit de plus belle.

— Donnez-moi une piste, Eddie. Comme ça je ne vous pèserai plus sur la conscience.

— Il y a bien longtemps que ma conscience m'a désertée, inspecteur. Willie, on en prépare une nouvelle fournée.

Le jeune homme évaluait toujours ses blessures. Il mit sa main en bandeau devant son « bon » œil.

— Je ne vois plus rien, se plaignit-il. J'ai dû me fendre la rétine.

— Et ta cornée a fondu, ajouta Ringan. Allez, viens, j'espère encore mettre ça au menu de ce soir.

Il se retourna et contempla Rebus avec étonnement.

— Vous êtes toujours là ? Il y a décidément trop de cuisiniers ici.

Rebus le regarda fixement de ses yeux tristes.

— Juste une piste, Eddie.

— Va te faire foutre.

Rebus se retourna lentement et poussa la porte.

— Inspecteur !

Il tourna la tête vers le cuisinier.

— Il y a un pub, le Midtown à Cowdenbeath. Les gens là-bas l'appellent la Porcherie. Il faudrait me payer cher pour que j'y mange quelque chose.

Rebus inclina lentement la tête.

— Merci, j'irai y boire.

— Eh, c'est *moi* qui mériterait un pourboire, rugit Ringan tandis que Rebus quittait la cuisine.

Il posa son verre vide sur le comptoir.

— Pas le droit de franchir les limites de la cuisine, l'informa le barman.

— C'est le cas de toutes les fichues limites.

Mais c'était faux, il savait qu'à présent il allait aller jusqu'à l'extrême limite, pour rejoindre les fantômes de sa jeunesse.

13

Il n'était passé à St Leonard que pour prendre quelques affaires dans son bureau, mais il fut arrêté par le sergent de garde.

— Il y a un monsieur là, qui désire vous voir. Il a l'air un peu tendu.

Le monsieur en question s'était tenu dans un coin mais il faisait maintenant face à Rebus.

— Vous me reconnaissez ?

Rebus l'étudia encore un petit moment et sentit renaître un vieux sentiment de dégoût.

— Oh oui, dit-il, je vous reconnais.

— Vous n'avez pas eu mon message ?

Il s'agissait du second message qu'on lui avait transmis lors de son appel depuis Gorgie Road. Il acquiesça donc.

— Bon, alors, qu'est-ce que vous allez faire ?

— Que voulez-vous que je fasse, M. McPhail ?

— Vous devez l'empêcher.

— Empêcher qui exactement ? Et de quoi faire ?

— Vous m'avez dit que vous aviez eu mon message.

— Tout ce qu'on m'a dit, c'est qu'un certain Andrew McPhail avait appelé et voulait me parler.

— Ce que je veux, c'est qu'on assure ma putain de protection.

— Calmez-vous maintenant.

Rebus remarqua que le sergent de garde se tenait sur le qui-vive, mais il ne pensait pas avoir besoin de renfort.

— Et moi, qu'est-ce que vous attendez que je fasse ? disait McPhail. Vous voulez que je vous cogne ? Comme ça je pourrai passer la nuit au violon, non ? Ici, je serai en sécurité.

Rebus hocha la tête.

— Vous y seriez en effet en sécurité jusqu'à ce qu'on ait fourni votre pedigree à vos compagnons de cellule.

Ces mots calmèrent McPhail aussi vite qu'une douche d'eau glacée. Il se rappelait peut-être certains incidents survenus durant sa détention au Canada. Ou bien cette peur avait des sources moins précises. Dans tous les cas, la phrase avait porté. L'homme prit une voix légèrement geignarde.

— Mais il va me tuer.

— Qui ?

— Arrêtez de jouer la comédie ! Je sais bien que c'est vous qui l'avez envoyé. Ce ne peut être que vous.

— Faites-moi plaisir, dites-moi de qui vous parlez, dit Rebus.

— De Maclean ! explosa McPhail, d'Alex Maclean !

McPhail avait pris l'air dégoûté. Il s'exprima à mi-voix :

— Le beau-père de la petite. Le beau-père de Melanie.

— Ah, fit Rebus qui comprenait enfin.

C'est Jack Morton qui avait dû agir, le con. Pas étonnant que McPhail se soit retrouvé dans la ligne de mire. Et comme Rebus avait rendu une petite visite à Mme Mac Kenzie, il avait naturellement imaginé que Rebus était à l'origine de toute l'histoire.

— Il vous a menacé ?

McPhail acquiesça vigoureusement.

— De quelle façon ?

— Il est venu à la pension en mon absence. Il a prévenu Mme Mac Kenzie qu'il reviendrait me faire mon affaire. Ça a mis la pauvre femme dans tous ses états.

— Vous pouvez toujours partir, quitter Édimbourg.

— Seigneur, c'est donc ça que vous voulez ? C'est pour ça que vous m'avez lâché Maclean aux fesses. Eh bien je ne céderai pas !

— C'est héroïque de votre part, monsieur McPhail.

— Écoutez, je sais ce que j'ai fait, mais j'ai laissé ça derrière moi.

— Et devant vous, il y a la vue que vous avez de la fenêtre de votre chambre, dit Rebus avec un signe de tête entendu.

– Mais bon Dieu, je ne pouvais pas savoir que la pension Mac Kenzie était en face d'une école !

– Encore une fois, vous auriez pu déménager. La situation de votre chambre ne peut que décupler la fureur de Maclean.

McPhail fixait Rebus.

– Vous êtes répugnant, dit-il. Quoi que j'aie pu faire dans ma vie, je parierais que vous avez fait pire. Laissez-moi tranquille, je m'occuperai très bien de mes oignons.

McPhail fit mine de repousser Rebus pour se diriger vers la porte.

– Holà, holà, monsieur McPhail, fit Rebus, le rappelant en vain.

– Eh ben, dit le sergent de garde, qui c'était, celui-là ?

– Celui-là, répondit Rebus, c'est quelqu'un qui fait son apprentissage de victime.

Mais il se sentait tout de même un peu coupable. Et si McPhail s'était réellement amendé et que Maclean lui fasse vraiment du mal ? Effrayé comme il l'était, McPhail pouvait même décider de frapper le premier pour assurer sa sécurité. Bon, mais Rebus avait d'autres préoccupations plus importantes dans l'immédiat, non ?

Dans le bureau de la brigade criminelle, il étudia les seules photos anthropométriques disponibles de Tam et Eck Robertson, prises cinq ans plus tôt. Il allait envoyer un agent lui en faire des photocopies lorsqu'il eut une meilleure idée. Il n'avait pas de portraitiste de la police sous la main mais ça n'avait pas d'importance. Il savait où trouver un artiste à n'importe quelle heure du jour.

Il était cinq heures lorsqu'il arriva au bar de McShane, presque en bas de Royal Mile. L'établissement de McShane était le paradis des amateurs barbus de musique folk, vêtus de leurs pulls en laine peignée. À l'étage, il y avait toujours quelqu'un pour jouer de la musique, professionnel ou amateur qui montait sur scène pour interpréter *Will Ye Go Lassie Go* ou *Both Sides O'The Tweed*.

Midge McNair faisait de bonnes affaires chez McShane avec son carnet à dessin, flattant la ressemblance de clients consentants qui payaient non seulement pour ce privilège mais souvent aussi pour les verres qui l'accompagnaient.

À cette heure précoce, Midge était installé en bas à une table en coin et lisait un livre de poche. À ses côtés reposaient son carnet de croquis et une demi-douzaine de crayons. Rebus posa deux pintes de bière sur la table et sortit les photos des frères Brunet.

– C'est pas vraiment Éros et Adonis, hein ? remarqua Midge McNair.

– Pas vraiment, confirma Rebus.

14

John Rebus avait vraiment très bien connu Cowdenbeath autrefois, puisqu'il y était allé à l'école. C'était une de ces agglomérations minières du comté de Fife qui s'étaient développées autour d'un hameau à la fin du XIXe siècle ou au début du XXe, à l'époque où la demande en charbon était grande, si grande que le coût de l'extraction ne pesait même pas dans la balance. Mais le bassin houiller du comté de Fife n'avait pas été exploité longtemps. Il y avait pourtant toujours beaucoup de charbon enfoui profondément dans le sol, mais la veine fine et tortueuse était difficile (et par conséquent coûteuse) à extraire. Il supposait que quelques mines à ciel ouvert devaient bien continuer à fonctionner – à un certain moment le centre de Fife s'enorgueillissait d'avoir le plus grand trou dans le sol d'Europe –, mais les profonds puits de mine avaient tous été condamnés. Dans la jeunesse de Rebus trois carrières possibles s'offraient à un adolescent de quinze ans : les puits, les docks de Rosyth ou l'armée. Rebus avait choisi la dernière. De nos jours, c'était probablement la seule possibilité qui restait.

Comme les villes et les villages aux alentours, Cowdenbeath avait l'air, et était bien en plein déclin : boutiques fermées et grandes surfaces de fringues bon marché. Mais il savait que les gens étaient plus forts que ce que leur situation aurait pu laisser suggérer. Ils développaient dans l'épreuve un sens de l'humour amer et explosif et une résistance à tout, y compris aux pires tragédies de la vie. Il n'aimait pas y penser trop intensément, mais en son for intérieur il avait le sentiment bien réel de « rentrer à la maison ». Il avait beau avoir vécu à Édimbourg pendant vingt ans, il était du pays de Fife. « Les Fifiens volants » comme certains les appelaient. Et, de fait, Rebus était prêt à se battre contre un monde de voleurs.

Le lundi soir était le plus tranquille de la semaine dans tous les pubs du pays. Le salaire hebdomadaire ou les indemnités de chômage avaient été engloutis dans les commissions du week-end. Le lundi, on restait chez soi. On ne l'aurait jamais deviné au vu de la scène qui attendait Rebus comme il poussait la porte de la Porcherie. Le nom dépréciait l'endroit, l'intérieur n'était pas pire que bien des bars à Édimbourg ou ailleurs. Simple, oui. Le sol recouvert d'un linoléum rouge était constellé de centaines de brûlures de cigarettes. Les tables et les chaises étaient fonctionnelles, et quoique le bar ne fût pas assez grand, on avait réussi à trouver suffisamment d'espace pour y caser une table de billard et un jeu de fléchettes. À l'instant où Rebus entra, une partie de fléchettes était en cours, et un jeune homme tournait tout seul autour du billard, enfilant point après point, les yeux plissés pour voir à travers la fumée qui montait d'une cigarette qu'il avait à la bouche. À une table d'angle, trois vieux, portant tous le béret, jouaient une partie de dominos serrée. Des groupes de buveurs immobiles occupaient les autres tables.

Ainsi Rebus n'avait pas d'autre choix que de s'installer au bar. Il n'y restait plus qu'une place ; il adressa un salut de la tête aux buveurs de bière autour de lui. Salut auquel personne ne se soucia de répondre.

– Une pinte de spéciale, s'il vous plaît, lança-t-il au barman aux cheveux plaqués.

– Spéciale, fils, tout de suite.

Rebus eut l'impression que ce barman qui avait la cinquantaine aurait même appelé « fils » l'un des joueurs de dominos. La bière était tirée avec la juste dose de mousse, comme le voulait le rituel dans cette partie du monde.

– Spéciale, fils, et voilà.

Rebus paya la bière. C'était la pinte la moins chère qu'il ait payée depuis des mois. Il commença à songer qu'il serait assez facile de faire la navette entre son travail et le comté de Fife.

– Une pinte de Spece, Dod.

– Une Spece, fils, tout de suite.

Le joueur de billard se tenait juste derrière Rebus, pas vraiment menaçant. Il posa son verre vide sur le comptoir et attendit d'être resservi. Rebus savait que le jeune homme était intrigué, qu'il attendait peut-être de voir si Rebus allait engager la conversation. Mais Rebus ne dit rien. Il se contenta de sortir de la poche de sa veste des photocopies des deux dessins et les déplia. Il en avait fait dix copies de chaque chez un marchand de journaux sur Royal Mile. Les originaux étaient à l'abri dans la boîte à gants de sa voiture. Si tant est que la voiture, garée dehors dans la rue faiblement éclairée, soit elle-même à l'abri.

Il pouvait sentir les regards des consommateurs qui l'entouraient se porter sur les dessins, et il ne doutait pas que le jeune homme regardait aussi. Pourtant personne ne lâcha un mot.

– Une Spece, fils, et voilà.

Le joueur de billard prit son verre, renversant un peu de bière sur les feuilles de papier. Rebus tourna la tête vers lui.

– Désolé.

Rebus avait rarement entendu une excuse moins sincère.

– Ce n'est pas grave, dit-il sur le même ton. J'en ai d'autres exemplaires.

– Ah ouais ?

Le jeune homme ramassa la monnaie que lui tendait le barman, retourna à la table de billard et s'accroupit pour introduire des pièces dans la fente. Les billes tombèrent avec un doux grondement et il entreprit de les placer sur le tapis, tout en fixant Rebus.

– Ça vous plaît de gratter de la mine, hein ?

Rebus qui essuyait les dessins de la main, se retourna vers Dod le barman.

– Pas moi, non. Mais ils sont bons, n'est-ce pas ?

Il fit pivoter lentement les portraits afin que Dod puisse mieux les voir.

– Oh ouais, pas mal. J'ai rien d'un expert, là. Les seules choses que les gens d'ici grattent c'est leur pension ou leur chômage.

Ce qui provoqua des rires dans l'assistance.

– Ou leurs choses, ajouta un consommateur.

Il avait prononcé « chausses », mais Rebus avait parfaitement compris ce qu'il voulait dire.

— Ou une cigarette, suggéra quelqu'un d'autre, mais la blague était déjà usée.

Le barman désigna les dessins de la tête.

— Quelqu'un en particulier, là ?

Rebus haussa les épaules.

— Pourraient être des frères, hein ?

Rebus se tourna vers son voisin de droite, celui qui venait de parler.

— Qu'est-ce qui vous fait dire ça ?

Le type sursauta et se détourna pour se plonger dans la contemplation de la rangée de verres derrière le comptoir.

— Bah, ils se ressemblent.

Rebus examina les deux portraits. Comme il le lui avait demandé, Midge avait dessiné les frères vieillis de cinq ou six ans.

— Vous pourriez avoir raison.

— Ou peut-être des cousins, dit le client à sa droite.

Parents tout de même, songea Rebus.

— Je vois pas ça, moi, dit Dod le barman.

— Regardez de plus près, lui conseilla Rebus.

Il lui montra du doigt les feuilles de papier.

— Mêmes mentons, les yeux aussi se ressemblent. Peut-être qu'ils sont frères.

— Qui c'est alors ? demanda le buveur à sa droite, un homme entre deux âges avec une mâchoire carrée, mal rasée et des yeux bleus pleins de vivacité.

Rebus se contenta de hausser les épaules à nouveau.

Un des joueurs de dominos arrivait au comptoir pour commander une tournée. Il semblait avoir gagné une partie, et se frottait les mains.

— Comment ça se passe, James ? demanda-t-il à l'homme assis à la droite de Rebus.

— Pas mal, Matt. Et toi ?

— Bah, toujours pareil.

Il sourit à Rebus.

— Je vous aurais pas déjà vu dans le coin dans le temps, mon garçon ?

Rebus hocha la tête.

— J'ai voyagé.

— Ah ouais ?

Trois pintes apparurent sur un plateau métallique.
— Et voilà, Matt.
— Merci Dod.

Matt tendit un billet de dix livres. En attendant sa monnaie, il vit les portraits.
— Butch Cassidy et le Kid, hein ?

Il rit. Rebus lui sourit chaleureusement.
— Ou plutôt les fils Aymon.
— Les frères Aymon, suggéra Rebus.
— Frères ?

Matt étudiait les croquis. Il les examinait encore quand il demanda :
— Alors vous êtes flic, mon garçon ?
— Est-ce que j'ai l'air d'un flic ?
— Pas vraiment.
— Même pas assez épais pour un débutant, fit Dod. Hein fils ?
— Pourtant il y a des flics maigrichons, objecta James. Et Jamieson le Fil de fer alors ?
— Très juste, répondit Dod. Ce bougre pourrait se cacher derrière un lampadaire.

Matt avait ramassé le plateau de verres. À sa table, les autres joueurs de dominos braillaient qu'ils étaient en train de « suffoquer ». Matt inclina la tête vers les dessins.
— J'ai déjà vu ces jeunes gars, lâcha-t-il avant de s'éloigner.

Rebus vida son verre et en commanda un autre. Le client à sa gauche finit sa consommation, et, enfonçant un béret sur sa tête, entreprit de dire au revoir.
— Allez salut, Dod.
— Ouais, salut.
— Salut, James.

Cela prit plusieurs minutes. Le grand salut. Rebus ramassa les portraits et les remit dans sa poche. Il but sa deuxième pinte en prenant son temps. On parlait de football, d'aventures et d'adultères, du manque de travail généralisé. Le nombre d'histoires en cours était inimaginable. Rebus s'étonnait que quiconque ait assez de temps ou d'énergie pour travailler.
— Vous savez ce que cette partie du comté de Fife est devenue ? commença James. Un supermarché géant. Ou vous y travaillez ou vous y faites vos courses. C'est comme ça !

— C'est bien vrai, dit Dod avec bien peu de conviction dans le ton.

Rebus finit sa deuxième pinte et s'en fut faire un tour aux toilettes des hommes. L'endroit sentait mauvais que c'en était une bénédiction, et les graffiti étaient lamentables. Personne ne vint le rejoindre pour une conversation discrète, d'ailleurs il ne l'espérait pas. À son retour des W.C. il fit un arrêt à côté du jeu de dominos.

— Matt ? demanda-t-il. Désolé de vous déranger. Vous ne m'avez pas dit où vous pensez avoir vu Butch Cassidy et le Kid.

— Peut-être seulement l'un deux, répondit Matt.

Les dominos avaient été mélangés et il en ramassa sept, trois dans une main et quatre dans l'autre.

— De toute façon ça n'était pas ici. Peut-être à Lochgelly. Quelque chose me fait penser que c'était à Lochgelly.

Il posa les dominos à l'envers sur la table, puis retourna celui qu'il avait choisi de jouer. Le type à côté de lui grimaça.

— Mauvais signe, Tom, ça commence mal.

Mauvais signe, effectivement. Rebus allait devoir aller à Lochgelly. Il retourna au bar et fit ses adieux brièvement.

— Ou alors on peut gratter du feu, disait quelqu'un au comptoir, attisant les dernières braises de cette blague éculée.

Le voyage de Cowdenbeath vers Lochgelly conduisit Rebus à traverser Lumphinnans. Son père avait l'habitude de faire des blagues au sujet de Lumphinnans. Rebus ne savait pas pourquoi, en tout cas il était incapable de s'en rappeler une. Dans sa jeunesse, quand chaque maison était chauffée par un poêle à charbon placé dans le salon, le ciel était plein de fumées. Chaque cheminée envoyait son panache gris dans l'air du soir, mais plus maintenant. À présent, le chauffage central et le gaz avaient remplacé le vieux roi Charbon.

Ça attristait Rebus, le silence des carreaux de la mine.

Ce qui l'ennuyait aussi, c'était d'avoir à recommencer son numéro avec les portraits. Il avait espéré que sa visite à la Porcherie serait le début et la fin de son enquête. Bien sûr, Eddie avait pu l'envoyer sur une fausse piste. Si c'était le cas, Rebus reviendrait mettre les pieds dans le plat de « Blue Suede Choux ».

Il répéta son petit jeu dans trois pubs, déjeunant de trois demis, sans autres réactions que les mêmes mauvaises plaisanteries, y compris celle sur « gratter les allocations ». Mais dans le quatrième, un bouge à côté de la gare, et ce n'était rien de le dire, il attira l'attention d'un vieillard aux yeux pétillants, qui s'était fait payer des verres un peu partout dans le bar. À ce moment-là, Rebus montrait les dessins à un groupe de peintres et de décorateurs qui se tenaient au coin du comptoir en forme de L. Il avait appris qu'ils étaient dans le bâtiment quand ils lui avaient demandé s'il avait besoin qu'on lui fasse un travail. Au noir ça revenait moins cher. Rebus secoua la tête et leur montra les croquis.

Le vieil homme se faufila au milieu de la petite troupe. Il fit le tour de tous les visages qui l'entouraient.

– Ça va les gars ? Vous voyez, j'ai été décoré pendant la guerre.

Il gloussa à sa propre blague.

– Tu nous l'as déjà faite, Jock.
– Chaque foutu soir.
– Sans aucune foutue exception.
– Désolé les gars, s'excusa Jock.

Il pointa un doigt court et boudiné sur l'un des portraits.

– Celui-là, il me dit quelque chose.
– Ça doit être un de ces sacrés jockeys, alors. (Le décorateur cligna de l'œil à l'intention de Rebus.) Je ne plaisante pas, m'sieur. Jock reconnaîtrait une saleté de cheval de courses plus vite qu'un visage.
– Bah, lâcha Jock en s'éloignant, toujours la merde avec vous. (Puis à Rebus :) Sûr qu'vous m'avez pas offert un coup la s'maine dernière ?...

Cinq minutes après que Rebus avait quitté ce dernier pub en broyant du noir, un jeune homme y entrait. Ça lui avait pris du temps de visiter tous les bars entre la Porcherie et celui-là, en demandant si un homme était venu montrer des portraits. Il était très contrarié d'avoir dû interrompre son entraînement de billard aussitôt. Il avait besoin de travailler son coup de queue. Le dimanche suivant avait lieu une compétition, et il avait bien l'intention de rafler la mise de cent livres. S'il n'y parvenait pas, il aurait des ennuis. Mais d'ici là, il savait pouvoir rendre service à quelqu'un en filant ce type qui prétendait ne pas être un flicard. Il le savait parce qu'il avait passé un coup de fil depuis la Porcherie.

— Voilà qui me serait d'un grand secours, avait répondu la personne à l'autre bout de la ligne, quand le joueur de billard avait finalement réussi à l'obtenir, après avoir été obligé de raconter son histoire à deux autres interlocuteurs.

Il était toujours utile que l'on vous doive quelque chose, aussi avait-il quitté la Porcherie, en sachant que l'homme aux dessins était en route pour Lochgelly. Mais à présent il avait traversé toute la ville ; il n'y avait plus d'autres pubs d'ici à Lochore. Et l'homme était parti. Donc, le jeune homme téléphona à nouveau pour faire son rapport. Ce n'était pas grand-chose, il le savait, mais il y avait tout de même passé du temps.

— Je te renverrai l'ascenseur, Sharky, dit la voix.

Sharky se sentait tout guilleret en remontant dans sa Datsun rouillée. Et avec un peu de chance, il aurait encore le temps de faire quelques parties de billard avant la fermeture.

En rentrant à Édimbourg, John Rebus avait le cerveau en compote. Et Andrew McPhail, et Michael et ses tranquillisants, et Patience, et l'opération Bourses Pleines, et tout ce qui se cachait derrière tout ça se mélangeaient.

Michael avait l'air de dormir quand il arriva à l'appartement. Il discuta avec les étudiants qui s'inquiétaient de ce que son frère puisse être sous l'influence d'une drogue. Il leur assura que ces drogues-là étaient prescrites, pas proscrites. Puis il appela Siobhan Clarke chez elle.

— Comment ça s'est passé aujourd'hui ?

— Vous auriez dû être là, monsieur. Je pourrais écrire une thèse sur l'ennui. De toute la journée Dougary a reçu la visite de cinq personnes. Il s'est fait livrer une pizza pour le déjeuner. Il est rentré chez lui à 17 h 30.

— Quelqu'un d'intéressant parmi les visiteurs ?

— Je vous montrerai les photos. C'était peut-être des clients. Mais ils sont tous ressortis en aussi bon état qu'ils étaient entrés. Vous serez avec nous demain ?

— Probablement.

— Disons que j'avais pensé qu'on aurait peut-être pu parler de l'hôtel Central.
— À propos, avez-vous été voir Brian ?
— J'ai fait un saut après le boulot. Il a l'air en forme. (Elle fit une pause.) Vous me semblez fatigué. Vous avez eu une dure journée ?
— Oui.
— Le Central ?
— Dieu seul le sait. Peut-être bien que oui.
Rebus se massa la nuque. La gueule de bois se manifestait déjà.
— Vous avez dû offrir des verres ? devina Siobhan.
— Oui.
— Et en boire quelques-uns ?
— Encore exact, Sherlock.
Elle rit, puis manifesta sa désapprobation.
— Et ensuite vous avez conduit jusqu'à chez vous. Je serais ravie de vous servir de chauffeur si ça peut vous aider.
Elle semblait sincère.
— Merci, Clarke. Je garderai ça en tête.
Il y eut un bref moment de silence puis il reprit :
— Vous savez ce que je voudrais pour Noël ?
— Ça n'est pas pour demain.
— Je voudrais que quelqu'un *prouve* que ce cadavre était l'un des frères Brunet.
— Le corps présentait une fracture.
— Je sais, j'ai vérifié. Les hôpitaux m'ont envoyé balader.
Il s'arrêta de nouveau.
— Ça n'est pas votre problème, je vous verrai demain.
— Bonne nuit, monsieur.
Rebus resta assis, silencieux pendant une minute ou deux. Quelque chose dans la conversation qu'il avait eue avec Siobhan Clarke lui avait donné envie de parler à Patience. Il saisit le combiné et fit son numéro.
— Allô ?
Dieu merci, ce n'était pas le répondeur.
— Allô, Patience.
— John.
— Je voudrais discuter. Est-ce que tu es prête ?

Il y eut un silence, et enfin :
– Oui, je crois que oui. Discutons.
John Rebus s'allongea sur le canapé une main derrière la tête. Personne d'autre n'utilisa le téléphone cette nuit-là.

15

John Rebus était d'excellente humeur ce mardi matin, sans autre raison que d'avoir passé presque la moitié de la nuit au téléphone avec Patience. Ils allaient se revoir, prendre un verre ; tout ce qu'il avait à faire, c'était d'attendre qu'elle lui revienne, à son heure. Il était toujours dans les mêmes dispositions quand il ouvrit la porte du rez-de-chaussée de la planque de Gorgie Road pour l'opération Bourses Pleines, et se mit à gravir l'escalier.

Il entendait des éclats de voix, ce qui n'avait rien de surprenant. Mais ils se firent de plus en plus violents à mesure qu'il grimpait, et il ouvrit la porte juste à temps pour voir un homme bondir sur l'agent Petrie et le frapper pile sur le nez. Petrie bascula sur la fenêtre, renversant le pied de l'appareil photo au passage. Du sang jaillissait de ses narines. Rebus remarqua à peine les deux petits garçons qui observaient la scène, à côté de Siobhan Clarke et d'Elsa-Beth Jardine. L'homme était en train de redresser Petrie, quand Rebus, faisant une prise à l'agresseur, lui immobilisa les bras le long du corps. Il tirait à hue et à dia, essayant de se débarrasser de Rebus, en poussant des hurlements si puissants qu'il était miraculeux que personne dans la rue n'ait entendu la bagarre.

Rebus tira violemment son adversaire en arrière tout en le faisant tourner sur lui-même, ce qui lui fit perdre l'équilibre et chuter au sol où Rebus s'assit sur lui. Petrie s'élança, mais l'homme le repoussa brutalement du pied, le renvoyant dans la fenêtre qui se brisa sous son coude. Rebus fit ce qu'il avait à faire. Il frappa l'homme à la gorge.

— Qu'est-ce que c'est que ce foutoir ? demanda-t-il.

L'homme gémissait mais continuait à se débattre.

— Vous, ça suffit.

C'est alors que quelque chose frappa Rebus derrière la tête. C'était le poing serré de l'un des garçons et il l'atteint précisément à l'endroit du crâne où il avait été brûlé. Il ferma les yeux en grimaçant, luttant contre la douleur cuisante du coup, et la convulsion de son estomac, où son müesli et son thé au miel reposaient tranquillement.

— Laissez mon père tranquille !

Siobhan Clarke attrapa le gosse et le tira vers elle.

— Arrête ça, petit voyou ! cria Rebus. (Puis s'adressant au père de l'enfant :) C'est valable pour vous aussi. Si vous ne vous calmez pas, c'est à *lui* que je vais m'en prendre. Qu'est-ce que vous en dites ?

— Il est trop jeune, couina l'homme.

— Vraiment ? fit Rebus, vous êtes sûr ?

L'homme réfléchit un instant et se calma.

— Voilà qui est mieux.

Rebus libéra l'homme.

— Et maintenant est-ce que quelqu'un peut m'expliquer ce qui se passe ?

L'explication fut rapide, une fois Petrie parti chercher un médecin pour son nez, et les enfants renvoyés chez eux. L'homme s'appelait Bill Chilton, et Bill Chilton n'aimait pas les squatters.

— Les squatters ?

— C'est ce que m'a dit le petit Neilly.

— Les squatters ?

Rebus se tourna vers Siobhan Clarke. Elle était descendue vérifier qu'aucun passant n'avait été blessé par la vitre brisée, et surtout pour expliquer l'« accident ».

— Les deux gosses, expliqua-t-elle, ont fait irruption. Ils ont dit qu'ils venaient jouer ici parfois.

Rebus l'interrompit et, s'adressant à Chilton :

– Pourquoi Neil n'est-il pas à l'école ?
– Il a été exclu à cause d'une bagarre.
Rebus hocha la tête :
– Il a un bon punch en effet.
Les élancements de son crâne confirmaient. Il revint à Siobhan.
– Ils nous ont demandé ce qu'on faisait là, et Mlle Jardine – à ce point du récit Elsa-Beth Jardine baissa la tête – lui a répondu que nous étions des squatters.
– Ça n'était qu'une blague, se sentit obligée d'ajouter Jardine.
Rebus feignit la surprise, et elle baissa les yeux à nouveau, rougissant jusqu'aux oreilles.
– L'agent Petrie nous a rejointes, les mômes sont partis, et nous avons tous éclaté de rire.
– De rire, gronda Rebus. Il n'y avait pas de quoi rire, c'était une grosse faille dans la sécurité de l'opération.
Sa voix vibrait de colère et ses yeux flamboyaient, à tel point que même Siobhan ne put soutenir son regard. Il se remit à fixer Bill Chilton.
– Et puis, reprit Chilton, Neil est rentré à la maison et m'a dit qu'il y avait des squatters. On en a déjà eu une flopée par ici, il y a un an ou deux, qui cassaient les portes des appartements à louer et qui s'en servaient pour toutes sortes de choses... Trafic de drogue et tout ça. Alors certains d'entre nous ont pris les choses en main.
– Qu'est-ce que vous êtes en train de me dire, monsieur Chilton ? Des milices ? Manches de pioches et bastonnades au lever du jour ?
Chilton ne se laissa pas démonter.
– C'est *vous* qui n'avez rien à foutre ici !
– Donc vous êtes monté jusqu'ici pour faire dégager les squatters en leur foutant la trouille ?
– Avant qu'ils essaient de s'installer, ouais.
– Et ?
Chilton ne dit rien.
– Et, Rebus répondit pour lui, vous avez commencé à crier et à insulter l'agent Petrie, qui s'est mis à crier lui aussi qu'il était officier de police et que vous feriez mieux de foutre le camp.

Seulement, à ce moment-là, vous étiez trop remonté pour faire machine arrière. Vous êtes plutôt soupe au lait, monsieur Chilton ? Peut-être que ça a déteint sur le petit Neil, non ? Vous vous êtes souvent battu quand vous étiez à l'école ?

– Qu'est-ce que ça peut bien avoir à foutre avec le reste ?

Chilton se remettait en colère. Rebus leva la main en signe d'apaisement.

– C'est un délit sérieux, d'attaquer un officier de police.

– Je l'ai pris pour quelqu'un d'autre, grommela Chilton.

– Même après qu'il s'est présenté ?

Chilton haussa les épaules.

– Il ne m'a pas montré de pièce d'identité.

Les sourcils de Rebus se soulevèrent.

– Vous en connaissez un bout sur la procédure, hein ? Vous n'auriez pas déjà eu ce genre d'ennuis auparavant ?

Cela cloua le bec de Chilton.

– Imaginez que j'aille jusqu'au commissariat et que je regarde sur l'ordinateur... qu'est-ce que ça donnerait ? Deuxième arrestation ? Troisième ? On pourrait peut-être envisager un petit tour à la prison de Sanghton ?

Chilton avait incontestablement l'air mal à l'aise, ce qui était exactement le but recherché par Rebus.

– Évidemment, dit-il, nous pourrions aussi garder tout cela sous le coude.

L'intérêt de Chilton était réveillé.

– Si, l'avertit Rebus, vous arrivez à fermer votre clapet sur cette histoire. Et à convaincre Neil et son copain d'oublier qu'ils ont vu quoi que ce soit.

Chilton désigna l'appareil.

– Eh, vous surveillez quelqu'un ? Une planque ?

– Vous n'avez pas besoin de le savoir, monsieur Chilton. Nous avons fait un marché ?

Chilton réfléchit un instant, puis acquiesça.

– Parfait, dit Rebus, maintenant débarrassez le plancher.

Chilton savait qu'on venait de lui faire un cadeau. Il déguerpit donc. Rebus secoua la tête.

– Monsieur...

– La ferme et écoutez, dit Rebus à l'adresse de Siobhan Clarke. Ça aurait pu tout foutre en l'air. C'est peut-être déjà fait, nous ne le saurons pas avant un jour ou deux. En attendant, remettez-moi cet appareil photo en place et retournez au travail. Appelez le Q.G. et faites venir quelqu'un pour reboucher cette fenêtre, et qu'il pratique une ouverture suffisamment grande pour laisser passer l'objectif. Ou alors qu'on nous change la vitre. Et écoutez-moi bien vous deux. (Il brandit un doigt menaçant.) Personne ne doit savoir ce qui s'est passé. *Personne.* C'est déjà oublié, compris ?

Ils avaient compris. Ce qu'ils ne comprenaient sans doute pas, c'était la raison précise pour laquelle Rebus voulait garder cela sous silence. Non qu'il craigne la clôture prématurée de l'opération Bourses Pleines. Pour autant qu'il s'en souciait, de toute façon, l'affaire était condamnée à l'échec. Non, somme toute, c'était une autre angoisse, la peur de ce que l'inspecteur Alister Flower, à l'abri et bien au chaud au pub de l'Estuaire, occupé à son propre travail de surveillance, pourrait découvrir. *Bon Dieu, ça ferait des dégâts*, beaucoup plus de dégâts que Rebus ne voulait en voir.

Quel dommage qu'il n'ait pas pu s'arranger pour en toucher un mot à l'agent Peter Petrie, qui était rentré à St Leonard pour changer de chemise. On aurait pu confondre le sang sur son tee-shirt avec de la sauce tomate ou du thé, mais on ne pouvait se tromper sur la bande de gaze blanche collée sur le nez et la moitié de la figure. Et quand on lui posa des questions, Peter Petrie fut plutôt content de raconter son aventure, ne l'embellissant qu'un petit peu. Comme par exemple en exagérant la taille de son agresseur, l'adresse et la vitesse de l'attaque. Il y eut des sourires de sympathie et des hochements de tête, et la plupart des officiers présents firent le même commentaire.

– Attendez que Flower apprenne ça.

À l'heure du déjeuner Flower avait entendu parler à plusieurs reprises du géant qui avait mis le boxon dans la surveillance de Gorgie.

– Eh bien mon vieux, dit-il, sirotant un jus d'orange assaisonné de vodka label bleu. C'est terrible. Je me demande si l'inspecteur chef Lauderdale est au courant. Bah, bien sûr qu'il l'est, Rebus ne lui aurait pas caché une chose pareille, n'est-ce pas ?

Et il sourit si chaleureusement à l'agent assis derrière lui, que ce dernier commença à s'inquiéter, à s'inquiéter vraiment pour son patron...

Siobhan décrocha le téléphone.
— Allô ?
Elle regardait John Rebus observer l'extérieur à travers la vitre brisée. Il n'avait pas quitté la compagnie de taxis des yeux depuis une heure et demie, plongé si profondément dans ses pensées que ni elle ni Jardine n'avaient osé se parler autrement qu'en chuchotant.
— C'est pour vous, monsieur.
Rebus prit le combiné qu'elle lui tendait. C'était la brigade criminelle qui avait un message à lui faire parvenir.
— Allez-y.
— De la part d'un certain Pat Calder. Il dit qu'un certain M. Ringan a disparu.
— Disparu ?
— Oui, et il voulait que vous le sachiez. Vous désirez que nous nous en occupions ?
— Non merci, j'irai me renseigner moi-même. Merci de m'avoir prévenu.
Rebus raccrocha.
— Qui a disparu ? demanda Siobhan
— Eddie Ringan.
— Du Heartbreak Café ?
Rebus acquiesça.
— Je lui ai parlé, hier encore. Il m'a menacé avec un poêlon plein de fromage brûlant.
Siobhan semblait intéressée, mais Rebus secoua la tête.
— Vous restez ici, au moins jusqu'à ce que Petrie revienne.
Le Heartbreak Café était à moins de cinq minutes. Rebus se demandait si Calder serait là. Sans cuisinier, après tout, cela ne valait guère le coup d'ouvrir pour la journée.

Mais quand Rebus arriva, le Café débordait d'activité à l'heure du premier service. Calder, se conduisant en maître d'hôtel, se glissa jusqu'à Rebus quand il entra. En passant devant le même jeune barman que la veille, Rebus lui fit un clin d'œil. Calder avait l'air dans tous ses états.

— Qu'avez-vous bien pu dire à Eddie, hier ?
— Comment ça ?
— Laissez tomber, vous avez eu une engueulade, c'est ça ? Il a été d'une humeur de chien toute la soirée, et tous ses plats étaient bons pour la poubelle.

Calder ne trouvait pas ça drôle.

— Vous devez lui avoir dit quelque chose.
— Qui vous l'a dit ?

Calder désigna vivement la cuisine :

— Willie.

Rebus fit signe qu'il comprenait.

— Et aujourd'hui, Willie tient sa chance de gloire et de fortune.
— Il prépare les repas, si c'est ce que vous voulez dire.
— Quand est-ce qu'Eddie a disparu ?
— Après la fermeture hier soir, il est sorti pour aller en boîte de nuit. Une de ces fêtes qui se passent dans les entrepôts, une nuit par semaine.
— Et vous n'avez pas eu envie d'y aller ?

Calder fronça le nez de dégoût.

— Serait-ce une boîte de nuit pour messieurs, monsieur Calder ?
— Un club homo, oui. Ce n'est pas un secret, inspecteur. C'est parfaitement légal.
— Oh, mais j'en suis sûr. Donc M. Ringan n'est pas rentré à la maison.
— Non.
— Peut-être est-il rentré avec quelqu'un d'autre ?
— Ce n'est pas le genre d'Eddie.
— Et quel est donc son genre ?
— Du genre fidèle, croyez-moi. Il sort souvent boire un verre ou deux, mais il revient toujours.
— Jusqu'à aujourd'hui.
— Oui.

Rebus réfléchit.

— C'est un peu tôt pour établir une fiche signalétique de personne disparue. On ne le fait en général qu'après quarante-huit heures, s'il n'y a pas d'élément nouveau.
— Quel type d'élément ?

– Eh bien, un cadavre, par exemple.
Calder détourna la tête.
– Oh mon Dieu, dit-il.
– Écoutez, je suis sûr qu'il n'y pas lieu de s'inquiéter.
– Mais je m'inquiète, moi ! répondit Pat Calder.
C'était évident, et John Rebus s'inquiétait aussi.

Calder plaqua un sourire sur son visage comme un couple entrait dans le restaurant. Il attrapa deux menus et les pria de le suivre jusqu'à une table. Ils avaient une vingtaine d'années et étaient habillés à la mode. Lui, donnait l'impression de sortir d'un film de gangsters des années trente, et elle paraissait, par erreur, avoir mis la jupe de sa petite sœur.

Quand Calder revint, il parlait à mi-voix.
– Quelqu'un devrait dire à cette fille qu'on ne peut pas dissimuler l'acné avec du fond de teint. Vous savez, Eddie n'était plus le même depuis la nuit où Brian a été agressé.
– À propos, Brian va mieux maintenant.
– Oui, Eddie a appelé l'hôpital hier.
– Pourtant il n'est pas allé le voir.
– Nous haïssons les hôpitaux ; trop d'amis à nous y sont morts ces temps derniers.
– Les nouvelles de Brian ne lui ont pas remonté le moral ?
Calder fit la moue.
– Je suppose que si, pendant un petit moment.
Il sortit un carnet de commandes et un stylo de sa poche.
– Il faut que j'aille voir ce qu'ils veulent boire.
– Je vais aller dire un mot à Willie et à votre barman, pour savoir ce qu'ils en pensent.
– Parfait, le déjeuner est pour la maison.
Rebus refusa.
– Nous n'avons pas l'intention de vous empoisonner, inspecteur.
– Ce n'est pas ça, dit Rebus. Ce sont tous ces trucs de Presley au mur. Ça me coupe l'appétit.
Willie, le chef stagiaire, paraissait apprécier cette journée aux commandes, vu la façon dont il surveillait tout. Débordé comme il l'était, sans personne pour l'aider, il faisait quand même mine de ne plus jamais vouloir que les choses changent.
– Vous vous souvenez de moi, Willie ?

Willie lui jeta un coup d'œil.
– « Jailhouse Roquefort » ?

Il reprit son ballet de casseroles, puis se mit à hacher un bouquet de persil frais. Rebus s'émerveillait de la vitesse à laquelle il travaillait, le couteau à peine à quelques millimètres du bout des doigts.

– Z'êtes là à cause d'Eddie ? C'est un sale fumier, mais un chef brillant.

– Somme toute, ça doit être plaisant d'être responsable.

– Ça le serait si on m'en attribuait le mérite, mais ces connards dans la salle s'imaginent sans doute que c'est le grand Eduardo qui a préparé chacun de leurs plats. Comme le dit Pat, s'ils savaient qu'il n'est pas là, ils foutraient le camp et iraient prendre leurs repas d'affaires dans un restaurant indien, pour la moitié du prix.

Rebus sourit.

– Tout de même, avoir la responsabilité...

Willie s'arrêta de hacher.

– Quoi ? Vous croyez que j'ai planqué Eddie dans ma cave à charbon ? Juste pour avoir le plaisir de m'agiter dans tous les sens pendant toute la journée comme une mouche en chaleur ?

Il agita son couteau en direction de la porte de la cuisine.

– Pat pourrait filer un coup de main, mais non, il est trop occupé à passer la brosse à reluire aux clients. « Pat la lèche », c'est son surnom. Si j'avais à choisir entre les deux, il serait le premier à prendre la porte.

– Vous prenez ça trop au sérieux, Willie. Eddie n'a découché qu'une nuit. Il aurait pu aller dormir ailleurs, quelque part.

– Ce n'est pas ce que croit Pat.

– Et vous, qu'est-ce que vous croyez ?

Willie goûta le contenu d'un faitout fumant.

– Je crois que j'ai mis trop de crème dans le potage.

– C'est comme ça qu'Elvis l'aurait aimé, soupira Rebus.

Le barman, qui s'appelait Toni (avec un i), servit à Rebus un demi trouble de Cask Parfaite.

– Ça a l'air aussi parfait que mes cheveux.

– Je connais un bon coiffeur si ça vous intéresse.

Rebus dédaigna la remarque et décida de dédaigner aussi la bière. Il attendit que Toni ait fini de bavarder avec deux clients du genre étudiant qu'il servait à l'autre bout du bar.

– Comment était Eddie après mon départ, hier ?
– C'est quoi le titre de ce film de Scorcese ?
– *Taxi Driver* ?
Le barman fit non de la tête.
– *Raging Bull*. C'était Eddie tout craché, hier.
– Il a été comme ça toute la soirée ?
– Je ne l'ai pas beaucoup vu. À l'heure où il sort de la cuisine, je suis en train de mettre mon manteau pour rentrer chez moi.
– Y avait-il quelqu'un... de spécial au bar hier soir ?
– Vous trouvez de tout ici. Un genre particulier de *spécial* ?
– Oubliez ce que je viens de dire.
Manifestement, Toni (avec un i) avait déjà oublié.

16

La boucle commençait apparemment à être bouclée. Eddie avait dit à Holmes quelque chose à propos du cadavre de l'hôtel Central. Holmes avait essayé d'en découvrir plus, en recherchant les frères Brunet. Et à ce moment-là, Rebus avait offert son aide. Depuis, tous les trois avaient reçu des avertissements d'une façon ou d'une autre. Quoiqu'il espérait qu'Eddie n'ait été qu'averti. Il espérait que ce n'était rien de plus définitif. Chacun savait que le chef avait du mal à tenir sa langue dès qu'il avait bu un coup de trop, et un coup de trop paraissait être sa ration normale. Oui, Rebus s'inquiétait. Ils avaient essayé de l'effrayer et ne l'avaient rendu que plus pugnace. Essaieraient-ils encore de faire de la casse ? Ou bien choisiraient-ils la discrétion ?

Rebus était aussi sombre que la météo en rentrant à St Leonard, où on lui demanda de se présenter immédiatement au bureau de Lauderdale. Il était en train de verser du whisky dans trois verres.

– Ah, vous êtes là ?

Rebus ne pouvait le nier.

– Appelé par la cloche, monsieur.

Il prit le verre, tâchant d'éviter le visage rayonnant d'Alister Flower. Ils s'assirent.

– À la vôtre, commença Lauderdale.

– À la nôtre, dit Flower.

Rebus se contenta de boire.

– Vous avez eu des petits problèmes, John ?

Lauderdale posa précautionneusement son verre sur le bureau. Sitôt qu'il utilisait le prénom de Rebus, celui-ci savait que cela signifiait « gros ennuis ».

– Je ne vois pas de quoi vous voulez parler, monsieur. Juste un léger accrochage ce matin, tout est arrangé.

L'air toujours affable, Lauderdale opina. Flower, parfaitement à l'aise, croisait les jambes. Quand Lauderdale reprit la parole, il pointa un doigt pour appuyer chacun de ses arguments.

– Deux gamins mettent le nez là où ils n'auraient pas dû. Et puis l'agent Petrie se castagne avec un inconnu. Une vitre est cassée et le nez de Petrie aussi, par la même occasion. L'agent Clarke se retrouve dans la rue à balayer les débris de verre et à éloigner les curieux de passage. (Il leva les yeux vers sa main qui ponctuait chacun des cinq arguments.) Serait-il possible, John, que l'opération Bourses Pleines puisse être compromise ?

– Aucune chance, monsieur.

Rebus lui aussi brandit un doigt.

– L'homme ne parlera pas, car il sait que s'il le faisait, nous l'accuserions d'agression.

Il brandit un second doigt.

– Et les gamins ne diront rien parce que le père les préviendra qu'ils n'ont pas intérêt.

Il garda les deux doigts levés pendant un moment, puis baissa la main.

– Avec tout votre respect, monsieur, dégoulina la Mauvaise Herbe, nous sommes tout de même en présence d'une rixe et d'une fenêtre brisée dans ce qui était supposé être un immeuble vide. Les gens sont curieux, c'est dans leur nature. Ils lèveront les yeux vers cette fenêtre, et ils feront des suppositions. Le moindre mouvement pourrait être remarqué.

Lauderdale se tourna vers Rebus.

– John ?

– Ce que dit l'inspecteur Flower est parfaitement exact, monsieur, jusqu'à présent. Mais les gens oublient vite. Demain ils verront la fenêtre réparée, fin de l'histoire. Depuis la compagnie de taxis personne n'a rien vu, et même s'ils ont entendu un bris de verre, ça n'a rien d'extraordinaire sur Gorgie Road.

– Et alors, John ?

— Et alors, monsieur, il y a eu une erreur. J'ai mis les choses au clair avec l'agent Clarke.

Il aurait pu leur dire que tout était de la faute de la femme de l'agence immobilière, mais s'excuser revenait à montrer sa faiblesse. Rebus pouvait se permettre de porter le poids de cette erreur sur ses épaules. Il aurait même accepté de la porter sur sa nuque blessée, si cela avait pu lui permettre de sortir du bureau plus vite. Les odeurs de whisky et les effluves corporels lui donnaient légèrement la nausée.

— Alister ?

— Eh bien, monsieur, vous connaissez mon point de vue.

Lauderdale acquiesça.

— John, dit-il. Il y a beaucoup de personnel engagé dans l'opération Bourses Pleines et l'enjeu est important. Si vous continuez à laisser des gamins se balader au beau milieu de votre planque, peut-être serait-il temps de revoir vos priorités. Par exemple, ces rapports derrière votre bureau. Ils sont enterrés depuis cinq ans. Reprenez-vous et concentrez-vous sur le présent, compris ?

— Oui monsieur.

— Nous nous doutons que vous avez été très touché par l'agression contre le sergent Holmes. Ce que je vous demande, c'est si vous êtes en état de diriger l'opération Bourses Pleines...

C'était donc cela. La Mauvaise Herbe voulait s'approprier la surveillance. Il voulait être celui qui coincerait Dougary.

— J'en suis capable, monsieur.

— Alors, plus de conneries, compris ?

— Compris, monsieur.

Rebus aurait dit n'importe quoi pour écourter l'entretien, en fait vraiment n'importe quoi. Mais qu'il soit damné s'il lâchait quoi que ce soit à Flower, et encore moins une affaire comme celle-là, même si le seul fait d'y penser était une perte de temps. Lauderdale avait dit : « Concentrez-vous sur le présent. » Mais quand Rebus quitta le bureau, il savait exactement où l'entraînaient ses pensées : droit vers le passé.

Plus tard dans l'après-midi, il comprit qu'il ne lui restait que deux solutions au sujet de l'hôtel Central : il n'y avait plus que deux personnes à pouvoir l'aider. Il en appela une par téléphone, et avec un peu d'insistance, réussit à organiser une entrevue immédiate.

— Vous serez peut-être interrompus, prévint la secrétaire. Nous avons beaucoup de travail en ce moment.

— Je m'accommoderai des interruptions.

Vingt minutes plus tard, on l'introduisait dans un petit bureau aux murs couverts de lambris, dans un immeuble en vieille pierre bien entretenu. Les fenêtres donnaient sur d'affreuses constructions neuves faites de tôle ondulée et d'acier poli. Des flots de vapeur jaillissaient des tuyaux, mais aussitôt la porte franchie la forte odeur de brasserie disparaissait miraculeusement.

La porte s'ouvrit et un homme dans la trentaine entra tranquillement dans la pièce.

— Inspecteur Rebus ?

Ils se serrèrent la main.

— Merci de me recevoir aussi rapidement, monsieur.

— Votre appel m'a intrigué. Et je ne déteste pas ce qui m'intrigue.

De plus près, Rebus s'aperçut qu'Aengus Gibson n'avait probablement pas encore trente ans. Le costume strict, les lunettes et les cheveux lisses coupés court le faisaient paraître plus âgé. Il se dirigea vers son bureau, ôta sa veste et la posa délicatement sur le dossier d'une grande chaise capitonnée. Puis il s'assit et se mit à remonter ses manches de chemise.

— Je vous en prie, inspecteur, asseyez-vous. Donc cela aurait à voir avec l'hôtel Central, avez-vous dit ?

Il y avait des papiers sur le bureau, et Gibson semblait les parcourir pendant que Rebus parlait, mais le policier savait que l'homme ne perdait pas un mot.

— Comme vous le savez, monsieur Gibson, le Central a brûlé il y a cinq ans. Les causes de l'incendie n'ont jamais été éclaircies de façon satisfaisante, mais bien plus gênante a été la découverte d'un corps, un cadavre avec une balle dans le cœur. Et qui n'a jamais été identifié.

Rebus se tut. Gibson retira ses lunettes et les posa sur la pile de papiers.

— J'ai très bien connu le Central, inspecteur. Je suis persuadé que c'est ma réputation qui vous a amené dans ce bureau.

— Réputation passée et présente, monsieur.

Gibson fit mine de n'avoir pas entendu.

— J'étais plutôt cinglé dans mon adolescence, et vous auriez eu du mal à trouver une bande plus cinglée que celle qui se réunissait à l'hôtel Central à cette époque.

— Vous aviez un peu plus de vingt ans, monsieur, plus vraiment un adolescent.

— Certains grandissent plus vite que d'autres.

— Pourquoi avez-vous fixé rendez-vous là-bas à Matthew Vanderhyde ?

Gibson s'appuya contre le dossier de son siège.

— Ah, je comprends maintenant pourquoi vous êtes ici. Eh bien je supposais que l'oncle Matthew apprécierait la décadence du Central. Lui aussi était passablement cinglé dans le temps.

— Et vous vous êtes peut-être dit aussi que cela pourrait le choquer ?

— Personne ne pourrait choquer Matthew Vanderhyde, inspecteur. (Il sourit.) Mais vous avez sans doute raison. Oui, je suis certain qu'il y avait un peu de ça. Je savais fichtrement bien que mon père lui avait demandé de venir me parler. Je me suis donc débrouillé pour le rencontrer dans le pire endroit auquel j'ai pu penser.

— J'aurais probablement pu vous aider à trouver pire que le Central.

— En fait, moi aussi. Mais le Central était... comment dire... central.

— Et vous avez parlé tous les deux ?

— Il a parlé. J'étais censé écouter. Mais quand vous êtes en compagnie d'un aveugle, vous n'avez pas besoin de faire semblant. De baisser les yeux et toutes ces sortes de choses. Je crois que j'ai lu le journal, que j'ai essayé de faire les mots croisés, j'ai regardé la télé. Il n'avait pas l'air de s'en soucier. Il rendait service à mon père, un point c'est tout.

— Mais tout de suite après vous avez mis fin à la période Aengus le Noir.

— C'est vrai, oui. Après tout, peut-être que le discours de l'oncle Matthew m'a fait de l'effet.

— Et après cette discussion ?

— Nous avons pensé à aller dîner ensemble – pas au Central, je le précise ; les cuisines les plus immondes que j'aie jamais vues. Mais je crois que j'avais d'abord un rendez-vous avec une jeune femme. Enfin, pas si jeune que ça, en fait. Il me semble me souvenir qu'elle était mariée. Parfois, cette période m'échappe. Les médias disent que je me suis rangé, c'est un cliché facile, mais c'est sacrément dur de s'y conformer.

– Votre nom n'est jamais apparu sur le registre des clients du Central de cette nuit-là.

– Un oubli.

– Que vous auriez pu réparer en nous en informant, plus tard.

– Pour donner encore des munitions à la presse ?

– Qu'est-ce qui se passerait s'ils découvraient aujourd'hui que vous étiez là-bas ?

– Ça ne serait plus des munitions, inspecteur. (Les yeux d'Aengus Gibson étaient clairs et chaleureux.) Ce serait une bombe atomique.

– Y a-t-il quoi que ce soit que vous puissiez me dire à propos de cette nuit-là, monsieur ?

– Apparemment vous savez tout. J'étais au bar avec Matthew Vanderhyde. Nous sommes partis des heures avant que l'endroit ne prenne feu.

Rebus hocha la tête.

– Êtes-vous jamais monté au premier étage de l'hôtel, monsieur ?

– Quelle question extraordinaire ! C'était il y a cinq ans.

– Il y a longtemps, assurément.

– Et à présent l'enquête est rouverte ?

– En un sens, oui, monsieur. Nous ne pouvons pas donner trop de détails.

– Très bien, je demanderai à mon père de se renseigner auprès du chef de la police. Ils sont très bons amis, vous savez.

Rebus garda le silence. Il n'y avait pas d'affaire. Rien qu'il puisse montrer à ses supérieurs pour leur faire rouvrir le dossier. Il savait qu'il était absolument seul sur ce coup, et pas pour de très bonnes raisons. Il y eut un coup bref à la porte, et un homme plus âgé entra dans le bureau. Il ressemblait fortement à Aengus Gibson, de visage comme de corps, mais en plus émacié. En le voyant, le mot qui venait à l'esprit était : ascétique. Broderick Gibson n'aurait que rarement desserré son nœud de cravate ou défait le bouton du haut de sa chemise. Il portait un pull-over en laine avec un col en V sous sa veste. Rebus avait déjà vu des membres de l'Église qui lui ressemblaient. Cette attitude permettait de collecter le maximum d'argent pendant la quête.

– Désolé de vous interrompre, dit Broderick Gibson. Il faut vérifier ceci avant demain matin.

Il déposa un classeur sur le bureau.

– Père, voici l'inspecteur Rebus. Inspecteur, Broderick Gibson, mon père.

Et accessoirement l'homme qui avait créé les Brasseries Gibson dans une cabane au fond de son jardin, dans les années cinquante. Rebus serra la main ferme qu'on lui tendait.

– Pas de problème, j'espère, inspecteur ?

– Aucun, monsieur, répondit Rebus.

Broderick Gibson se tourna vers son fils.

– Tu n'as pas oublié la soirée ce soir au bénéfice des S.S.P.C.C. ?

– Non père, à 8 heures.

– Que le diable m'emporte si je me souviens de l'heure.

– Il me semble que c'était à 8 heures.

– Vous avez raison, monsieur, dit Rebus.

– Oh ? Aengus Gibson avait l'air surpris. Y serez-vous ce soir ?

Rebus fit non de la tête.

– J'ai lu un article à ce sujet dans le journal.

Il était tellement en deçà de ces gens sur l'échelle sociale, qu'il se demandait s'ils pouvaient même le voir. Tandis que lui gravissait les échelons, eux les avaient sciés derrière eux. Rebus ne pouvait que scruter les limbes et en saisir un reflet, de temps en temps. Mais tous désiraient être aimés de la police. Ce qui expliquait sûrement pourquoi Broderick Gibson insista pour serrer à nouveau la main de Rebus avant de partir.

Son père parti, Aengus Gibson parut se décontracter.

– Je suis désolé, j'aurais dû vous poser la question avant – désirez-vous un thé ou un café ? Je sais que vous êtes en service, aussi je ne vous proposerai pas de goûter notre bière.

– À vrai dire, monsieur, dit Rebus en jetant un coup d'œil à la pendule murale, j'ai terminé mon service il y a cinq minutes.

Aengus Gibson rit et se dirigea vers un grand placard qui, une fois ouvert, révéla trois pompes à bière et un assortiment de verres de différentes tailles.
– La brune est très bonne, aujourd'hui.
– Une brune, ce sera parfait, mais seulement une demi-pinte.
– Donc, un demi de brune.
En fait Rebus s'octroya un autre demi, de bière blonde cette fois. Mais il avait encore le goût de la brune en bouche alors que sa voiture passait les portes en fer forgé de la brasserie. La profonde « brune » Gibson. Les Gibson, père et fils, étaient eux aussi obscurs. Il fallait gratter la surface pour s'en rendre compte, mais ils l'étaient. Au vu du monde, Aengus Gibson était peut-être un autre homme, mais Rebus avait bien vu qu'il arrivait à peine à se contrôler. Il se demandait même si Aengus n'était pas sous l'influence d'une drogue quelconque. Il avait passé quelque temps dans une « maison de repos » privée – euphémisme qui signifiait clinique psychiatrique. En tout cas c'est ce que Rebus avait entendu dire. Il se disait qu'il approfondirait volontiers cette histoire, simplement pour satisfaire sa curiosité. Un petit détail en particulier l'avait intrigué, une chose qu'Aengus Gibson avait dite. Il ne se contentait pas de savoir que les cuisines de l'hôtel Central étaient immondes, il les avait vues.
John Rebus trouva ceci particulièrement intéressant.

De retour à St Leonard, il fut soulagé de ne trouver aucun signe de Lauderdale ou de la Mauvaise Herbe. Il avait oublié de rendre visite à Holmes, aussi lui téléphona-t-il aussitôt. Il savait qu'à l'hôpital, on pouvait apporter un téléphone sur roulettes jusqu'à son lit.
– Brian ?
– Eh ! salut. Nell vient juste de me rendre visite.
Sa voix sonnait joyeusement. Rebus espérait que ça n'avait pas été qu'une visite de courtoisie.
– Comment va-t-elle ?
– Elle va bien. Des progrès ?
Rebus se remémora les vingt-quatre dernières heures. Beaucoup de travail.
– Non, dit-il, aucun.

Il décida de cacher à Holmes la disparition d'Eddie Ringan. Il aurait pu s'inquiéter au point de faire une rechute.

— Vous pensez à abandonner ?

— On m'en a collé plein le dos, Brian, mais, non, je n'abandonnerai pas.

— Merci !

Rebus faillit laisser échapper : ça n'est pas que pour toi, c'est pour mon frère aussi. Au lieu de ça, il dit à Holmes de prendre soin de lui-même, et lui promit de lui rendre visite bientôt.

— Il faudra que ce soit très bientôt, ils me laissent sortir demain ou après-demain.

— Bonne nouvelle !

— Je ne sais pas... Il y a cette infirmière ici...

— Bah, misérable petit...

Puis Rebus se rappela une infirmière qui lui avait soigné le cuir chevelu, une infirmière avec laquelle il était devenu un peu trop amical. Ce qui avait causé le début de ses ennuis avec Patience.

— Soyez prudent, lui recommanda-t-il en raccrochant.

Son appel suivant fut pour le journal local. Il s'entretint avec quelqu'un pendant quelques minutes, après quoi il essaya de joindre Siobhan Clarke à Gorgie. Sans succès. Apparemment, Dougary avait fini sa journée et, avec elle, la surveillance. Bien, c'était donc l'heure pour l'inspecteur Rebus d'arrêter aussi. Sur le chemin de la sortie, il entendit l'inimitable voix prétentieuse d'Alister Flower qui arrivait dans sa direction. Rebus se réfugia dans un bureau anonyme en attendant que Flower et ses sous-fifres le dépassent. Ils ne parlaient pas de lui, ce qui était déjà quelque chose. Il se sentait bien un peu honteux de se cacher. Mais tout bon soldat doit savoir se planquer.

17

Michael était réveillé et, ce soir, offrait l'image saisissante d'un drogué de la télé. Il serrait la télécommande comme si sa vie en dépendait, fasciné par l'écran, mais inconscient de ce qui s'y passait. Rebus commençait à s'inquiéter de la dose de calmants qu'il avait pu prendre. Le flacon avait pourtant toujours l'air de contenir un nombre raisonnable de comprimés.

Il sortit pour acheter deux portions de poisson à la friterie du coin. De toute évidence, celui-ci n'était pas de la première fraîcheur, mais Rebus n'avait pas envie de faire des kilomètres pour trouver mieux. Il se remémorait le stand de *Fish and chips* de leur ville natale, là où le cuistot crachait dans l'huile pour vérifier qu'elle était bien chaude. Michael sourit au souvenir de l'anecdote, mais ses yeux ne quittaient toujours pas le poste. Il enfournait les frites, mâchant lentement, et défaisait la pâte à beignet qui entourait le poisson pour la manger avant de s'attaquer à la chair blanche et grasse.

— Les frites ne sont pas mauvaises, commenta Rebus en débouchant une bouteille d'Irn-Bru pour chacun d'eux.

Il attendait le coup de téléphone de Patience, qui devait lui donner le lieu et l'heure de leur rencontre. Mais à chaque fois que la sonnerie du téléphone retentissait, c'était pour un étudiant. Il sonnait pour la cinquième ou sixième fois quand Rebus décrocha le combiné :

— Université d'Édimbourg, service des renseignements ?
— C'est moi, dit Siobhan Clarke.

– Ah salut.
– Ça n'a pas l'air de vous faire tellement plaisir.
– Qu'est-ce que je peux faire pour vous, Clarke ?
– Je voulais m'excuser pour ce matin.
– Ce n'était pas entièrement de votre faute.
– J'aurais dû dire à ces gosses qui nous étions vraiment. Je repasse tout ça dans ma tête, encore et encore. Ce que j'aurais dû faire...
– Eh bien vous ne le ferez plus.
– Non monsieur. (Elle fit une pause.) J'ai entendu dire que vous vous étiez fait passer un savon.
– Vous faites allusion à l'inspecteur chef ? (Rebus souriait.) À peine une petite savonnette, pas un pain de savon noir. Et la fenêtre ?
– Rebouchée. La vitre sera remplacée dans la nuit.
– Il s'est passé quelque chose d'intéressant, aujourd'hui ?
– Vous avez été témoin de l'unique incident, monsieur. Petrie est revenu dans l'après-midi.
– Ah oui, comment allait-il ?
– Couvert de bandages, comme *Elephant Man*.

Rebus avait déjà compris que, si quelqu'un avait parlé de l'incident de la matinée, et il savait que quelqu'un l'avait fait, il ne pouvait s'agir que de Petrie. Il l'appréciait modérément.

– Je vous verrai demain.
– Oui, monsieur. Bonne nuit.
– Qu'est-ce que c'était ? demanda Michael.
– Rien du tout.
– Je savais que tu allais dire ça. Il reste de l'Irn-Bru ?

Rebus lui en passa une bouteille.

Quand à 22 heures, Patience n'eut toujours pas appelé, il cessa de s'intéresser au téléphone pour regarder la télé. Il avait presque envie de laisser le récepteur décroché. Dix minutes plus tard, il y eut cependant un autre appel. Il y avait un bruit de fond assourdissant, comme dans une soirée animée ou dans un bar. Une mauvaise chanson était mal chantée tout près de l'appareil.

– Baisse un petit peu, Mickey.

Michael coupa le son du poste, réduisant au silence un politicien qui passait aux informations.

– Allô ?

– C'est vous, monsieur Rebus ?
– Oui.
– Ici, Chick Muir.
Chick était un de ses informateurs.
– Qu'est-ce qui se passe, Chick ?
La chanson était finie, et on entendait des applaudissements, des rires et des sifflets.
– Ce gars que vous vouliez voir, il est à environ cinq mètres de moi, avec un triple whisky sous le nez.
– Merci Chick, j'arrive tout de suite.
– Attendez une seconde, vous ne voulez pas savoir où je suis ?
– Ne sois pas stupide, Chick. Je sais parfaitement où tu es.
Rebus raccrocha et jeta un coup d'œil à Mickey qui semblait s'être endormi. Il éteignit la télévision et alla chercher sa veste.

Il y avait gros à parier que Chick Muir l'avait appelé depuis l'Ancre de Marine, un bouge qui restait ouvert tard, presque à l'extrémité d'Easter Road. Jusqu'à il y a un an le bar s'appelait *Chez Finnegan*, puis le nouveau propriétaire était arrivé et avec lui, ce changement de nom génial, parce que, expliqua-t-il, il voulait voir des culs sur toutes les chaises.

Pour ça il en avait vu, y compris des qu'on aurait regardés de travers du temps de la marine à voile. Il y avait aussi des étudiants et des piliers de comptoir professionnels, en partie grâce à la situation du pub, mais surtout à cause de sa licence de nuit. Pourtant, il n'y avait jamais eu de problèmes, enfin pas dont on ait parlé. La moitié des clients de l'Ancre de Marine craignait l'autre moitié, qui, inversement, était occupée à redouter la première. En outre, la rumeur disait que le Gros Gerry en assurait la protection vingt-quatre heures sur vingt-quatre. Et pas pour rien.

Chick Muir allait souvent y boire un coup, mais au moins s'arrangeait-il pour ne pas participer à ce que, d'un point de vue musical, on pouvait considérer comme le pire « karaoké » d'Édimbourg. Eddie, par exemple, serait mort sur-le-champ devant les différents massacres que subissaient *Hound Dog* et *Wooden Heart*. Faux comme des casseroles et hors rythme, les chanteurs arrivaient à transformer un simple mot tel que pleurer en une dégoulinade multi-syllabique et dépourvue de sens. *Pleuh-euh-euh-*

raie fut approximativement le son qui accueillit Rebus lorsqu'il franchit les deux portes successives du bar en plissant les yeux pour combattre le nuage de fumée de cigarettes.

Au moment où *Crying in the Chapel* en arrivait à sa fin pathétique, Rebus sentit une main lui agripper le bras.

– Alors vous êtes venu ?

– Salut Chick. Qu'est-ce que tu prends ?

– Un double Famous Grouse * ce serait pas mal, encore que je doute que le coq de bruyère soit si authentiquement fameux dans leurs bouteilles.

Chick Muir eut un ricanement, qui découvrit deux rangées de dents en or à l'éclat terne. Il avait presque cinquante centimètres de moins que Rebus et, au milieu de l'assistance, il avait l'air d'un petit bambin perdu dans la forêt.

– Enfin, dit-il, ça n'est peut-être pas du Famous Grouse, mais ils en servent plus que la dose.

Certes, il y avait une certaine logique là-dedans. Donc Rebus se fraya un chemin jusqu'au comptoir et cria sa commande. Des applaudissements crépitèrent tout autour de lui tandis qu'un des interprètes préférés du public montait sur scène. Rebus parcourut le bar du regard et aperçut Deek Torrance, l'air ni plus ni moins saoul ou sobre que la dernière fois qu'ils s'étaient vus. Pendant que Rebus payait ses verres (il n'attendait jamais, on savait qui il était), Torrance le vit et lui fit un geste de la main et un signe de tête. Rebus lui montra qu'il devait aller porter les verres, mais qu'il revenait tout de suite, et Torrance lui fit un autre signe signifiant qu'il avait compris.

La musique avait repris. *Oh, par pitié, non*, pensa Rebus. Pas *Little Red Rooster*. Sur la vidéo, un petit coq énervé semblait manifester un intérêt particulier pour une fermière blonde qui venait ramasser les œufs du jour.

– Tu es servi, Chick. À la tienne.

– Santé.

Chick but une gorgée, en apprécia la saveur, puis secoua la tête.

---

* *Famous Grouse* : marque de whisky écossais dont le nom signifie littéralement « célèbre coq de bruyère ». (*N.d.T.*)

– Je suis certain que c'est pas du Famous Grouse. Vous l'avez vu ?

– Je l'ai vu.

– Et c'est le bon type ?

Rebus lui tendit une coupure de dix livres pliée en deux, que Chick empocha.

– C'est lui, O. K.

Et de fait, Deek Torrance forçait le passage au milieu de la foule pour se rapprocher d'eux. Mais sa progression fut stoppée, et il dut se pencher au-dessus d'un consommateur pour taper sur l'épaule de Rebus.

– John, il faut que j'aille...

Il indiquait la direction des toilettes à côté de la scène.

– À toute.

Rebus acquiesça et Torrance reprit sa progression au milieu de la cohue. Chick siffla son whisky.

– Je vais m'esquiver, dit-il.

– Ouais, à un de ces jours, Chick.

Chick hocha la tête, posa son verre sur la table et prit le chemin de la sortie. Rebus essaya de ne pas entendre *Little Red Rooster* mais, n'y parvenant pas, il suivit Torrance aux toilettes. Il vit Deek glisser un mot au D.J. sur scène, puis pousser la porte des « messieurs ». Rebus fusilla du regard le chanteur en passant devant lui, mais le public encourageait le quadragénaire à s'enfoncer de plus en plus.

Deek était devant les urinoirs, et s'amusait d'une carte postale épinglée au mur. Elle représentait deux joueurs de football des Hearts très occupés à se sodomiser, et au-dessus d'eux le dialogue suivant : *Je me présente : Jean Gode – Michel.* C'était le genre de choses que vous pouviez vous attendre à trouver sur Easter Road. Quelque part sur Gorgie, il y avait certainement un pub avec la même carte postale caricaturant deux joueurs des Hibernians. Rebus vérifia que personne d'autre n'était aux toilettes. Deek regarda par-dessus son épaule et le découvrit.

– John, pendant une minute j'ai cru que t'étais un mateur de zizis.

Rebus n'avait pas l'esprit à rire.

– J'ai besoin que tu me trouves un truc, Deek.

Torrance grogna.

– Tu te souviens quand tu m'as dit que tu pouvais mettre la main sur n'importe quoi ?
– N'importe quoi, *du taf à l'arroseuse*, répéta Deek.
– La deuxième dit simplement Rebus.
Deek Torrance fit mine de vouloir faire un commentaire. À la place, il grogna, remonta sa braguette et se dirigea vers le lavabo.
– Ça pourrait t'attirer des ennuis.
– Ça pourrait.
Torrance s'essuya les mains à la serviette sale.
– Tu en as besoin quand ?
– Le plus tôt possible.
– Un modèle particulier ?
À présent ils étaient tous les deux sérieux, discutant calmement à mi-voix.
– N'importe quoi, ça ira. Combien ?
– Rien à moins de deux cents livres. Tu es sûr de vouloir faire ça ?
– Certain.
– Tu pourrais obtenir une licence, que ce soit légal.
– Je pourrais.
– Mais tu ne le feras pas, bien sûr.
– Ne te mêle pas de ça, Deek.
Deek poussa un nouveau grognement. La porte s'ouvrit d'un coup et un jeune homme, la bouche tordue par une grimace à cause de la cigarette qui était fichée au coin de ses lèvres, s'engouffra. Il ignora les deux hommes et fonça vers les urinoirs.
– Donne-moi un numéro de téléphone. (Le jeune leur jeta un petit coup d'œil par-dessus son épaule.) Regarde devant toi, petit, gronda Torrance. Les chiens guides d'aveugles sont sacrément chers en ce moment.
Rebus arracha une feuille de son carnet.
– Les deux numéros à la maison et au boulot.
– Je te ferai signe.
Rebus ouvrait la porte.
– Je te paie un verre ?
Torrance fit non.
– Faut que j'y aille. (Et, après un silence :) T'es vraiment décidé ?
John Rebus fit oui de la tête.

Après le départ de Deek, il s'offrit un autre verre. Il tremblait et son cœur battait à tout rompre. Une jolie femme venait de chanter *Band of Gold*, et correctement en plus. Elle obtint le plus grand succès de la soirée. Le D. J. prit le micro et répéta son nom. Elle eut même droit à une ovation quand son petit ami l'aida à descendre de scène. Elle avait des bagues en or à chaque doigt. Le D. J. présentait le prochain numéro.

— Il a choisi de nous interpréter ce bon vieux standard : *King of the Road*. Alors beaucoup d'encouragements pour John Rebus !

Quelques applaudissements retentirent et ceux qui le connaissaient posèrent leurs verres et se tournèrent vers Rebus, debout au bar.

— Deek, espèce de fumier ! siffla-t-il entre ses dents.

Le disc jockey cherchait parmi la foule.

— John, vous êtes toujours là ?

Le public aussi regardait autour de lui. Quelqu'un, c'est ce que Rebus se dit plus tard, avait dû le montrer du doigt, car tout à coup le D. J. annonça que John était du genre timide mais qu'il était au comptoir, dans une veste noire rembourrée, et la tête plongée dans son verre.

— Alors, encourageons-le à monter avec une extraordinaire ovation.

Il y eut une extraordinaire ovation pour John Rebus comme il se retournait pour affronter la foule. C'était vraiment heureux, se dit-il plus tard, que Deek ne lui ait pas fourni une arme tout de suite. Il n'aurait eu besoin que d'une balle.

Deek Torrance se dégoûtait lui-même, mais il donna quand même le coup de téléphone. Il appelait depuis une cabine publique plantée au milieu d'une mosaïque de terrains vagues. Malgré l'heure tardive, des enfants chevauchaient bruyamment leurs bicyclettes sur de l'asphalte défoncé. Ils avaient fabriqué un tremplin à partir de deux planches et d'une caisse de lait, et ils s'envolaient dans l'obscurité, s'écrasant lourdement sur leurs pneus martyrisés.

— C'est Deek Torrance, dit-il quand on lui répondit.

Il savait qu'il devrait attendre le temps que le message soit transmis. Il reposa son front contre la paroi de la cabine. Le verre synthétique était froid. Nous vieillissons tous, se dit-il. *Ça n'a rien de drôle, mais nous en sommes tous là. Il n'y a plus de Peter Pan de nos jours.*

Il avait quelqu'un en ligne. De l'autre côté on avait pris le combiné.

– Deek Torrance à l'appareil, répéta-t-il, tout à fait inutilement. J'ai des informations...

18

Rebus vint travailler étonnamment tôt ce mercredi matin. Il n'avait jamais eu la réputation d'arriver parmi les premiers, aussi sa présence dans les locaux de la police judiciaire obligea-t-elle ses collègues plus ponctuels à se pincer, juste pour être sûrs qu'ils n'étaient pas tranquillement au chaud en train de rêver dans leurs lits.

Ils ne s'en approchèrent pas trop, pourtant, un Rebus au petit matin n'étant pas de la meilleure humeur. Mais il avait voulu être là avant que l'agitation de la journée ne commence : il ne souhaitait pas que trop de ses collègues voient quels dossiers il consultait sur l'ordinateur.

Non qu'il y ait grand-chose sur Aengus Graham Fairmile Gibson : pour l'essentiel ivresse sur la voie publique, souvent accompagnée de tapage nocturne. Faire tomber les casques des agents de police était un jeu qui avait eu l'air de beaucoup amuser Gibson et ses copains. Une autre information signalait un racolage dans un quartier de la ville peu connu pour ses prostituées, et une tentative pour pénétrer dans le logement d'un ami, par la fenêtre (la clef ayant été égarée) qui l'avait fait atterrir dans un mauvais appartement.

Mais tout s'était arrêté cinq ans auparavant. Depuis lors, Gibson n'avait rien eu de plus grave que des contraventions pour stationnement interdit ou des amendes pour excès de vitesse. Rien de plus dans son dossier. Rebus ouvrit celui de Broderick Gibson, n'espérant pas y trouver quoi que ce soit. Ses prévisions furent confirmées. Le dossier sur la jeunesse de l'aîné des Gibson devait se trouver parmi un fatras moisi dans des archives quelconques — à supposer qu'il y ait quelque chose à l'intérieur. Rebus avait le sentiment que tous les membres de l'association de l'Épée et du Bouclier d'Écosse avaient probablement dû être arrêtés pour désordre sur la voie publique ou attentat contre l'ordre public, à un point quelconque de leur carrière. À la seule exception, peut-être, de Matthew Vanderhyde.

Il passa un coup de téléphone pour vérifier l'heure du rendez-vous qu'il avait pris la veille, puis éteignit l'ordinateur et sortit de l'immeuble à l'instant précis où ce chafouin de superintendant Péquenot Watson y pénétrait.

Il attendit dans la partie des locaux du journal ouverte au public, en feuilletant les éditions des dernières semaines. Quelques parieurs matinaux arrivèrent avec leurs tickets de loto sportif ou autres, et un petit nombre d'individus, qui n'avaient pas encore perdu l'espoir, vinrent recopier les petites annonces classées sur le présentoir.

— Inspecteur Rebus.

Elle surgit de derrière le comptoir principal, d'où un agent de sécurité au visage dur n'avait cessé de tenir Rebus à l'œil. Elle avait déjà enfilé son imperméable, donc il n'y aurait pas de visite des locaux aujourd'hui, bien qu'elle le lui eût promis depuis des semaines.

Elle s'appelait Mairie Henderson, et n'avait pas vingt-cinq ans. Rebus s'était opposé à elle à l'époque de l'affaire Gregor Jack, quand elle réunissait des informations pour en faire un portrait posthume. Rebus n'avait qu'une envie : oublier cet affreux incident. Mais elle s'était montrée tenace... et persuasive. Elle sortait d'une école de journalisme dans laquelle elle avait raflé tous les prix, et elle collaborait à l'occasion avec la presse quotidienne et hebdomadaire. Elle n'avait pas encore abandonné son légendaire appétit ; ce que Rebus appréciait.

— Venez, dit-elle. Je suis affamée. Je vous offre le petit déjeuner.

Ils se rendirent dans un salon de thé traiteur sur South Bridge, où il fallut faire de cruels choix. Était-il trop tôt pour manger des tourtes et des tartes ? Trop tôt pour des gâteaux fourrés aux fruits ? Dans ce cas ils feraient comme tout le monde et se contenteraient de tranches de saucisse, de pudding et d'œufs au plat.

— Vous n'avez pas de haggis *, ou de boulettes de viande ? implora Mairie avec tant de conviction que la serveuse alla demander au chef.

Ce qui rappela à Rebus d'appeler Pat Calder, à un moment dans la journée. Mais il n'y avait ni haggis ni boulettes, même en payant un supplément. Alors ils portèrent leurs plateaux jusqu'à la caisse où Mairie insista pour payer.

— Après tout, vous allez m'apporter le scoop de la décennie.
— Alors ça, je ne sais pas.
— Un de ces jours, ça viendra, vous pouvez me faire confiance.

Ils se glissèrent dans un box et elle se saisit de la sauce brune puis du ketchup.

— Je n'arrive jamais à choisir entre les deux. Dommage pour les boulettes, c'est ce que je préfère.

Elle mesurait environ un mètre soixante-cinq et elle était à peu près aussi grasse qu'un lapin à qui on aurait enlevé la peau. Rebus posa les yeux sur son petit déjeuner, et n'eut subitement plus faim. Il but une gorgée de son café trop léger.

— Alors, de quoi s'agit-il ? demanda-t-elle après avoir sérieusement entamé son plat.
— Dites-le-moi.

Elle fit non-non du doigt.

— Pas avant que vous ne m'ayez dit pourquoi vous voulez savoir.
— Ce ne sont pas les règles du jeu.
— Eh bien, changez-les.

Elle ramassa du blanc d'œuf avec sa fourchette. Elle était restée engoncée dans son imperméable, bien que le salon de thé fût surchauffé. Elle avait aussi de belles jambes, ne pas voir ses jambes manquait à Rebus. Il souffla sur son café et en reprit une gorgée. Elle était prête à attendre toute la journée qu'il dise quelque chose.

Il céda.

* *Haggis* : « panse de brebis » farcie de viande et d'aromates. (*N.d.T.*)

— Vous vous souvenez de l'incendie à l'hôtel Central ?
— J'étais encore à l'école.
— On a découvert un cadavre dans les décombres.
Elle lui fit signe de continuer.
— Eh bien, il y a peut-être de nouveaux indices... en fait non, non pas de nouveaux indices. Simplement il s'est passé des choses, et je crois qu'elles ont un rapport avec cet incendie et ce meurtre.
— Donc ce n'est pas une enquête officielle ?
— Pas encore.
— Et je ne peux rien raconter ?
Rebus hocha la tête.
— Rien qui ne vous conduise droit devant un tribunal, pour diffamation.
— Je pourrais y survivre. Si l'histoire était suffisamment bonne.
— Elle ne l'est pas encore.
Elle se mit à saucer son assiette avec un morceau de pain beurré.
— Laissez-moi résumer : vous enquêtez sur un incendie vieux de cinq ans, sans l'accord de votre hiérarchie ?
Un incendie qui avait poussé un homme à la boisson, aurait-il pu ajouter, et amené un autre à se racheter une conduite. Il opina du chef.
— Et qu'est-ce que Gibson a à voir là-dedans ?
— Strictement entre nous, il était là-bas cette nuit-là. Mais il a été effacé de la liste des clients de l'hôtel.
— Son père a tiré des sonnettes ?
— Peut-être.
— Bon, c'est déjà une histoire.
— Je n'ai rien pour l'étayer.
C'était un mensonge, il avait toujours Vanderhyde, mais il ne le lui dirait pas. Il ne voulait pas lui donner des idées. Et de la façon dont elle le regardait, de toute manière, elle n'en manquait pas.
— Rien ?
— Rien, répéta-t-il.
— Bien. Je ne sais pas si cela vous sera utile.
Elle ouvrit son imper et sortit le dossier qu'elle avait caché, coincé dans la ceinture de son blue-jean coupé à la dernière

mode. Il lui prit le dossier des mains, en observant tout autour de lui. Personne ne semblait leur prêter attention.

– Un peu mélodramatique, non ? lui dit-il.

Elle plissa le nez.

– D'accord, j'ai vu trop de films.

Rebus ouvrit le dossier. Il ne portait pas de noms mais il contenait des articles de presse et des ragots à propos d'Aengus Gibson.

– Voilà tout ce qu'on a depuis cinq ans. En fait, il n'y a pas grand-chose, surtout son action en faveur d'œuvres de charité et ses dons aux bonnes causes. Et puis quelques entrefilets sur l'extension de la brasserie et de ses profits.

Il parcourut les documents. Ils n'avaient aucun intérêt.

– J'espérais trouver quelque chose à son sujet, juste après l'incendie.

Mairie acquiesça.

– C'est ce que vous m'aviez dit au téléphone. Aussi j'ai interrogé quelques collègues, y compris le rédacteur en chef. Il m'a dit que Gibson avait séjourné dans une clinique psychiatrique. Pour dépression nerveuse, comme on dit.

– Comme ils disent, la reprit Rebus.

– Ça dépend, ajouta-t-elle mystérieusement. Il y est resté pendant trois mois. On n'en a jamais parlé, le père avait tenu la presse à l'écart. Quand Aengus a réapparu, c'est là qu'il a commencé à travailler dans les affaires, et à faire toutes ces bonnes actions médiatisées.

– Seulement pour la galerie ?

– Ça reste à voir, dit-elle en souriant, puis en parlant du dossier : il n'y a pas grand-chose, n'est-ce pas ?

Rebus secoua la tête.

– C'est bien ce que je pensais, mais il n'y avait rien d'autre.

– À propos, votre rédacteur en chef, il serait capable de dire la date exacte de l'internement de Gibson ?

– Je ne sais pas. Il n'y a pas de mal à le lui demander. Voulez-vous que je le fasse ?

– Oui, s'il vous plaît.

– Alors, c'est d'accord. Une dernière question.

– Oui.

– Est-ce que vous allez manger ce qu'il y a dans votre assiette ?

Rebus poussa son plat vers elle, et la regarda se remplir la panse.

Quand il revint à St Leonard, il y avait un message du bureau du chef. Le superintendant Watson voulait le voir immédiatement, l'ordre datait de dix minutes. Rebus vérifia qu'il n'avait pas d'autres messages, et appela Siobhan Clarke à Gorgie pour s'assurer que la nouvelle fenêtre avait bien été installée.

— Elle est parfaite, lui dit-elle. Il y a une espèce d'enduit dessus, du blanc d'Espagne ou quelque chose comme ça. On n'a même pas pris la peine de la nettoyer. On peut prendre des clichés à travers, mais de l'extérieur on dirait simplement une fenêtre neuve qu'on n'a pas nettoyée.

— Bien, dit Rebus.

Il voulait s'assurer que tout était bien réglé. Si Watson avait l'intention de lui passer un savon à propos de l'histoire de la veille, il serait autrement rugueux que la savonnette de Lauderdale.

Mais Rebus faisait fausse route.

— Qu'est-ce que vous êtes en train de foutre ?

Watson donnait l'impression d'avoir couru vingt kilomètres en avalant des piments-oiseaux. Sa respiration était sifflante, et il avait les joues couleur aubergine. S'il était entré dans un hôpital, on l'aurait aussitôt dirigé vers les urgences sur un brancard porté par deux infirmiers. Non, plutôt par quatre infirmiers.

— Je ne suis pas sûr de comprendre, monsieur.

Watson frappa violemment son bureau du poing. Un crayon tomba sur le sol.

— Vous n'êtes pas sûr de comprendre ?

Rebus s'avança pour ramasser le crayon.

— Laissez ça ! Asseyez-vous.

Rebus obtempéra.

— Non, en fait, restez debout.

Rebus se leva.

— Et maintenant dites-moi seulement pourquoi ?

Rebus se souvint d'un professeur de physique qu'il avait eu au lycée, un homme au caractère épouvantable qui avait parlé au jeune Rebus exactement de la même façon.

– Dites-moi seulement pourquoi ?
– Oui monsieur...
– Eh bien, allez-y.
– Avec tout le respect que je vous dois, monsieur, pourquoi quoi ?

Watson parla sans desserrer les dents.

– Pourquoi on vous a surpris à harceler Broderick Gibson ?
– Avec tout le respect que je vous dois, monsieur...
– Arrêtez avec votre *respect*, merde ! Contentez-vous de répondre.
– Je ne harcèle pas Broderick Gibson, monsieur.
– Mais alors qu'est-ce que vous faites, vous lui faites la cour ? Le chef de la police m'a téléphoné ce matin dans un état sacrément proche de l'apoplexie, bon Dieu.

Comme Watson était un chrétien pratiquant, il ne jurait pas souvent. C'était mauvais signe. Rebus imaginait la scène. La soirée au profit des S.S.P.C.C. Oui, et Broderick Gibson s'en prenant à son ami le chef de la police : un de vos larbins est venu m'interroger, qu'est-ce que ça signifie ? Et le préfet n'en sachant strictement rien, bredouillant et bafouillant, et de dire qu'il tirerait tout cela au clair, donnez-moi simplement le nom de l'inspecteur...

– C'est son fils qui m'intéresse, monsieur.
– Mais vous avez consulté leurs deux dossiers, ce matin, sur l'ordinateur.

Ah, donc *quelqu'un* avait fait un rapport sur sa visite matinale.

– Oui, c'est vrai, mais en vérité je ne m'intéresse qu'à Aengus.
– Vous ne m'avez toujours pas expliqué pourquoi.
– Non, monsieur, en fait, c'est un peu... nébuleux.

Watson fronça les sourcils.

– *Nébuleux* ? Quand a lieu la remise des diplômes ?

Rebus ne saisissait pas.

– Puisque apparemment, vous venez d'obtenir votre diplôme d'astronomie ! se fit un plaisir d'expliquer Watson.

Il se servit une tasse d'un noir breuvage tiré de la cafetière posée au sol derrière lui sans en offrir à Rebus qui, pourtant, en aurait eu bien besoin.

– C'est le premier mot qui m'est venu à l'esprit, monsieur, dit-il.

— J'ai un certain nombre d'autres mots qui me viennent à l'esprit, Rebus. Et votre mère n'apprécierait pas de les entendre.

Non, pensa Rebus, *et la tienne te laverait la bouche avec du savon.*

Le superintendant lapait son café. On ne l'appelait pas le Péquenot pour rien ; beaucoup de ses goûts et de ses manières ne pouvaient être qualifiés autrement que de rustiques.

— Mais avant que j'en dise un, continua-t-il, je suis suffisamment généreux pour écouter vos explications. Elles ont intérêt à être foutrement convaincantes.

— Oui, monsieur, répondit Rebus.

Comment pourrait-il bien s'y prendre pour rendre *quoi que ce soit* convaincant ? Enfin, sans doute, devait-il essayer. Il tenta donc une justification, et, au beau milieu, Watson lui dit même qu'il pouvait s'asseoir s'il le souhaitait. Au bout d'un quart d'heure, Rebus tendit les mains devant lui, les paumes en avant, comme pour dire qu'il n'avait plus rien dans sa besace.

Watson servit une autre tasse de café et la posa sur le bureau devant Rebus.

— Merci, monsieur.

Rebus l'avala d'un trait, nature.

— John, vous n'avez jamais pensé que vous pourriez être paranoïaque ?

— En permanence, monsieur. Montrez-moi deux hommes en train de se serrer la main, et je vous démontre qu'il s'agit d'une conspiration de francs-maçons.

Watson faillit sourire, avant de se rappeler que l'heure n'était pas à la plaisanterie.

— Écoutez, laissez-moi présenter les choses comme ceci. Ce que vous avez récolté jusqu'ici, c'est... Enfin, c'est...

— Nébuleux, monsieur ?

— Du pipi de chat, corrigea Watson. Un inconnu est mort il y a cinq ans. Était-ce quelqu'un d'important ? Évidemment pas, sinon nous aurions déjà découvert qui c'était. Nous devons admettre qu'il n'intéressait guère de monde, et qu'on a été heureux de l'oublier. Pas de veuve éplorée ni d'orphelin, pas de famille à sa recherche.

— Vous voulez dire qu'on enterre l'affaire, monsieur ? On laisse quelqu'un se tirer d'un meurtre ?

Watson semblait exaspéré.
— Je dis qu'on est allé aussi loin qu'on pouvait comme ça.
— Tout ce que Brian Holmes a fait, c'est de poser quelques questions, et on l'a assommé à cause de ça. Je prends la relève, mon appartement est saccagé et je retrouve mon frère à moitié dingue de peur.
— Là où je veux exactement en venir, c'est que cette affaire est en train de devenir *personnelle*. Vous ne pouvez pas vous le permettre. Regardez donc tout ce que vous avez à faire. L'opération Bourses Pleines, pour commencer, et je suis sûr qu'il y en aura d'autres après ça.
— Vous me demandez de laisser tomber, monsieur ? Puis-je vous demander si vous subissez des pressions ?
La tension monta d'un cran, de plus en plus à mesure que le sang refluait du visage rougeaud de Watson.
— Dites, attendez une seconde. Je ne peux pas tolérer ce genre de réflexions.
— Non, monsieur ? Je suis désolé, monsieur.
Mais Rebus était arrivé à ses fins. Un soldat intelligent sait quand battre en retraite. Rebus avait touché sa cible, il battait en retraite.
— Je pourrais envisager de laisser tomber, dit Watson, qui gigotait sur sa chaise comme si son pantalon était rempli de poil à gratter. Mais je vais vous dire ce que je pense. Si vous pouvez m'apporter du concret, l'identité du mort par exemple, d'ici vingt-quatre heures, alors on reprend l'affaire. Sinon je veux qu'on abandonne tout, tant qu'une *vraie* preuve n'aura pas fait son apparition.
— Ça me semble juste, monsieur, dit Rebus.
Il n'aurait servi à rien de discuter sur ce point. Peut être vingt-quatre heures suffiraient-elles. Et peut être que Charlie Chan portait le kilt.
— Merci pour le café, j'ai beaucoup apprécié.
Quand Watson commença à raconter sa blague à propos de son perpétuel entrain, Rebus s'excusa et sortit.

19

Il était assis à son bureau, passant sombrement en revue toutes les impasses de son enquête, quand il entendit parler d'une « altercation » dans une maison à Broughton. Il enregistra l'adresse mais il lui fallut quelques secondes pour faire le rapprochement. Quelques minutes plus tard, il était dans sa voiture et se dirigeait vers les faubourgs est de la ville. Le trafic, comme d'habitude, subissait de désespérants ralentissements à chaque grand carrefour. Rebus maudit les feux de circulation. Pourquoi est-ce qu'on ne les enlevait pas pour laisser les piétons tenter leur chance ? Non, ça risquait d'encourager les attaques à main armée, et puis où trouver toutes les ambulances nécessaires pour transporter les blessés et les morts ?

Et puis, pourquoi se dépêchait-il, puisqu'il pensait savoir ce qu'il allait trouver là-bas ?

Il se trompait. (Il y a des semaines comme ça.) Une voiture de police et une ambulance étaient garées devant la maison à deux étages de Mme Mac Kenzie. Ses voisins étaient descendus dans la rue, poussés par une curiosité malsaine. Même l'attention des enfants était mobilisée. Ce devait être la récréation, car certains d'entre eux avaient passé la tête entre les barreaux et fixaient la bouche ouverte les véhicules dont les feux brillaient.

Rebus se fit une réflexion à propos des barreaux. Leur fonction était d'empêcher les enfants de sortir, de les mettre à l'abri. Mais empêcheraient-ils jamais quelqu'un d'entrer ?

Rebus montra sa plaque d'identification à l'agent chargé de garder la porte et pénétra dans la maison de Mme Mac Kenzie. Elle gémissait bruyamment, à tel point que Rebus envisagea un meurtre. Une auxiliaire féminine la réconfortait, tout en essayant de poursuivre une conversation dans le talkie-walkie qu'elle portait à l'épaule. L'auxiliaire vit Rebus.

— Faites-lui du thé, s'il vous plaît, supplia-t-elle.

— Désolé, ma poule. Je ne suis que de la police judiciaire. Il faut quelqu'un d'un peu plus sérieux pour mettre de l'eau dans une théière.

Il avait les mains dans les poches, l'attitude de l'enquêteur professionnel, qui gardait ses distances avec le remue-ménage dans lequel il débarquait. Il se dirigea vers la cage à oiseaux et jeta un coup d'œil à l'intérieur. Sur le sable qui couvrait le sol de la cage, au milieu d'un mélange de plumes, de graines et de fientes, reposait une perruche momifiée.

— Fin de la route triomphante, murmura-t-il pour lui-même, en sortant du salon.

Il vit les ambulanciers dans la cuisine et les y rejoignit. Il y avait un corps sur le sol, le visage et les mains bandées serrées. Pourtant il ne voyait aucune trace de sang. Il faillit tomber sur le lino mouillé, et se rattrapa au coin de la vieille cuisinière à gaz. Elle était encore chaude au toucher. Un agent de police se tenait à la porte de derrière, regardant à droite et à gauche. Rebus contourna les ambulanciers et leur patient et rejoignit l'agent.

— Belle journée, hein ?

— Pardon ?

— Je vois que le temps vous convient.

Rebus montra à nouveau sa plaque d'identification.

— Non, ça n'est pas ça. Je regardais par où il était parti.

Rebus eut un mouvement de surprise.

— Que voulez-vous dire ?

— Les voisins ont dit qu'il avait escaladé trois clôtures, couru jusqu'au passage, puis disparu. (L'agent montra du doigt.) Ce passage-là, juste après ce séchoir plein de linge.

— Juste après la corde à linge ?

— Ouais, ça doit être celui-là. Trois palissades... une, deux, trois. Ça ne peut-être que ce passage-là.

— Bien joué, mon garçon, voilà qui nous fait sérieusement avancer.

L'agent le regarda.

— Mon inspecteur est pointilleux sur les rapports. Vous êtes de St Leonard ? Ça n'est pas réellement votre secteur, n'est-ce pas, monsieur ?

— Tous les secteurs sont les miens, mon garçon, et tous les agents sont mes agents. Alors que s'est-il passé ici ?

— Ce monsieur-là, par terre, a été agressé, et son agresseur s'est enfui.

Rebus hocha la tête.

— Je peux déjà vous dire par qui et comment.

L'agent était dubitatif.

— L'agresseur est un homme du nom d'Alex Maclean, et il a plus que certainement frappé ou assommé M. McPhail ici présent.

L'agent cligna des yeux, et secoua la tête.

— Mais non, Maclean c'est lui, là.

Rebus baissa les yeux et pour la première fois considéra le gabarit de la victime, vingt bons kilos de plus que McPhail.

— Et il n'a été ni frappé ni assommé. On lui a jeté dessus une casserole d'eau bouillante.

Un peu abasourdi, Rebus écouta, sans faire de commentaires, la version des faits de l'agent. McPhail, qui s'était soigneusement tenu à l'écart de la maison, avait fini par téléphoner pour dire qu'il ferait un saut pour prendre quelques affaires et des vêtements. Il avait embobiné Mme Mac Kenzie avec une histoire d'heures supplémentaires dans un supermarché. Il était arrivé et bavardait avec sa logeuse pendant qu'elle faisait chauffer l'eau pour les œufs durs (des œufs durs tous les mercredis pour le déjeuner ; des œufs pochés tous les jeudis, c'était un point du règlement intérieur sur lequel Mme Mac Kenzie ne souffrait aucune discussion). Mais Maclean surveillait la pension, et vit McPhail y entrer. Il passa la porte restée ouverte et se précipita dans la cuisine.

— Une vision d'horreur, précisait Mme Mac Kenzie. Je ne pourrai jamais l'oublier, même si je vis cent ans.

C'est à ce moment que McPhail s'était saisi de la casserole, l'avait lancée sur Maclean, l'aspergeant d'eau bouillante. Ensuite il avait ouvert la porte de derrière et s'était envolé. Par-dessus trois palissades, en empruntant un passage. Fin du mélodrame.

Rebus regarda les brancardiers porter Maclean jusqu'à l'ambulance. On allait le conduire à l'hôpital. À ce rythme, toutes les connaissances de Rebus allaient bientôt se retrouver sur un lit d'hôpital. Cette fois McPhail avait eu de la chance. S'il avait un peu de jugeote, il suivrait le conseil de Rebus et quitterait la ville pour échapper à la police qui était dorénavant à sa recherche.

Mais Rebus se demandait si McPhail avait la moindre idée de ce qui était vraiment bon pour lui. Après tout, c'était un type qui croyait que les petites filles étaient ce qui lui convenait le mieux. Il se le demandait tandis que, pris dans les bouchons de midi, il se traînait vers St Leonard. Il avait été tellement ralenti sur le chemin qui l'avait amené à Broughton, qu'il ne voyait que peu d'inconvénients à utiliser les grands axes : Leith Street, les Ponts et Nicolson Street. Une idée soudaine lui fit poursuivre sa route jusqu'à la boutique du boucher où Rory McOozin s'était traîné, se vidant de son sang sous l'étal.

Il ne ressentit qu'une légère surprise à la vue du panneau de bois qui remplaçait entièrement la vitrine du magasin. Épinglée sur le panneau il y avait une grande feuille de papier blanc qui portait une inscription au gros feutre. Elle disait simplement : LE MAGASIN RESTE OUVERT. Intéressant, pensa Rebus en garant sa voiture. La pluie et ce que les passants avaient ramassé sous leurs semelles avaient effacé les traces de sang qui avaient rougi le trottoir peu de temps auparavant.

M. Sanzaw, le boucher, découpait des tranches de bœuf séché à l'aide d'une trancheuse à main dont la lame circulaire pénétrait la viande avec un sifflement. Il était plus petit et moins épais que la plupart des bouchers que Rebus avait croisés, son visage était creusé et ridé, et ses cheveux gris se faisaient rares. Il n'y avait personne d'autre dans la boutique, mais Rebus entendait siffler quelqu'un qui travaillait dans l'arrière-boutique. Sanzaw se rendit compte qu'il avait un client.

– Et pour vous, ce sera quoi, monsieur ?

Rebus remarqua que les casiers des rayons réfrigérés les plus proches de la vitrine brisée étaient vides. On attendait sans doute de s'assurer qu'il n'y avait plus d'éclats de verre dedans avant de les remplir. Il désigna le panneau de bois.

– C'est arrivé quand ?
– Bah, la nuit dernière.

Sanzaw disposait les tranches de viande séchée dans un compartiment de la vitrine qui n'avait pas été atteint, et planta l'étiquette indiquant le prix au milieu. Il s'essuya les mains sur son tablier blanc.

– Des mômes ou des ivrognes, suggéra-t-il.
– Qu'est-ce que c'était ? Une brique ?
– Pas trouvé.
– Eh bien, si vous n'avez rien trouvé dans la boutique, ça a dû être fait avec une masse. J'imagine mal qu'un coup de pied, même avec le bout renforcé par du métal, puisse faire ce genre de dégâts.

Tout à coup Sanzaw le regarda en face, et le reconnut.

– Vous étiez là quand Rory...
– Exact, monsieur Sanzaw. De toute façon, ils ne se sont pas servis d'une masse contre lui, n'est-ce pas ?
– Je ne comprends rien à ce que vous dites.
– À propos, une livre de saucisses de bœuf.

Sanzaw eut une hésitation, enfin il saisit le chapelet de saucisses et en coupa une partie.

– Vous pourriez avoir raison, sans doute, insista Rebus. C'était peut-être des gosses ou des mecs bourrés. Quelqu'un a vu quelque chose ?
– Je ne sais pas.
– Vous n'avez pas porté plainte ?
– Pas eu besoin. La police m'a appelé à 2 heures du matin pour me signaler l'incident.

Sa voix était pleine de reproches.

– Au service de la communauté, monsieur Sanzaw.
– À peine plus d'une livre, dit Sanzaw l'œil fixé sur la balance.

Il emballa les saucisses dans un papier paraffiné blanc, puis dans une feuille de papier brun, sur lequel il inscrivit le prix au crayon. Rebus lui tendit un billet de cinq livres.

– L'assurance va prendre ça en charge, je suppose.
– J'espère bien, avec le fric qu'ils nous pompent.

Rebus prit sa monnaie et s'arrangea pour saisir le regard de Sanzaw.

– Je veux dire l'assurance *efficace*, celle qui garantit les gens, monsieur Sanzaw.

Un couple de personnes âgées entraient dans la boutique.

– Qu'est-ce qui est arrivé, monsieur Sanzaw ? demanda la femme, entraînant son mari derrière elle.

– Des gamins, madame Dowie, répondit Sanzaw du ton qu'il réservait à ses clients, un ton auquel Rebus n'avait pas eu droit.

Il fixait Rebus, qui lui fit un clin d'œil, prit son paquet et sortit. À l'extérieur il considéra l'emballage brun. Il était froid entre ses mains. Après tout, c'était censé contenir de la chair hachée. Bien qu'il n'y ait plus beaucoup de viande dans les saucisses, en fait. Un passant qui faisait ses courses s'arrêta net devant la vitrine condamnée et entra dans l'échoppe. Jim Sanzaw ferait de bonnes affaires aujourd'hui. Tout le monde avait envie de savoir ce qui était arrivé. Pour Rebus, c'était différent, il savait ce qui s'était passé, mais le prouver serait une autre paire de manches. Siobhan Clarke n'avait pas encore pu trouver un moment pour s'entretenir avec le poignardé. Rebus devrait peut-être l'y inciter, surtout maintenant qu'elle pouvait apprendre à Rory McOozin ce qui était arrivé à la vitrine de son cousin.

À côté de sa voiture, était garée une Land-Rover 4 x 4, à l'intérieur de laquelle un énorme chien noir cherchait par tous les moyens à sortir. Les piétons faisaient un grand détour et ils avaient raison : la voiture bougeait en tous sens quand le chien se jetait sur la plage arrière. Rebus nota que le propriétaire, prévenant, avait laissé une fenêtre ouverte sur deux centimètres. Peut être s'agissait-il d'un piège pour voleur de voitures particulièrement stupide.

Rebus s'arrêta devant la fenêtre entrouverte et déroula la guirlande de saucisses à l'intérieur du véhicule. Elle tomba sur le siège et le chien la renifla à peine une nano-seconde avant de l'engloutir. La rue était bienheureusement calme quand Rebus rejoignit son propre véhicule.

– Au service de la communauté, se dit-il.

Au poste, il appela le Heartbreak Café où ce qui ressemblait à un message enregistré à la hâte disait que l'établissement était fermé pour cause de maladie. Dans le bureau de Brian Holmes il trouva une liste imprimée de noms et de numéros de téléphone ; ceux que Holmes utilisait le plus souvent. Certains avaient été soulignés au feutre bleu, y compris celui d'Eddie Ringan accompagné du signe (D).

De retour dans son bureau, Rebus passa son coup de téléphone. Pat Calder répondit à la troisième sonnerie.

— Monsieur Calder, ici l'inspecteur Rebus.
— Ah.

L'espoir dans la voix de Calder s'était évanoui.

— Des nouvelles de lui ?
— Aucune.
— Très bien, nous ouvrons une procédure officielle. C'est une personne disparue. Je vous envoie quelqu'un et...
— Pourquoi ne venez-vous pas vous-même ?

Rebus y réfléchit.

— Je n'y vois pas d'inconvénients, monsieur.
— Venez quand vous voudrez, aujourd'hui nous sommes fermés.
— Qu'est-il arrivé à Willie, la nouvelle petite merveille de chef ?
— Nous avons eu beaucoup de travail, plus que d'habitude.
— Il a flanché ?
— Il est sorti comme un fou de la cuisine en hurlant : *je suis le chef ! je suis le chef !* Il a piqué sa salade à une pauvre bonne femme et s'est mis à la dévorer à même le plat. Je crois qu'il avait dû se droguer.
— On dirait qu'il a poussé jusqu'au bout l'identification avec Elvis sur ses vieux jours. Je serai là dans une heure et demie, si cela vous convient.

Les « Colonies » de Strockbridge avaient été construites pour loger les travailleurs les plus pauvres, mais à présent elles attiraient surtout de jeunes créateurs d'entreprises. Elles avaient été conçues comme des duplex, un escalier de pierre bien raide conduisant au premier étage. Rebus trouvait l'endroit petit, en comparaison avec son appartement de Marchmont. Ici, pas de hauts plafonds, ni de grandes pièces aux fenêtres somptueuses ornées de volets décorés.

Mais il pouvait s'imaginer que les mineurs et leurs familles auraient trouvé cela confortable cent ans auparavant. Son propre père était né dans les corons du comté de Fife. Rebus se figurait que ç'avait dû y ressembler. Du moins de l'extérieur.

À l'intérieur, Pat Calder avait réussi l'incroyable. (Rebus était persuadé que l'aménagement et la décoration venaient de lui.) Des malles de navire en bois ornées de cuivre, d'élégantes lampes d'angles peintes en noir, des estampes japonaises dans des cadres décorés et une table au milieu de laquelle trônait un chandelier à sept branches, sans compter un vaste coin hi-fi – télévision. Mais d'Eddie, pas l'ombre d'un iota. Rebus s'assit sur un canapé en cuir noir et désigna un haut-parleur de la taille d'un cercueil.

– Les voisins ne se plaignent jamais ?
– Tout le temps, admit Calder. Eddie est au sommet du bonheur quand le voisin quatre maisons plus loin téléphone pour dire qu'il ne peut plus entendre sa télé.
– Un garçon plein d'égards, hein ?
Calder sourit.
– Eddie n'a jamais vraiment été diplomate.
– Vous vous connaissez depuis longtemps ?

Calder, allongé à même le sol, la nuque posée sur un coussin en forme de haricot, rejetait nerveusement la fumée d'une cigarette de Sobranie brun.

– Deux ans, par intermittence. Nous nous sommes installés ensemble au moment où nous avons eu l'idée du Heartbreak.
– Comment était-il ? En dehors du restaurant, je veux dire.
– Il pouvait être exceptionnel, et l'instant d'après se comporter en enfant gâté.
– Vous le gâtiez ?
– Je le protégeais, enfin j'essayais.
– Et comment était-il quand vous vous êtes rencontrés ?
– Il buvait encore plus que maintenant, si vous pouvez croire cela possible.
– Il ne vous a jamais dit pourquoi il avait commencé ?

Rebus avait refusé une cigarette, mais la fumée lui chatouillait les narines. Peut-être allait-il devoir revoir sa position.

– Il disait qu'il buvait pour oublier. Vous allez me demander, oublier quoi ? Et je vais vous répondre qu'il ne me l'a jamais dit.

– Il n'y a même jamais fait allusion ?
– Je crois que Brian Holmes en sait plus que moi.

Doux Jésus, ne serait-ce pas un soupçon de jalousie ? Rebus eut soudain la vision de Calder frappant Holmes sur la caboche... et peut-être en faisant autant avec Eddie la Foudre... ?

Calder éclata de rire.

– Je ne pourrais pas lui faire de mal, inspecteur. Je sais à quoi vous pensez.

– Cela doit être frustrant, pourtant ? Ce génie, comme vous l'appelez, qui fout tout en l'air pour la bibine. Les personnes dans son genre ont besoin que l'on s'occupe beaucoup d'elles.

– Vous avez raison, cela peut devenir frustrant au bout du compte.

– Particulièrement quand ils sont en permanence dans le gaz.

Calder se rembrunit, soufflant la fumée de sa cigarette par les narines.

– Pourquoi dites-vous dans le gaz ?
– Ça veut dire saoul.
– Je sais ce que ça veut dire. Mais il y a bien d'autres mots pour le dire. C'est que justement Eddie avait ces cauchemars. À propos d'être gazé, ou d'avoir gazé des gens. Avec de *vrais gaz* vous comprenez. Comme dans les camps de concentration.
– Il vous a parlé de ses rêves ?
– Oh non, mais il criait souvent dans son sommeil. Bon nombre d'hommes sont morts dans les chambres à gaz, inspecteur.
– Vous croyez que c'est à cela qu'il faisait allusion ?

Calder écrasa sa cigarette dans un pot de chambre qui était à côté de la cheminée. Il se leva brusquement.

– Venez, je veux vous montrer quelque chose.

Rebus avait déjà visité la cuisine et la salle de bains, aussi réalisa-t-il que la porte vers laquelle le menait Calder devait être celle de l'unique chambre à coucher. Il ne savait pas trop à quoi s'attendre.

– Je sais à quoi vous pensez, dit Calder en ouvrant grand le battant. C'est entièrement l'œuvre d'Eddie.

Et quelle œuvre. Un immense lit à deux places recouvert avec ce qui ressemblait à plusieurs peaux de zèbres. Et sur les murs, plusieurs grands portraits de ce prétendu diamant qu'était Elvis, en train de chanter, le visage volontairement flou dans un mélange de rose et de paillettes. Rebus leva les yeux. Il y avait un miroir au plafond. Il supposait que quelle que soit la position que vous preniez sur ce lit, vous pouviez voir une combinaison blanche qui tenait un micro brandi bien haut.

– Chacun ses fantasmes, commenta-t-il.

Il rendit visite à Clarke et Petrie pendant quelques heures, uniquement pour montrer sa bonne volonté. Sans surprise, Jardine avait été remplacée par un jeune homme qui s'appelait Haggacent et possédait un stock de calembours et de jeux de mots qu'on n'osait plus utiliser depuis l'invention du poste à galène.

– Haggacent par le nom, se présenta l'agent de communication, Aga Khan par nature.

Disons depuis l'invention du morse. Rebus commençait à se demander si ç'avait été une tellement bonne idée d'avoir appelé le directeur de Jardine pour le traiter de noms exotiques pendant vingt minutes.

– Ici, c'est moi qui raconte les blagues, prévint-il.

Au cours de sa vie, Rebus avait déjà passé des après-midi plus trépidants. Par exemple quand son père l'emmenait voir jouer l'équipe de réserve de Cowdenbeath à domicile contre Dundee. Il ne réussit à rompre la monotonie de cette journée qu'en descendant chercher des pâtisseries à la boulangerie la plus proche, bien que cette activité ait été formellement *verboten*. Il se garda la part de flan, en épluchant le dessus pour en retirer le glaçage. Haggacent lui demanda s'il pouvait prendre le reste. Rebus fit non.

Siobhan Clarke donnait l'impression d'avoir reçu un paquet de trucs déplaisants en pleine figure. Elle essayait de ne pas le montrer, et elle souriait chaque fois qu'elle se rendait compte qu'il la regardait, mais quelque chose ne tournait pas rond. Rebus ne pouvait lui demander ce que c'était au risque de l'embarrasser. Il lui vint à l'esprit que ça avait un rapport avec Brian... peut-être avec Brian et Nell. Il lui parla de la vitrine de Sanzaw.

– Occupez-vous-en, dit-il. Cherchez McOozin. S'il n'est pas chez lui, allez à l'hôpital. Il travaille au laboratoire, non ?

– D'accord.

Décidément, elle avait quelque chose qui n'allait pas.

Comme ses prérogatives le lui permettaient, en fin de compte, Rebus s'excusa et partit. À St Leonard il trouva un message lui demandant d'appeler Mairie Henderson au journal.

– Mairie ?
– Inspecteur, ça ne m'a pas pris longtemps.
– Vous êtes presque la dernière piste que j'aie.
– C'est bon de se sentir désirée.

Elle avait une façon d'être sarcastique sans pour autant vous mettre sur les nerfs.

– Mais ne vous emballez pas trop.
– Votre rédac'chef n'a pas pu se rappeler.
– Seulement que c'était autour du mois d'août, ce qui fait trois mois après que le Central a brûlé.
– Ça peut vouloir tout et rien dire.
– J'ai fait de mon mieux.
– Merci, Mairie.
– Attendez, ne raccrochez pas ! (Rebus n'en avait pas l'intention.) Il m'a confié quelque chose. Apparemment c'est un petit truc qui lui est revenu.

Elle fit une pause.

– Quand vous voudrez, Mairie.
– Quand je voudrai, inspecteur, et elle refit une pause.
– Vous tirez sur une clope ?
– Et si je le faisais ?
– Depuis quand avez-vous commencé à fumer ?
– C'est meilleur que de mâcher des crayons.
– Vous mettez votre vie en péril.
– On dirait mon père.

Vlan, voilà qui le ramenait sur terre. Alors qu'il s'imaginait qu'ils étaient en train de... de quoi ? De draguer ? De se draguer l'un l'autre ? *Ouais, dans tes rêves, John Rebus*. Elle venait de lui rappeler que la différence d'âge entre eux était rien moins qu'insignifiante.

– Vous êtes toujours là, inspecteur ?
– Désolé, j'avais perdu ma prothèse auditive. Il a dit quoi, votre rédac'chef ?

– Vous vous rappelez cette histoire où Aengus Gibson se trompe d'appartement.

– Je m'en souviens.

– Eh bien, la femme chez qui il est entré par effraction avait pour nom Mo Johnson.

Rebus sourit. Mais son sourire s'évanouit aussitôt.

– C'est un nom qui sonne comme un signal d'alarme.

– C'est un joueur de football.

– Je sais bien que c'est un joueur de football. Mais une Mo Johnson femelle, c'est ça le signal d'alarme.

Mais le signal était faible, trop faible.

– Tenez-moi au courant si vous découvrez quelque chose.

– Comptez sur moi, Mairie. Et, Mairie ?

– Quoi ?

– Ne rentrez pas trop tard.

Rebus coupa la communication.

Mo Johnson. Ce devait être le diminutif de Maureen. Où avait-il déjà entendu ce nom ? Il savait où vérifier. Mais si Watson était mis au courant, ça voudrait dire encore plus d'embêtements. Bah, que Watson aille au diable de toute façon. Il n'était après tout que l'esclave d'un grain de café. Rebus s'installa devant la console d'ordinateur et entra les données, accédant au dossier d'Aengus Gibson. L'anecdote était enregistrée mais aucune plainte n'avait été déposée. Le nom de la femme n'était pas mentionné et il n'y avait aucune trace de son adresse. Mais puisque Gibson était impliqué, la police judiciaire s'y était intéressée. Il ne faut pas toujours compter sur la base pour enterrer les choses correctement.

Et regardez donc qui était l'officier chargé de l'enquête : le sergent Jack Morton. Rebus éteignit l'ordinateur et reprit le téléphone. Le combiné était encore tiède.

– Vous avez de la chance, il est revenu du pub il y a juste cinq minutes.

« Fous le camp, raclure de cabinet », entendit Rebus pendant que Morton se saisissait de l'appareil.

– Allô ?

Deux minutes plus tard, grâce à ce qui restait de la mémoire de Jack Morton, Rebus avait l'ancienne adresse de Mo Johnson.

Une journée pleine de contraste. De la boulangerie à la boucherie, des hauteurs des Colonies à Gorgie Road. Et à présent à la pointe de Dean Village. Rebus n'était plus venu de ce côté depuis la montée des eaux de la Leith. Il avait oublié à quel point c'était beau. À l'abri d'une colline escarpée au bout de Dean Bridge, le quartier donnait l'illusion de la tranquillité de la campagne. Et pourtant, il n'était qu'à cinq minutes à pied du West End et de Princes Street.

Bien sûr ils avaient commencé à l'amocher. Les promoteurs avaient passé le nœud coulant autour des parcelles vides et des bâtiments décrépis, et ils avaient serré jusqu'à les avoir tous. Le résultat avait été, pour ces nouveaux appartements, des prix aussi astronomiques que ceux de Bell's Brae, qui ahurissaient Rebus. Toutefois, Mo Johnson n'avait pas vécu dans l'un de ces immeubles neufs. Non, elle avait logé dans la partie principale d'un immeuble plus ancien au pied de la colline, avec vue sur les eaux de la Leith et Dean Bridge. Mais elle n'habitait plus là, et ceux qui l'avaient remplacée montraient beaucoup de réticence à laisser Rebus entrer. Ils ne croyaient pas avoir sa nouvelle adresse. Il y avait eu un autre locataire entre son départ et leur arrivée. Peut-être avaient-ils l'adresse de ce locataire-là, bien que ça date déjà de plusieurs années.

Savaient-ils quand Mlle Johnson elle-même avait déménagé ?

Il y avait quatre ans, peut-être cinq.

Ce qui ramenait Rebus à l'incendie de l'hôtel Central. Quoi qu'il fasse dans cette affaire, tout semblait le projeter cinq ans en arrière, à une période où quelque chose était arrivé, qui avait changé la vie de pas mal de gens et coûté la vie à une personne au moins. Il s'assit dans sa voiture, se demandant quoi faire. Il avait bien une piste. Mais il l'avait écartée jusque-là. Si se colleter avec les Gibson lui avait coûté des points de bonus, il s'effrayait à l'idée de ce que lui coûterait une discussion avec le seul autre individu qui, semblait-il, pourrait lui être d'un quelconque secours.

Secours ? Quelle blague. Mais Rebus voulait quand même le rencontrer. *Doux Jésus, si Flower apprenait ça, ce serait la fête nationale.* Il achèterait des tentes, de la nourriture et de la boisson et inviterait tout le monde à la plus grande fiesta de tous les temps. Depuis Lauderdale jusqu'au chef de la police, ils tireraient suffisamment de fusées de feu d'artifice pour faire tourner une centrale électrique.

Oui, plus Rebus y songeait, et plus il pensait que c'était la bonne chose à faire. La bonne chose ? Il avait tellement peu d'alternatives que c'était la seule et unique chose à faire. Et pour se montrer optimiste, s'il se faisait prendre, au moins la fête conduirait la Mauvaise Herbe à la faillite...

20

Il appela d'abord, Morris Cafferty n'étant pas quelqu'un chez qui on pouvait débarquer à l'improviste.

– Dois-je faire venir mon avocat ? grogna Cafferty d'un ton goguenard. Je vais vous épargner de me répondre, minable. Je n'en ferai foutrement rien. Parce que j'ai ici quelque chose de fichtrement plus efficace qu'un foutu avocat ou même qu'un juge marron. J'ai un chien de garde qui vous bouffera les tripes si je lui demande seulement de vous lécher les côtes. Soyez là à 18 heures.

Le récepteur à nouveau silencieux, il laissa Rebus la bouche sèche. Il tentait de se persuader que ce salaud ne l'impressionnait pas. En revanche, ce qui l'effrayait un peu était l'idée qu'un membre quelconque de la brigade de Répression des Fraudes avait sans doute mis Cafferty sur écoute. Rebus avait l'impression d'avancer dans un couloir dont toutes les portes se refermaient derrière lui. Il eut la vision d'une chambre à gaz qui l'attendait au bout et frissonna. Ça changeait les perspectives.

Il n'était plus très loin de six heures. Les dentistes, eux au moins, mettaient des revues à la disposition de leurs clients pour leur faire passer le temps.

Morris Gerald Cafferty habitait un hôtel particulier de la banlieue chic de Duddingston. On parlait de Duddingston comme d'une banlieue à cause du Trône d'Arthur et des collines de

Salisbury qui le séparaient du centre d'Édimbourg. Cafferty adorait vivre à Duddingston, principalement parce que ça ennuyait ses voisins – des médecins, des avocats ou des banquiers – mais aussi parce que ça le rapprochait de son lieu de naissance, tant physique que spirituel : Craigmillar. Cette cité était l'un des pires projets d'urbanisme jamais appliqués à l'agglomération d'Édimbourg. Cafferty avait grandi là et c'était là aussi, au voisinage de Niddrie, qu'il avait eu ses premiers gros ennuis. Il était le chef de la bande de Craigmillar et ils avaient fait une descente à Niddrie pour en faire fuir leurs rivaux. Il y avait eu blessure, à l'arme blanche... en réalité, une barre de fer rouillée. La police avait découvert à cette occasion que le jeune Cafferty avait déjà eu des problèmes à l'école pour avoir « accidentellement » planté un stylo-bille dans l'œil de l'un de ses petits camarades.

Ç'avait été le début anodin d'une longue carrière.

À l'extrémité de la voie privée, le portail ouvragé s'ouvrit automatiquement devant la voiture de Rebus. Il s'engagea sur une allée recouverte de graviers et bordée d'arbres centenaires. Depuis la route principale, on avait un vague aperçu de la maison, sans plus. Mais Rebus était déjà venu poser des questions et procéder à une arrestation. Il connaissait l'existence d'une maisonnette dissimulée derrière la demeure principale qui lui était reliée par un passage couvert. À l'époque où les commerçants de la ville pouvaient encore se loger dans ce quartier, le petit bâtiment avait servi de réserve. L'allée de graviers se divisait en deux, desservant l'avant et l'arrière de la maison de maître. Un homme indiqua à Rebus de se diriger derrière, vers l'entrée de service. L'homme était vraiment grand et arborait une coupe de cheveux qui aurait convenu à un motard : très courte devant et longue derrière pour dissimuler les oreilles. Où Cafferty pouvait-il bien recruter ses videurs ?

Le costaud le suivit jusqu'à l'arrière de la maison. Rebus savait où se garer. Il y avait trois places de parking, deux vides et la troisième occupée par un break Volvo. Ce dernier disait quelque chose à Rebus, bien qu'il n'ait pas appartenu à Cafferty. La collection de voitures de celui-ci se trouvait bien à l'abri dans le vaste garage. Il possédait une Bentley et une Triumph T-Bird de 1963 rouge cerise qu'il ne conduisait jamais. Pour son usage quotidien il avait la Jaguar, une XJS-HE. Le week-end il conduisait son increvable Rollier qu'il avait acquise plus de quinze ans auparavant. L'homme ouvrit la portière de Rebus et, lorsqu'il sortit de son véhicule, il lui désigna la petite maison.

— Donc c'était complet chez Jean-Louis David, fit mine de remarquer Rebus.

— Hein ?

L'homme lui présenta son profil droit.

— Laissez tomber.

Il s'apprêtait à s'éloigner mais il fit un arrêt.

— Vous ne vous seriez pas déjà battu avec un type qui s'appelle Dougary ?

— Ça vous r'garde pas.

Rebus eut un haussement d'épaule. Le grand type referma la portière et le regarda s'éloigner. Il n'avait pas eu l'occasion de jeter un coup d'œil à la vignette de la Volvo ou à son contenu ; il n'avait plus qu'à mémoriser la plaque minéralogique.

Rebus ouvrit la porte de la petite maison et fut accueilli par une vague de chaleur et d'humidité. On n'avait conservé du bâtiment d'origine que les quatre murs pour y installer une piscine et une salle de gymnastique. La piscine en forme de haricot était flanquée d'un petit bassin circulaire, un jacuzzi, probablement. Rebus professait depuis toujours un profond mépris pour les piscines en haricot : impossible d'y faire des longueurs. Non qu'il soit un grand nageur, mais tout de même.

— Alors, l'homme de paille, on vient me faire perdre mon temps ?

Au début, il n'avait pas vu Cafferty même s'il avait distingué aussitôt qui se tenait au-dessus de lui. Le caïd était allongé sur une table de massage, la tête posée sur une pile de serviettes moelleuses. Il se faisait masser le dos par l'Organiste, lequel possédait justement un break Volvo. L'Organiste faisait manifestement mine de ne pas reconnaître Rebus et, à un moment où Cafferty ne le regardait pas, Rebus fit un signe imperceptible pour signifier qu'il ne le trahirait pas. Cafferty s'était tourné sur le dos et entreprenait de reprendre une position verticale. Il fit jouer les muscles de son dos et de ses épaules.

— C'est magique, dit-il.

Il ôta la serviette qui lui ceignait les reins et s'avança pieds nus vers Rebus.

— Comme tu peux le voir, l'homme de paille, je ne cache pas d'arme.

Son rire grinçait comme un violon aux mains d'un débutant.

— Je ne vois pas de... commença Rebus en regardant autour de lui.

Mais soudain il fut là, se hissant péniblement hors de la piscine. Rebus n'avait pas remarqué qu'il avait plongé pour récupérer un os. Et pas un os en plastique. Le monstre noir laissa tomber son trophée aux pieds de Cafferty, flaira les jambes de Rebus et s'ébroua pour se sécher, éclaboussant l'inspecteur des pieds à la tête.

— Bon chien, Kaiser, lui fit Cafferty.

Le gardien du parking les avait rejoints dans la chaleur épaisse. Rebus désigna ce qui l'entourait.

— J'espère que vous avez demandé un permis pour faire tout ça.

— Tout est légalement enregistré, l'homme de paille. Vous feriez bien de vous changer.

— Me changer, pourquoi ?

— Ne vous inquiétez pas, vous ne restez pas pour le dîner, dit Cafferty avec un nouvel éclat de son rire grinçant. Non, mais je vais courir et vous allez en faire autant... si vous voulez me parler.

Courir, doux Jésus ! Cafferty se retourna pour se diriger vers ce qui semblait un vestiaire. En passant, il gratifia l'Organiste d'une tape amicale.

— C'était magique. Même heure la semaine prochaine ?

Il était bardé de muscles et ses pectoraux auraient rendu jaloux plus d'un fermier des alentours. Il avait des poignées d'amour, mais pas si épaisses que ça. Pas de doute, le Gros Gerry gardait la forme. Ses fesses et le haut de ses cuisses étaient bien recouvertes de « peau d'orange », mais ses abdominaux étaient impeccables. Rebus tenta de se souvenir de la dernière fois où il avait vu Cafferty. Au tribunal, sans doute... Rebus aurait bien échangé quelques mots avec l'Organiste mais comme le gorille du parking était assez proche pour les surprendre, il n'y avait pas moyen. Qui aurait pu dire ce que pouvait entendre un homme auquel il manquait une oreille ?

— Il y a du matos, là. Vous devriez trouver quelque chose à votre taille.

Le « matos » c'étaient des sweat-shirts, des shorts de gym, des chaussettes en coton blanc et des chaussures de jogging... et un bandeau. Qu'on essaie seulement de lui faire porter un bandeau... Mais Cafferty en portait bien un, lui, en sortant du vestiaire. Un bandeau assorti au haut de son survêtement et à son short d'un blanc immaculé. Il commença à s'échauffer tandis que Rebus entrait dans la cabine pour se changer. *Mais qu'est-ce que je suis en train de foutre ?* se demandait-il. Il s'était figuré un bon nombre de choses, ça, jamais. Dans la vie, il y a des épreuves difficiles à traverser, mais aujourd'hui, il le savait, ce serait une véritable torture.

– Où allons-nous ? demanda-t-il en quittant la maisonnette surchauffée pour pénétrer dans la fraîcheur du crépuscule.

Il ne portait pas de bandeau et avait volontairement enfilé le maillot à l'envers. Il y était écrit en gros *Bottez-moi le cul si je m'arrête*, une expression du sens de l'humour de Cafferty.

– Parfois, je vais jusqu'au lac de Duddingston et parfois en haut de la colline. Choisissez.

Le Gros Gerry sautillait sur place.

– Le lac.

– D'accord, répondit le Gros, et ils s'élancèrent.

Rebus passa les cinq premières minutes à se demander si son corps allait accepter ce traitement et c'est pourquoi il fut lent à repérer qu'une voiture les suivait. C'était la Jaguar que le gardien du parking conduisait le plus lentement possible.

– Vous vous souvenez de la dernière fois où vous avez cherché à m'accuser, dit le Gros Gerry.

Ce n'était pas mal comme ouverture et Rebus approuva intérieurement. Ils couraient côte à côte sur un parcours fort encombré. Il se demandait si un policier en civil était en train de mitrailler la scène.

– C'était à Glasgow, reprit Cafferty.

– Je m'en souviens.

– Verdict : non coupable, évidemment.

Le Gros Gerry grimaça un sourire qui montrait toutes ses dents. Dans le souvenir de Rebus, elles étaient gris-vert. Aujourd'hui elles éclataient d'un blanc immaculé. Et ses cheveux... Ils étaient plus épais, non ? Il avait dû se faire poser des implants.

— À propos, j'ai entendu dire que vous étiez parti pour Londres après ça, pour y prendre un peu de bon temps.
— On peut voir ça comme ça.
Ils coururent une minute en silence. L'allure n'était pas tellement soutenue, mais Rebus n'était pas non plus au mieux de sa forme. En fait, ses poumons approchaient de la zone rouge, menaçant d'entrer en auto-combustion.
— Vous êtes un peu dégarni, derrière la tête, remarqua Cafferty. Vous devriez vous faire faire des implants.
Rebus sourit à son tour, son hypothèse à propos des implants était confirmée.
— Vous savez bien que j'ai été brûlé.
— Oui, et je sais même par qui.
— Mais c'est d'un autre incendie que je désirerais vous parler.
— Ah ouais ?
— De celui du Central.
— De l'hôtel Central ? Mais ça remonte à l'époque préhistorique.
Rebus éprouva un certain plaisir à constater que Cafferty avait lui aussi du mal à trouver son souffle.
— Pas pour moi.
— Qu'est-ce que j'ai à voir là-dedans ?
— Deux de vos hommes étaient présents ce soir-là. Ils jouaient au poker.
— Impossible, fit Cafferty en appuyant ces mots d'un signe de dénégation. Je n'emploie jamais de joueurs. C'est défendu par la Bible.
— Du lever au coucher du soleil, tout ce que vous faites, quoi que ce soit, est interdit par l'un ou l'autre des Livres saints, Cafferty.
— S'il vous plaît, l'homme de paille, appelez-moi monsieur Cafferty.
— Je vous appellerai comme je veux.
— Et moi je continuerai à vous appeler l'homme de paille.
Ce surnom l'agaçait... à chaque fois qu'il l'entendait. Ça s'était produit au procès de Glasgow. Le procureur, qui avait mal lu ses notes, avait confondu Rebus avec le seul autre témoin à charge, un tenancier de bar du nom de Depail.
— Venons-en au fait, inspecteur Depail.

Ah ! ça, ça avait fait rire Cafferty, si fort qu'il avait manqué s'en étouffer sur le banc des accusés. Il avait vrillé Rebus du regard et répété le nom tel qu'il l'avait entendu : Depaille.

— Comme je vous le disais, continua Rebus, il s'agissait de deux de vos gros bras : Tam et Eck Robertson.

Ils passaient devant le pub à l'enseigne de *La Tête de Mouton* et Rebus eut la tentation désespérée de s'y engouffrer, ce dont se doutait Cafferty.

— Je vous offrirai une tisane en rentrant. Faites attention !

L'avertissement concernait une crotte de chien que Rebus évita de justesse.

— Merci, grommela Rebus.

— C'était pas pour vous, c'était pour mes chaussures, répliqua Cafferty. À propos, vous avez entendu parler des « fleurs d'Édimbourg » ?

— C'est un groupe de rock ?

— Non, c'est des canettes. Tout le monde avait pris l'habitude de jeter ses canettes vides par les fenêtres, dans la rue. Il y en avait tellement que les habitants ont fini par les appeler les « fleurs d'Édimbourg ». J'ai lu ça dans un livre.

Rebus sourit en pensant à Alister Flower.

— Ce doit être agréable pour vous de vivre dans cet environnement.

— Effectivement, répondit Cafferty, sans la moindre trace d'ironie. Eck et Tam Robertson, hein ? Les frères Brunet. Je ne veux pas vous mentir, ils ont bien bossé pour moi. Tam, quelques semaines, Eck, un peu plus longtemps.

— Je me garderai bien de vous demander leurs fonctions.

— Oh, ils accomplissaient des tâches diverses, sourit Cafferty.

— Ça peut vouloir dire bien des choses.

— Écoutez, je ne vous ai jamais demandé de venir. Mais, puisque vous êtes là, je réponds à vos questions. Ça vous va ?

— Je vous en suis reconnaissant, vraiment. Vous m'avez dit que vous ne saviez pas qu'ils étaient à l'hôtel Central cette nuit-là.

— En effet.

— Vous savez ce qu'ils sont devenus, après ?

— Ils n'ont plus travaillé pour moi. En tout cas, plus ensemble. Tam est parti le premier, je crois. Tam d'abord, et puis Eck. Tam était un crétin, l'homme de paille, un perdant né. Je ne peux pas me permettre d'utiliser des perdants. Je ne l'avais engagé qu'à cause d'Eck. Lui, il bossait bien. (Il s'absorba une minute dans ses pensées.) Vous les recherchez ?

— C'est ça.

— Je ne peux pas vous aider, désolé.

Rebus se demandait si les joues de Cafferty étaient à moitié aussi rouges qu'il imaginait les siennes. Il avait un point de côté et appréhendait le trajet de retour.

— Vous croyez qu'ils ont un rapport avec le cadavre ? reprit Cafferty.

Rebus fit signe que oui.

— Qu'est-ce qui vous rend si sûr ?

— Je ne suis sûr de rien, mais s'ils avaient vraiment quelque chose à voir avec ce corps, je suis prêt à parier que vous étiez derrière.

— Moi ? (Cafferty éclata cette fois d'un rire affecté.) Si j'ai bonne mémoire, j'étais en vacances à Malte avec quelques amis, à l'époque.

— Il semble que vous ayez toujours des amis à vos côtés dès qu'il se passe quelque chose.

— J'aime vivre en groupe, je n'y peux rien si on apprécie ma compagnie. Vous savez ce que j'ai lu à propos de l'Écosse ? Le pape l'appelle « le derrière de l'Europe ».

Cafferty ralentit et s'arrêta. Ils étaient presque au sommet de la butte qui domine le lac de Duddingston. On distinguait à peine la ville en contrebas.

— Difficile à croire, n'est-ce pas ? Le « derrière de l'Europe ». Ce n'est pas du tout l'image que j'en ai.

— Ouf ! Je n'en sais rien, souffla Rebus, plié en deux, les mains sur les genoux. Mais si c'est son derrière... (Il releva les yeux.) Alors je saurai où planter le thermomètre.

Le rugissement de rire de Cafferty se répercuta alentour. Il prenait de profondes inspirations, essayant de recouvrer son souffle. Quand il reprit la parole, il chuchotait, bien qu'il n'y ait eu personne à proximité pour saisir ses paroles.

— Mais nous sommes un peuple cruel, homme de paille. Tous, vous comme moi. Tous des vampires.

Tous deux penchés en avant, leurs visages se touchaient presque. Rebus ne quittait pas l'herbe des yeux.

— Quand ils ont exécuté Burke, le pilleur de tombes, reprit Cafferty, ils ont fabriqué des souvenirs avec sa peau. J'en possède un à la maison. Je vous le montrerai. (Sa voix donnait à Rebus l'impression de sortir de son propre cerveau.) Nous aimons faire face à la douleur, poursuivit-il. C'est la vérité et je suis prêt à parier que même vous, homme de paille, vous avez un certain goût pour la souffrance. Vous avez mal partout, mais vous avez continué à courir, vous n'avez pas abandonné. Pourquoi ? Parce que vous *aimez* souffrir. C'est ce qui fait de vous un véritable calviniste.

— Et c'est ce qui fait de *vous* un danger.

— Moi, je ne suis qu'un simple homme d'affaires qui s'est arrangé pour survivre à cette maladie qu'on nomme la récession.

— Non, vous êtes bien plus que ça, fit Rebus en se redressant. Vous êtes la maladie personnifiée.

Cafferty le regarda comme s'il allait le frapper, mais, au lieu de ça, il lui flanqua une bourrade dans le dos.

— Allons-y, il est temps de rentrer.

Rebus s'apprêtait à négocier quelques minutes de répit supplémentaires lorsqu'il vit Cafferty se diriger vers la Jaguar.

— Quoi ? s'étonna Cafferty. Vous vous imaginiez que je faisais l'aller et le retour ? En route, votre tisane vous attend.

Et ce fut bien de la tisane qu'on servit à Rebus au bord de la piscine après qu'il se fut douché et qu'il eut remis ses vêtements de ville. Il avait l'impression qu'on avait fouillé son portefeuille et son agenda en son absence mais il n'y avait rien à y découvrir. D'une part, il avait pris avec lui, coincés dans la ceinture de son short, son insigne de policier et ses cartes de crédit et d'autre part, il devait avoir juste assez de liquide pour acheter le pain et le journal.

— Désolé, je ne peux rien de plus pour vous, déclara Cafferty quand il se fut assis.

— Vous pourriez, si vous vouliez, répliqua Rebus en tentant de calmer le tremblement de ses jambes.

Il n'avait pas fait autant d'efforts depuis son dernier déménagement.

Cafferty eut une vague réaction. Il portait à présent un slip de bain, trop large, aux couleurs agressives. En se séchant, il laissa voir une partie suffisante de la raie de ses fesses pour qu'on ait pu le prendre pour un travailleur du bâtiment.

Pendant ce temps, le monstre canin s'était couché le long de la piscine et se léchait consciencieusement les flancs. De l'os qu'il avait mâchonné, plus aucune trace. Soudain, Rebus reconnut l'animal.

— Vous possédez un 4 x 4 ?

Cafferty acquiesça.

— Je l'ai vu garé devant la boucherie Sanzaw sur South Clerck Street. Ce monstre était à l'arrière.

— C'est la voiture de ma femme.

— Elle conduit souvent le chien en ville ?

— C'est là qu'elle achète les os pour Kaiser. En plus, il revient bien moins cher qu'une alarme. (Cafferty sourit tendrement au chien.) Et je n'ai encore rencontré personne qui l'ait pris en défaut.

— On pourrait essayer avec des saucisses...

Mais Cafferty ne pouvait pas saisir l'allusion. Rebus se rendit compte qu'il n'arrivait à rien. Le moment était venu d'essayer une dernière tactique. Il vida sa tasse. Le breuvage avait un vague goût de menthe verte.

— Un de mes collègues qui tentait de remonter la piste des frères Robertson s'est retrouvé à l'hôpital, dit-il.

— Vraiment ? (Cafferty avait l'air sincèrement surpris.) Qu'est-ce qui s'est passé ?

— Il s'est fait attaquer derrière un restaurant, le Heartbreak Café.

— Bon sang ! Et il a retrouvé Tam et Eck ?

— S'il les avait trouvés, je n'aurais pas eu besoin de venir vous voir.

— J'avais pensé que c'était peut-être un prétexte pour évoquer le bon vieux temps.

— Quel bon vieux temps ?

— Bien sûr, vous avez l'air aussi méchant qu'avant. Mais pas moi. J'ai arrêté mes conneries. (Il but une gorgée de tisane comme pour souligner son propos.) J'ai changé.

Rebus manqua d'éclater de rire.

— Vous avez tellement servi cette réplique au tribunal que vous commencez à y croire vous-même !

– Mais c'est la vérité.
– Donc, vous ne m'enverriez pas de gens pour essayer de me faire peur ?

Cafferty se renversa en arrière. Il caressait le flanc de son chien d'une main et le grattait furieusement entre les oreilles de l'autre.

– Oh ! non, homme de paille. Il est loin le temps où j'aurais utilisé des clous de quinze centimètres pour vous fixer au parquet d'une maison en démolition. Et où je vous aurais chatouillé les amygdales à la gégène.

Il s'échauffait et excitait son chien.

Rebus ne perdit pas son calme. En fait, il souhaitait rajouter un article sur la liste.

– Ou bien me pendre par les pieds sous le pont de la ligne de Forth ?

Le silence se fit. On n'entendait plus que le bouillonnement du jacuzzi et les halètements du chien. Soudain, la porte s'ouvrit, découvrant le visage d'une femme qui souriait ingénument.

– Morris, dîner dans dix minutes.
– Merci, Mo.

La porte se referma et Cafferty se leva, imité par le chien.

– Bon, homme de paille, ça m'a fait plaisir de bavarder mais je dois aller prendre une douche avant de manger. Mo n'arrête pas de se plaindre que je sens le chlore. Et je ne cesse de lui répéter qu'on n'aurait pas besoin de mettre autant d'eau de Javel si les invités ne pissaient pas dans la piscine. Mais elle accuse Kaiser !

– C'est votre... euh...?
– Ma femme, depuis quatre ans et trois mois.

Rebus acquiesça. Il savait que Cafferty était marié. Il avait simplement oublié le nom de l'heureuse élue.

– Si quelqu'un m'a changé, c'est bien elle, poursuivait Cafferty. Elle m'a fait lire un tas de livres.

Les nazis aussi lisaient des livres !

– Encore une question, Cafferty ?
– Monsieur Cafferty, allez, faites-moi plaisir.

Rebus avala sa salive :

– Monsieur Cafferty, quel était le nom de jeune fille de votre épouse ?

– Morag, répondit Cafferty, surpris par la question. Morag Johnson.

Puis il trottina vers la douche, quittant son maillot et montrant volontairement ses fesses à Rebus.

Morag Johnson, bien sûr. Rebus était prêt à parier que bien peu de gens auraient essayé une plaisanterie sur Mo Johnson en face du Gros Gerry. Mais il savait où il avait entendu ce nom auparavant. La femme dans l'appartement de laquelle Aengus Gibson était entré par effraction avait épousé le Gros Gerry Cafferty peu de temps après. Si peu de temps après, en fait, qu'obligatoirement ils devaient déjà être en relation à l'époque de l'effraction. Rebus tenait le fil qui reliait Aengus Gibson, les frères Brunet et le Gros Gerry. Il n'avait plus qu'à découvrir ce que diable ça pouvait vouloir dire.

Il se leva de son siège, provoquant un grognement sourd de la part du sale chien. Il se dirigea lentement et calmement vers la porte. Il savait que le Gros Gerry n'avait qu'un mot à dire depuis la douche pour que Kaiser se précipite sur lui plus vite que sur un réverbère quand il avait envie de pisser. En passant la porte, il se remémora les scénarios des tortures douloureuses que Cafferty lui avait aimablement décrites.

John Rebus remercia une fois de plus le ciel de ne pas avoir porté de flingue.

Mais il y avait autre chose. Le Gros Gerry avait eu l'air surpris quand il avait mentionné ce qui était arrivé à Holmes. Comme s'il n'avait réellement pas été dans le coup. On pouvait ajouter à ça l'intérêt qu'il avait manifesté à savoir si Holmes avait réussi à retrouver Tam et Eck Robertson.

Rebus repartait avec plus de questions que de réponses. Mais sur un point, il avait une certitude : Cafferty était bien derrière l'enlèvement de Michael. À présent, il en était certain.

21

– Mais c'est pas vrai ! dit Siobhan Clarke.
– Ben si, répondit Peter Petrie.
Il n'avait plus de pellicule. Mais des tas de piles de rechange. Plein de piles, mais pas le moindre bout de film. C'était le premier incident du jeudi et la dernière chose dont Siobhan avait besoin.
– Alors, tu ferais bien d'aller en chercher, fissa, reprit le garçon.
– Pourquoi moi ?
– Parce que *moi*, j'ai mal.
Ce qui était vrai. Il souffrait mille morts à cause de son nez et avait passé la journée de la veille à se plaindre. À tel point que l'exaspérant M. Haggacent avait perdu à la fois son sens de l'humour et son sens de la repartie et lui avait ordonné de « fermer sa gueule ». Depuis, ils ne se parlaient plus et Siobhan se demandait si c'était une bonne chose de les laisser en tête à tête.
– C'est une pellicule spéciale, continuait Petrie.
Il farfouilla dans la mallette de matériel photo et en sortit un emballage vide dont il déchira les références.
– Voilà, c'est ça, conclut-il.
– Ça, dit-elle en saisissant le morceau de carton, ça me troue le cul !
– Essaie « Les Piles », dit Haggacent.
– C'est censé être drôle ? fit-elle en se tournant vers lui.
– Non, c'est le nom d'un magasin de photo sur Morrison Street.

— Eh ! Mais c'est à des kilomètres !
— Prends ta voiture, suggéra Petrie.
Siobhan prit son sac à main.
— Une saleté pareille, j'en trouverai certainement avant Morrison.

Dix minutes plus tard, toujours dépourvue de pellicule et bien que la bise ne fût venue, elle dut convenir qu'il y avait fort peu de demande pour du film extra-sensible chez les commerçants de Gorgie Road. Ce n'était pas celle qui servait à fixer les exploits des Hearts of Middle Thian *. Elle se consola à cette pensée et se résolut à marcher jusqu'à Morrison Street. Elle pourrait peut-être trouver un bus pour le retour. Elle s'aperçut qu'elle passait en face du Heartbreak Café et traversa la rue pour y jeter un coup d'œil. Quand elle était passée devant la veille, il avait l'air fermé et il y avait un écriteau dans la vitrine. De près, elle put déchiffrer *Fermé pour cause de maladie*. Pourtant, fait étrange, la porte était entrouverte de quelques centimètres. Et il y avait une drôle d'odeur. Une odeur de gaz ? Elle poussa le battant pour s'introduire à l'intérieur.
— Salut !

Oui, du gaz, c'était sûr, et il n'y avait personne à l'intérieur. Une passante s'arrêta, curieuse.
— Ça pue drôl'ment l'gaz, poulette.

Siobhan fit un signe de tête et pénétra plus avant dans l'établissement. Lumières éteintes, avec le peu de clarté qui venait du dehors, l'endroit n'était qu'ombres et obscurité. Mais la dernière chose à faire était d'appuyer sur un interrupteur. Des rais de lumière filtraient par la porte de la cuisine et elle se dirigea dans cette direction. Il y avait bien des fenêtres dans la cuisine, mais l'odeur du gaz y était aussi plus forte. Elle pouvait entendre le sifflement caractéristique du fluide qui s'échappait. Un mouchoir en papier sur le nez, elle courut vers la sortie de secours et appuya sur la poignée. Le pêne devait être grippé, ou alors... Elle donna un violent coup d'épaule et la porte s'entrouvrit d'un centimètre. Les poubelles disposées derrière bloquaient le chemin. De l'air frais commençait pourtant à s'infiltrer, apportant

---

* *Hearts of Middle Thian* : l'équipe rivale des Hibs. (*N.d.T.*)

avec lui le doux parfum de la circulation mêlé aux vapeurs de houblon.

À présent, il lui fallait découvrir lequel des cuisiniers était étendu là-bas. En se retournant, elle avait vu des jambes et un corps qui reposaient sur le sol, la tête occupant l'entrée du four. Elle fit un bref aller et retour vers la cuisinière pour fermer les brûleurs. Le corps était couché sur le côté, il portait un pantalon à carreaux noirs et blancs et une veste de chef. Elle n'avait pas pu voir le visage de l'homme mais le nom finement brodé à hauteur de son sein droit facilitait son identification.

C'était Eddie Ringan.

Les locaux étaient toujours saturés de gaz, aussi revint-elle à la sortie de secours et força encore l'ouverture. Cette fois, elle réussit à l'ouvrir presque en entier, renversant du même coup les poubelles qui tombèrent bruyamment en répandant leur contenu dans la cour. À cet instant précis, un curieux, qui était entré dans le restaurant, poussait la porte de la cuisine. Il avait le doigt sur l'interrupteur.

— Ne touchez pas à… !

Une terrible explosion, suivie d'une langue de feu.

Le souffle projeta Siobhan Clarke au beau milieu du parking où son atterrissage fut amorti par ces mêmes ordures qu'elle avait dégagées quelques secondes auparavant. Elle ne souffrait même pas de brûlures superficielles comme le malheureux passant qui avait été éjecté du restaurant, poursuivi par une grande flamme bleue. Quant à Eddie Ringan, il ressemblait à un poulet mis à rôtir dans un four tiède.

Le temps que Rebus arrive, retardé par les courbatures dues à ses efforts de la veille, les lieux ressemblaient à un champ de foire. Pat Calder était arrivé à temps pour voir son amant emporté dans un sac en plastique bleu. On avait jugé cela nécessaire pour éviter que la chair du visage ne se détache et ne salisse partout. L'emballage s'était fait sous le contrôle d'un médecin assermenté. Mais Rebus ne doutait pas de l'endroit où finirait Eddie Ringan : sous le scalpel impitoyable du Dr Curt.

— Ça va, Clarke ?

Rebus affichait l'air blasé de l'inspecteur qui gardait les mains dans les poches à la vue d'un spectacle qu'il avait déjà contemplé cent fois.

— À part mon coccyx, oui, monsieur.

Elle se frotta l'os incriminé pour se porter chance.

— Qu'est-ce qui s'est passé ?

Elle lui donna tous les détails, depuis l'absence de pellicule (eh oui, après tout, pourquoi ne pas mouiller Petrie ?) jusqu'au passant qui avait manqué de les tuer. Lui aussi avait été examiné par le docteur : cils et sourcils grillés accompagnés de quelques contusions. La base du crâne de Rebus frémit à cette pensée. La cuisine ne sentait plus le gaz. Elle dégageait même une odeur de viande grillée qui aurait pu leur ouvrir l'appétit s'ils en avaient ignoré l'origine.

Calder était assis au bar. Il regardait tous ces gens évoluer à travers le rêve brisé qu'il avait construit avec Eddie. Rebus s'assit à ses côtés, content de pouvoir se reposer un peu.

— Ses cauchemars, on dirait qu'ils se sont matérialisés, hein ? dit aussitôt Calder.

— On dirait. Vous avez une idée de la raison pour laquelle il s'est suicidé ?

Calder secoua la tête. Il tenait le coup, mais tout juste.

— Je suppose qu'il en a eu marre de tout ça.

— De tout quoi ?

— Nous ne le saurons sans doute jamais, fit-il en hochant la tête de plus belle.

— Vous croyez ça ? dit Rebus en essayant de ne pas prendre un ton menaçant.

Il n'y était pas parvenu car Calder se tourna soudain vers lui.

— Ne pourriez-vous pas le laisser reposer en paix ?

Ses yeux clairs étaient remplis de larmes.

— Il n'y a pas de paix pour les méchants, monsieur Calder, répondit Rebus.

Il se laissa glisser du tabouret de bar et retourna à la cuisine. Siobhan examinait le contenu d'une étagère : des ouvrages de cuisine pour débutants.

— La plupart des chefs préféreraient mourir que de laisser ces trucs-là à la vue de n'importe qui, constata-t-elle.

— Ce n'était pas un chef ordinaire.

— Regardez celui-là.

Elle tenait un cahier d'écolier sur les pages duquel on avait tiré des lignes à la règle tous les centimètres et laissé des marges de chaque côté des pages. Les marges étaient pleines de petits dessins et de croquis qui représentaient principalement des plats et des hommes aux cheveux longs. Entre les marges, notées d'une écriture ferme et précise, se trouvaient les recettes.

— Ses créations personnelles. (Elle feuilleta d'un bout à l'autre.) Oh ! regardez, la recette du « Jailhouse Roquefort ». (Elle lut la recette à voix haute :) *Et mille mercis à l'inspecteur John Rebus pour son idée.* Eh bien, eh bien !

Elle s'apprêtait à remettre le cahier en place, mais Rebus le lui prit des mains. Il l'ouvrit à la page de garde qui était couverte d'une impressionnante accumulation de crayonnages. Il y avait quelque chose d'écrit au milieu des dessins (dont certains étaient sexuellement très crus), mais le texte avait été recouvert d'encre noire.

— Vous y voyez quelque chose ?

Elle emporta le cahier à la lumière, empruntant la porte de derrière pour aller sur le parking où, si peu de temps auparavant, on avait assommé Brian Holmes. Siobhan Clarke se mit en devoir de déchiffrer l'inscription.

— Le premier mot pourrait être « Tout ».

— Et celui-là, « ouvrir », dit Rebus en désignant un autre mot. Ou bien « courir ».

Mais le reste était illisible. Rebus mit le cahier dans sa poche.

— Vous songez à changer de métier, monsieur ? demanda Siobhan.

Rebus réfléchit à une réponse appropriée.

— La ferme, Clarke, fut tout ce qu'il trouva.

Rebus emporta le cahier au Q.G. de Fettes où travaillaient des spécialistes dont le boulot consistait à restaurer et rendre lisibles des textes effacés ou abîmés. On les avait surnommés « les travailleurs de la mine » (de crayon !) et ils appartenaient à cette catégorie de savants fous qui résolvaient en cinq minutes les mots croisés les plus difficiles.

— Ça ne prendra pas longtemps, dit l'un d'eux à Rebus. On va scanner le texte.

– Parfait, je reviens dans un quart d'heure.
– Comptez plutôt vingt minutes.

C'était plus de temps qu'il ne lui en fallait. Puisqu'il était là à ne rien faire, il décida d'aller présenter ses respects à l'inspecteur Gill Templer.

– Salut, Gill.

Son bureau embaumait le parfum de luxe. Il avait oublié la marque qu'elle portait. Du Chanel, peut-être ? Elle abaissa ses lunettes sur le bout de son nez et lui fit un clin d'œil.

– Ça fait une paye, John. Assieds-toi.
– Je ne peux pas rester longtemps. Je dois récupérer un truc au labo dans deux minutes. Mais je me suis dit que je pouvais tout de même passer prendre de tes nouvelles.
– Je vais bien, et toi ? dit-elle en inclinant la tête.
– Bof, pas mal. Tu sais ce que c'est.
– Et comment va la doctoresse ?
– Oh ! elle va très bien.

Il fit mine d'essuyer ses pieds sur la moquette. Il ne s'était pas attendu à être aussi embarrassé.

– Donc, ce n'est pas vrai qu'elle t'a fichu dehors ?
– Bon Dieu, mais comment tu sais ça ?

Gill sourit, de son sourire si particulier. Elle avait des lèvres minces, dessinées pour le sarcasme.

– Allons, John. Nous vivons à Édimbourg. Si tu veux garder un secret, va t'installer dans un patelin plus grand que ce village.
– Mais qui te l'a dit ? Et combien êtes-vous à être au courant ?
– Eh bien, si ça se sait à Fettes, je parierais que tout St Leonard est au parfum.

Seigneur. Cela signifiait que Watson savait, que Lauderdale savait, que même Flower savait. Et aucun d'eux ne lui en avait touché mot.

– C'est juste à titre temporaire, murmura-t-il en frottant à nouveau ses pieds sur le sol. Patience héberge ses nièces, alors je suis retourné vivre dans mon appartement. En plus, Michael est ici en ce moment.

Ce fut au tour de Gill Templer de paraître surprise.

– Depuis quand ?
– Oh, une dizaine de jours.

– Il est revenu pour de bon ?
– Je pense que ça dépend, grogna Rebus. Gill, je n'aimerais pas que cette conversation...
– Bien sûr que non ! Je sais garder un secret, dit-elle avec un nouveau sourire. Souviens-toi, je ne suis pas d'Édimbourg, moi !
– Moi non plus, répliqua Rebus, j'y suis juste coincé.
Il regarda sa montre.
– Mes cinq minutes sont passées ? fit-elle.
– Désolé.
– Il n'y a pas de quoi. De toute façon j'ai un tas de boulot.
Il se dirigeait vers la porte.
– John ? N'hésite pas à monter me voir un de ces jours.
Il opina.
– C'est du Mae West, n'est-ce pas ?
– C'est ça.
– Salut Gill.

Au milieu du couloir, il lui revint en mémoire qu'une « mae-west » était aussi le nom d'un gilet de sauvetage. Ça le rendit songeur, puis, il secoua la tête. *Ma vie est assez compliquée comme ça.*

Il regagna le laboratoire où il fut accueilli par un aboiement :
– Vous êtes en avance.
– « Cordial », c'est ça le mot que vous cherchez ?
– À propos, puisqu'on en est à parler des mots qu'on recherche, venez jeter un coup d'œil.

Il se laissa conduire devant la console de l'ordinateur. Les gribouillis avaient été passés au scanner et le résultat apparaissait à présent sur grand écran et en couleurs. Une bonne partie de ce qui dissimulait le message original avait été « gommée » tout en laissant l'inscription intacte. Le travailleur de la mine prit une feuille de papier.
– Voici mes premières idées.
Pendant qu'il les lisait, Rebus essayait de retrouver les mots sur le moniteur.
– « La toux que j'ai, je me nourris de gomme », « La tour de guet, j'ai fait pourrir les gars »...
Rebus le regarda fixement et le spécialiste lui fit une grimace.
– Ou bien j'ai encore ceci, reprit-il : « Tout ce que j'ai fait, c'était d'ouvrir le gaz. »

– Quoi ?
– Tout ce que j'ai fait, c'était d'ouvrir le gaz.

Rebus examina l'écran. Oui, ça y était, il pouvait voir le message... Enfin, en partie. Le savant fou reprit :

– Ça m'a bien aidé que vous m'ayez dit qu'il s'était suicidé au gaz. J'avais encore ça en tête quand j'ai commencé à travailler et j'ai isolé le mot gaz tout de suite. Il aurait pu écrire ces mots avant de se donner la mort, non ?

Rebus le regarda, incrédule.

– Quoi, il aurait laissé un mot sur la page de garde de son cahier et il l'aurait recouvert de gribouillis avant de le ranger sur une étagère et de se mettre la tête dans le four ? Occupez-vous de ce que vous savez faire et ça ira mieux pour tout le monde.

Ce que Rebus savait, lui, c'est qu'Eddie Ringan avait souffert de cauchemars pendant lesquels il criait le mot « gaz ». Est-ce que ce griffonnage était une résurgence de ses mauvaises nuits ? Et dans ce cas, pourquoi avoir raturé la phrase si soigneusement ? Rebus sortit le carnet du scanner. La page de garde semblait usée, les dessins, dessus, remontaient à un an au moins. Quelques-uns des croquis étaient plus récents que la phrase cachée. Quel que soit le moment où Eddie l'avait écrite, ce n'était pas la nuit dernière. Elle n'avait donc pas de rapport direct avec le fait qu'il se soit suicidé au gaz. Ce serait... une coïncidence ? Rebus ne croyait pas aux coïncidences mais il croyait aux hasards des découvertes. Il se tourna vers le travailleur de la mine qui avait l'air furieux de s'être fait envoyer sur les roses.

– Merci, dit-il.
– Y a pas de quoi.

Chacun d'entre eux doutait de la sincérité des propos de l'autre.

Brian Holmes l'attendait à St Leonard. Il espérait un accueil chaleureux pour son retour parmi les vivants.

– Qu'est-ce que vous foutez là ?
– Ne vous faites pas de bile, répondit Holmes. J'ai encore une semaine d'arrêt de travail.
– Comment ça va ?

Rebus jetait des coups d'œil nerveux autour de lui, craignant que quelqu'un n'ait averti Holmes de la mort d'Eddie. Au fond de lui, il sentait bien qu'il n'en était rien. S'il avait été mis au courant, le jeune homme aurait paru anéanti.

— Les bosses que j'ai sur la tête me lancent encore un peu, mais à part ça, j'ai l'impression d'être en vacances. (Il mit la main à sa poche.) En plus j'ai reçu le fruit de la collecte de l'inspecteur Flower, pas loin de cinquante sacs.

— Quel saint homme, l'interrompit Rebus. Moi aussi j'ai un cadeau pour vous.

— Qu'est-ce que c'est ?

— Une cassette des Rolling Stones : *Let it Bleed*.

— Ah ? C'est gentil.

— Ça vous remontera le moral après Patsy je-dé-Cline.

— Elle sait chanter, elle, au moins.

Rebus réprima un sourire :

— Vous êtes viré ! Vous vivez toujours chez votre tante ?

Cela sembla détendre Holmes, comme Rebus l'avait espéré. Le calmer petit à petit avant de lui asséner la mauvaise nouvelle.

— Pour l'instant. Nell dit... enfin, elle n'est pas encore prête.

Rebus savait bien ce que cela voulait dire. Lui aussi se demandait quand Patience serait disposée à ce qu'ils se rencontrent autour d'un verre.

— Au moins, les choses ont l'air de s'arranger entre vous.

Il voulait se montrer rassurant.

— Oh, là, là ! fit Holmes en s'asseyant en face de son supérieur. Elle veut que je quitte la police.

— C'est un peu radical.

— La séparation aussi.

— Oui, j'imagine, soupira Rebus. Qu'est-ce que vous allez faire ?

— Y réfléchir, que puis-je faire d'autre ? (Il se remit debout.) Écoutez, je ferais mieux d'y aller. J'étais juste passé pour...

— Brian, asseyez-vous.

Au ton de Rebus, Holmes obtempéra.

— J'ai de mauvaises nouvelles concernant Eddie.

— Eddie le cuisinier ?

Rebus fit signe que oui.

— Qu'est-ce qui lui est arrivé ?

— Il y a eu un accident. Enfin, une espèce d'accident. Eddie a été impliqué...

Ce que Rebus voulait dire était clair. Il était devenu expert dans ce genre d'annonces à force de les avoir répétées année après année aux familles des victimes d'accidents de la route, d'accidents du travail ou même des victimes d'assassinat…
– Il est mort ? demanda calmement Holmes.
Rebus pinça les lèvres et inclina la tête.
– Mon Dieu, moi qui m'apprêtais à passer le voir. Comment est-ce arrivé ?
– Nous ne sommes encore sûrs de rien. L'autopsie devrait avoir lieu cet après-midi.
Holmes n'était pas idiot ; une fois de plus il saisit l'essentiel.
– Accident, suicide ou meurtre ?
– L'une des deux dernières propositions.
– Et vous parieriez combien sur le meurtre ?
– Je ne parierais rien avant d'avoir causé avec le pronostiqueur.
– Vous voulez dire le Dr Curt ?
– Oui. Jusque-là, il n'y a rien que nous puissions faire. Écoutez, je vais demander une voiture pour vous faire raccompagner.
– Inutile, ça va aller.
Il se remit debout avec précaution comme pour tester la solidité de sa carcasse.
– Vraiment, ça ira, reprit-il, c'est juste que… pauvre Eddie. C'était un de mes amis, vous savez ?
– Je sais, répondit Rebus.

Après le départ de Holmes, Rebus se fit la réflexion qu'il avait plutôt bien pris les choses. Bien sûr, Brian n'avait pas encore réalisé ; en partie parce qu'il était toujours convalescent, en partie parce qu'il était sous le choc. Aussi n'avait-il pas posé de questions trop difficiles à Rebus. Des questions telles que : « Est-ce que la mort d'Eddie a quelque chose à voir avec l'individu qui a presque failli me tuer, moi ? » Rebus se l'était également demandé. La veille au soir, Eddie avait disparu et Rebus avait rendu visite à Cafferty. Aujourd'hui, première chose : Eddie était mort. Autrement dit, encore une personne de moins susceptible d'apporter des éclaircissements sur ce qui s'était passé la nuit de l'incendie du Central. Un nouveau témoin oculaire disparu.

Pourtant Rebus avait toujours le vif sentiment que Cafferty avait été sincèrement surpris d'apprendre l'agression contre Holmes. Alors, où se cachait la vérité ?

— Que je sois pendu si j'en sais quelque chose, se dit John Rebus calmement.

Son téléphone sonna. Il décrocha et perçut, derrière la voix de Flower, les bruits de fond d'un pub.

— Quelle fameuse équipe vous avez là, inspecteur. L'un se fait abîmer le portrait. Maintenant, l'autre se retrouve sur le cul...

La communication fut brutalement interrompue.

— Va te faire pendre aussi, Flower, dit Rebus, pourtant conscient qu'il n'avait plus d'interlocuteur au bout du fil.

22

La morgue d'Édimbourg se trouvait à Cowgate *, ainsi nommée à cause de la route qu'empruntaient les troupeaux que l'on conduisait en ville pour les vendre. C'était une ruelle étroite et encaissée, pratiquement dépourvue de commerces, où nul ne s'arrêtait. Un peu plus haut, on trouvait des rues bien plus animées, South Bridge, par exemple. Cowgate paraissait si différente que celle-ci aurait pu tout aussi bien se trouver en sous-sol.

Rebus n'était pas persuadé que l'endroit ait jamais été autre chose qu'un enclos désespérant pour les habitants les plus pauvres d'Édimbourg qui, bien souvent, semblaient eux-mêmes être considérés comme du bétail abruti par le manque de soleil et broutant la maigre pitance qu'on leur laissait par charité. Cowgate était à présent mûre pour la réhabilitation mais, qui conduirait le troupeau à l'abattoir ?

Du moins était-ce le décor idéal pour y installer la morgue où, lorsqu'il n'enseignait pas à l'université, le Dr Curt faisait son office.

— Essayez donc de voir le bon côté des choses, disait-il à Rebus. Il y a quelques bons pubs dans Cowgate.

— Et quelques autres où même un mort se raserait.

— Savoureux, gloussa Curt. Mais je ne suis pas certain qu'une telle image, suggérée en ces lieux, ne soit pas une plaisanterie de mauvais goût.

---

* *Cowgate* : la « porte aux Bœufs ». (*N.d.T.*)

– Je m'en remets à votre jugement supérieur. Alors, qu'avez-vous découvert sur M. Ringan ?

– Ah ! Eddie le Pauvre Orphelin * !

Curt aimait à donner un surnom à chacun de ses patients. Rebus eut le sentiment que « Pauvre Orphelin » lui avait déjà servi à maintes reprises. Seulement, dans le cas d'Eddie, il était cruellement approprié. Personne ne lui connaissait de parents vivants, aussi avait-il été identifié par Patrick Calder et par Siobhan Clarke, puisque c'était elle qui avait découvert le corps.

– C'est bien l'homme que j'ai trouvé, avait-elle dit.

– C'est bien Edward Ringan, avait confirmé Pat Calder avant que Toni, le barman, ne le raccompagne.

Rebus se tenait à présent à côté de la table de dissection sur laquelle un garçon de laboratoire recousait ce qui subsistait de la dépouille. L'assistant du Dr Curt sifflotait *Those Were the Days*, tout en faisant un tri parmi les organes. Rebus était absorbé par la lecture d'un mémorandum. Il le détaillait pour la troisième fois, essayant de s'abstraire du spectacle qui l'entourait. Curt fumait une cigarette. Il avait décidé de se mettre au tabac à cinquante-cinq ans, puisque, jusque-là, rien n'avait réussi à l'achever. Rebus lui aurait volontiers demandé une clope, mais il fumait des Player's sans filtre, l'équivalent pour ses bronches d'un puissant décapant.

À force, sans doute, d'avoir parcouru le mémo autant de fois, il eut un déclic.

– Vous avez vu ? dit-il. On n'a pas retrouvé de message d'adieu.

– Ils n'en laissent pas toujours.

– Eddie l'aurait fait. Et on aurait certainement retrouvé un magnétophone à côté du four avec Elvis chantant *Heartbreak Hotel*.

– C'est à la mode, en ce moment, dit Curt, sans malice.

– En ce moment, reprit Rebus, je constate que sur la liste des objets qu'il portait sur lui, on n'a pas trouvé de trousseau de clefs.

---

* Allusion à *Little Orphan Annie*, bande dessinée (1927-1966) et comédie musicale célèbre aux États-Unis. (*N.d.T.*)

– Ah bon ! pas de clefs.

Curt appréciait trop la pause qu'il s'accordait pour se soucier de savoir où Rebus voulait en venir. De toute façon, il savait que l'inspecteur le lui dirait.

– Dans ce cas, insista Rebus, comment est-il entré ? Et s'il a utilisé ses clefs, où sont-elles ?

– Bonne question.

Le garçon de laboratoire fit la moue lorsque Curt écrasa sa cigarette par terre. Rebus savait quand il avait perdu son auditoire. Il reposa sa liasse de feuillets.

– Alors, qu'est-ce que vous pouvez me dire ?

– Eh bien, nous allons procéder aux analyses habituelles, bien sûr.

– Bien sûr, mais d'ici là…

– D'ici là, il y a quelques petites choses intéressantes.

Curt se tourna vers le cadavre, ce qui obligea Rebus à en faire autant. Le visage carbonisé avait été recouvert d'un linge et l'assistant avait grossièrement recousu la poitrine et le ventre, à présent vidés des principaux viscères, avec du fil à suture noir. Le visage avait été grièvement brûlé mais le reste du corps était intact. La chair grassouillette était pâle et luisante.

– Bon, commença Curt. Les brûlures ne sont que superficielles. Les organes internes n'ont pas souffert de l'explosion. Ce qui rend les choses plus faciles. Je dirais qu'il a été asphyxié par inhalation de gaz de la mer du Nord. (Il se tourna vers Rebus.) La mer du Nord, c'est une simple supposition ! (Il grimaça un demi-sourire.) Il y a des signes d'absorption d'alcool. Il faudra attendre les résultats de l'analyse pour savoir à quelle dose. Forte, je suppose.

– Je parierais que son foie est une horreur. Il y a des années qu'il biberonnait.

Curt semblait pris d'un doute. Il se dirigea vers une autre table et revint avec le viscère en question, déjà incisé en forme de croix.

– Il est plutôt en bon état. Vous dites que ce gars était un gros buveur ?

Rebus évita de regarder. C'était une chose qu'on finissait par apprendre.

– Une bouteille par jour, au minimum.

— Eh bien, ça ne se voit pas.

Il lança le foie en l'air de quelques centimètres. Il retomba dans sa paume ouverte avec un bruit mou. Il faisait penser Rebus à un boucher vantant sa marchandise à un client.

— Il y avait aussi trace d'un coup sur la tête, quelques bleus et des brûlures légères aux bras.

— Ah ?

— Je me figure que c'est le genre de contusions dont souffrent quotidiennement les cuisiniers sur leur lieu de travail. Avec les projections de graisses brûlantes, des casseroles et des poêles partout...

— Peut-être, dit Rebus.

— Venons-en maintenant à la partie du programme que Hamish * attend avec impatience.

Curt désigna son assistant qui se redressa, impatient de ce qui allait suivre.

— Je l'ai surnommé Hamish, confia Curt, parce qu'il vient de ces contrées peu évoluées que sont les îles Hébrides. Donc, Hamish ici présent a découvert quelque chose que moi je n'avais pas vu. Il fallait bien que je me résolve à en parler avant qu'il ne nous fasse une encéphalite spongiforme. (Il se tourna vers Rebus.) Pauvre plaisanterie de médecin légiste.

— Vous ne vous en tirez pas si mal, après tout, concéda Rebus.

— Donc, il vous faut savoir, inspecteur, que Hamish est fasciné par les dents. Sans doute parce que, étant enfant, les siennes étaient dans un si triste état qu'il a gardé le souvenir d'heures interminables passées sous la roulette du dentiste.

À voir le visage de Hamish, ç'aurait bien pu être la vérité.

— Toujours est-il que Hamish ne peut pas s'empêcher de mettre son nez dans la bouche des gens, et il m'a informé qu'il avait, cette fois-ci, constaté des dégâts.

— Quel genre de dégâts ?

— Des déchirures le long des muscles de la gorge. Et les blessures sont récentes.

— Comme s'il avait chanté trop fort ?

---

* Les Hamish sont une secte de religieux rigoristes qui refusent toute sorte de progrès. (*N.d.T.*)

— Ou plutôt hurlé. Mais plus certainement parce qu'on lui a enfoncé de force un objet dans le gosier.

Rebus était manifestement ahuri. Curt lui faisait presque toujours cet effet-là. Il avala sa salive et prit conscience de la sécheresse de sa propre gorge.

— Quel genre d'objet ?

Curt haussa les épaules.

— Hamish suggère… Vous comprenez que ce n'est qu'une simple hypothèse, qui relève plutôt de votre compétence. Donc, Hamish suggère que c'est un tube quelconque dans un matériau dur. Pour ma part, j'ajouterais que ce pourrait être du caoutchouc ou du plastique.

— Rien de… euh, organique, dans ce cas ? s'étrangla Rebus.

— Comme une courgette ? Ou une banane ?

— Vous savez foutrement bien ce que je veux dire !

Curt sourit en hochant la tête.

— Bien sûr que je sais, désolé de vous avoir fait marcher. Je ne veux rien écarter a priori. Mais si c'est bien à un pénis que vous faites allusion, il aurait fallu qu'il soit emballé dans du papier de verre.

Derrière lui, Rebus entendit Hamish étouffer un rire.

Rebus passa un coup de téléphone à Pat Calder pour demander à le rencontrer. Calder prit un temps de réflexion avant d'accepter.

— Aux Colonies ? demanda Rebus.

— Plutôt au Café, je dois y aller de toute façon.

Donc ce serait au Café. À son arrivée, Rebus put constater que l'écriteau qui signalait une fermeture pour maladie avait été remplacé par cette simple phrase : *Pour cause de deuil, l'établissement cesse toute activité*, signé *Pat Calder*.

À l'instant même où il entrait, il entendit Calder rugir « Allez vous faire foutre ! ». Cependant, ce n'était pas à lui que l'apostrophe s'adressait, mais à une jeune femme en imperméable.

— Des ennuis, monsieur Calder ?

Rebus s'avança dans la salle du restaurant. Calder était occupé à décrocher les souvenirs d'Elvis et à les emballer dans du papier journal. Rebus aperçut trois caisses entre les tables.

– Cette saleté de journaliste veut du sang et des larmes pour son article.

– Est-ce exact, mademoiselle ?

Rebus regardait Mairie Henderson d'un air désapprobateur mais, oui, presque paternel. Pour bien lui faire comprendre qu'elle devrait avoir honte.

– M. Ringan était une personnalité appréciée en ville, répondit-elle à Rebus. Je suis certaine qu'il aurait souhaité que nos lecteurs soient tenus au courant de...

– Ce qu'il aurait voulu, l'interrompit Calder, c'est qu'ils viennent s'empiffrer ici, qu'ils laissent un gros chèque et qu'ils rentrent dans leurs bauges. Publiez donc ça !

– Quelle épitaphe, commenta Mairie.

Calder la regardait comme s'il allait lui fracasser le crâne avec la pendule Elvis, celle où les bras du King remplaçaient les aiguilles. On le sentait prêt à tout mais, au lieu de se livrer à des actes condamnables, il décrocha l'un des miroirs Elvis. Celui-là, il n'oserait pas le casser : ça aurait signifié sept ans de bouffe infecte.

– Je crois que vous feriez mieux de partir, dit Rebus calmement.

– Très bien, je m'en vais.

Elle saisit la bandoulière de son sac à main, l'assura sur son épaule, et passa devant Rebus avec raideur. Aujourd'hui, elle portait une jupe. Courte, de surcroît. Mais un bon soldat sait quand il doit regarder devant lui. Il sourit à Pat Calder dont le supplice n'était que trop évident.

– Une décision un peu prématurée, non ?

– Si vous désirez vous mettre aux fourneaux, à votre guise, inspecteur ! Sans Eddie, cet endroit est... n'est plus rien.

– Donc, il semble que les restaurateurs des environs vont pouvoir dormir tranquilles.

– Qu'est-ce que vous voulez dire ?

– Souvenez-vous, Eddie croyait que l'agression dont Brian avait été victime était un avertissement.

– Oui, mais qu'est-ce que... (Calder se figea.) Vous pensez que quelqu'un ? C'est bien un suicide, n'est-ce pas ?

– Ça y ressemble, en effet.

– Vous voulez dire que vous n'en êtes pas certain ?

– Était-il du genre à se suicider ?

La réponse de Calder fut glaciale :

– Il se suicidait jour après jour en picolant. Peut-être en a-t-il eu assez. Comme je vous l'ai dit, inspecteur, ce qui est arrivé à Brian a beaucoup frappé Eddie. Sans doute plus que nous le croyions.

Il se tut un moment, serrant toujours le miroir entre ses mains.

– Vous pensez qu'il a pu être assassiné ? demanda-t-il.

– Ce n'est pas ce que j'ai dit, monsieur Calder.

– Mais par qui ?

– Vous étiez peut-être en retard dans vos paiements ?

– Quels paiements ?

– L'« assurance », monsieur. Ne me dites pas qu'on vous a laissés tranquilles ?

– Vous oubliez une chose, inspecteur, répondit Calder sans ciller. C'est moi qui m'occupais des comptes et nous avons toujours payé nos factures en temps et en heure. *Toutes* nos factures.

Rebus enregistra l'information, non sans se demander ce qu'elle signifiait vraiment.

– Si vous pensez savoir qui aurait pu vouloir la mort d'Eddie, tenez-moi au courant, d'accord ? N'allez pas commettre une imprudence.

– De quel genre ?

Comme d'acheter une arme, pensa Rebus, mais il n'ajouta rien. Calder avait commencé à emballer le miroir.

– C'est tout ce à quoi un journal est bon, dit-il.

– Elle ne faisait que son métier. Vous n'auriez peut-être pas rejeté un magazine de luxe, non ?

– Nous en avons des piles à la cave, répondit Calder avec un sourire.

– Qu'allez-vous faire maintenant ?

– Je n'y ai pas encore réfléchi. Je me tire, c'est tout ce que je sais.

Rebus montra les caisses :

– Et vous allez conserver tous ces trucs ?

– Je ne pourrais pas les jeter, inspecteur. C'est tout ce qui me reste.

En réalité, songea Rebus, il y a aussi le mobilier de la chambre à coucher. Mais il s'abstint d'en parler. Il se contenta de regarder Pat Calder remballer ses affaires.

Hamish, de son vrai nom Alasdair Mc Dougall, avait plus ou moins été chassé de son île natale de Barra par certains garçons de son âge, l'un d'entre eux ayant essayé de le noyer pendant une traversée en bateau au sud de l'Uist, à minuit, après une fête. Deux minutes dans les eaux glaciales de Barra, et il aurait constitué une excellente nourriture congelée pour les poissons. Cependant on l'avait remonté à bord et on lui avait assuré que ce n'était qu'un accident. Ce que ses amis auraient aussi affirmé aux autorités s'il s'était effectivement noyé.
 Il avait commencé par se rendre à Oban, puis plein sud jusqu'à Glasgow. Glasgow lui avait plu par bien des aspects, mais pas par tous. Il préférait Édimbourg. Ses parents s'étaient toujours refusés à admettre l'homosexualité de leur fils, même après qu'il la leur eut confessée face à face. Son père avait cité la Bible, comme il l'avait citée chaque jour depuis dix-sept ans, date de sa naissance. Avec dans la voix le tressaillement du juste qui croit dans la parole de Dieu. Il avait été un temps où ce spectacle l'avait impressionné et presque convaincu, mais c'était devenu risible.
 – Ce n'est pas parce que c'est dans la Bible, avait-il dit à son père, que tu dois prendre ça pour parole d'Évangile.
 Mais pour son père, c'était et ce serait toujours la vérité vraie. Et le vieil homme avait gardé la Bible à la main tandis qu'il faisait franchir la porte de la petite ferme à son fils, à coups de pied dans le derrière.
 – Ne t'avise jamais d'aller salir notre nom, lui avait-il crié.
 Et Alasdair considérait qu'il avait tenu parole, puisqu'il se présentait sous le prénom de Dougall, sans jamais laisser deviner qu'en fait, c'était son nom de famille. Il avait été Dougall pour la communauté gay de Glasgow et était resté Dougall pour celle d'Édimbourg. Il aimait la vie qu'il s'était construite (jamais une nuit ennuyeuse), et il ne s'était fait tabasser que deux fois. Il avait ses boîtes de nuit, ses bars, son groupe d'amis et un cercle plus large de relations. Il commençait même à penser écrire à ses

parents. Il leur dirait : « Quand mon patron s'est occupé d'un corps, croyez-moi, il ne reste plus grand-chose à envoyer au Paradis. »

Il repensa au jeune homme grassouillet qui s'était suicidé au gaz et rit. Il aurait pu dire quelque chose sur le moment, mais n'en avait rien fait. Pourquoi ? Était-ce parce qu'il avait encore des choses à cacher ? On le lui avait déjà reproché quand il avait refusé de porter un pin's en forme de triangle rose à la boutonnière. C'était certain, il ne souhaitait pas qu'un policier sache qu'il était homo. Et comment réagirait le Dr Curt ? Il y avait bien des sortes d'homophobies, et une sorte de peur presque médiévale du sida et de ses modes de transmission. Non qu'il ne puisse subsister sans ce boulot, mais il s'y sentait bien. Il avait vu tant de moutons et de vaches abattus et écorchés quand il vivait sur son île... Somme toute, ce n'était pas si différent. Non, il garderait son secret par devers lui. Il ne leur avouerait pas qu'il connaissait intimement Eddie Ringan.

Il se rappelait cette soirée, environ une semaine plus tôt, où ils s'étaient retrouvés chez Dougall, et où Eddie avait préparé un chili avec ce qu'il avait trouvé dans les placards. Épicé ! De quoi vous donner envie d'exercice. Il n'allait pourtant pas rester toute la nuit. Ce n'était pas son genre. Ils s'étaient embrassés longuement avant de se séparer avec de vagues promesses de nouvelles rencontres.

Oui, il connaissait Eddie, et il le connaissait suffisamment pour être sûr d'une chose : qui que soit celui qui se trouvait sur la table de la morgue, ce n'était pas le garçon qui avait partagé un chili dans son lit.

Siobhan Clarke se sentait étrangement calme et maîtresse d'elle-même. Elle était dispensée de l'opération Bourses Pleines ce jour-là afin de se remettre de son traumatisme de la veille, au Heartbreak Café. En fin d'après-midi elle eut tout de même envie de faire quelque chose, n'importe quoi. Elle prit donc le risque de se rendre en voiture jusque chez Rory McOozin. Il vivait dans une cité H.L.M. plutôt récente au bout d'une voie sans issue. Le jardin de devant avait la taille d'un dessous de bière mais il était sans doute beaucoup plus propre. Elle songea qu'elle aurait préféré y prendre ses repas, plutôt que dans n'importe quelle assiette de la cantine du commissariat. Ici, peu de risques d'intoxication. Une voie d'accès menait au portail qui conduisait lui-même au logement de McOozin. Sa porte d'entrée était peinte en bleu nuit. Une porte sur quatre était de cette couleur. Les autres étaient alternativement rouge brique, jaune moutarde et gris souris. Pas vraiment une débauche de couleurs, mais en accord avec le crépi moucheté et la teinte du sol. Des enfants avaient tracé à la craie, sur le trottoir, une marelle compliquée et y jouaient bruyamment. Elle leur sourit, mais ils ne levèrent même pas les yeux sur elle. Même si un chien aboyait dans un jardinet derrière un pavillon proche, la rue semblait tranquille.

Elle sonna à la porte et attendit. Apparemment, il n'y avait personne dans la maison. Elle songea à l'expression « curieuse comme une pie » tout en prenant la liberté de jeter un coup d'œil par la fenêtre de devant. Une salle de séjour s'étendait jusqu'à l'arrière de la maison. Le chien se mit à aboyer plus fort et, derrière la fenêtre opposée, elle entrevit une silhouette. Ouvrant la porte du jardin, elle tourna à droite, courant dans l'allée qui séparait la maison de McOozin de celle de ses voisins, et qui menait aux jardins de derrière. McOozin avait laissé la porte de sa cuisine ouverte pour ne faire aucun bruit. Il avait déjà une jambe passée par-dessus la clôture mitoyenne et tentait de faire taire le bâtard qui tirait sur sa chaîne.

— Monsieur McOozin ? appela Siobhan.

Quand il leva les yeux, elle agita sa main.

— Vous aimez escalader les clôtures, à ce que je vois. Et si on rentrait tous les deux pour discuter ?

Elle n'avait pas envie de le ménager. Comme il traînait les pieds en traversant la pelouse, elle dit d'un ton mordant :

— Vous fuyez la police, hein ? Qu'est-ce que vous avez à cacher ?

— Rien.

— Vous devriez être plus prudent, une cascade comme celle-là pourrait faire sauter vos points de suture.

— Vous voulez donc que tout le monde nous entende ? Entrez !

Il la poussa presque dans la cuisine. C'était exactement le genre d'invitation qu'attendait Siobhan.

Rebus reçut l'appel à 18 h 15 et fixa le rendez-vous pour 22 heures. Patience l'appela à 20 heures. Il sentait bien qu'il ne s'exprimait pas de façon naturelle, car ses pensées dérivaient, mais il souhaitait la garder en ligne. Il fallait qu'il occupe son temps jusqu'à 22 heures, il fallait qu'il pense à autre chose qu'à ce qu'il allait faire, sinon il pourrait bien changer d'avis.

En fin de compte, pour entretenir la conversation, il raconta à Patience tout ce qui concernait Michael, lequel dormait dans le débarras. Au moins, ils se retrouvaient sur la même longueur d'onde. Patience conseillait un suivi psychologique et était stupéfaite que personne, à l'hôpital, ne l'ait suggéré. Elle allait se renseigner et elle rappellerait Rebus. Entre-temps, il allait devoir s'assurer que Michael ne commençait pas une dépression nerveuse. L'ennui, avec les médicaments qu'on lui avait prescrits, c'est qu'ils ne se contentaient pas d'annihiler vos angoisses, ils pouvaient aussi anéantir votre sensibilité.

– Il était tellement vivant quand il est arrivé, dit Rebus. Mes étudiants se demandent ce qui a bien pu lui arriver. Je crois qu'ils sont aussi inquiets que moi.

La fameuse « petite amie » de Michael avait passé du temps à essayer de le faire parler, à tenter de l'entraîner dehors, au pub ou en boîte. Michael s'était farouchement défendu et elle n'avait plus montré le bout de son nez depuis deux jours. L'un des locataires était même venu trouver Rebus dans la cuisine pour lui demander, d'un ton de profonde sympathie, si un petit « pétard » pourrait soulager Mickey. Rebus avait gentiment refusé. Mais, mon Dieu, ce n'était peut-être pas une si mauvaise idée.

Patience était farouchement contre cette idée.

– Mélange ce qu'il prend avec du cannabis et Dieu seul sait ce qui arrivera. Paranoïa ou dépression grave, voilà mon pari couplé.

De toute façon, elle était opposée à toutes les drogues, et pas seulement aux illégales. Elle savait à quel point elles constituaient une solution de facilité pour les médecins : on n'avait qu'à remplir une ordonnance pour des calmants ou des excitants, au choix. Dans toute l'Écosse, des gens, et particulièrement ceux qui avaient le plus besoin d'aide, ingurgitaient des comprimés comme d'autres se mettaient à table. Et les docteurs se plaignaient de leur surcharge de travail en geignant : que puis-je faire d'autre ?

– Veux-tu que je passe ? venait-elle de demander.

C'était un grand pas, oh oui ! Rebus aurait vraiment voulu qu'elle vienne, mais il était presque 21 heures.

– Non, mais je suis heureux que tu l'aies proposé.

– Bon, essaie de ne pas le laisser trop longtemps seul... Il se réfugie dans le sommeil pour fuir quelque chose qu'il devrait affronter.

– Bonsoir, Patience.

Rebus reposa le combiné et se prépara à quitter l'appartement.

Pourquoi avait-il choisi les quais de North Queensferry pour ce rendez-vous ? N'était-ce pas évident ? Il se tenait à côté de la cabane même où ils avaient conduit Michael, et il avait froid. Il était arrivé en avance, et, bien entendu, Deek était en retard. Rebus ne s'en souciait pas vraiment. Cela lui donnait le temps d'observer le pont de chemin de fer et de se demander ce qu'on pouvait ressentir quand on était jeté depuis le parapet, au plus noir de la nuit, un bâillon étouffant vos hurlements pendant qu'on ôtait la cagoule de votre visage. Et de se sentir tomber... C'est ce que ressentait Rebus, bien qu'il fût sur la terre ferme. Il se voyait tomber.

– Fait froid, hein ?

Deek Torrance se frottait les mains.

– Merci pour le coup de l'autre soir.

– Quoi ?

– *La Chance aux chansons.*

– Ah, ouais, ça, sourit Torrance. Toi, *King Of the Road*. Je ne voudrais pas critiquer, mais...

– Tu l'as ?

Deek tapota la poche de son manteau. Il suait de trouille et à juste titre. On ne vendait pas une arme à feu, illégalement, à un officier de police tous les jours.

– Alors, laisse-moi jeter un coup d'œil.

– Hein, ici ?

Rebus inspecta les alentours.

– Il n'y a personne.

Deek se mordit les lèvres et se résigna à sortir le revolver de sa poche et à le mettre dans la main de John Rebus. L'objet pesait le poids d'un âne mort, mais il tenait bien dans la main. Rebus le rangea dans sa propre poche.

— Les munitions ? interrogea-t-il.

Les balles s'entrechoquaient dans leur boîte avec un bruit de hochet. Rebus les empocha également et prit l'argent liquide dans son portefeuille.

— Tu veux compter ?

Deek fit non de la tête, et désigna l'autre côté de la rue.

— Mais si tu veux, je t'offre un verre.

Rebus trouva que c'était une bonne idée.

— Je me débarrasse juste de ça.

Il déverrouilla sa portière et glissa l'arme et les munitions sous le siège du passager. Il constata alors qu'il tremblait et que sa tête tournait légèrement quand il se releva. Un verre lui ferait du bien. Il avait faim aussi, mais l'idée de manger lui donnait la nausée. Il braqua une dernière fois les yeux sur le pont.

— Allons-y, dit-il à Deek Torrance.

Le revolver en moins et de l'argent en plus, Torrance se sentait moins nerveux et plus enclin à bavarder. Ils prirent place au Hawes Inn, un verre à la main. Torrance lui expliquait comment les armes entraient dans le pays.

— Tu vois, c'est facile d'acheter un flingue en France. Ils font même le tour des villages en camion et ils fourguent leur marchandise à l'étal installé à l'arrière de l'engin. Ils glissent un catalogue sous ta porte quelque temps à l'avance pour t'avertir de ce qu'ils ont en stock. Donc, je dois en passer par ce Français. C'est pas plus mal qu'il soit *Frenchie*. Il fait la navette entre les deux côtés de la Manche pour faire ses petites affaires. Il apporte les armes, et moi, je les achète. Il importe des matraques aussi, si ça t'intéresse.

— Pourquoi tu l'as pas dit plus tôt, murmura Rebus dans sa bière. Je n'aurais pas eu besoin de flingue !

— Hein ?

Deek se rendit compte qu'il plaisantait et éclata de rire.

— Alors, qu'est-ce que j'ai acheté ? demanda Rebus. Il faisait un peu sombre dehors pour bien voir.

— En fait, ce ne sont que des copies. Ne te fais pas de souci, j'efface moi-même les signes qui permettent d'identifier les armes. Le tien, c'est un Colt .45. Il peut tirer jusqu'à dix coups.

– Du 8 millimètres ?
– Oui. Il y a vingt cartouches dans la boîte. Ce n'est pas l'arme la plus meurtrière du marché. Je peux t'obtenir une réplique d'Uzi aussi.
– Seigneur !
Rebus finit sa pinte. Il avait soudain envie de prendre l'air.
– C'est une façon de gagner sa vie, fit Deek Torrance.
– Ouais, c'est ça, une façon de vivre.
Et Rebus se leva pour sortir.

23

Le lendemain matin, Rebus s'imposa la routine habituelle. Il vérifia qu'on n'avait pas de nouvelles d'Andrew McPhail. Rapport négatif. Maclean n'avait pas été trop grièvement brûlé par l'eau bouillante dont il avait détourné la majeure partie avec le bras. Jusqu'à présent, personne ne considérait McPhail comme un dangereux criminel. Son signalement avait été transmis dans les gares, les terminaux d'autocars, aux stations-service des autoroutes et ainsi de suite. S'il avait pu disposer du personnel nécessaire, Rebus aurait su exactement où commencer les recherches. Une ombre envahit son bureau. Celle de la Mauvaise Herbe.

– Donc, attaqua Flower, vous avez un sergent sur la touche pour un coup sur la calebasse, un agent hors circuit à cause d'une explosion de gaz. C'est quoi, la suite ?

Rebus constata qu'ils avaient un public. La moitié du commissariat attendait depuis un moment l'affrontement entre les deux inspecteurs. Subitement, plus de collègues que d'habitude semblaient avoir à faire dans les bureaux entourant celui de Rebus.

– Ça faciliterait la tâche, si vous faisiez le poirier, lâcha Rebus.

– Pardon ?

– Pour vous occuper de votre cul.

On entendit quelques toux étouffées dans les bureaux alentour.

– J'ai des pastilles pour la gorge, si vous en voulez, cria Rebus.

Les portes se refermèrent. Les spectateurs se dispersaient.

– Vous croyez avoir reçu un don du Ciel, n'est-ce pas ? dit Flower. Vous croyez tout savoir ?
– Je suis meilleur que certains.
– Et bien pire que d'autres...

Rebus saisit la liste des arrestations de la nuit précédente et commença à la parcourir.
– Si vous en avez terminé...
– Rebus, je croyais que votre espèce avait disparu avec les dinosaures, fit Flower, avec un méchant sourire.
– C'est qu'on vous a menti pour ne pas vous vexer.

Ce qui portait le score à deux-zéro, tandis qu'Alister Flower quittait le terrain. Match aller, pensait Rebus. Il y aurait certainement un match retour, et peut-être une belle. Il revint à la liste des arrestations, pour vérifier qu'il avait bien lu puis, poussant un soupir, il descendit vers les cellules. Un groupe de jeunes agents se tenait devant la porte de la cellule numéro 1 et ils regardaient à tour de rôle par l'œilleton.
– C'est le gars aux tatouages, expliqua l'un d'eux.
– La « Pelote d'épingles » ?

L'agent confirma. La Pelote d'épingles était tatouée des pieds à la tête. Il n'y avait pas un centimètre carré de sa peau qui ne soit recouvert.
– On l'a amené pour un interrogatoire.

Rebus opina. À chaque fois qu'ils avaient une raison de l'embarquer, la Pelote d'épingles se retrouvait à poil dans une cellule.
– C'est un chouette surnom, hein, monsieur ?
– Quoi ? Pelote d'épingles ? Sans doute meilleur que celui que je lui donne, j'imagine.
– Et c'est ?
– « Foutu Connard », répondit Rebus en ouvrant la porte de la cellule 2.

Il la referma derrière lui. Un jeune homme était assis sur la couchette, mal rasé et l'air accablé.
– Alors, qu'est-ce qui t'est arrivé ?

Andy Steele leva les yeux vers lui, puis détourna le regard. La ville d'Édimbourg n'avait pas été tendre avec lui pendant son séjour. Il passa les mains dans ses cheveux en désordre.
– Vous êtes allé voir votre tante Ena ? demanda-t-il.

Rebus fit signe que oui.

— Mais je n'ai pas vu ton papa et ta maman.

— Bah ! Au moins, j'aurai réussi ça, hein ? J'ai réussi à vous retrouver et à vous mettre en contact avec elle.

— Et qu'est-ce que tu as fait depuis ?

Il avait les cheveux pleins de pellicules qui, tels des flocons de neige, tombaient en tourbillonnant sur son pantalon.

— Ben, j'ai visité les monuments.

— De nos jours, on n'arrête plus les gens pour ce motif, je crois !

Steele soupira et cessa de se gratter le crâne.

— Ça doit dépendre du paysage que vous observez. J'ai dit à un gars, dans un pub, que j'étais détective privé. Il m'a dit qu'il avait une affaire à me confier.

— Ah, ouais ?

L'attention de Rebus fut un instant distraite par le jeu de morpion particulièrement cochon dessiné sur le mur.

— Sa femme le trompait. Il m'a dit où il pensait que je pourrais la trouver et il m'a donné son signalement. J'ai reçu dix sacs et la promesse du double quand je ferais mon rapport.

— Continue.

Andy Steele fixait le plafond. Il savait que son histoire ne tenait pas la route, mais il était un peu tard pour y penser.

— C'était un appartement au rez-de-chaussée. J'ai passé toute la soirée en observation. J'ai bien vu la femme, elle était là, d'accord. Mais y avait pas d'homme. Alors, j'ai fait le tour de la maison pour avoir un autre point de vue. Quelqu'un a dû me repérer et a appelé la police.

— Tu leur as raconté ton histoire.

— Oui, ils m'ont même ramené au bar. Mais évidemment le type n'y était plus et personne ne le connaissait. Et comme je ne savais même pas son nom...

— Et sa description de la femme, elle était précise ?

— Oh, oui !

— Sans doute son ex-épouse, ou une ancienne petite amie. Il voulait l'effrayer, et ça valait bien dix billets.

— Sauf que la bonne femme a porté plainte. C'est pas vraiment un bon début pour ma carrière, vous croyez pas, inspecteur ?

— Ça dépend, répondit Rebus. Ta carrière de privé a peut-être du plomb dans l'aile, mais comme voyeur, tu as gravi les premiers échelons.

Devant l'accablement de Steele, Rebus lui fit un clin d'œil.

— Haut les cœurs, je vais voir ce que je peux faire.

En fait, avant qu'il ait pu faire quoi que ce soit, Siobhan Clarke l'appelait depuis Gorgie Road pour lui raconter son entrevue avec Rory McOozin.

— Je lui ai demandé s'il savait quelque chose des gros paris de son cousin. Il n'a pas répondu, mais j'ai eu le sentiment qu'ils forment une famille très unie. Il y avait des centaines de photos dans le salon : des oncles, des tantes, des frères et des sœurs, des nièces, des cousins, des grand-mères...

— Je vois. Vous lui avez parlé de la vitrine brisée ?

— Oh, oui ! Ça l'a tellement intéressé qu'il a dû s'accrocher à sa chaise pour ne pas sauter au plafond. Mais ça ne l'a pas rendu plus bavard. Il estime que ça devait être un ivrogne.

— Le même qui lui a planté un couteau dans le ventre ?

— Ce n'est pas comme ça que j'ai abordé la question avec lui, et il n'a pas renchéri. Je ne sais pas si ça a un rapport avec notre affaire, mais il m'a avoué avoir servi de chauffeur à son cousin pour son camion de livraison.

— Comment ? À plein temps ?

— Oui, jusqu'à il y a un an à peu près.

— Je ne savais pas que Sanzaw possédait une camionnette. Elle devrait être la prochaine sur la liste.

— Pardon, monsieur ?

— La camionnette. Cassez la vitrine, et, si ça ne marche pas, brûlez la camionnette.

— Vous pensez que ça aurait un rapport avec le racket ?

— Avec le racket, peut-être pas, sans doute plutôt avec les dettes de jeu. Qu'en pensez-vous ?

— En fait, j'ai évoqué cette possibilité avec McOozin.

— Et alors ?

— Il a éclaté de rire.

— Plutôt grossier de sa part.

— Exact, il n'est pas vraiment du genre délicat.

– Donc, ça n'aurait pas de rapport avec le jeu. Il faut que je trouve une autre idée.
– Pendant que nous parlions, son fils est arrivé.
– Rafraîchissez ma mémoire.
– Dix-sept ans, chômeur, il s'appelle Jason. Quand McOozin lui a dit que j'appartenais à la brigade criminelle, il a eu l'air inquiet.
– Réaction normale d'un adolescent au chômage. Ils s'imaginent qu'on recrute de force en ce moment.
– Ça semblait un peu plus fort que ça.
– Fort comment ?
– Je ne sais pas. Peut-être, comme souvent, à cause de la drogue et des bandes...
– On va vérifier s'il est fiché. Comment ça se passe à Bourses Pleines ?
– Franchement, je préférerais faire bourse à part.
Rebus sourit.
– Apprenez à en apprécier les rondeurs, Clarke, dit-il en raccrochant.

De façon inexplicable, il avait oublié de parler à Pat Calder, la veille, du message griffonné sur la page de garde du cahier de recettes. Il refusait l'idée que les jambes de Mairie aient pu le distraire à ce point, à moins que ç'ait été le spectacle de tous les Elvis. Avant de quitter St Leonard, Rebus avait vérifié : Jason McOozin n'était pas fiché. Dans un certain sens, l'arme dissimulée sous le siège l'aidait à garder les idées claires. Le trajet jusqu'aux Colonies ne lui prit pas longtemps.

Pat Calder eut l'air plutôt choqué de le voir.
– Bonjour, j'ai pensé que je vous trouverais chez vous.
– Entrez, inspecteur.
Ce qu'il fit. Le salon était bien moins en ordre qu'à sa première visite et il se prit à se demander lequel des deux faisait le ménage dans le couple. En apparence, Eddie Ringan avait l'air et le comportement d'un cochon mais, allez savoir...
– Désolé pour le foutoir.
– Oubliez ça, en ce moment, vous avez autre chose en tête.

La pièce sentait le renfermé et il y flottait cette forte odeur de mâles qui régnait parfois dans les dortoirs des collèges ou les vestiaires des clubs sportifs. Or, en principe, il fallait plus d'une personne pour générer un tel remugle. Rebus se prit à s'interroger au sujet du jeune barman qui avait accompagné Calder à la morgue...

— Je viens de m'occuper des obsèques, disait Pat Calder. Elles auront lieu lundi. Ils m'ont demandé s'il y aurait des amis en plus de la famille. J'ai dû leur dire qu'Eddie n'avait plus le moindre parent.

— Mais il avait de bons amis.

Cette réflexion fit renaître un pâle sourire sur les lèvres de Calder.

— Merci, inspecteur. Merci d'avoir dit ça. Y a-t-il du nouveau ?

— Je viens vous voir au sujet de quelque chose qu'on a trouvé sur les lieux.

— Ah ?

— Une sorte de message. Qui disait : « Tout ce que j'ai fait, c'était d'ouvrir le gaz. »

— Seigneur, c'était donc bien un suicide, grimaça Calder.

— Non, signifia Rebus, ce n'était pas ce genre de lettre. Le message apparaissait au début d'un cahier d'écolier.

— Dans le livre de recettes d'Eddie ?

— Oui.

— Je me demandais où il était passé.

— Le message avait été soigneusement raturé. J'ai dû l'emporter pour le faire analyser.

— Ça pourrait avoir un rapport avec ses cauchemars ?

— C'est précisément ce que je crois. Mais tout dépend de ce à quoi il rêvait, n'est-ce pas ? Les cauchemars peuvent être provoqués par des choses que l'on redoute, ou par des choses que l'on a faites.

— Je n'en sais rien, je ne suis pas psychologue.

— Moi non plus, admit Rebus. J'ai cru comprendre qu'Eddie avait les clefs du restaurant ?

— Oui.

— Nous n'avons pas trouvé de trousseau sur lui. Est-ce que vous auriez mis la main dessus quand vous êtes venu chercher ses affaires ?

— Je ne crois pas. Mais comment aurait-il pu entrer sans clefs ?

— Vous devriez appartenir à ma brigade, monsieur Calder. C'est exactement la question que je me pose. Enfin, désolé de vous avoir dérangé, dit-il en se levant.

— Ça n'a pas d'importance. Pourriez-vous prévenir Brian, pour l'enterrement ? Il aura lieu au cimetière de Warriston à 14 heures.

— Lundi à 14 heures, je lui dirai. Oh ! Une dernière chose. Vous avez conservé votre livre de réservations, non ?

— Bien sûr, répondit Calder d'un air ahuri.

— J'aimerais simplement y jeter un coup d'œil. J'y verrai peut-être des noms qui ne vous diront rien mais qui pourront mettre la puce à l'oreille d'un policier.

Quoi que Pat Calder ait à cacher, il s'y prenait rudement bien. Mais Rebus n'avait pas vraiment le cœur à creuser dans ses retranchements. Il avait assez de sujets d'inquiétude comme ça. À commencer par son revolver.

La veille au soir, il s'était assis dans sa voiture, l'arme à la main, le doigt sur la détente. Exactement comme le lui avait appris son instructeur, à l'armée, muscle ferme mais non crispé. Comme une érection qu'on veut faire durer.

Il avait réfléchi aussi au bien et au mal. Lorsque vous étiez la proie de pensées mauvaises, agité de rêves de cruauté et de luxure, vous n'étiez pas méchant pour autant. Mais si votre esprit était habité de pensées civilisées et que vous vous comportiez toute la journée en bourreau... vous finissiez par conclure que l'on ne vous jugeait que sur vos actes et non sur vos pensées profondes. Il n'avait aucune raison de se sentir coupable d'idées de meurtre et de violence. En tout cas pas jusqu'à ce qu'il les mette en pratique. En plus, surmonter ces pulsions était bien agréable. Mieux encore, il se sentait un grand homme juste.

Il arrêta sa voiture devant la première église qu'il rencontra. Il n'en avait fréquenté aucune depuis plusieurs mois ; il s'arrangeait toujours pour se trouver des excuses en se promettant de faire un effort la prochaine fois. Seulement Patience lui faisait passer des dimanches si agréables...

Quelqu'un s'était attaqué au panneau planté à l'entrée du cimetière avec un gros feutre, transformant Notre-Dame-du-

Bon-Secours en Notre-Dame-du-Con-Secoué. Ce n'était pas de très bon augure, mais Rebus y pénétra quand même. Il s'assit un petit moment sur un banc. Il y avait peu de paroissiens autour de lui. Il avait pris un livre de prières en entrant, et il fixa longuement et intensément la couverture noire, vierge de toute inscription, se demandant pourquoi elle le faisait se sentir si coupable. À cet instant, une femme sortit du confessionnal et ôta son foulard. Rebus se leva et se força à entrer dans le petit compartiment. Il s'y agenouilla, silencieux pendant une minute, essayant de se rappeler ce qu'on était censé dire.

— Pardonnez-moi mon père, parce que je vais pécher.
— Voyons ça, mon fils.

De l'autre côté de la grille sortait une voix bourrue à l'accent irlandais. Il y avait tant d'assurance dans cette voix que Rebus faillit sourire. Au lieu de cela, il répondit :
— Je ne suis même pas catholique.
— Je vous crois absolument. Mais êtes-vous chrétien ?
— Je suppose. Autrefois j'allais à l'église.
— Avez-vous encore la foi ?
— Je ne peux pas ne pas croire...

Il n'ajouta pas à quel point il avait essayé.
— Alors, parlez-moi de votre problème.
— J'ai été menacé. On a menacé ma famille et mes amis.
— Êtes-vous allé voir la police ?
— Je suis policier !
— Ah ! ? Et maintenant vous songez à rendre la justice de vos propres mains, comme on dit dans les films.
— Comment le savez-vous ?
— Vous n'êtes pas le premier à être passé par mon confessionnal. Il y a quelques catholiques dans les forces de la police, vous savez.

Cette fois, Rebus ne put s'empêcher de sourire.
— Alors, que vous apprêtez-vous à faire, mon fils ?
— J'ai acheté un revolver.

Le prêtre prit une grande inspiration
— Ça, c'est du sérieux, oui, du sérieux. Mais vous devez vous rendre compte que, si vous vous servez de votre arme, vous deviendrez ce que vous méprisez tant. Vous deviendrez comme eux.

Le prêtre avait presque sifflé ce dernier mot.

— Et alors ?
— Alors, posez-vous cette question : pourrai-je passer le reste de mon existence avec le poids du remords et de la culpabilité ? (Il fit une pause.) Je sais ce que vous croyez, vous autres calvinistes, reprit-il. Vous croyez être condamnés dès le départ, donc, pourquoi ne pas faire un foin d'enfer avant de vous y retrouver ? Mais moi, je vous parle de cette vie-ci, pas de l'au-delà. Voulez-vous vous retrouver au Purgatoire avant votre mort ?
— Non.
— Vous seriez un foutu crétin de répondre autre chose. Accrochez une pierre à votre revolver et balancez-le dans la Forth, là est sa place.
— Merci, mon père.
— Il n'y a vraiment pas de quoi. Et, mon fils ?
— Oui, mon père ?
— Revenez me parler. J'aime savoir ce que vous autres parpaillots avez en tête. Ça me fait quelque chose à ruminer quand il n'y a rien de bien à la télé.

Rebus ne s'attarda pas à Gorgie Road. Ils étaient dans une impasse. Les photos prises jusque-là avaient été développées et certains visages identifiés. Rien que des minus, des escrocs sur le retour ou des débutants. Rien que du menu fretin dans ce coin de la mare. Non que Flower ait eu plus de chance dans sa planque à lui, ce qui ravissait Rebus. Il s'attendait pourtant à ce que la Mauvaise Herbe lui réclame bientôt la monnaie de sa pièce. Avec toutes les tournées qu'il devait payer...

Il se sentait requinqué par son entretien avec le curé dont il réalisa qu'il ne connaissait même pas le nom. Mais c'était aussi bien comme ça. Les Pécheurs Anonymes. Il se pouvait même qu'il réponde au souhait du prêtre, et retourne le voir un de ces jours. Et cette nuit, il conduirait jusqu'à la côte et se débarrasserait de l'arme. Ç'avait été de la folie depuis le début. De l'acheter, déjà. Il ne s'en serait jamais servi de toute façon, non ?

Il se gara devant St Leonard et pénétra dans l'immeuble. Il y avait un paquet pour lui à l'accueil : le livre de réservations du Heartbreak Café. Calder y avait joint un mot : *Après tout, Elvis mangeait des pizzas, non ?*

Le Heartbreak allait donc devenir italien sous peu. Tandis qu'il lisait ce message, le sergent de garde avait passé un coup de fil intérieur, s'exprimant à voix basse.

— Qu'est-ce qui se passe, demanda Rebus. Il avait cru saisir les mots : « Il est là. »

— Rien, monsieur, répondit le factionnaire.

Rebus tenta en vain d'en savoir plus long et il tournait les talons lorsque les portes battantes menant à l'étage s'ouvrirent en grand sous la poussée de deux des sœurs Gorgones : Lauderdale et Flower.

— Pourrais-je avoir vos clefs de voiture ? demanda Lauderdale.

— Mais qu'est-ce qui se passe ?

Rebus jeta un regard à Flower qui ressemblait à un chat devant un aquarium.

— Les clefs, s'il vous plaît ?

La main de Lauderdale était si raide que Rebus songea : *Si je sors en les laissant tous les deux en plan, je pourrais bien les retrouver dans la même position dans quelques heures.* Il tendit ses clefs.

— C'est un tas de boue, vous savez. Si vous n'accélérez pas au bon moment, vous ne pourrez même pas la démarrer.

Il suivit les deux hommes à l'extérieur, sur le parking.

— Je n'ai pas l'intention de la conduire, répondit Lauderdale.

Il y avait une menace dans sa voix mais c'était le silence paisible de Flower qui inquiétait le plus Rebus. Tout d'un coup, il eut une révélation : le revolver ! Ils étaient au courant pour l'arme. Évidemment, elle était toujours sous le siège. À quel autre endroit aurait-il pu la cacher ? À l'appartement, où Michael aurait pu la trouver ? À sa ceinture, où elle aurait attiré l'attention ? Non, il l'avait laissée dans la voiture.

Donc Lauderdale était en train d'ouvrir la portière. Il se tourna vers Rebus et tendit à nouveau la main.

— L'arme, inspecteur Rebus ?

Et comme Rebus ne bougeait pas, il insista :

— Donnez-moi cette arme !

24

Il pointa l'arme et fit feu une, deux, trois fois. Puis il l'abaissa.
Ils retirèrent tous leurs protections d'oreilles. L'expert en balistique avait tiré sur ce qui ressemblait à une caisse en bois. Ils allaient récupérer les balles qui, à présent, se trouvaient à l'intérieur pour les analyser. L'homme qui tenait la crosse du revolver portait des gants de chirurgien. Il laissa tomber l'automatique dans un sac en plastique qu'il avait apporté avec lui avant de retirer ses gants.

– Vous aurez notre rapport dès que possible, dit-il à Watson qui salua son départ.

Après sa sortie, Watson se tourna vers Lauderdale.

– Racontez-moi ça encore une fois, Frank.

Lauderdale prit une profonde inspiration. C'était la troisième fois qu'il racontait l'histoire à Watson mais il ne s'en lassait pas.

– L'inspecteur Flower est venu me trouver en fin de matinée pour m'apprendre qu'il avait reçu des informations.

– Quel genre d'informations ?

– Un coup de téléphone.

– Anonyme, bien entendu.

– Bien entendu. (Lauderdale inspira de nouveau.) Son correspondant lui a dit que l'inspecteur Rebus se trouvait en possession de l'arme qui avait servi au meurtre de l'hôtel Central, il y a cinq ans. Et ensuite, il a raccroché.

– Sommes-nous supposés croire que l'inspecteur Rebus a tiré sur ce type voici cinq ans ?

Cela, Lauderdale l'ignorait.

– Tout ce que je sais, dit-il, c'est que le revolver était bien dans la voiture de Rebus. Et, il l'a reconnu lui-même, on trouvera ses empreintes dessus. Que ce soit la même arme ou non, nous saurons le fin mot de l'histoire aujourd'hui.

– N'ayez donc pas l'air si fichtrement joyeux ! Nous savons l'un comme l'autre que c'est un coup monté.

– Ce que nous savons, monsieur, reprit Lauderdale en ne tenant pas compte de la réflexion de Watson, c'est que l'inspecteur Rebus poursuit tout seul sa petite enquête privée sur l'affaire de l'hôtel Central. Le dossier est sur son bureau et il n'en a parlé à personne.

– Donc il a découvert quelque chose et maintenant quelqu'un se fait du souci. Voilà pourquoi on a dissimulé...

– Sauf votre respect, monsieur... (Lauderdale prit un temps)... personne n'a rien dissimulé. Rebus a avoué avoir acheté cette arme à quelqu'un qu'il a appelé « un étranger ». Il avait expressément prié cet « étranger » de lui fournir un revolver.

– Pour quelle raison ?

– Il a dit qu'il se sentait menacé. Mais, bien sûr, c'est peut-être un mensonge.

– Que voulez-vous dire ?

– Ce revolver est peut-être un indice qu'il a découvert, celui qui lui a fait reprendre l'enquête sur l'hôtel Central. À présent, il nous sert cette histoire parce que, comme ça, nous ne pourrons pas l'accuser de dissimulation de preuves.

Watson prit note de cette possibilité.

– Et vous, qu'est-ce que vous en pensez ?

– Sans vouloir lui faire du tort, monsieur...

– Allons, Frank, ne me faites pas rire. Tout le monde sait que vous ne supportez pas Rebus et ses méthodes. Quand il vous a vus, vous et Flower, lui fondre dessus, il a dû se dire que la loi de Lynch était en marche.

Lauderdale s'essaya à un rire détaché.

– Laissons de côté les questions de personnalité, monsieur, et tenons-nous-en aux faits bruts. L'inspecteur Rebus a de sérieux ennuis. Même s'il a réellement acheté cette arme, la marchandise pue... Elle est liée à une affaire antérieure.

— Il est de pire en pire, fit Watson, pensif, depuis que sa petite amie l'a foutu à la porte. J'avais fondé de grands espoirs.
— Pardon, monsieur ?
— Elle avait réussi à lui faire porter des vêtements décents. Il commençait à avoir l'air... de mériter une promotion.

Lauderdale manqua de s'étrangler.
— Quel crétin !

Lauderdale estima qu'il parlait de Rebus.
— J'imagine que je ferais bien de lui parler, poursuivit Watson.
— Voulez-vous que je...
— Je veux que vous restiez ici pour attendre le rapport. Où est Flower ?
— Parti poursuivre sa tâche, monsieur.
— Vous voulez dire qu'il est retourné au pub. Je souhaiterais lui parler aussi. Curieux comme votre Gorge Profonde * anonyme a su se débrouiller pour joindre la seule personne à St Leonard qui adore Rebus autant que vous.
— Adore, monsieur ?
— Je voulais dire, « abhorre ».

Mais en fait, et Rebus l'avait déjà découvert, l'appel avait été reçu non par Flower lui-même mais par un jeune agent au courant des sentiments de ce dernier pour l'inspecteur John Rebus. Il avait immédiatement téléphoné à Flower au pub et celui-ci avait foncé aussitôt au commissariat, dans le plus pur style de Jackie Stewart, pour tout rapporter à Lauderdale.

Rebus avait mené sa petite enquête pour meubler le temps, à St Leonard, pendant que tous les autres étaient au labo de balistique à Fettes. Il devait quand même se dépêcher parce que, il le savait, Watson le suspendrait de ses fonctions dès son retour. Il dénicha quelques sacs en plastique et y fourra le dossier de l'hôtel Central ainsi que le livre de réservations du Heartbreak Café. Il porta ensuite le tout jusqu'à sa voiture et le balança dans le coffre... probablement le premier endroit que Watson voudrait fouiller.

---

* *Gorge Profonde* : surnom donné à l'informateur anonyme de l'affaire du Watergate. (*N.d.T.*)

Bon Dieu, et dire qu'il avait eu l'intention de se débarrasser du flingue le soir même. Lauderdale avait dit qu'on « soupçonnait » l'arme d'avoir servi pour le meurtre du Central. Eh bien, il serait assez facile d'en apporter la preuve ou de l'innocenter. Ils avaient conservé la balle. Rebus s'en voulait de ne pas avoir examiné le revolver de plus près. Il avait l'air neuf, mais, après tout, peut-être n'avait-il servi qu'une fois, en cette fatale occasion.

Il ne doutait pas que c'était bien l'arme en question. Ce qu'il se demandait, c'était comment ils avaient bien pu le piéger. Le seul moyen de le savoir était de remonter en arrière pour comprendre la machination. Bon, Deek lui avait remis le revolver entre les mains. Donc, d'une façon ou d'une autre, ils l'avaient fait passer à Deek. Rebus lui-même avait fait circuler l'information qu'il recherchait Deek Torrance. Le message avait circulé. Et quelqu'un, l'ayant intercepté, avait été suffisamment intéressé pour faire suivre et coincer Deek. On avait dû lui demander quels étaient ses rapports avec John Rebus. Et quand Rebus avait réclamé une arme à Deek, ce dernier avait dû leur en référer.

Bien sûr ! ça avait dû se passer comme ça. Le plan était parfait. Rebus s'était piégé lui-même en se mettant en quête d'une arme. Parce qu'alors ils avaient su exactement comment s'y prendre. Lui faire passer le revolver, c'était un peu trop gros, non ? Personne ne marcherait vraiment dans la combine. Mais il allait falloir faire une enquête. Et une enquête comme celle-là prendrait des mois. Or, pendant ce temps-là, il serait suspendu. Ils avaient voulu l'écarter de leur chemin, un point c'est tout. Parce qu'il commençait à se rapprocher d'eux.

Rebus sourit intérieurement. Aussi proche d'eux que de l'Alaska... à moins qu'il ne soit tombé sur quelque chose de révélateur sans s'en douter. Il lui fallait tout reprendre depuis le début, dans le moindre détail. Et ça allait prendre du temps. Le temps qu'en tout état de cause Watson allait lui offrir.

Aussi, lorsqu'il pénétra dans le bureau du commissaire, Watson fut-il surpris de son flegme.

— John, dit Watson, après avoir invité Rebus à s'asseoir, comment faites-vous pour donner toujours l'impression que vous nous réservez un tour de cochon ?

— C'est parce que je dis la formule magique, monsieur, proposa Rebus.

– Quelle formule magique ?
Rebus eut l'air surpris que Watson ne la connaisse pas.
– Mais, abracadabra, monsieur.
– John, vous êtes suspendu !
– Merci, monsieur.

Il passa la soirée sur la piste de Deek Torrance, poussant même jusqu'aux docks de South Queensferry, l'espoir le plus désespéré d'une nuit sans espoir. Deek avait certainement reçu assez de fric pour fuir bien loin de la ville. À cette heure, il avait même probablement quitté l'hémisphère nord. Quoiqu'il fût encore possible qu'ils l'aient réduit au silence d'une manière définitive.
– Eh ben, t'étais un drôle de copain, se murmura Rebus.
Pour boucler la boucle, il poussa jusqu'à son salon de massage préféré. Il semblait toujours en être le seul client et s'était parfois demandé comment l'Organiste gagnait sa vie. Maintenant, il avait compris : l'Organiste travaillait à domicile. Chez ceux qui disposaient d'une fortune suffisante, à défaut d'une réputation sans tache.
– Depuis combien de temps allez-vous là-bas ? demanda Rebus.
Étendu sur la table, il était conscient que l'Organiste aurait pu lui briser la nuque ou la colonne vertébrale avec une facilité déconcertante. Mais il pensait qu'il ne le ferait pas. Pourvu que son instinct ne le trompe pas !
– Seulement quelques mois. Quelqu'un, à la salle de sport, m'a recommandé à sa femme.
– Donc, vous la connaissez ?
– Pas vraiment, elle me trouve trop brutal.
– C'est comique venant de l'épouse de Gros Gerry Cafferty.
– Alors c'est un truand ?
– Qu'est-ce que vous en pensez ?
– Vous oubliez que je ne suis pas là depuis très longtemps.
Exact, Rebus avait oublié les aventures du Joueur d'Orgue dans le nord de Londres. Quand il était de bonne humeur, il racontait de merveilleuses histoires sur cette ville.
– Vous ne voulez rien me dire à son sujet, osa Rebus, en dépit des deux grosses pattes qui entouraient son cou.

— Je n'ai rien à dire, inspecteur, répondit le masseur. Le silence est d'or.

— Et ce n'est pas ça qui manque dans les parages. Vous avez déjà vu quelqu'un d'autre dans la maison ?

— Seulement sa femme et son chauffeur.

— Le chauffeur ? Vous parlez de la montagne humaine avec un morceau de plastique en guise d'oreille gauche ?

— C'est ce qui justifie sa coupe de cheveux, répondit l'Organiste, méditatif.

— En effet, il aurait bien peu d'autres motifs, conclut Rebus.

Après que l'Organiste en eut fini avec lui, Rebus retourna à l'appartement. Michael regardait le film de la nuit, le scintillement du poste éclairait par intermittence son visage figé. Rebus avança jusqu'à l'appareil pour l'éteindre. Michael continua à fixer l'écran noir sans un battement de cil. Il tenait une tasse de thé froid. Doucement, Rebus la lui prit des mains.

— Mickey, dit-il, j'ai besoin de parler à quelqu'un.

Michael cligna des yeux et le regarda.

— Tu peux toujours venir me parler, tu le sais bien.

— Oui, je sais, dit Rebus. Nous avons un point de plus en commun, désormais.

— Quoi donc ?

Rebus s'assit.

— Moi aussi, on m'a suspendu.

25

C'étaient les samedis matin que le commissaire Watson redoutait le plus, quand, malicieusement, sa femme tentait de l'entraîner avec elle dans les magasins. Des heures interminables à parcourir les antres du commerce de masse, les boutiques de vêtements, sans compter le supermarché. Il servirait encore à coup sûr de cobaye pour le dernier plat cuisiné malais à réchauffer au micro-ondes ou pour des fruits étranges aux noms imprononçables. Le plus terrible était bien entendu d'observer d'autres hommes vivant la même détresse que lui. Il s'étonnait toujours de ne pas voir l'un d'entre eux sortir de ses gonds en hurlant qu'autrefois les mâles étaient de fiers et forts chasseurs.

Mais, ce matin-là, il prétexta un travail urgent. Il essayait toujours de se trouver une excuse pour faire un saut à St Leonard ou pour rapporter du travail chez lui. Il s'assit donc à son bureau pour écouter Radio Écosse et lire le journal. Le reste de la boîte était calme et silencieux. Mais, le téléphone sonna et il se sentit dérangé jusqu'à ce qu'il se rappelle qu'il attendait justement un coup de fil du service de balistique de Fettes. Après avoir raccroché, il chercha un numéro dans son répertoire et le composa.

– Je veux vous voir dans mon bureau lundi matin, dit-il à Rebus. Nous devons avoir un entretien en bonne et due forme.

– Dois-je en déduire que le flingue que j'ai récupéré est répertorié dans les fichiers de nos artificiers ?

– Exactement. Un vrai « feu » d'artifice !

– Les balles leur ont parlé ?

– Oui.
– Vous vous en doutiez déjà, répliqua Rebus. Et moi aussi.
– C'est très gênant, John.
– En effet.
– Pour vous, mais aussi pour moi.
– Sauf votre respect, monsieur, je ne pensais pas à vous.

Lorsque Siobhan Clarke se réveilla ce même matin, elle jeta un coup d'œil sur le réveil et bondit hors du lit. *Bon Dieu !* il était presque neuf heures. Elle avait mis son bain à couler et cherchait des sous-vêtements propres dans la salle de bains quand une pensée la frappa : c'était le week-end ! Pas besoin de courir, au contraire. Une autre équipe avait pris le relais dans l'opération Bourses Pleines, juste pour voir s'il y avait le moindre signe de vie au bureau de Dougary. D'après la Répression des Fraudes, le déroulement des week-ends de Dougary était réglé comme du papier à musique. Il les passait toujours aux antipodes de Gorgie Road. Ils devaient cependant s'en assurer. Et c'est pourquoi une équipe remplaçait les agents affectés à l'opération et gardait un œil sur les lieux. Si rien ne se produisait, personne ne s'en occuperait la semaine suivante. Dougary avait des habitudes parfaitement régulières. Elle-même avait passé très peu de temps en surveillance après 17 h 30. En général, il sortait même plus tôt, ce qui convenait très bien à Siobhan. Cela lui avait permis de faire deux voyages utiles à Dundee, en dehors de ses heures de travail.

Elle avait prévu de faire une virée ce matin-là, mais elle n'avait pas à quitter Édimbourg avant une heure. De plus, elle était certaine d'être rentrée avant le coup d'envoi des Hibees.

Elle avait tout le temps de prendre un café. Le salon était en désordre mais ça lui était égal. D'habitude, elle se gardait toutes les tâches ménagères pour le dimanche matin. C'était l'avantage de vivre seule : on peut créer son propre désordre, sans personne pour critiquer ou s'en offusquer. Traînaient des sacs de chips vides, des emballages de pizzas livrées à domicile, des bouteilles de vin, de vieux journaux et magazines, des vêtements, du courrier (ouvert ou non), des assiettes, des couverts et toutes les tasses qu'elle possédait, tout ça dans la pièce de quinze mètres carrés qu'elle habitait. Sous les détritus, quelque part, se trouvaient un futon et un téléphone sans fil.

Justement, le téléphone sonnait. Elle le dénicha sous un carton à pizza, prit la ligne et tira l'antenne d'un coup sec.

— C'est vous, Clarke ?
— Oui, monsieur.

La dernière personne de qui elle attendait un appel : John Rebus. Elle se rendit dans la salle de bains.

— J'entends d'affreux parasites, déclara Rebus.
— Je viens juste d'arrêter l'eau du bain.
— Bon Dieu, vous êtes dans l'eau ?
— Non, monsieur, pas encore. J'ai un téléphone sans fil.
— Je déteste ces appareils. Vous parlez pendant cinq minutes et à la fin vous entendez une chasse d'eau... Enfin, désolé de... Quelle heure est-il ?
— Un peu plus de 9 heures.
— Vraiment !

À l'entendre, il semblait crevé.

— Monsieur, je suis au courant de votre suspension.
— Je n'en doute pas.
— Je sais que ce ne sont pas mes oignons, mais d'abord, qu'est-ce que vous faisiez avec un pétard ?
— C'était mon rempart psychologique.
— Pardon ?
— C'est comme ça que mon frère l'appelle. Il doit s'y connaître, il pratique l'hypnose.
— Monsieur, vous allez bien ?
— Très bien. Allez-vous assister au match ?
— Pas si vous avez besoin de moi pour autre chose.
— Eh bien, je me demandais... Avez-vous toujours les dossiers Cafferty ?

Elle était revenue dans le salon. Oh, elle avait toujours les dossiers en question, bien sûr. Leur contenu était dispersé entre la table basse, son bureau et la moitié de la table sur laquelle elle prenait son petit déjeuner.

— Oui, monsieur.
— Ne pourriez-vous pas me les apporter chez moi, par hasard ? Ici, je n'ai que ceux de l'hôtel Central. Il me manque un indice qui doit se trouver quelque part.

– Et vous voulez les comparer aux dossiers Cafferty ? Ce n'est pas une mince affaire.
– Ce serait plus facile à deux.
– À quelle heure voulez-vous que je vienne ?

Les samedis que Brian Holmes passait chez sa tante à Barnton ressemblaient à peu de choses près aux dimanches, sinon que le samedi il n'avait pas à refuser de l'accompagner à l'église presbytérienne du quartier. Comment s'étonner ensuite de ce que, ayant trouvé au Heartbreak Café un accueil si chaleureux, il y ait passé autant de temps ? Mais tout cela appartenait au passé. Il s'efforçait d'admettre qu'« Elvis » était mort et ce n'était pas facile. Plus de « King Shrimp Creole » ni de « Blue Suede Choux » ou de « In the Gateau » ou encore de « Blue Hawaii Cocktails ». Et terminées les soirées prolongées à boire de la tequila (de la José Cuervo Gold, bien sûr) ou du Jim Beam (la marque de bourbon préférée d'Eddie).
– Cap sur le rayon *, disait-il toujours.
– Voilà, voilà, mon lapin !
Oh, super, sa tante l'avait entendu parler tout seul et lui apportait une tasse d'Ovomaltine.
– Ce truc se boit avant de dormir, lui dit-il, et il n'est même pas midi !
– Ça va te calmer, Brian.
Il avala une gorgée du breuvage. *Hum*, ce n'était pas si mauvais, après tout. Pat était passé pour savoir s'il accepterait de porter le cercueil avec lui lundi.
– Ce serait un honneur pour moi, lui avait répondu Holmes.
Et il le pensait. Pat n'avait pas osé le regarder en face. Peut-être songeait-il lui aussi aux nuits qu'ils avaient passées à bavasser après la fermeture. C'était pendant l'une de ces soirées, alors qu'ils parlaient des grands désastres qu'avait subis l'Écosse, qu'Eddie avait soudain proféré qu'il était présent lorsque l'hôtel Central avait pris feu :

* En anglais, *beam* signifie rayon. (*N.d.T.*)

— Je remplaçais un gars au noir, payé cash et pas de questions. Et pourtant j'étais mort après ma journée de travail au Eyrie.
— Je ne savais pas que tu avais bossé au Eyrie.
— Commis principal du chef cuistot. S'il n'est pas dans le Michelin cette année, il pourra fermer boutique.
— Alors, que s'est-il passé au Central ?
L'alcool n'avait pas encore fait perdre la tête à Holmes.
— On jouait au poker dans une chambre du premier étage.
Il semblait avoir perdu le fil de la conversation, s'assoupissant peu à peu.
— Tam et Eck cherchaient des partenaires.
— Tam et Eck ?
— Tam et Eck Robertson.
— Et alors, qu'est-ce qui s'est passé ?
— Laisse tomber, Brian. Regarde-le.
Bien qu'Eddie ait gardé les yeux ouverts, la tête sur les bras et les bras appuyés sur le comptoir, il dormait.
— Un de mes cousins était à Ibrox le jour de la grande bousculade, révéla Pat en lavant une chope de bière.
— Et toi, tu te rappelles où tu étais le soir où Jock Stein est mort ? demanda Holmes.
Ils avaient continué à se raconter des histoires et Eddie dormait encore. Désormais, son sommeil durerait toujours. Holmes allait être le quatrième porteur. Il avait posé quelques questions à Pat.
— Marrant, avait noté Pat, ton copain Rebus m'a demandé exactement la même chose.
Brian sut alors que l'affaire était en de bonnes mains.

Rebus passa en voiture dans les rues commerçantes du centre. Le samedi, si vous évitiez Princes Street, l'ambiance de la ville était beaucoup plus détendue... Du moins jusqu'à 14 h 30. Alors, soit l'est, soit l'ouest d'Édimbourg (selon le club qui recevait) se remplissait de supporters de football. Les jours de matchs entre les deux équipes locales, il valait mieux rester complètement en dehors de l'agglomération. Il n'y avait pas de derby ce jour-là. Les Hibs jouaient à domicile et la ville était calme.

— Vous avez demandé après lui il y a à peine deux semaines, lui répondit un barman.
— Et je renouvelle ma demande.
À nouveau, il cherchait Deek Torrance. Il devait le retrouver, mort ou vif. Il ne pensait pas vraiment croiser Deek par ici, mais parfois, l'argent et l'alcool avaient une influence terrible sur un homme. Ils le rendaient confiant et du coup, il ne se souciait plus du danger ou des menaces de vengeance. Rebus espérait que Deek profitait encore quelque part de l'argent qu'il lui avait donné pour payer le flingue. Plus le temps passait, plus son espoir s'amenuisait. En fin de compte, pourtant, il buta dans Chick Muir dans un club populaire de Leith et en profita pour lui donner les dernières nouvelles.
— C'est vraiment terrible, dit Chick d'un ton apitoyé. Je vais laisser traîner mes oreilles un peu partout.
Rebus apprécia à sa juste valeur cette sentimentalité un peu confuse. Pour Chick, ce ne serait pas une tâche trop difficile. On appelait parfois les indicateurs des musiciens et les oreilles de Chick étaient de taille à capter le moindre son.
À 13 h 30, il sortait d'une officine de paris miteuse. Même à l'hospice il avait décelé plus d'espérance, de sourires et moins de larmes. Dix minutes plus tard, il était assis devant une assiette de haggis réchauffés au micro-ondes et accompagnés d'une pomme de terre à l'écossaise au Sutherland Bar. Quelqu'un avait abandonné son journal sur sa chaise et il se mit à le lire. Par hasard, il était ouvert à une page où s'étalait un article signé Mairie Henderson.
— Vous êtes en retard, dit-il alors que Mairie en personne s'asseyait en face de lui.
Elle faillit se relever de colère.
— J'étais déjà là il y a une demi-heure ! Nous avions dit à 13 h 15. Je vous ai attendu jusqu'à la demie.
— Je croyais pourtant que notre rendez-vous était pour la demie.
— Et vous n'étiez pas ici à la demie. Vous avez de la chance que je sois revenue.
— Oui, et pourquoi l'avez-vous fait ?
— J'avais oublié mon journal.
— De toute façon, il ne contient pas grand-chose d'intéressant.
Il avala une autre bouchée de haggis.

— Je croyais que vous m'invitiez à déjeuner.
Rebus désigna le buffet du menton.
— Servez-vous et mettez la note sur mon compte.
Elle hésita un instant puis décida que la faim l'emportait sur la colère. Elle revint du buffet avec une assiette garnie d'une quiche et de haricots en salade et sortit son porte-monnaie.
— Vous n'avez pas de compte ici, lui fit-elle remarquer.
Rebus battit des paupières.
— C'était juste une petite plaisanterie.
Il tenta de lui mettre de l'argent dans la main mais elle tourna les talons. Des talons plats. Elle portait des chaussures rigolotes, comme des Doc Martens pour enfants. Elle avait également des collants noirs. Rebus fit tourner la nourriture dans sa bouche avec la langue. Enfin, elle s'assit et ôta son manteau. Il lui fallut encore un moment pour se sentir à l'aise.
— Quelque chose à boire ? demanda Rebus.
— Je suppose que c'est ma tournée, aboya-t-elle.
Il secoua la tête. Elle demanda donc un gin avec une orange pressée et Rebus s'en fut chercher les boissons, commandant pour sa part un demi de Guinness. La Guinness possédait sans nul doute une plus grande valeur nutritionnelle que le repas qu'il venait d'avaler.
— Eh bien, dit Mairie, quel est ce grand secret ?
Avec son petit doigt, Rebus dessina ses initiales sur la mousse épaisse qui recouvrait sa boisson. Il savait qu'elles seraient toujours visibles lorsqu'il atteindrait le fond du verre.
— On m'a mis un carton rouge.
Elle releva les yeux.
— Comment ça ? Suspendu ?
Elle ne semblait plus fâchée contre lui. Elle redevint la journaliste qui flaire une bonne histoire. Il acquiesça.
— Que s'est-il passé ?
Tout excitée, elle enfourna une pleine bouchée de haricots rouges et de pois chiches. Rebus avait suivi un cours intensif sur les légumes secs grâce à ses locataires. À part les haricots rouges et les pois chiches, il savait aussi reconnaître un borlotti d'un pinto d'un seul coup d'œil et à cinquante mètres.
— Je me suis retrouvé en possession d'un flingue, un Colt .45. Authentique ou non, je ne sais pas.

— Et ?
— Et c'était l'arme qui avait été utilisée pour le meurtre de l'hôtel Central.
— Non !

Son exclamation eut un tel effet sur les quelques buveurs du bar qu'ils firent une pause avant d'avaler. C'était toujours comme ça au Sutherland. Une émeute dans la rue aurait à peine mérité un léger commentaire. Rebus voyait les questions se bousculer dans la tête de Mairie.

— Vous travaillez toujours pour l'édition du dimanche ? lui demanda-t-il.

Elle hocha la tête, toujours occupée à mettre en ordre la flopée de questions qu'elle aimerait lui poser.

— Alors, que diriez-vous de me rendre un petit service ? J'ai toujours rêvé de faire la une...

Il n'avait bien entendu pas l'intention de laisser citer son nom dans l'article. Ils prirent donc toutes les précautions en ce sens lorsqu'ils furent installés dans les bureaux du journal. Rebus put enfin faire le tour du bâtiment. Il en fut un peu déçu : des bureaux paysagers aménagés à chaque étage autour de la cage d'escalier. Il n'y régnait même pas une atmosphère fébrile, tout se passant dans l'espace dévolu à Mairie et sur sa très moderne machine à traitement de texte.

Il eut tout de même un entretien avec le rédacteur en chef du *Sunday*. Ils devaient s'assurer de quelques points. C'était l'usage lorsqu'un article devait paraître sans que les sources soient citées. La loi écossaise ne permet aucune divulgation sans preuves. La presse semblait suivre les mêmes règles. Mais Rebus disposait d'un ardent défenseur en la personne de celle qui signerait le papier. Après une audioconférence avec l'avocat trop bien payé qui s'occupait des journaux du groupe, Mairie reçut le feu vert et commença à taper sur son clavier.

— Je ne peux pas vous promettre qu'il passera en première page, prévint le rédacteur en chef. Nous faisons attention avec les affaires non confirmées officiellement. Mais vous pourriez bien reléguer un accident de la route et ses trois victimes en pages intérieures.

Rebus assista à toute l'opération, du début à la fin. Une série de manipulations sur l'ordinateur et Mairie envoya le texte à la composition qui se trouvait à un autre étage. Peu de temps après, une imprimante laser cracha la maquette de la première page du journal du lendemain. Tout en haut se dégageait ce titre : DÉCOUVERTE D'UN REVOLVER. UNE VICTIME VIEILLE DE CINQ ANS VA-T-ELLE ÊTRE IDENTIFIÉE ?

– Ça, ça sera changé, dit Mairie, le rédacteur-adjoint y fera des retouches quand il aura lu l'article.

– Pourquoi ?

– Eh bien, d'abord, parce qu'on dirait que c'est la victime qui avait cinq ans à l'époque des faits.

Rebus ne l'avait pas remarqué, mais la phrase prêtait en effet à confusion. Mairie l'observait.

– Vous ne pensez pas que ça va vous attirer encore plus d'ennuis ?

– Qui pourrait savoir que c'est moi qui vous ai raconté cette histoire ?

Elle sourit.

– Pour commencer, tous les membres de la police d'Édimbourg.

Rebus lui rendit son sourire. Il avait acheté des pilules de caféine, ce matin, pour pouvoir tenir toute la journée. Elles semblaient assumer parfaitement leur rôle.

– Si quelqu'un me le demande, répondit-il, je dirai simplement la vérité.

– Qui est ?...

– Que je ne suis plus concerné.

26

Cet après-midi-là, Rebus distribua encore un peu d'argent aux étudiants afin de les tenir hors de l'appartement jusqu'à minuit. Il se demanda même un instant s'il n'était pas le seul propriétaire dans toute l'histoire de la nation écossaise à rémunérer ses propres locataires. Il n'y en avait heureusement que deux. Les deux autres (car il s'était enfin rendu compte qu'il logeait quatre personnes de façon permanente, dont il oubliait régulièrement les noms, ce pourquoi il ne les appelait jamais) étaient rentrés dans leurs foyers respectifs pour se faire dorloter par maman et manger un peu.

Michael, pour sa part, ne bougea pas. Rebus savait que sa présence ne le dérangerait pas. Il sommeillerait dans le débarras ou alors il regarderait la télévision. Que l'on coupât le son ne semblait pas l'importuner du moment qu'il y avait une image à fixer.

Rebus acheta tout un sac de provisions : du vrai café, du lait, de la bière, des boissons sans alcool et des amuse-gueules. Ce n'est qu'une fois rentré à l'appartement qu'il se souvint que Siobhan était végétarienne et il s'en voulut d'avoir pris un sachet de chips au bacon. Mais, après tout, ce ne devaient être que des arômes artificiels, alors pourquoi s'en faire ? Elle arriva à 17 h 30.

— Entrez, entrez.

Rebus la conduisit au salon, tout au bout du long couloir sombre.

— C'est mon frère Michael.

— Salut, Michael.

– Mickey, je te présente l'agent Siobhan Clarke.

Michael hocha la tête et cligna lentement des yeux.

– Allez, donnez-moi votre veste. Comment s'est passé le match, au fait ?

– 0 à 0.

Siobhan posa ses deux sacs en plastique et retira sa veste de cuir noir. Rebus alla la suspendre dans l'entrée. En revenant, il vit Siobhan détailler la pièce d'un air dubitatif.

– C'est un peu le bordel, avança-t-il, alors qu'il venait de passer un quart d'heure à mettre de l'ordre.

– En tout cas, c'est grand, répliqua-t-elle sans le contredire.

On voyait à peine la lumière à travers les carreaux de la grande fenêtre. Quant au tapis, on l'aurait cru tissé en poils de buffle. Et le papier peint... Elle comprenait fort bien pourquoi les étudiants avaient tenté d'en dissimuler le moindre centimètre carré sous des posters de K.D. Lang et de Jesus & Mary Chain.

– Vous voulez boire quelque chose ?

– Non, allons-y, dit-elle avec un signe de tête.

Cela ne se passait pas vraiment comme elle l'avait imaginé. Bien sûr, le frère zombie ne facilitait pas les choses. Mais il n'était pas non plus un élément perturbateur. Ils se mirent donc au travail.

Une heure plus tard, ils avaient seulement survolé les dossiers. Siobhan était couchée par terre, les jambes repliées, la tête appuyée sur la main. Elle en était à sa deuxième canette de Coca. Les dossiers s'étalaient sur le sol. Rebus était assis près d'elle, mais sur le divan. Des chemises recouvraient ses genoux et s'amassaient à côté de lui. Il avait un stylo derrière l'oreille, comme les bouchers ou les bookmakers. Siobhan mâchonnait son crayon et le tapotait contre ses dents lorsqu'elle réfléchissait. Le jeu télévisé qui passait en silence semblait rendre ses participants hystériques. Mais à en juger par l'expression de son visage, on aurait pu croire que Michael regardait un procès en cour martiale. Il s'arracha de son fauteuil.

– Je vais faire un petit somme, les prévint-il.

Siobhan eut du mal à cacher sa surprise lorsque, au lieu de pousser la porte du salon, il ouvrit celle du débarras qu'il referma derrière lui.

— J'aimerais faire deux choses, dit Rebus, d'abord identifier une bonne fois pour toutes la victime.

— Et connaître le meurtrier, devina Siobhan.

— Non, rattacher tout cela au Gros Gerry.

— On n'a aucune preuve qu'il se soit trouvé dans les parages.

— Et on n'en aura peut-être jamais. Mais quand même... Nous ignorons toujours qui participait à cette partie de poker. Les frères Brunet ne jouaient quand même pas tout seuls !

— Nous pourrions réinterroger tous les clients de l'hôtel, cette nuit-là.

— Oui, en effet, répondit Rebus, sans enthousiasme.

— Ou encore retrouver les frères Brunet, à supposer qu'ils soient toujours de ce monde, et le leur demander.

— Leur cousin sait peut-être où ils se trouvent.

— Qui ? Mc Callum le Radiateur ?

Rebus acquiesça.

— Mais lui non plus, nous ne savons pas où il est. Eddie Ringan était là-bas ce soir-là, bien qu'il n'apparaisse pas sur la liste officielle. Comme Aengus le Noir et les frères Brunet. Je suis même surpris qu'elle comprenne un seul nom !

— Attention, ça s'est passé il y a très longtemps.

Siobhan semblait plus détendue maintenant que Michael était sorti.

— Et nous remuons de vieux souvenirs. Je devrais peut-être faire une nouvelle tentative auprès d'Aengus.

— Gare à vous, dans ce cas-là.

Siobhan aurait pu lui parler de Dundee, mais elle voulait avoir des certitudes d'abord. Et puis ce serait une surprise. Elle en saurait plus lundi. Le téléphone sonna et Rebus décrocha.

— John ? C'est Patience.

— Ah ! Salut.

— Salut. J'ai pensé que, peut-être, nous pourrions enfin fixer ce rendez-vous.

— Ah, bien ! Pour boire un verre ?

— Ne me dis pas que tu as oublié ? Non, je sais, tu joues à celui qui ne se rappelle rien. Ne va pas trop loin, Rebus.

— Ce n'est pas ça. Je suis juste un peu occupé en ce moment.

Siobhan parut comprendre. Elle se leva et indiqua qu'elle allait préparer du café dans la cuisine. Rebus la remercia de la tête.

— Oh, je suis désolée de te déranger dans ce que...
— Ne le prends pas de travers, Patience. J'ai plein de choses en tête en ce moment.
— Dont je ne fais pas partie ?

Rebus poussa un soupir exaspéré. On entendit soudain un fort éternuement en provenance de la cuisine. C'est vrai, il y avait des courants d'air à Easter Terraces.

— John, demanda Patience, il y a une femme dans ton appartement ?
— Oui, répondit-il.
— Une des étudiantes ?

Comme il ne lui mentait que très rarement, il déclara :
— Non, une collègue. Nous travaillons sur un dossier.
— Je vois.

Seigneur, il aurait dû essayer de mentir. Il était trop accaparé par l'hôtel Central pour pouvoir affronter les piques de Patience.

— Bon, dit-il enfin, donne-moi le jour et le lieu du rendez-vous.

Mais Patience avait déjà raccroché. Rebus fixa l'écouteur, haussa les épaules et le posa sur le tapis. Il ne voulait plus être dérangé.

— Le café va être prêt, dit Siobhan.
— Super.
— J'ai dit quelque chose qui...
— Quoi ? Non, non, c'est juste que... Non, rien.

Siobhan avait oublié d'être bête.

— Elle m'a entendue éternuer et a cru que vous aviez invité une autre femme ici.
— Mais j'ai bien invité une autre femme ici. C'est juste sa façon de penser... elle ne me fait pas vraiment confiance.
— Et elle devrait ?

Rebus soupira.
— Parlez-moi encore des frères Robertson.

Siobhan se rassit par terre et se mit à lire leur dossier à haute voix. Assis sur le canapé, Rebus la regardait à ses pieds. Il fixait le dessus de sa tête et les cheveux, pâles et clairs sur sa nuque,

qui s'étaient glissés sous son col. Elle avait de petites oreilles percées...
– Nous savons qu'ils s'entendent bien. Ils appartiennent à une famille très unie de six enfants. Ils habitaient une petite maison avec une seule chambre à coucher.
– Qu'est-il arrivé aux autres frères et sœurs ?
– Seulement quatre sœurs, lut Siobhan, et très respectueuses des lois. Elles sont mariées et mères de famille à présent. Seuls les garçons étaient turbulents. Ils aiment le jeu, et plus particulièrement les cartes et les chevaux. Des deux, c'est Tam qui joue le mieux aux cartes. Eck a plus de chance aux courses... N'oubliez pas que ces renseignements datent de six ans. De plus ce ne sont que des rumeurs.
Rebus acquiesça. Il se remémorait le vieil homme rencontré dans le dernier pub qu'il avait visité à Lochgelly, celui qui était venu se faire payer des verres par les peintres et les décorateurs. Et un des peintres lui avait coupé la parole pour dire qu'il reconnaîtrait un cheval plus facilement qu'un homme. Le vieillard était donc un fana de canassons, comme Eck et Tam.
– Peut-être l'avait-il rencontré chez un bookmaker, songea Rebus à voix haute.
– Pardon ?
Rebus lui raconta son histoire.
– Ça vaut le coup d'essayer, convint-elle. Qu'est-ce qu'on risque ?
Rebus avait un contact fiable au commissariat de Dumferline, le sergent Hendry. On prétendait que Hendry était bien trop honnête dans son travail, ce qui l'empêchait de monter en grade. Seuls les incompétents étaient promus. Ça permettait de les laisser hors course. Comme il était lui-même inspecteur, Rebus ne pouvait pas être entièrement d'accord. Mais il était le premier à reconnaître que Hendry aurait dû depuis longtemps obtenir le même poste que lui et il se demanda ce qui l'en avait empêché, ou qui. En tout cas, ce n'était nullement en raison d'un tempérament trop vif : c'était l'homme le plus calme que Rebus ait rencontré. Son passe-temps favori, l'ornithologie, reflétait bien sa nature. Ils avaient échangé leurs numéros de téléphone personnels un jour qu'ils travaillaient sur la même affaire. Oui, ça valait le coup d'essayer.

— Salut, Hendry, s'annonça-t-il, c'est Rebus à l'appareil.
— Ah, Rebus ! On peut vous faire confiance pour troubler le repos d'un honnête travailleur.
— Vous étiez en train d'observer les oiseaux ?
— J'ai vu un pivert tacheté ce matin.
— Moi, un jour, j'ai vu un flic plein de taches aussi.
— C'est que nous ne fréquentons pas le même monde tous les deux. Mais qu'est-ce qui vous amène ?
— J'aimerais que vous consultiez votre annuaire local. Je suis à la recherche d'un bookmaker.
— Quelqu'un en particulier ?
— Non, je ne suis pas difficile. Je me contenterai de tous les noms et de toutes les adresses.
— Dans quelles villes ?
Rebus réfléchit :
— Dunfermline, Cowdenbeath, Lochgelly, Carenden, Kelty, Ballingry. Ce sera tout pour le moment.
— Ça risque de me prendre un peu de temps. Je peux vous rappeler ?
— Bien sûr. Et réfléchissez à deux noms pour moi : Tam et Eck Robertson. Ils sont frères.
— D'accord. Vous êtes à Arden Street, je suppose.
— Quoi ?
— Vous vous êtes fait virer par le docteur, non ? Pour quoi c'était, votre comportement envers ses malades ?
— Qui vous l'a dit ?
— Les nouvelles vont vite. Ce n'est pas vrai, alors ?
— Non, c'est juste que mon frère est là pour... Oh, et puis oubliez ça !
— Je vous rappelle.
Rebus raccrocha.
— Que vous me croyiez ou non, il semblerait que n'importe qui dans le secteur est au courant pour Patience et moi. Est-ce qu'on a passé une annonce dans le journal, ou quoi ?
Siobhan sourit.
— Qu'est-ce qu'on fait, maintenant ?
— Hendry va nous rappeler pour nous donner les informations. Mais, en attendant, on pourrait sortir pour manger un curry indien.

– Et s'il téléphone pendant qu'on est dehors ?
– Il rappellera plus tard.
– Vous avez un répondeur ?
– Je n'arrivais jamais à le faire marcher, alors je l'ai balancé. Comme il doit retrouver tous les books du comté de Fife, Hendry va y passer des heures.

Ils marchèrent jusqu'à Tollcross, Siobhan ayant insisté pour prendre l'air.

– Je pensais que vous aviez pris suffisamment d'air au stade aujourd'hui.
– Vous plaisantez ? De l'air frais ! Entre la fumée des cigarettes, l'odeur de bière éventée et les remugles des pâtés au suif ?
– Taisez-vous ou vous allez me dégoûter de mon curry.
– Je parierais que vous êtes accro au Vindaloo.
– Loupé, je n'aime que le Madras, répondit Rebus.

En dînant, il se dit que Siobhan ferait mieux de rentrer chez elle sitôt la fin du repas. Ils n'étaient pas sur une piste fraîche. Même avec une liste des books, c'était du temps perdu. Demain les officines seraient fermées. Pourtant Siobhan voulut rester, au moins jusqu'à ce que Hendry rappelle.

– Nous n'avons pas encore comparé tous les dossiers, rétorqua-t-elle.
– C'est ma foi vrai, se contenta de répliquer Rebus.

À la fin du repas, tandis que Siobhan buvait un café, Rebus commanda des plats à emporter pour Michael.

– Est-ce qu'il va bien ? demanda Siobhan.
– De mieux en mieux, affirma Rebus qui tentait lui-même de se convaincre. Son flacon de pilules est presque vide. Il ira très bien quand il aura fini le traitement.

Comme pour prouver les dires de son frère, Michael était dans la cuisine lorsqu'ils regagnèrent l'appartement. Il était en train de plonger un sachet de thé dans une tasse où se mêlaient l'eau et le lait. À première vue, il sortait de sous la douche et s'était rasé.

– Je t'ai rapporté un curry, dit Rebus.
– Tu dois être extralucide.

Michael plongea le nez dans le sac en papier et huma les odeurs.

– « Rogan Josh » ?

Rebus hocha la tête et se tourna vers Siobhan.

– Michael est le plus grand amateur de « Rogan Josh » du comté.

– Il y a eu un appel pour toi pendant que vous étiez sortis.

Michael sortit les cartons du sac.

– Hendry ?

– Exactement.

– Il a laissé un message ?

Michael vida les deux boîtes en carton dans une assiette : riz et viande.

– Il a dit que vous deviez préparer un bon stylo et un gros bloc de papier.

Rebus adressa un grand sourire à Siobhan.

– Allons, dit-il, nous allons faire économiser une grosse facture de téléphone à Hendry.

– Je suis content que vous ayez rappelé, dit tout de suite Hendry, c'est vrai, je dois participer à un tournoi de boules en salle dans une demi-heure. Attention, la liste est longue.

– Alors, allons-y.

– Je pourrais vous la faxer au commissariat de St Leonard.

– Impossible, je suis hors circuit.

– Je n'en savais rien !

– C'est marrant, ça. Vous semblez pourtant très au courant de ma vie privée.

Hendry dictait les noms, adresses et téléphones à Rebus qui les transmettait à Siobhan. Elle avait prétendu écrire très vite, il l'avait chargée de la retranscription. Pourtant, ils durent intervertir les rôles au bout de dix minutes tellement elle avait mal au poignet. Une fois terminée, la liste occupait trois pages 21 x 29,7. À ces informations brutes, Hendry ajouta quelques détails concernant des permis accordés en douce, des soupçons de recel, des réunions de toutes sortes de malfaiteurs. Rebus lui en fut reconnaissant.

– Décidément, les bureaux de paris sont une belle institution, commenta Rebus lorsque Siobhan lui rendit le récepteur.

– Comme vous dites, répliqua Hendry. Je peux disposer, maintenant ?

— Évidemment, et merci pour tout.
— Si ça peut vous aider à quitter le banc de touche. Nous avons besoin de tous les demis d'ouverture possibles. Les deux noms que vous m'avez donnés ne m'ont rien rappelé. Et, Rebus...
— Quoi ?
— Elle a l'air épatante...

Hendry raccrocha avant que Rebus ait eu le temps de lui expliquer quoi que ce soit. En matière de ragots, Hendry était une vraie pipelette. Rebus frissonnait déjà à l'idée des histoires qui allaient circuler sur lui dans les quinze prochains jours.

— Qu'est-ce qu'il a dit ? demanda Siobhan.
— Rien.

Elle avait déjà regardé si la liste lui disait quelque chose.

— Bon, dit-elle, aucun de ces noms ne m'évoque quoi que ce soit.

Rebus lui prit les papiers des mains et, après un coup d'œil il conclut :

— À moi non plus.
— Objectif : Fife ?
— En ce qui me concerne, oui. Lundi, je suppose.

Sauf que ce lundi-là, il était convoqué chez le commissaire Watson et devait assister aux funérailles d'Eddie Ringan.

— Quant à vous, vous êtes notre représentante pour l'opération Bourses Pleines.
— Dommage, j'aurais aimé assister à l'enterrement d'Eddie. Ça m'aurait laissé du temps pour aller fouiner quelques heures à Fife.
— Je vous remercie de ces bonnes intentions, fit Rebus avec un signe de dénégation, mais vous, vous êtes toujours en service. Moi j'ai du temps pour travailler sur le terrain.

Elle eut l'air atrocement déçue.

— Et c'est un ordre, ajouta Rebus.
— Bien, monsieur.

27

À l'idée d'un autre dimanche interminable, Rebus, après l'office, décida de retourner dans le comté de Fife par le pont de Forth Road. Il était allé à Notre-Dame-du-Bon-Secours. Assis dans le fond, il avait assisté à la messe en se demandant tout du long si le prêtre qui la disait était bien le sien. Son accent mi-écossais, mi-irlandais était difficile à qualifier. Le curé qu'il avait rencontré avait toujours parlé calmement alors que celui-ci s'époumonait en poussant de la voix. Sans doute, quelques-unes de ses ouailles devaient-elles être sourdes. L'assistance était pourtant composée en majorité de jeunes. Il fut presque le seul à ne pas prendre la communion.

Le Centre-Ouest du comté de Fife évoquait un peu la communion, lui aussi. Sauf qu'on y aurait bu le vin de messe à même la burette et qu'on y aurait fourgué le calice. Il décida de finir sa tournée par Dunfermline : c'était la plus importante des agglomérations et elle recelait donc le plus grand nombre d'adresses. Il commencerait par les petites communes. Il avait oublié s'il était réellement plus rapide d'aller à Ballingry en empruntant la sortie de Kinross, mais la route était tellement plus agréable. Il fut tenté de s'arrêter à Loch Leven, un lieu qui lui rappelait les pique-niques et les parties de foot de son enfance. Il avait toujours une bosse sous le genou, là où une fois Michael l'avait frappé. Les routes étroites et sinueuses grouillaient de conducteurs du dimanche dont les voitures brillaient comme des médailles. Il y avait toutes les chances pour que Hendry soit à la réserve ornithologique de Loch Leven, mais Rebus ne s'y arrêta pas. Très rapidement, il se retrouva aux confins les plus lugubres de Ballingry. Il ne s'y attarda pas plus que nécessaire. Il avait un peu perdu de vue le but de cette excursion. Toutes les échoppes de paris étaient fermées. Mais peut-être allait-il rencontrer quelqu'un qui lui parlerait de tel ou tel book. À la vérité, il n'y croyait pas. Il était conscient de ce qu'il était en train de faire : il tuait le temps à l'endroit le plus approprié. Ici, au moins, il avait l'illusion d'être utile à l'enquête. Il se gara face à une boutique fermée et fit une croix en face de l'adresse mentionnée sur sa liste de trois pages.

Bien entendu il avait eu une autre bonne raison pour se lever et quitter son domicile de si bonne heure. Le journal du dimanche était posé à côté de lui sur le siège du passager. L'affaire de l'hôtel Central s'étalait bien en première page sous le nouveau titre de : INCENDIE ET MEURTRE AU CENTRAL : L'ARME RETROUVÉE. Lorsque Watson et sa clique l'auraient lu, ils se téléphoneraient les uns aux autres puis, tout naturellement, ils appelleraient Rebus. Et, pour une fois, seuls les étudiants répondraient aux appels. Il avait lu et relu l'article de bout en bout et le connaissait par cœur. Il espérait que quelqu'un d'autre l'avait lu aussi et commençait à paniquer.

Ses prochaines haltes étaient, dans l'ordre : Lochore, Lochgally et enfin Cardenden. Rebus était né et avait été élevé à Cardenden. Ou plutôt à Bowhill. À l'époque, la ville était séparée en quatre communes : Auchterderran, Bowhill, Cardenden et Dundonald. L'agglomération était surnommée ABCD. Et puis la poste avait regroupé les quatre noms sous un seul : Cardenden. Cependant le site était resté identique à ce qu'il avait connu petit. Il arrêta la voiture devant le cimetière et demeura quelques minutes devant la tombe de ses parents. Une femme d'une quarantaine d'années déposait des fleurs sur une dalle voisine. Elle lui sourit en passant à côté de lui et, quand il sortit du cimetière, elle l'attendait.

— Johnny Rebus ?

C'était tellement inattendu qu'il sourit, un sourire qui rajeunit son visage de plusieurs années.

— Nous avons été en classe ensemble, fit la femme. Je suis Heather Cranston.

— Heather ? dit-il en observant son visage. *Cranny* ?

La main devant la bouche, elle dissimulait son sourire.
— Personne ne m'a appelée comme ça depuis au moins vingt ans.

Il se souvenait d'elle, à présent, et de sa manière d'étouffer ses rires derrière sa main. Elle avait toujours été gênée, tant elle trouvait le son de son rire stupide. Et la voilà qui le saluait au cimetière.

— Je passe devant ton père et ta mère presque toutes les semaines.
— Donc beaucoup plus souvent que moi.
— C'est vrai, mais maintenant tu vis à Édimbourg ou quelque part par là, non ?
— C'est ça.
— Tu es venu rendre visite à quelqu'un ?
— Non, je passais.

Ils étaient sortis du cimetière et descendaient vers Bowhill. Ils dépassèrent la voiture de Rebus mais, comme il voulait à tout prix poursuivre cette conversation, il fit mine de ne pas la voir.

— C'est ainsi, constata-t-elle. Plein de gens ne font que passer. Et très peu s'arrêtent pour y rester. Autrefois je connaissais tout le monde ici, plus maintenant.

Elle s'exprimait dans le dialecte *yistiken awb-di*. En l'écoutant, Rebus comprit combien il avait perdu son parler d'origine, les mots et l'accent.

— Viens prendre une tasse de thé à la maison, lui proposa-t-elle.

Il avait cherché à repérer une bague de fiançailles ou une alliance à son doigt. Elle n'était pas laide du tout. Elle était même grande, alors qu'à l'école il se souvenait d'une toute petite fille timide. À moins que sa mémoire ne lui joue des tours. Elle avait le teint rose et portait du mascara. Ses chaussures noires avaient au moins cinq centimètres de talon et ses jambes musclées étaient gainées de collants couleur thé. Rebus, qui n'avait mangé ni le matin ni à midi, aurait parié que son garde-manger regorgeait de gâteaux et de biscuits faits maison.

— Oui, pourquoi pas ? répondit-il.

Elle habitait une maison sur Craigside Road. En chemin, ils étaient passés devant la boutique d'un bookmaker, aussi vide, en ce dimanche après-midi, que le reste de la rue.

– Tu as envie de jeter un coup d'œil à la vieille maison ?

Elle parlait de l'endroit où il avait grandi. Il haussa les épaules et la regarda ouvrir sa porte. Dans l'entrée, elle écouta un instant puis appela :

– Shug ? Tu es là-haut ?

Aucun son ne fit écho à sa voix.

– C'est un vrai miracle, dit-elle, il est sorti de son lit avant 4 heures de l'après-midi. Il a dû aller se balader.

Remarquant le regard interrogatif de Rebus, elle remit aussitôt sa main devant sa bouche.

– Pas de panique. Ce n'est ni mon mari ni mon amant. Hugh est mon fils.

– Oh ?

Elle ôta son manteau

– Allez, entre là.

Elle lui ouvrit la porte du salon. C'était une pièce plutôt petite et encombrée d'un canapé, de deux fauteuils assortis, d'une table de salle à manger et de ses chaises, d'étagères murales et d'un énorme poste de télévision. La cheminée était condamnée et elle avait fait installer le chauffage central. Rebus s'enfonça dans le fauteuil placé au plus près de l'ancienne cheminée.

– Donc, tu n'es pas mariée.

En passant, elle avait jeté son manteau sur la rampe.

– Je n'en ai jamais bien compris l'utilité, dit-elle en le suivant dans la pièce.

Sa seule présence occupait tout l'espace. Elle alla d'abord au radiateur pour vérifier qu'il chauffait bien, puis elle se dirigea sur la cheminée pour y prendre ses cigarettes et son briquet. Elle en offrit une à Rebus.

– J'ai arrêté, dit-il, sur ordre du docteur. (Ce qui en un sens était exact.)

– J'ai essayé une ou deux fois, mais j'ai pris tellement de poids que tu ne me croirais pas si je te disais combien, dit-elle en aspirant profondément la fumée.

– Donc, le père d'Hugh ?

Elle rejeta la fumée par les narines.

– Je n'ai jamais bien su qui c'était.

Et, voyant l'expression sur le visage de Rebus, elle demanda :

– Je t'ai choqué, Johnny ?

— Un peu, Cranny. Tu étais... enfin...
— Sage ? C'était il y a une éternité. Qu'est-ce qui te ferait plaisir, du café, du thé ou bien moi ?
Elle rit derrière la main qui tenait sa cigarette.
— Du café, ce sera très bien, répondit John Rebus en reculant son fauteuil.
Elle rapporta deux tasses d'un café instantané amer.
— Il n'y a pas de biscuits, désolée, je n'en ai plus, lui annonça-t-elle en lui tendant sa tasse. Je l'ai déjà sucré. J'espère que ça te va.
— C'est parfait, dit Rebus qui buvait toujours son café nature.
La tasse était un souvenir de Blackpool. Ils parlèrent de gens qu'ils avaient connus à l'école. Assise en face de lui, elle entreprit de croiser les jambes, mais sa jupe était trop étroite et elle renonça en tirant sur l'ourlet du vêtement.
— Alors, qu'est-ce qui t'amène par ici ? Tu m'as dit que tu ne faisais que passer.
— C'est un peu ça. En réalité, je suis à la recherche d'un bookmaker.
— On est passé devant sa boutique en venant, sur...
— Je cherche une officine assez particulière. Soit elle a ouvert depuis moins de cinq ans, soit elle appartient à un nouveau propriétaire qui l'a rachetée dans la même période.
— Tu parles de chez Hutchy alors, dit-elle d'une voix tranquille en tirant sur sa cigarette.
— Hutchy ? Mais il existait déjà quand nous étions gosses.
— Son nom c'était John Hutchinson, approuva-t-elle d'un signe. C'est lui qui a ouvert la boutique. Et puis il est mort et son fils, Howie, a repris l'affaire. Il a essayé de changer le nom du magasin mais les gens continuaient de dire : « chez Hutchy », alors il a renoncé. Et puis il y a, oh, cinq ans, peut-être un peu moins, il a vendu son fonds et il a foutu le camp en Espagne. Tu t'imagines, il a le même âge que nous et il a déjà fait fortune. Il s'est retiré au soleil. Ici, pour se faire une idée du soleil, il faut allumer le grille-pain.
— À qui a-t-il vendu ?
Elle prit son temps pour répondre.
— Je crois que son nom est Greenwood. Mais l'endroit s'appelle toujours *Chez Hutchy*. Du moins c'est ce qui est marqué sur l'enseigne. Oui, Tommy Greenwood.

— Tommy ? Tu es sûre de ça ? Pas Tom ou Tam ?

Elle secoua sa tête permanentée. Elle s'était récemment fait faire une coloration avec des mèches poivre et sel. Rebus supposa qu'elle avait ainsi voulu dissimuler ses cheveux grisonnants. Un seul nom pour qualifier sa coiffure : la Choucroute. Ça ramenait Rebus trente ans en arrière.

— Tommy Greenwood, confirma-t-elle. Une amie à moi sortait souvent avec lui.

— Il était connu dans la région avant de racheter Hutchy ?

— Absolument pas. Personne ne l'avait jamais vu. Il a acheté la boutique dès son arrivée, et aussi la maison du vieux docteur en bas, près de la rivière. Le bruit court qu'il a payé Howie avec une mallette pleine de billets et on raconte aussi qu'il n'a toujours pas ouvert de compte en banque.

— Alors, d'où l'argent pouvait-il provenir ?

— Ça, c'est une bonne question, dit-elle en hochant la tête. J'en connais quelques-uns qui aimeraient connaître la réponse.

Il posa encore quelques questions sur Greenwood, mais elle ne pouvait pas lui en dire beaucoup plus. Il était casanier. Il faisait le trajet entre son domicile et son bureau à pied. Il ne possédait pas de voiture de luxe. Il n'avait ni femme ni enfants. Il ne faisait pas beaucoup d'efforts pour se faire des amis et on le voyait rarement au pub.

— Voilà un beau parti pour une femme, dit-elle d'un ton qui fit penser à Rebus qu'elle avait tenté sa chance. Oui, un très beau parti.

Rebus se sauva vingt minutes plus tard après avoir échangé avec elle adresses, numéros de téléphone et une promesse de garder le contact. Il revint lentement sur ses pas, passa devant chez Hutchy, une petite boutique avec deux vitrines, à la peinture écaillée et aux fenêtres grises de fumée puis, d'un bon pas, il remonta la côte jusqu'au cimetière. Arrivé là, il remarqua une voiture stationnée juste derrière la sienne : une Renault 5 rouge cerise. Dépassant son propre véhicule, il s'en vint toquer à la vitre de la Renault. Siobhan baissa son journal et ouvrit sa fenêtre.

— Que diable faites-vous ici ? demanda Rebus.

— J'ai suivi une intuition.

— Je n'ai rien d'une intuition.

— Ça m'a pris un moment. Avez-vous commencé par Ballingry ?

Il hocha la tête.

– C'est ce qui m'a trompée. Moi je suis sortie de l'autoroute à Kelty.

– Écoutez, coupa Rebus, je crois qu'on tient notre homme.

Mais ça ne semblait pas l'intéresser.

– Avez-vous lu le journal ce matin ?

– Oh, ça ! J'allais vous en parler.

– Je ne parle pas de la une mais des pages intérieures.

– Des pages intérieures ?

Elle lui montra un titre du doigt en lui passant le journal par la fenêtre : TROIS PERSONNES BLESSÉES DANS UN ACCIDENT SUR L'AUTOROUTE A8. L'article racontait comment, samedi matin, une BMW était sortie de l'autoroute qui allait vers Glasgow pour atterrir dans un champ. Une famille entière, qui occupait le véhicule accidenté, avait été hospitalisée : une femme, un adolescent et « l'homme d'affaires David Dougary, 41 ans, d'Édimbourg ».

– Bon Dieu, souffla Rebus, c'est donc ça que j'ai chassé de la première page !

– C'est dommage que vous ne l'ayez pas lu à ce moment-là. Qu'est-ce qui va se passer, maintenant ?

– Je n'en sais rien, dit Rebus après avoir relu l'article. Soit ils arrêtent la surveillance sur Gorgie Road, soit ils déplacent l'opération. Et nous, on suit.

– Nous ? Vous êtes suspendu, vous vous rappelez ?

– Ou alors Cafferty peut engager quelqu'un pour faire l'intérim, le temps que Dougary se remette.

– Un peu précipité, vous ne croyez pas ?

– Ce qui signifie qu'il va devoir tirer le bon numéro.

– Peut-être qu'il va remplacer Dougary lui-même.

– Je n'y compte pas mais ce serait réellement merveilleux. La seule façon d'en avoir le cœur net, c'est de continuer la surveillance jusqu'à ce qu'il se passe quelque chose.

– Et en attendant ?

– En attendant, nous avons encore une tonne de bookmakers à contrôler.

Rebus se retourna et jeta un regard souriant sur Bowhill.

– Mais quelque chose me dit que nous avons tiré le bon numéro.

– Quel numéro ? demanda Siobhan tandis que Rebus remontait en voiture.

Lorsqu'ils s'arrêtèrent pour grignoter quelque chose devant une tasse de thé à Dunfermline, Rebus lui raconta l'histoire de *Chez Hutchy* et de l'homme à la valise bourrée de petites coupures. Le visage de Siobhan était un peu congestionné, comme si son thé avait été trop chaud ou la mayonnaise de son sandwich aux œufs durs trop forte.

– C'est quoi son nom, déjà ?
– Tommy Greenwood.
– Mais je l'ai vu dans le dossier Cafferty !
– Quoi ?

Ce fut au tour de Rebus d'avoir l'air agité.

– Tommy Greenwood, je suis sûre qu'il s'y trouve. Il est... enfin il était, plutôt, l'un des associés de Cafferty il y a quelque temps. Puis il a disparu de la scène, comme beaucoup d'autres. Ils s'étaient disputés à propos d'un partage ou quelque chose comme ça.

– On dirait bien qu'il lui a attaché un boulet aux valseuses et qu'il l'a balancé d'un pont.

– Comme vous dites, on est très mobile dans cette profession.

– Et glou, glou, glou jusqu'au fond !

– Alors, est-ce qu'on a affaire au vrai Tommy Greenwood ? demanda Siobhan en souriant.

Rebus haussa les épaules.

– Si ce salaud a eu recours à la chirurgie esthétique, ce sera difficile à déterminer. Mais il y a tout de même un moyen, dit-il avec un hochement de tête. Oh, oui, je vois un moyen.

Un moyen que mettrait en branle un sympathique percepteur...

Ce dimanche-là, ils furent plusieurs à lire l'article qui faisait la une de leur journal avec un mélange d'angoisse, de peur, de culpabilité ou de rage. S'échangèrent des coups de téléphone mais aussi des paroles cinglantes. Cependant, comme c'était dimanche, il n'y avait pas grand-chose à faire, sinon prier, pour les plus religieux. Si la loi avait autorisé l'ouverture des magasins de vins et spiritueux, si l'alcool avait été en vente libre dans les supérettes, peut-être auraient-ils noyé leurs angoisses ou apaisé leur chagrin dans l'alcool. Mais, dans cette circonstance précise, ils ne pouvaient que laisser leur rage couver, ou leur peur. Pierre par pierre leur édifice défensif se construisait. Il ne manquait qu'un toit, quelque chose qui pourrait contenir la pression et les protéger des forces extérieures.

Et tout ça à cause de John Rebus. Ils étaient tous d'accord là-dessus. Il guettait, dehors, prêt à utiliser un bélier pour pénétrer la forteresse. Et plus d'un aurait été tenté de lui ouvrir la porte pour le laisser pénétrer dans leur repaire. Après quoi ils la refermeraient sur lui, définitivement.

28

La réunion au bureau de Watson le Péquenot avait été fixée à 9 heures du matin. Ils avaient sans doute tous souhaité que Rebus soit le plus sonné et le plus mou possible. On savait qu'il grognait très fort dès les premières heures de la matinée mais, d'habitude, il ne se mettait à mordre qu'après midi.

Au commissariat, chacun savait, depuis Watson jusqu'au personnel de la cantine, que le sort de Rebus allait être fixé, ce qui ne facilitait pas les choses. Pour commencer, l'enquête sur le meurtre de l'hôtel Central n'avait rien d'officiel et Watson n'était toujours pas prêt à soutenir son subordonné. Il était acquis que Rebus avait travaillé en solitaire. Il fallait toutefois reconnaître que le Péquenot avait toujours soutenu ses hommes. Ils avaient tous deux réussi à concocter une histoire selon laquelle Rebus avait eu la permission de fouiller un peu les dossiers à ses moments perdus.

— ... *afin de se faire une idée de l'affaire, au cas où de nouveaux éléments nous inciteraient à la rouvrir*, déclama le Péquenot. Sa secrétaire, une femme distinguée qui avait cependant un goût effréné pour les teintures capillaires, retranscrivit exactement ces mots.

— Et antidatez cette note de quelques semaines...

— Bien sûr, monsieur.

— Je vous remercie, chef, dit Rebus lorsqu'elle eut quitté la pièce.

Il s'était tenu debout pendant toute la séance puisque la seule chaise était occupée par la secrétaire. Enjambant avec précaution les piles de dossiers qui jonchaient le sol, il prit place sur le siège qu'elle venait de quitter.

— C'est destiné à me couvrir autant que vous, John. Et pas un mot, à personne, compris ?

— Oui, monsieur. Mais l'inspecteur Flower ne va-t-il rien soupçonner ? Il risque de se plaindre auprès de Lauderdale, ou même plus haut.

— Pas grave, Lauderdale et lui peuvent bien comploter dans leur coin. Mais il y a une chose que vous devez comprendre, John. (Il s'exprimait d'un ton retenu, le menton posé sur ses mains croisées au-dessus du bureau, rentrant les épaules :) Je sais que Lauderdale cherche à prendre ma place. Je sais que je peux lui faire confiance à peu près autant qu'à un serpent... Et vous, inspecteur, vous voulez ma place aussi ?

— Certainement pas !

— C'est bien ce que je pensais, opina-t-il. Bon, comme je sais parfaitement que vous n'allez pas rester les bras ballants durant les deux prochaines semaines, écoutez mon conseil : on ne peut pas jouer avec la loi comme on bricole une vieille voiture. Alors, réfléchissez bien avant d'entreprendre quoi que ce soit. Et souvenez-vous que les coups tordus, comme d'acheter un pistolet d'occasion, peuvent vous mettre définitivement hors circuit.

— Mais, monsieur, je ne l'ai pas acheté, fit Rebus qui récitait l'histoire qu'ils avaient inventée ensemble. Il s'est seulement retrouvé entre mes mains et j'ai pensé qu'il pouvait s'agir d'une pièce à conviction.

— La leçon est bien apprise. Mais ça ne sauve que votre beef-steak !

— Peu importe, je suis végétarien, monsieur, répliqua Rebus.

Réplique qui provoqua un grand éclat de rire de la part de Watson.

Ils étaient tous deux intéressés par ce qui se passait à Gorgie. Les premières nouvelles ne semblaient pas très prometteuses. Personne n'était encore passé au bureau, vraiment personne. Une équipe supplémentaire avait été détachée pour monter la garde devant l'hôpital où Dougary était allongé, les membres étirés par des poids. Si rien ne se passait à Gorgie, ils prendraient la relève devant l'hôpital jusqu'à ce que l'homme d'affaires soit de nouveau sur pied. Il fallait envisager qu'il continuerait à travailler de son lit. On avait vu plus extraordinaire.

Cependant, à 11 h 30, une Jaguar rutilante stoppa devant la compagnie de taxis. Le chauffeur, un homme gigantesque aux longs cheveux raides, sortit pour ouvrir la porte arrière d'où émergea Morris Gerald Cafferty en personne.

— T'es coincé, salaud, siffla le sergent Petrie si excité qu'il en usa tout un rouleau de pellicule.

Siobhan avait décroché le téléphone pour appeler St Leonard. Après en avoir référé à Lauderdale, elle appela, comme convenu mais cette fois sans en demander la permission au chef, le numéro d'Arden Street. Rebus décrocha dès la seconde sonnerie.

— Bingo, explosa-t-elle. Cafferty est là.

— Assurez-vous bien qu'on verra la date et l'heure sur les clichés.

— Bien sûr, monsieur. Comment s'est passé votre entretien ?

— J'ai l'impression que le Péquenot est tombé amoureux de moi.

— Ils entrent tous les deux dans le bureau, interrompit Petrie qui avait enfin ôté son doigt du déclencheur.

Le moteur de l'appareil avait cessé de ronronner. Haggacent, qui s'était déplacé vers la fenêtre pour observer la rue, demanda qui ils étaient. Au même moment, Rebus posait la même question :

— Qui accompagne le gros Gerry ?

— Son chauffeur.

— Un type grand comme une montagne avec des cheveux longs ?

— Touché.

— C'est lui qui s'est fait grignoter l'oreille par Davey Dougary !

— Une câlinerie définitive, pourrait-on dire.

— Sauf que maintenant l'homme montagne travaille pour le Gros, répondit-il avant de prendre un instant pour réfléchir. Tel que je le connais, il doit l'employer pour faire peur à Dougary.

— Pourquoi ?

— C'est son sens très personnel de l'humour. Faites-moi savoir quand ils sortiront.
— Oui, chef !
Elle rappela une demi-heure plus tard.
— Cafferty est reparti.
— Il n'est pas resté longtemps.
— Mais le chauffeur est toujours là.
— Comment ?
— Cafferty a pris tout seul le volant de sa voiture.
— Merde, alors. Il aura chargé ce tas de muscles de veiller sur les comptes de Dougary ?
— Il faut croire qu'il lui fait confiance.
— Sans doute. Mais j'ai du mal à imaginer que ce grand dadais ait beaucoup d'expérience en matière de comptabilité. Ce n'est qu'un chien de garde.
— Ce qui signifie ?
— Que le Gros Gerry va devoir garder l'œil sur lui. Donc que Gerry va passer pratiquement tous les jours au bureau. Je n'aurais pas pu rêver mieux.
— Si j'ai bien compris, on a intérêt à se réapprovisionner en pellicules.
— C'est ça, mais ne laissez pas ce connard de Petrie sortir en plein jour. Comment vont ses blessures, au fait ?
— Ça le démange, mais quand il se gratte, ça lui fait mal.
Comme Petrie la fixait, elle lui expliqua :
— L'inspecteur Rebus demande de vos nouvelles.
— Qu'il aille se faire foutre, dit Rebus. J'espère seulement que son nez va pourrir et tomber dans sa Thermos.
— Je lui transmets donc vos meilleurs vœux de rétablissement, monsieur, dit Siobhan, imperturbable.
— Faites donc, et dans mes propres termes, répliqua Rebus. Bon, je file pour l'enterrement.
— J'ai eu Brian au téléphone. Il fera le quatrième porteur.
— Excellent, dit Rebus, j'aurai donc une épaule compatissante pour pleurer.

Le très grand cimetière de Warriston présentait un vaste échantillon de sépultures, des plus anciennes aux plus récentes.

On y trouvait des stèles dont les épitaphes étaient tellement effacées qu'on n'y distinguait plus que quelques lettres. Par beau temps, on aurait pu y conduire les enfants des écoles, mais dès la nuit tombée, les Hell's Angels organisaient, selon la rumeur, des cérémonies plus proches du vaudou de la Nouvelle-Orléans que des danses écossaises typiques.

Rebus se dit qu'Eddie aurait été content. La cérémonie en elle-même avait été simple et digne, nonobstant la couronne en forme de guitare électrique et le fait qu'il avait voulu être inhumé avec un vinyle d'Elvis. Il avait gardé ses distances et décliné l'invitation de Pat à se joindre à la réception qui devait suivre l'enterrement, non dans les tristes locaux du Heartbreak Café mais au premier étage d'une auberge des environs. Rebus avait un moment été tenté d'accepter (le pub en question servait de la Gibson !) mais il avait secoué la tête comme il avait secoué la main de Calder, en murmurant : « Désolé. Pauvre Eddie. »

Même si Rebus ne l'avait pas réellement connu, même si le cuistot avait failli le scalper avec une poêle où rissolaient des bouchées au fromage, Rebus avait apprécié cet homme. Il en rencontrait tout le temps, des gens qui auraient pu accomplir de grandes choses et qui ne l'avaient pas fait. Il savait que lui-même faisait partie de ce groupe : les losers.

Mais moi, au moins, je suis vivant, pensa-t-il. *Et si Dieu le veut bien, personne ne m'assassinera en me forçant à avaler de l'alcool avec un entonnoir avant d'allumer le gaz.* L'idée le frappa une fois de plus : pourquoi avoir eu recours à un entonnoir ? Il n'y avait qu'à emmener Eddie dans n'importe quel bar et il aurait été trop heureux d'avaler tequila sur bourbon jusqu'à l'inconscience. Pas besoin de le forcer. Et quand le docteur Curt avait sorti son foie de son abdomen, il l'avait déclaré absolument sain. Il avait du mal à l'admettre, même s'il l'avait vu de ses yeux. Alors ?

De loin, il observa Pat Calder qui s'emparait du premier cordon du poêle et vérifiait qu'il était bien accroché. Brian tenait le quatrième, à l'opposé de Calder et au milieu de deux hommes que Rebus ne connaissait pas. Toni, le barman, tenait le sixième.

Oh, Jésus, espèce de salaud, pensa soudain Rebus. *Tu n'aurais pas fait ça, quand même ! Mais si, pourquoi pas ?*

Il se précipita en courant hors du cimetière jusqu'à sa voiture et prit la direction d'Arden Street. Arden Street où se trouvait le livre des réservations du Heartbreak Café.

À première vue, il y avait deux possibilités : soit il enfonçait la porte, soit il essayait de l'ouvrir en douceur. La serrure était à pêne dormant, du genre qui s'ouvre facilement avec un morceau de plastique rigide. Il y avait aussi un verrou, mais il n'était probablement pas fermé. Il avait secoué la porte et s'était assuré qu'elle avait suffisamment de jeu. Donc, un simple pêne. Mais protégé par une baguette décorative en bois. Pas assez pour décourager un cambrioleur armé d'un pied-de-biche. Le pied de Rebus était bien moins élégant. Donner un petit coup de sonnette ne susciterait sans doute pas de réponse. D'un autre côté, il n'avait pas envie d'enfoncer le battant à coup d'épaule ou de pied. En conséquence, il s'accroupit au niveau de la boîte aux lettres qu'il entrouvrit, tandis que de l'autre main il frappait quatre coups à l'aide du marteau de fer forgé. Cette façon de toquer signifiait qu'on avait affaire à un ami, du moins à la connaissance de Rebus. Il ne percevait ni son ni mouvement en provenance du duplex. Pendant la journée, le quartier des Colonies était calme. Si seulement il avait eu un pied-de-biche, personne n'aurait remarqué qu'il enfonçait la porte. Il donna un autre coup de marteau. Il y avait un judas dans le battant. Il espérait donc que quelqu'un serait suffisamment intrigué pour venir y jeter un œil.

Il perçut un mouvement. On se déplaçait du salon vers l'entrée à pas furtifs. Enfin, une tête apparut dans l'encadrement de la porte. C'était ce qu'il voulait.

— Salut, Eddie, lança-t-il. Je t'ai apporté une couronne.

Eddie Ringan le laissa entrer. Il n'était vêtu que d'un kimono en soie rouge décoré dans le dos d'un dragon rampant. Les manches portaient des symboles que Rebus ne connaissait pas. Il ne s'en inquiéta pas pour autant. Eddie s'était écroulé sur le divan à la place habituelle de Rebus. Celui-ci resta donc debout.

— Je t'ai menti au sujet de la couronne, dit-il.
— Pas grave, c'est l'intention qui compte. Joli costume.
— J'ai dû emprunter une cravate.
— Sympa, les cravates noires.

Eddie personnifiait la mort elle-même. Cernés de noir, ses yeux étaient injectés de sang. Il avait l'air d'un condamné, le visage gris, désespéré comme s'il ne voyait plus jamais le soleil. Il se gratta sous l'aisselle.

– Alors, comment ça s'est passé ?
– Je suis parti au moment même où on vous mettait en terre.
– À cette heure-ci, ils doivent être en pleine réception. J'aurais adoré m'en occuper moi-même, mais vous savez ce que c'est...
– Dur, dur d'être un cadavre, souligna Rebus. Vous êtes bien placé pour le savoir, maintenant.
– J'en ai connu qui avaient assez bien réussi.
– Comme Mc Callum le Radiateur ou les frères Robertson ?
– L'un d'eux, oui, fit Eddie avec un sourire sinistre.
– Vous deviez être complètement désespéré pour simuler votre propre décès ?
– Je n'ai rien à dire.
– Très bien.

Le silence régna une bonne minute avant qu'Eddie ne le rompe.

– Comment avez-vous deviné ?

Par une sorte d'automatisme, Rebus prit une cigarette dans le paquet qui traînait sur la cheminée.

– Grâce à Pat. Il a inventé une histoire trop loufoque.
– Voilà, c'est Pat tout craché, ça. Un très mauvais auteur de mélodrames.
– Il a dit que Willie était sorti en courant du restaurant après avoir collé le nez d'un malheureux habitué de la maison dans son assiette. J'ai vérifié la chose auprès de clients qui avaient mangé chez vous ce soir-là. En fait, je n'ai eu à passer qu'un coup de fil. Personne n'avait assisté à une scène de ce genre. Et puis il y avait le foie du défunt. Il était tellement sain que ce ne pouvait être le tien.
– Répétez-moi ça !

Rebus allait allumer la cigarette. Il se retint au dernier moment, l'ôta de sa bouche et la reposa à côté du paquet entamé sur la cheminée.

– Alors j'ai fait le compte des manquants à l'appel. Willie n'avait pas regagné sa chambre depuis plusieurs jours. Un travail d'amateur, Eddie. Si ce pauvre mec n'avait pas été défiguré par l'explosion, nous aurions su tout de suite que ce n'était pas toi.

— Vous croyez ? On s'est posé la question, vous savez. Comme Brian n'était pas là et comme Haymarcket n'était pas votre territoire, ça aurait pu marcher.

Rebus secoua la tête.

— On prend toujours des photos sur la scène de l'incident et j'aurais tôt ou tard été appelé à les voir, comme toujours... Alors, pourquoi l'avez-vous tué ? questionna-t-il après un moment.

— C'était un accident.

— Laisse-moi deviner : tu es rentré tard, bien bourré. Tu t'es mis dans une rage folle en constatant que Willie ne s'en sortait pas si mal à la cuisine. Vous vous êtes battus et il s'est cogné la tête sur le coin du fourneau. Alors, Pat et toi avez eu une idée.

— Peut-être.

— Il n'y a qu'une seule faille dans votre histoire, ajouta Rebus.

Eddie s'agitait sur le canapé. Il avait l'air ridicule dans son kimono rouge et il croisait les bras comme pour se protéger. Il fixait l'âtre pour fuir le regard de Rebus.

— Laquelle ? demanda-t-il enfin.

— Pat a affirmé que Willie avait quitté le restaurant en courant le mardi soir, et nous n'avons retrouvé le corps que le jeudi matin. S'il était mort après une bagarre le mardi, le légiste aurait déduit de sa rigidité cadavérique, ou d'autres trucs, que le cadavre était vieux de deux jours. Or, il était tout frais. Ce qui signifie que vous l'avez gavé d'alcool et asphyxié le jeudi matin. Donc, vous l'avez séquestré tout le mercredi en sachant parfaitement ce que vous alliez faire de lui.

— Je ne dirai rien.

— Pas la peine, j'ai tout dit. C'était une solution désespérée, Eddie. Presque autant que ce qui va venir. Lève-toi.

— Pourquoi ?

— On va faire une petite promenade.

— Où ça ?

— Au poste, bien sûr. Habille-toi.

Rebus l'observa tandis qu'il essayait de se lever. Il lui fallut un moment pour tenir sur ses jambes. C'était un effet secondaire du meurtre, à l'opposé de la rigidité cadavérique. Comme une liquéfaction, comme si ses membres n'étaient plus que de la gélatine. Il prit un long moment pour se vêtir. Il avait les larmes aux yeux et de la salive au bord des lèvres quand, enfin, il y fut parvenu.

Rebus approuva.

– Ça ira comme ça.

Il avait fermement l'intention de le conduire à St Leonard. Mais par le chemin des écoliers.

– Où allons-nous ?

– Faire un petit tour. Tu ne trouves pas que c'est une belle journée pour se promener ?

Eddie regardait à travers le pare-brise. Dehors, tout était d'un gris uniforme, les maisons comme le ciel. La pluie menaçait de tomber et le vent prenait de la force. Il comprit lorsqu'ils tournèrent dans Holyrood Park Road en direction du Trône d'Arthur. Et quand Rebus prit à droite en direction de Duddingston, son inquiétude s'accrut.

– Tu devines où on va ? demanda Rebus.

– Non.

– Ah bon.

Il continua son chemin tout droit jusqu'au portail et signala à l'aide de son clignotant qu'il allait s'engager dans l'allée qui menait à la maison.

– Bon Dieu, non ! hurla Eddie Ringan.

Il coinça les genoux contre le tableau de bord et s'arquebouta comme s'ils allaient avoir un accident. Au lieu de se diriger vers le portail, Rebus le dépassa et alla se garer plus loin sur le bas-côté. De là, il avait une vue dégagée sur la maison ; de la même manière, un guetteur posté dans la villa pourrait lui aussi apercevoir la voiture.

– Non, non, geignait Eddie.

– Tu sais où nous sommes ? dit Rebus, simulant la surprise. Tu connais le Gros Gerry ?

Il attendit un signe d'assentiment de la part de son passager. Le cuisinier avait adopté une position fœtale, les pieds ramenés sous lui et la tête dissimulée entre ses genoux.

– Il te fait peur ?

Eddie acquiesça encore.
— Pourquoi ?
Eddie secouait la tête.
— C'est à cause de l'hôtel Central ?
— Mais pourquoi j'ai été causer à Brian ? cria Ringan assez fort pour faire trembler les vitres. Bon Dieu, pourquoi j'ai été aussi bête ?
— On a retrouvé le revolver, tu sais ?
— Quel revolver ? Je ne suis pas au courant.
— Tu ne l'as jamais vu ?
Eddie secoua la tête. Dommage, Rebus avait espéré une réaction plus instinctive.
— Qu'est-ce que tu as vu, alors ?
— Moi, j'étais aux cuisines.
— Oui ?
— Y a un type qui est entré en courant et qui m'a hurlé d'ouvrir le gaz. Il avait l'air cinglé. Il était couvert de sang et même ses yeux étaient rouges. (Le fait de parler enfin semblait calmer Eddie.) Il s'est mis à tourner tous les boutons. Il avait l'air tellement dingue que je l'ai aidé. J'ai ouvert le gaz exactement comme il me l'a demandé.
— Et alors ?
— Je me suis tiré. Je n'allais pas rester scotché là. J'ai pensé, comme tout le monde, que c'était une histoire d'assurance... Jusqu'à ce qu'on retrouve le corps. Une semaine plus tard, je recevais la visite du Gros Gerry... une visite douloureuse. J'ai compris le message : ne parle jamais, jamais de ce qui s'est passé.
— Le Gros était sur les lieux, ce soir-là ?
Ce salaud d'Eddie se contenta de hausser les épaules.
— Peux pas savoir, moi, j'étais en cuisine. Je n'ai vu que le cinglé.
Bon, Rebus savait de qui il s'agissait. De quelqu'un qui avait pu constater dans quel état étaient les cuisines du Central.
— C'était Aengus le Noir ? demanda-t-il.
Eddie garda le silence pendant plusieurs minutes, fixant le pare-brise d'un œil vitreux.
— Le Gros Gerry va sûrement savoir que j'ai parlé, finit-il par répondre. De temps en temps il m'envoie un avertissement. Rien de physique... en tout cas pas contre moi. C'est juste pour me

rappeler qu'il ne m'a pas oublié. Maintenant, il va me tuer... Il va me tuer, reprit-il en regardant Rebus, et tout ce que j'ai fait, c'est d'ouvrir le gaz !

— Le type plein de sang, c'était Aengus Gibson, n'est-ce pas ?

Eddie opina doucement, plissa les paupières et essuya ses larmes. Rebus actionnait le démarreur lorsqu'il vit arriver le 4 x 4. Son clignotant indiquait qu'il allait entrer dans la propriété et, en effet, le portail s'ouvrit devant lui. Il distingua une sorte de brute, inconnue de lui, au volant. Mo Cafferty était assise à l'arrière.

Cette vision le préoccupa tout au long du trajet qui les ramenait vers St Leonard, lui et Eddie qui braillait, roulé en boule à ses côtés. Il était perturbé. Mo Cafferty savait-elle conduire ? Ce serait facile à vérifier : un simple appel au service des immatriculations et des permis. Si elle ne savait pas, si elle avait besoin d'un chauffeur, alors qui conduisait le 4 x 4 le jour où Rebus l'avait vu garé devant chez Sanzaw ? En tout cas, pour une coïncidence c'était une coïncidence. Et Rebus détestait ça.

— Dites-moi, au Heartbreak Café, vous n'achetez pas votre viande chez Sanzaw ? demanda-t-il à Eddie qui ne semblait pas comprendre la question. Je parle de la boucherie Sanzaw.

Eddie ne suivait toujours pas.

— Ce n'est pas grave.

Arrivé à St Leonard, il tomba sur la seule personne qu'il désirait voir.

— Pourquoi n'êtes-vous pas à Gorgie ? demanda-t-il.

— Et vous, pourquoi n'êtes-vous pas à la maison ? Vous êtes suspendu, non ? répliqua Siobhan.

— Je ne m'attendais pas à un tel coup bas de votre part. Et c'est moi qui ai posé ma question en premier.

— J'avais besoin de venir chercher ceci, dit-elle en lui agitant sous le nez une grande enveloppe brune.

— D'accord. Maintenant, écoutez. J'ai un petit boulot à vous faire faire... Plusieurs, en fait. Premièrement, il faut faire exhumer Eddie Ringan.

— Quoi ?

— Eddie n'est pas dans son cercueil. En fait, je viens juste de le mettre au violon. Il va falloir que vous l'interrogiez et que vous enregistriez sa déposition. Je vous raconterai tout ça plus tard...

— Je devrais peut-être prendre des notes ?

— Bien sûr que non. Que faites-vous de votre prodigieuse mémoire ?

— Elle défaille quand mon cerveau est en état de choc. Vous voulez vraiment dire qu'Eddie n'était pas dans le four ?

— Exactement. Ensuite, vous vérifierez si Mo Cafferty a un permis de conduire.

— Pour quoi faire ?

— Vérifiez, c'est tout. Ensuite, vous vous rappelez m'avoir dit qu'à l'époque où Sanzaw avait gagné sa Mercedes, il avait aussi abandonné une part de son commerce pour couvrir ses paris. Vous m'avez bien parlé de sa part.

— Je m'en souviens très bien. C'est sa femme qui me l'a dit.

Rebus approuva d'un signe :

— Alors, je veux savoir qui détenait l'autre part.

— C'est tout, monsieur ?

— Presque, répondit Rebus après un instant de réflexion. Voyez à qui la Mercedes de Sanzaw appartenait avant lui. Ça nous permettra de savoir comment il l'a gagnée. Faites aussi vite que possible, insista-t-il, avec un regard appuyé.

— Aussi vite que je pourrai, monsieur. Maintenant, voulez-vous savoir ce qui se trouve dans ma grande enveloppe ? Je parie que vous ne devinerez jamais.

— Alors, allez-y, surprenez-moi.

Ce qu'elle fit aussitôt.

Rebus fut même si stupéfait qu'il lui offrit un café et des beignets à la cantine. Les radios étaient posées devant eux, sur la table.

— Je n'arrive pas à y croire, répétait-il. Non, je n'y crois pas. Il y a une éternité que j'ai demandé à ce qu'on me les communique.

— Elles se trouvaient à Ninewells, à l'identité judiciaire.

— Mais je leur ai fait une demande officielle.

— Gentiment ?

Siobhan expliqua qu'elle avait fait quelques excursions à Dundee pour discuter avec toutes les personnes qui auraient pu leur rendre service et, en particulier, avec les archivistes du chaotique bureau des casiers judiciaires. Celui-ci avait été déplacé et réorganisé quelques années plus tôt et on avait laissé moisir les dossiers les plus anciens. Tout ça lui avait pris du temps. Et, en plus, elle avait dû promettre un rendez-vous au jeune homme qui lui avait enfin déniché la marchandise.

Rebus examina à nouveau une des radios.

– Son bras droit avait été cassé. Douze ans plus tôt, alors qu'il vivait et travaillait encore à Dundee.

– Tam Robertson, commenta simplement Rebus.

C'était donc ça. Le mort, l'homme qui avait reçu en plein cœur une balle de Colt .45, une balle qui provenait de l'arme de Rebus, cet homme était Tam Robertson.

– Pour le tribunal, ceci ne constitue pas une preuve, ajouta Siobhan. Il faut plus que des on-dit et une radio.

– Je trouverai un moyen, dit Rebus. À présent nous pouvons demander le dossier dentaire puisque nous avons une idée de l'identité du cadavre. Ensuite ils auront recours à la surimpression des radios. Mais, aujourd'hui, le principal c'est que moi je suis satisfait. Bon travail, Clarke, dit-il en appuyant ses mots d'un vigoureux mouvement de la tête.

Il s'était levé.

– Monsieur ?

– Oui ?

– Joyeux Noël, monsieur, dit-elle avec un grand sourire.

29

Il appela la brasserie Gibson, pour s'entendre répondre que M. Aengus assistait à un concours de dégustation de bières à Newcastle, et qu'il ne rentrerait que tard dans la soirée. Aussi téléphona-t-il au Trésor Public pour s'entretenir un moment avec l'inspecteur chargé de son dossier. S'il devait affronter Tommy Greenwood, il aurait besoin de toutes les munitions qu'il pourrait réunir... Une métaphore douteuse, si on y réfléchissait, mais malgré tout assez juste. Il laissa sa voiture à St Leonard, le temps d'une petite balade pour s'éclaircir les idées. Tout s'emboîtait en même temps. Aengus Gibson avait joué aux cartes avec Tam Robertson et l'avait tué. Puis il avait mis le feu à l'hôtel pour dissimuler le meurtre. Une affaire résolue apparemment, mais dans l'esprit de Rebus il y avait toujours plus d'interrogations que de réponses. Était-il vraisemblable qu'Aengus se soit trimballé avec une arme, même dans sa période la plus agitée ? Pourquoi Eck, pourtant présent, n'avait-il pas cherché à venger son frère ? Est-ce qu'Aengus ne l'aurait pas fait taire d'une façon ou d'une autre ? Était-il plausible que seuls ces trois-là aient participé à ce poker ? Et qui avait donné le flingue à Deek Torrance ? Ça faisait beaucoup de questions.

Comme il arrivait dans South Clerk Street, il constata qu'une camionnette était garée devant chez Sanzaw. On était en train d'installer une nouvelle devanture au magasin, et la porte arrière de la camionnette était ouverte. Rebus s'approcha du véhicule et jeta un coup d'œil à l'intérieur. Ç'avait été une authentique camionnette de boucher, en son temps, et personne ne s'était soucié d'y apporter des modifications. Vous entriez par l'arrière en montant une marche, et vous trouviez un comptoir, des placards et une petite chambre frigorifique. La fourgonnette avait dû faire son lot de tournées régulières à travers la ville, les femmes au foyer et les retraités préférant faire la queue au pied de l'annexe mobile plutôt que de se déplacer jusqu'à un commerce pour acheter leur viande. Un homme en tablier blanc sortit de chez Sanzaw, portant une carcasse de porc sur l'épaule.

— Excusez-moi, dit-il en la mettant dans la camionnette.
— Vous vous en servez pour les livraisons ? demanda Rebus.
L'homme confirma.
— Seulement pour les restaurants.
— Je me souviens quand la camionnette du boucher venait jusque devant chez nous, fit Rebus, nostalgique.
— Ouais, mais ça revient trop cher, de nos jours.
— Les temps changent.

Tous deux hochèrent la tête en même temps. Rebus examina la camionnette à nouveau. Pour passer derrière l'étal, il fallait entrer dans le véhicule, soulever la partie pivotante du comptoir et passer une étroite ouverture. Étroit, c'est bien le qualificatif que l'on pouvait appliquer à cet espace. La description que Michael avait faite de la camionnette dans laquelle il avait été trimbalé lui revint en mémoire : « Étroite, avec une odeur. » En descendant du fourgon, l'homme poussa quelque chose du pied. C'était un brin de paille. De la paille dans une camionnette de boucher ? Aucune des bêtes qui avaient voyagé là-dedans n'avait vu de paille depuis un moment.

Rebus regarda à l'intérieur de la boutique. Un jeune apprenti surveillait l'installation de la vitrine.

— Nous sommes ouverts, monsieur, informa-t-il poliment.
— Je cherche M. Sanzaw.
— Il ne sera pas là de l'après-midi.

Rebus désigna la camionnette.

— Vous faites toujours des tournées ?
— Comment, du porte à porte ? (Le jeune homme secoua la tête.) Seulement pour les professionnels, livraison en gros.

Oui, c'était bien ce que pensait Rebus.

Il refit le chemin jusqu'à St Leonard et mit la main sur Siobhan.

— J'ai oublié de vous dire...

— Encore du boulot !

— Pas tant que ça. Pat Calder, il va falloir l'amener lui aussi au poste pour interrogatoire. Il doit être rentré chez lui, à cette heure-ci. Et il doit se faire un sang d'encre en se demandant où Eddie a pu filer. Je suis seulement déçu de ne pas pouvoir assister à la confrontation. J'espère que je pourrai quand même profiter du spectacle au tribunal.

Ça avait été une journée bien remplie, et il n'était pas encore 18 heures. Quand il arriva à Arden Street, les étudiants étaient en train de préparer un curry aux lentilles pendant que Michael, assis dans le salon, lisait un nouveau livre sur l'hypnothérapie. Chacun avait trouvé sa place dans l'appartement, tout était... eh bien, le mot qui venait à l'esprit était « familial ». Curieuse expression pour qualifier la réunion d'étudiants boutonneux, d'un flic et d'un ancien voyou, mais c'était presque vrai.

Michael avait terminé son flacon de cachets et n'avait pas l'air de s'en porter plus mal. Il était censé passer une visite de contrôle mais Rebus hésitait à le laisser y aller. Les médecins risquaient de ne lui prescrire qu'un renouvellement de son traitement. Il fallait que ses plaies se referment d'elles-mêmes, avec le temps. En tout cas, il avait retrouvé son appétit : il reprit du curry. Après le dîner, ils se regroupèrent tous dans le salon. Les étudiants buvaient du vin, Michael n'en avait pas voulu et Rebus sirotait une canette de bière. Ils avaient mis de la musique, des trucs intemporels : les Rolling Stones, les Doors, Janis Joplin et les tout premiers Pink Floyd. Une soirée « cool ». Rebus se sentait lessivé, ce qu'il imputait aux pilules de caféine qu'il avait prises. Voilà, il s'inquiétait pour Michael et, dans le même temps, il consommait son propre poison. Tous l'avaient vu, au long du week-end, dormir peu et penser trop. Ça ne pourrait pas durer jusqu'à la fin des temps. Avec cette musique, la bière, une discussion décontractée il allait sans doute s'endormir là, sur le divan...

— Qu'est-ce que c'était ?

— On dirait que quelqu'un a cassé une bouteille ou quelque chose comme ça.

Les étudiants se précipitèrent à la fenêtre pour regarder.

— Je ne vois rien.

— Si, regarde, il y a du verre sur la chaussée.

Ils se retournèrent d'un bloc vers Rebus.

— Quelqu'un a cassé votre pare-brise.

Effectivement, quelqu'un avait cassé son pare-brise, comme il le découvrit après être descendu dans la rue. Quelques voisins étaient massés sur le pas de leurs portes ou derrière leurs fenêtres pour contempler le spectacle. La plupart d'entre eux faisaient cependant déjà demi-tour. Il aperçut une grosse pierre sur le siège du passager, au milieu d'éclats de verre. Non loin de là, une voiture quitta lentement sa place de stationnement pour s'arrêter à sa hauteur. La vitre du passager se baissa.

— Qu'est-ce qui s'est passé ?

— Rien, juste un pavé dans le pare-brise.

— Quoi ?

Le passager se tourna vers le conducteur en disant « Attends une seconde » et sortit pour constater les dégâts.

— Qui aurait pu avoir envie de faire ça ?

— Vous voulez la liste des noms ?

Rebus se glissait dans sa voiture pour ôter la pierre quand il sentit un objet contondant percuter l'arrière de son crâne. Il perdit conscience pendant un bref moment qui avait suffi à son agresseur pour le traîner au milieu de la rue. Il entendit une voiture faire demi-tour et s'arrêter. Il essayait de résister à l'étourdissement en griffant le macadam hostile de ses ongles. *Seigneur*, il ne fallait pas qu'il s'évanouisse. Son cerveau était en train de visualiser les fameuses trente-six chandelles. Chaque battement de cœur infligeait à sa tête une douleur plus intense. Quelqu'un avait ouvert sa fenêtre et criait un avertissement ou une protestation. Il était seul sur la chaussée. Le passager de la voiture l'avait regagnée au pas de course et claquait sa portière. Rebus se força à se mettre à quatre pattes ; il était comme un bébé qui fait pour la première fois l'expérience de la loi de gravitation universelle. Il écarquillait les yeux, tentant d'entrevoir quelque chose à travers le voile qui obscurcissait sa vision. Il aperçut alors les phares et comprit soudain ce qu'on allait lui faire.

Ils s'apprêtaient à lui foncer dessus. Le vrai piège à cons, et il était tombé dedans. Le coup de l'agresseur qui propose son aide. Un truc plus ancien que la légende d'Arthur. Le moteur de la voiture rugit, les pneus hurlèrent, propulsant la carrosserie dans sa direction. Il se demanda s'il aurait le temps de déchiffrer la plaque minéralogique avant de mourir.

Une main saisit le col de sa chemise et le tira en arrière, hors de la chaussée. La voiture le heurta quand même aux jambes, projetant une de ses chaussures en l'air. Elle ne s'arrêta pas, ne ralentit pas et poursuivit sa route vers le haut de la côte, au bout de la rue où elle tourna à droite pour disparaître.

– Ça va, John ?

C'était Michael.

– Cette fois, c'est toi qui m'a sauvé la vie, Mickey.

À l'intérieur du corps de Rebus, le mélange d'adrénaline et de douleur ne faisait pas bon ménage. Il vomit sur le trottoir le curry de lentilles qu'il n'avait pas encore digéré.

– Essaie de te relever, dit Michael.

Rebus n'y parvenait pas

– J'ai mal aux jambes, dit-il. Bon Dieu, ce que j'ai mal aux jambes !

Les radiographies ne laissaient apparaître aucune trace de fracture, de fêlure ni même d'entorse.

– Rien qu'un vilain hématome, lui dit la jeune interne de garde aux urgences de l'hôpital. Mais un coup pareil aurait pu causer beaucoup plus de dégâts.

– J'aurais dû m'en douter, soupira Rebus. Il fallait bien que je me retrouve ici comme patient après tout le temps que j'y ai passé comme visiteur.

– Je vais vous chercher quelque chose, dit l'interne.

– Attendez une minute, docteur. Est-ce que vos laboratoires fonctionnent la nuit ?

– Non, pourquoi ?

– Pour rien.

Elle quitta la pièce et Michael se rapprocha de son frère.

– Comment tu te sens ?

— Je ne sais pas ce qui me fait le plus mal, ma tête ou ma jambe gauche.

— De toute façon, ce ne sera pas une grande perte pour le football !

Au lieu de sourire, Rebus grimaça. Chaque mouvement des muscles de son visage provoquait des pointes de douleur qui lui vrillaient la cervelle. Le médecin rentra dans la pièce.

— Voilà pour vous, dit-elle. Ça vous sera utile.

Rebus avait espéré des antalgiques, mais c'était une béquille qu'elle avait à la main. Une béquille en aluminium, creuse et par conséquent légère, avec un appuie-bras recouvert de caoutchouc, réglable en hauteur grâce à une succession de perforations au long du pied dans lesquelles se logeait une goupille. Ça ressemblait à un instrument à vent bizarre, mais Rebus fut bien content de l'avoir lorsqu'il quitta l'hôpital.

Cependant, sitôt de retour chez lui, un étudiant plein d'attentions pour son propriétaire lui affirma qu'il avait mieux et ressortit de sa chambre avec une canne en bois d'ébène ornée d'un pommeau en ivoire et argent. Rebus fit un essai. Elle était juste à la bonne hauteur.

— Je l'ai achetée chez un brocanteur, expliqua le jeune homme. Ne me demandez pas pourquoi.

— On dirait une canne-épée, dit Rebus qui s'efforçait de dévisser et de tirer sur le pommeau, en vain.

Beaucoup d'efforts pour rien.

Les agents de police qui avaient conduit Rebus à l'hôpital avaient aussi interrogé les étudiants.

— Cet agent... racontait le propriétaire de la canne dont le prénom était Ed, Rebus en était sûr, donc, il nous prenait pour des squatters et il n'arrêtait pas de nous demander : « Est-ce que l'inspecteur Rebus était bien là avec vous ? » Et nous, on confirmait : « Oui, il vit ici avec nous. » Et ça, ça avait l'air de le dépasser complètement.

Il se mit à rire. Même Michael sourit. Quelqu'un préparait de la tisane.

Chouette, pensa Rebus. *Encore une bonne histoire sur moi qui va courir les commissariats* : « Vous ne savez pas, Rebus vit avec plein d'étudiants et le soir ils font des orgies de bière et de vin. »

À l'hôpital, la police lui avait demandé s'il avait reconnu l'un de ses agresseurs. Il avait répondu par la négative : après tout, c'est une profession où on bouge beaucoup... Un de ses voisins avait noté le numéro d'immatriculation de la voiture. C'était une Ford Escort, volée une heure plus tôt dans le parking du Sheraton de Lothian Road. Ils ne tarderaient pas à la retrouver, probablement abandonnée aux alentours de Marchmont. Vierge d'empreintes, évidemment.

– Ils sont complètement dingues, dit Michael pendant qu'ils rentraient chez eux dans une voiture de patrouille que Rebus avait quasi réquisitionnée. Imaginer monter un canular de ce genre.

– Ce n'était pas un canular, Michael. Quelqu'un est aux abois. Les révélations publiées dans le journal d'hier les ont sérieusement secoués.

Mais, après tout, n'était-ce pas ce qu'il avait voulu ? Il avait cherché à les faire réagir, eh bien c'était fait.

Depuis l'appartement, il appela Allô-Pare-Brise, une entreprise de dépannage d'urgence. Ça allait lui coûter un max, mais il avait besoin de sa voiture à la première heure le lendemain matin. Il priait pour que sa jambe ne s'ankylose pas pendant la nuit.

30

Ce qui fut naturellement le cas. Il s'était levé à 5 heures pour s'entraîner à marcher à travers le salon en essayant de faire jouer ses tendons et ses articulations. Il examina sa jambe gauche. Un spectaculaire hématome couvrait son mollet et presque tout le devant de la jambe. Si les os avaient reçu l'impact plutôt que le mollet, il souffrirait aujourd'hui d'une belle fracture. Il avala deux comprimés d'un médicament à base de paracétamol, prescrit par l'interne de l'hôpital pour soulager ses douleurs, et attendit que le jour se lève. La nuit dernière, il avait vraiment eu besoin de repos, mais n'avait pas beaucoup dormi. Aujourd'hui, il tiendrait sur les nerfs, en espérant qu'ils seraient assez solides.

À 6 h 30, il parvint à descendre l'escalier et à boitiller jusqu'à sa voiture équipée d'un pare-brise flambant neuf qui valait plus à lui seul que l'ensemble des autres pièces du véhicule.

La circulation était encore fluide à son entrée dans le centre-ville, les embouteillages inexistants, aussi la traversée de l'agglomération fut-elle rapide, heureusement. Appuyer sur l'embrayage le faisait souffrir jusqu'à l'aine. Il prit la route de la côte jusqu'à North Berwick, laissant fatiguer le moteur plutôt que de changer de vitesse. À l'exact opposé de chez lui, il trouva la maison qu'il cherchait – en fait, un domaine, que son propriétaire ne partageait avec personne. Il devait couvrir quinze à vingt hectares et on y avait une vue imprenable depuis l'embouchure de la Forth jusqu'au sombre massif de Bass Rock. Rebus ne s'y connaissait pas trop en architecture ; il aurait jugé que la maison datait de l'époque du roi George. Elle ressemblait à bien des maisons de New Town, le quartier chic d'Édimbourg, avec ses colonnes cannelées de chaque côté de la porte d'entrée et ses grandes fenêtres à guillotine qui comptaient neuf carreaux par battant.

Broderick Gibson avait fait son chemin depuis l'époque où il inventait des recettes originales de bière dans la cabane au fond de son jardin. Rebus se gara devant la porte et appuya sur la sonnette. Mme Gibson en personne vint lui ouvrir la porte. Rebus se présenta.

– Il est bien tôt, inspecteur. Y a-t-il un problème ?

– Non, madame. J'aimerais simplement parler à votre fils, s'il vous plaît.

– Il prend son petit déjeuner. Pourquoi n'attendriez-vous pas au salon, je vous apporterais...

– Tout va bien, mère.

Aengus Gibson avait encore la bouche pleine et s'essuyait le menton avec une serviette de lin. Il se tenait dans l'encadrement de la porte de la salle à manger.

– Entrez donc, inspecteur.

Rebus sourit à Mme Gibson, qui semblait contrariée, en passant devant elle.

– Qu'est-il arrivé à votre jambe ? demanda Gibson.

– Je pensais que vous le sauriez peut-être, monsieur.

– Ah ? Pourquoi ça ? dit Aengus en se rasseyant à table.

Rebus s'était attendu à voir un service de table en argent avec des chauffe-plats couverts de cloches, du saumon et des harengs fumés, des assiettes en Wedgewood et un maître d'hôtel pour servir le thé. Mais il ne vit qu'un banal plat de porcelaine blanche rempli de saucisses graisseuses et d'œufs au plat, flanqué de quelques toasts beurrés et d'un pot de café. À côté d'Aengus, il y avait deux journaux pliés : celui de Mairie et le *Financial Times*, et autour de la table assez de miettes pour suggérer que le père et la mère du jeune homme avaient déjà pris leur petit déjeuner.

Mme Gibson passa la tête dans l'embrasure de la porte.

– Une tasse de café, inspecteur ?

– Non, merci Mme Gibson. (Elle sourit et se retira.) Je m'imaginais seulement, continua Rebus s'adressant à Aengus, que vous auriez pu être à l'origine de mon accident.

– Je ne comprends pas.

– Pour essayer de me faire taire avant que je puisse poser certaines questions au sujet de l'hôtel Central.
– Encore !
Aengus mordit dans son toast.
– Oui, encore.
Rebus s'assit et étendit la jambe.
– Voyez-vous, reprit-il, je sais que vous étiez sur place cette nuit-là, et ce, bien après que M. Vanderhyde vous eut quitté. Je sais que vous participiez à une partie de poker organisée par deux voyous du nom de Tam et Eck Robertson. Je sais que quelqu'un a tiré sur Tam et enfin je sais que vous vous êtes précipité dans la cuisine, couvert de sang, en hurlant d'ouvrir tous les robinets de gaz. Voilà, monsieur Gibson, ce que je sais de source sûre.

Le morceau de toast semblait rester coincé en travers de la gorge de Gibson. Il avala un peu de café et s'essuya à nouveau la bouche.

– Eh bien, inspecteur, dit-il, si c'est tout ce que vous savez, je vous signale que ce n'est pas grand-chose.

– Peut-être souhaiteriez-vous m'apprendre le reste, monsieur ?

Ils étaient assis en silence. Aengus jouait avec le pot de café vide et Rebus attendait qu'il se décide à parler quand la porte s'ouvrit violemment.

– Sortez d'ici ! rugit Broderick Gibson.

Il portait un pantalon, le col de sa chemise était ouvert et ses manchettes battaient, faute de boutons. Manifestement, sa femme l'avait dérangé alors qu'il n'était qu'à moitié habillé.

– Je pourrais vous faire arrêter à l'instant même, reprit-il. Le chef de la police m'a averti que vous étiez suspendu.

Rebus se releva lentement, forçant sur sa jambe blessée. Manifestement, Broderick Gibson ne connaissait pas la compassion.

– Et je vous conseille de rester à l'écart de cette maison jusqu'à ce que je vous autorise à y revenir. D'ailleurs, je vais consulter mon avocat sur-le-champ.

Rebus avait atteint la porte. Il fit une pause et fixa Broderick Gibson dans les yeux.

– Bonne idée, monsieur. Et je vous conseille de lui dire où vous-même vous trouviez la nuit où l'hôtel Central a brûlé. Votre fils a de graves ennuis, monsieur Gibson. Vous ne pourrez pas toujours le protéger contre les faits. Ils sont têtus.

— Contentez-vous de sortir et épargnez-moi vos conseils, siffla Gibson.
— Vous ne me demandez pas de nouvelles de ma jambe ?
— Quoi ?
— Rien, monsieur, je pensais à haute voix...

En retraversant le vaste hall, passant devant les tableaux, les candélabres et la rampe d'escalier finement ouvragée, il ressentit à quel point cette demeure était glacée. Ce n'était pas à cause de son âge, ni même du sol dallé ; non, c'était le cœur de la maison qui était gelé.

Il arriva à Gorgie au moment où Siobhan se versait sa première tasse de décaféiné.
— Qu'est-ce qui est arrivé à votre jambe ? demanda-t-elle.

Rebus pointa sa canne vers l'homme qui se tenait derrière l'appareil photo.
— Qu'est-ce que vous foutez ici ?
— Je prends la relève de Petrie, répondit Brian Holmes.
— Je me demande, moi, ce que chacun d'entre nous fait ici, dit Siobhan.

Rebus l'ignora.
— Vous êtes en convalescence.
— Je m'ennuyais, je suis revenu plus tôt. J'en ai parlé au chef hier et il m'a donné son accord. Donc, me voici.

Holmes avait l'air en forme, mais il s'exprimait d'un ton abrupt.
— Et puis, il y a une autre raison, je voulais entendre de la bouche de Siobhan l'histoire d'Eddie et de Pat. Ça me paraît tellement incroyable... Ce que je veux dire c'est que j'ai *pleuré* hier, au cimetière, et le salaud sur lequel je pleurais était tranquillement assis chez lui, à rigoler tout seul.
— Bientôt, il rigolera avec d'autres en prison, lui répondit Rebus. (Puis, s'adressant à Siobhan :) Donnez-moi donc un peu de café.

Il avala deux gorgées brûlantes avant de lui rendre la tasse en plastique.
— Merci. Du nouveau ? demanda-t-il.
— Personne n'est encore là, même pas notre camarade de la Répression des Fraudes.

– Je voulais parler de l'extérieur.
– Qu'est-ce qui est donc arrivé à votre jambe ? demanda Holmes.

Et Rebus lui raconta toute l'histoire.

– C'est de ma faute, dit Holmes, dès le départ, parce que c'est moi qui vous ai impliqué dans cette affaire.

– Ça, c'est bien vrai, répondit Rebus. Et en pénitence, vous allez rester collé derrière cette fenêtre. (Il revint à Siobhan.) Alors ?

Elle prit une profonde inspiration :

– Alors, j'ai interrogé Ringan et Calder hier après-midi. Ils sont inculpés tous les deux. Par ailleurs, j'ai vérifié et Mme Cafferty n'a pas de permis de conduire, ni sous son nom de jeune fille ni sous son nom de femme mariée. La Mercedes de Sanzaw appartenait à...

– Gerry Cafferty.

– Vous le saviez déjà ?

– Je m'en doutais, dit Rebus. Et en ce qui concerne les parts de l'affaire Sanzaw ?

– La moitié appartient à une société, la Geronimo Holdings.

– Qui, elle aussi, appartient au Gros Gerry ?

– Lequel, galamment, a composé le nom de cette compagnie avec son surnom et celui de sa femme. Qu'est-ce que vous en pensez ?

– Je pense que Gerry a probablement gagné sa part dans l'affaire Sanzaw aux cartes.

– Possible, ajouta Holmes, ou bien à la place de l'argent que Sanzaw n'a pas pu lui donner pour assurer sa protection.

– Peut-être, rétorqua Rebus, mais je pencherais pour les cartes.

– Après tout, intervint Siobhan, Sanzaw a gagné la voiture en pariant contre Cafferty. Ils avaient déjà joué ensemble.

Rebus approuva.

– Donc, tout nous ramène à une entente de longue date entre eux, conclut-il. Et il pourrait bien y avoir une relation plus étroite encore, bien que je ne puisse pas le prouver.

– Une minute, dit Siobhan, si le coup de couteau ou la vitrine brisée ont un rapport avec le jeu ou le racket, ça nous ramène à Cafferty. Ce qui voudrait dire qu'à partir du moment où Cafferty possède la moitié de la boutique, il aurait cassé sa propre devanture.

Rebus secoua la tête.

— Je n'ai pas dit que ça avait à voir avec le racket ou le jeu.

— Et quel est le rôle du cousin dans tout ça ? interrompit Holmes.

— Oh là là ! fit l'inspecteur, vous faites du zèle à peine rentré, vous. Je ne suis pas encore sûr de la place de McOozin dans l'histoire, mais je commence à me faire ma petite idée.

— Venez voir, dit Holmes, ça y est.

Ils suivirent des yeux une Mini rouge vif cabossée qui s'arrêtait devant la compagnie de taxis. Quand la portière du conducteur s'ouvrit, la montagne humaine s'extirpa de la voiture.

— Ça me fait penser à du dentifrice qui sort de son tube, commenta Rebus.

— Doux Jésus, ajouta Holmes, il a dû retirer les sièges avant.

— Il est seul, aujourd'hui, constata Siobhan.

— Je vous parie que Cafferty passera à un moment ou à un autre, reprit Rebus. Rien que pour jeter un coup d'œil. Il s'est fait salement avoir dans le passé et il ne permettrait pas que ça recommence.

— Salement avoir ? répéta Siobhan. Comment le savez-vous ?

Rebus lui fit un clin d'œil.

— Je le joue gagnant, conclut-il.

Il dut attendre jusqu'après l'heure du déjeuner pour obtenir les informations dont il avait besoin. Il se les était fait faxer chez le marchand de journaux le plus proche. Pendant qu'ils attendaient interminablement à Gorgie, ils avaient tous trois discuté de l'affaire. Siobhan et Holmes étaient d'accord sur un point : personne n'oserait témoigner contre Cafferty. Et même, à leur avis, il n'était pas sûr que Cafferty soit impliqué.

— J'en saurai plus cet après-midi, leur dit Rebus en quittant l'appartement pour aller chercher son fax.

Il commençait à s'habituer à marcher avec la canne, et, tant qu'il ne restait pas immobile, il ne se sentait pas ankylosé. Cependant, il devinait que le trajet en voiture vers Cardenden ne lui ferait aucun bien. Il envisagea de prendre le train, mais chassa rapidement cette idée. Il pourrait avoir besoin de quitter le comté de Fife en vitesse, et les horaires du train écossais n'étaient pas vraiment fiables.

À 14 h 30 passées de quelques minutes, il poussa la porte de la boutique de paris de Hutchy. L'endroit, mal aéré, sentait le renfermé. Des mégots de cigarettes traînaient par terre, sans doute depuis plus d'une semaine. Il y avait eu une course à 14 h 30, et quelques parieurs attendaient les résultats, appuyés contre les murs. Rebus ne se laissa pas abuser par cette atmosphère misérabiliste. Personne n'irait parier dans un établissement trop clinquant : ça voudrait dire que le bookmaker gagnait trop d'argent. Cet environnement factice relevait de la psychologie de bazar. Peut-être ne gagnez-vous pas, semblait affirmer le bookmaker, mais regardez-moi : je ne m'en sors pas mieux !

Sauf que ce n'était pas le cas.

Rebus aperçut un visage presque familier parmi ceux qui étudiaient les pronostics des journaux punaisés aux murs. Mais il lui fallait se l'avouer, cette ville regorgeait de visages familiers. Il s'approcha du guichet vitré.

– Je voudrais dire un mot à M. Greenwood, s'il vous plaît.

– Vous avez rendez-vous ?

Rebus ne répondit pas à l'employée. Son attention avait été attirée par le regard d'un homme qui se tenait en retrait, derrière un bureau.

– Monsieur Greenwood, je suis officier de police, pourrais-je vous parler un instant ?

Greenwood fit mine de réfléchir, puis il se leva, déverrouilla la porte du guichet et sortit dans la salle.

– Par ici, dit-il, précédant Rebus vers le fond de la boutique. (Il fit jouer la serrure d'une porte qui donnait sur son confortable bureau privé.) Des ennuis ? demanda-t-il immédiatement, en s'asseyant pour atteindre une bouteille de whisky planquée dans son secrétaire.

– Pas pour moi, monsieur, répondit Rebus.

Il s'était assis juste en face de Greenwood et ne le quittait pas des yeux. Bon Dieu, c'était difficile à dire après toutes ces années. Mais le portrait de Midge n'était pas si éloigné de l'original. C'était l'instant de la partie où un bon joueur d'échecs aurait tenté de tendre un piège. Rebus prit le risque de sacrifier sa reine.

– Alors, Eck, dit-il en prenant ses aises, qu'est-ce que vous devenez ?

– C'est à moi que vous parlez ? dit Greenwood en faisant mine de regarder autour de lui.

– C'est bien mon impression. "Mais je ne m'appelle pas Eck !" Vous voulez faire joujou ? Parfait, faisons la donne. (Greenwood se versa un whisky tassé.) Vous vous appelez Eck Robertson. Vous avez fui la bande de Cafferty en emportant avec vous un paquet d'oseille qui appartenait au Gros Gerry. Vous avez aussi pris l'identité d'un homme, Thomas Greenwood. Vous saviez que Tommy ne se plaindrait pas, puisqu'il était mort. Encore l'une de ces inexplicables disparitions dans l'entourage du Gros Gerry. Donc, vous avez volé son nom et son identité et vous vous êtes planqué au fin fond du comté de Fife, vivant du contenu d'une mallette pleine de fric jusqu'à ce que vous puissiez exploiter cette boutique. (Rebus reprit son souffle.) Comment je m'en sors ?

Greenwood, alias Eck Robertson, déglutit bruyamment et remplit son verre.

– Mais voilà, vous vous êtes un peu trop identifié à Greenwood. Au moment où vous vous êtes installé ici, les contributions vous ont relancé pour une échéance d'impôts impayée. Vous leur avez répondu et vous les avez même réglés. (Rebus sortit les fax de sa poche.) J'ai ici une copie de votre lettre, ainsi que d'autres courriers du vrai Thomas Greenwood. Imaginez qu'un expert en graphologie en fasse état devant un tribunal. Vous connaissez l'effet qu'ils produisent sur un jury ? On dirait du Perry Mason. Même moi je peux me rendre compte que les signatures sont différentes.

– J'ai changé d'écriture.

Rebus sourit.

– Vous avez changé de tête, aussi. Teint vos cheveux, rasé votre moustache et vous portez des verres de contact de couleur. Vous aviez les yeux noisette, n'est-ce pas, Eck ?

– Je vous répète que je m'appelle Thomas.

Rebus se leva.

– Dites ce que vous voulez. Je suis sûr que le Gros Gerry vous reconnaîtra au premier coup d'œil.

– Attendez une minute, et asseyez-vous.

Rebus obtempéra. Eck Robertson fit un pâle sourire. Il alluma son transistor le temps d'écouter les résultats d'une course, puis l'éteignit. Le premier à passer la ligne était à six contre un.

— Bonne affaire pour les bookmakers, dit Rebus. Vous avez toujours aimé les chevaux, non ? Pas autant que Tam, évidemment. Tam adorait parier. Et il a parié avec vous qu'il pourrait piquer du fric au Gros Gerry sans qu'il s'en aperçoive, en ponctionnant un petit peu à chaque fois. Et ça a fini par faire beaucoup. Regardez. (Rebus lança le portrait de Tam Robertson sur le bureau.) Voilà à quoi il ressemblerait aujourd'hui si le Gros n'avait rien découvert.

Eck Robertson fixait le dessin, suivant les contours du visage de son doigt.

— Vous avez dû foutre le camp avant que Gerry ne vous tombe dessus, reprit Rebus, alors vous avez emporté l'argent. Et puis le Radiateur aussi s'est enfui. Après tout, c'est lui qui vous avait fait entrer dans la bande. Lui aussi allait subir des représailles. (Rebus prit un temps.) À moins que Gros Gerry n'ait mis la main dessus.

Robertson, qui n'avait pas quitté le portrait des yeux, grimaça.

— Bon, ce n'est pas tout ça, dit Rebus ; je crois que je prendrais bien une goutte de ce whisky, maintenant.

Sa jambe lui faisait souffrir l'enfer et ses phalanges blanchissaient sur le pommeau de la canne. Robertson mit un moment à lui servir son verre.

— Alors, lui demanda Rebus, souhaitez-vous ajouter quelque chose ?

— Comment m'avez-vous retrouvé ?

— Quelqu'un vous a reconnu.

Robertson accusa le coup :

— Le cuistot, comment s'appelait-il, déjà ? Ringan ? Je l'ai vu dans un bar à Cowdenbeath. Il avait l'air de vouloir se cuiter alors je suis parti à toute vitesse. Je croyais qu'il ne m'avait pas vu, et quand bien même, qu'il ne m'aurait pas reconnu. J'avais tort, hein ?

— Oui, vous avez eu tort.

Rebus ingurgitait son whisky comme une potion.

— C'était Aengus Gibson, dit Robertson à brûle-pourpoint. C'était Aengus Gibson qui avait le revolver.

Et il raconta toute l'histoire. Comme d'habitude, Tam avait triché au poker. Mais Aengus s'en était aperçu et avait sorti son arme. Tam en était mort.

– Et on a foutu le camp.
– Quoi ? (Rebus n'en croyait pas ses oreilles.) Sans vouloir le venger ? Ce jeune pochard venait de tuer votre frère !
– Personne n'aurait osé toucher un des cheveux d'Aengus le Terrible. C'était le copain de Gros Gerry. Ils étaient devenus potes après une sorte de malentendu, une effraction dans l'appartement de Mo. Gros Gerry avait des projets pour lui.
– Quel genre de projets ?
– Des projets. (Robertson eut un rictus.) Vous aviez raison pour le pognon. Il fallait que je file tant que je le pouvais encore.
– Mais pourquoi être venu spécialement ici ?
Robertson plissa le front.
– C'était le terminus de la ligne. Et Gros Gerry n'a jamais fait beaucoup d'affaires dans le comté de Fife. Ça reviendrait à marcher sur les plates-bandes des Italiens et des Irlandais.
Rebus réfléchissait à cent à l'heure.
– Et qu'a fait Gros Gerry quand Aengus a descendu Tam ?
– Qu'est-ce que vous voulez dire ?
– Eck, je sais que Gros Gerry participait à la partie. Alors, qu'est-ce qu'il a fait ?
– Il s'est tiré comme tout le monde.
– Donc, le Gros Gerry était bien là !
Robertson avait reporté son attention sur le portrait de son frère. Rebus se faisait une idée très précise, lui aussi, des « projets » que Cafferty avait pour Aengus. Imaginez, tenir dans le creux de sa main celui qui un jour dirigerait les brasseries Gibson. Le faire sauter dans la paume de sa main pendant toutes ces années...
– Qui a emporté l'arme, Eck ?
Eck haussa les épaules. Rebus eut l'impression qu'il ne l'écoutait plus. Il cogna le coin du bureau avec sa canne.
– Vous vous êtes tiré de sacrés ennuis, Eck. Eddie Ringan vous appréciait pour ça. Vous lui avez appris qu'il était possible de disparaître. Une leçon d'un grand secours quand on a Gros Gerry sur le dos. Lui, il a fait réellement disparaître des gens, pas vrai ? Il les a balancés à la mer aussi facilement qu'on claque des doigts. C'est bien comme ça qu'il procède, hein ?
– Au bout d'un moment, ouais.
Rebus se rembrunit. Mais ce qu'ajouta Eck Robertson le fit réagir.

— Personne ne remarque une camionnette de boucher.

Rebus opina en souriant :

— Vous avez raison. (Il s'humecta les lèvres.) Eck, accepteriez-vous de témoigner contre lui ? À huis-clos, en gardant secrète votre nouvelle identité. Le voudriez-vous ?

Mais Eck Robertson secoua la tête. Il la secouait encore quand la porte s'ouvrit soudain. Ah ! Le visage presque familier qui étudiait les pronostics, c'était le joueur de billard de la Porcherie.

— Ça va, Tommy ?

— Bien, Sharky, bien.

Mais « Tommy Greenwood » n'avait pas l'air si bien que ça.

— Dehors, mon garçon, dit Rebus, M. Greenwood et moi avons à faire ensemble.

Sharky l'ignora.

— Tu veux que je l'éjecte, Tommy ?

Tommy Greenwood n'eut jamais l'opportunité de répondre. Rebus frappa la base du nez de Sharky du pommeau de sa canne, puis lui cingla violemment les genoux. Le jeune homme se recroquevilla. En se levant, Rebus constata :

— Pratique, cet accessoire, non ?

Il pointa la canne vers Eck Robertson.

— Je vous laisse le portrait en souvenir, Eck. De toute façon, je reviendrai. Je veux que vous témoigniez contre Cafferty. Pas maintenant, pas encore. Quand j'aurai quelque chose de solide contre lui. Et si vous ne voulez pas témoigner, j'aurai toujours la possibilité de ressusciter Eck Robertson. Pensez-y. D'une façon ou d'une autre, le Gros Gerry sera mis au courant.

Il était en train de traverser Forth Road Bridge quand il entendit la nouvelle à la radio.

— Nom de Dieu, dit-il en écrasant l'accélérateur.

31

Rebus montra sa plaque d'identité pour passer les portes de la brasserie. Il n'y avait plus qu'une voiture de police sur les lieux et plus trace d'ambulance. Des ouvriers massés en petits groupes compacts parlaient à voix basse et faisaient circuler cigarettes et rumeurs.

Rebus connaissait bien le sergent de garde. Il travaillait à Édimbourg ouest et, pour son malheur, se nommait Robert Flamm. Ce Flamm était grand, corpulent et surtout roux carotte. Son visage était constellé de taches de son. Certains dimanches après-midi on pouvait le trouver au pied de la montagne, où il stigmatisait les païens. Rebus était content d'avoir affaire à Flamm. Il pouvait vous menacer des chaudrons de l'Enfer, mais il ne tournait jamais autour du pot.

Flamm désigna l'énorme réservoir en aluminium.

– Il a grimpé jusqu'au sommet.

Oui, Rebus ne voyait que trop clairement l'échelle métallique qui menait au sommet de la construction, avec, tous les dix mètres, les plates-formes circulaires qui entouraient la cuve.

– Et quand il est arrivé au sommet, il a sauté. Des tas d'ouvriers l'ont vu, et ils racontent tous la même chose : il est monté sans s'arrêter jusqu'à ce qu'il ne puisse pas aller plus haut, et il s'est jeté dans le vide, les bras écartés. Un des témoins a dit qu'il aurait pu gagner la médaille d'or de plongeon aux jeux Olympiques.

– Il avait tant de classe que ça ?

Ils n'étaient pas les seuls à scruter la cuve. Quelques-uns des travailleurs y jetaient un coup d'œil de temps en temps, et retraçaient dans l'air le trajet d'Aengus Gibson. Il avait heurté le bitume et s'était ratatiné comme un accordéon... La forme figurée au sol aurait pu laisser croire qu'un rocher avait été jeté du toit.

— Son père a essayé de le rattraper, continua Flamm. Il n'est pas allé bien loin. Un vieux bonhomme comme ça, c'est un miracle que son cœur n'ait pas lâché. On a dû l'aider à redescendre de la troisième plate-forme.

Rebus observait les anneaux que formaient les trois paliers.

— Un peu comme l'Enfer de Dante, hein ! dit-il, clignant de l'œil à l'adresse de Flamm.

— Le vieux dit que c'était un accident.

— C'est cela, oui...

— Mais ce n'est certainement pas le cas.

— Bien sûr que non !

— J'ai une douzaine de témoins qui affirment qu'il a sauté.

— Une douzaine de témoins qui changeront d'avis si leur boulot est en jeu, rectifia Rebus.

— Ça, c'est très juste.

Rebus inspira profondément. Il avait toujours aimé l'odeur du houblon, mais dorénavant elle ne serait plus jamais la même. Elle aurait la senteur de cet instant précis qu'il revivrait éternellement.

— « Le Seigneur a donné, et le Seigneur a repris », dit Flamm. À propos, qu'est-ce qui vous est arrivé à la jambe ?

— Un ongle incarné, répondit Rebus. Le Seigneur me l'a donné, l'hôpital me l'a repris.

Flamm secouait la tête à ce blasphème facile, lorsqu'une fenêtre s'ouvrit derrière eux.

— Vous ! hurla Broderick Gibson. C'est vous qui l'avez tué ! C'est vous !

Son doigt crochu, un doigt qu'il semblait être dans l'impossibilité de tendre, était pointé sur Rebus. Ses yeux faisaient penser à du verre dépoli, il avait la respiration oppressée. Quelqu'un tentait de le ramener doucement à l'intérieur du bureau en le prenant par les épaules.

— Mais il y a une justice, cria-t-il à Rebus. Souvenez-vous de mes paroles. Il y a une justice !

En fin de compte, le vieil homme fut tiré en arrière et la fenêtre refermée derrière lui. Les ouvriers dévisageaient les deux policiers.

– Un de plus à ton tableau de chasse, songea Rebus en retournant à sa voiture.

On en était donc là. Aengus Gibson avait tiré sur Tam Robertson et l'avait tué, et maintenant Aengus était mort. Fin de l'histoire. Et Rebus imaginait déjà qu'un individu qui n'appartenait pas à la famille d'Aengus allait être fort contrarié : le Gros Gerry.

Cafferty avait protégé Aengus le Noir, l'avait peut-être même fait chanter, attendant pendant toutes ces années que le jeune homme prenne la tête de la brasserie. Aengus mort, tout l'édifice s'effondrait et ses plans d'avenir avec.

Malgré ça, il n'y aurait pas de retour de bâton pour Cafferty, pas de châtiment immédiat.

Quand il arriva à l'appartement, Michael avait des nouvelles pour lui.

– Le toubib a essayé de te joindre.

– Lequel ? J'en ai vu tellement ces derniers temps.

– Le docteur Patience Aitken. Elle a l'air de croire que tu l'évites. Eh, on dirait que ton plan fonctionne !

– Ce n'était pas un plan. J'ai eu trop de boulot.

– Si tu ne finis pas, tu seras privé de dessert, sourit Michael. En tout cas, elle a l'air charmante.

– Mais elle EST charmante. C'est moi l'abruti.

– Alors, va la retrouver !

Rebus se laissa tomber sur le canapé.

– Oui, j'irai peut-être. Qu'est-ce que tu lis ? (Michael lui montra la couverture.) Encore un livre sur l'hypnothérapie ! Tu devrais avoir fait le tour du sujet, non ?

– J'en ai à peine effleuré la surface, dit Michael. (Puis, après un temps :) Je vais prendre des cours.

– Ah ?

– Je veux devenir hypnothérapeute. En fait, je sais que je peux hypnotiser les gens.

– J'ai toujours su que tu avais un talent pour amener tes contemporains à ôter leur pantalon et à aboyer comme des chiens.

– Précisément, et il est grand temps que j'en fasse usage.

– On dit que le rire est la meilleure des thérapies.
– La ferme, John, j'essaie d'être sérieux. Et je retourne habiter avec Chrissie et les mômes.
– Oh ?
– Je lui ai parlé et nous avons décidé de faire une nouvelle tentative.
– Ça me semble très romantique.
– Il faut bien que l'un de nous deux cultive cette attitude.
Michael décrocha le combiné du téléphone et le tendit à Rebus.
– Et maintenant, appelle le docteur.
– À vos ordres, monsieur, dit Rebus.

Broderick Gibson avait fait jouer ses relations, c'était indéniable. Le mercredi matin, les journaux relataient le « tragique accident survenu à la brasserie Gibson, près de Fountainbridge, à Édimbourg ». On publiait des photos d'Aengus. Certaines dataient de l'époque d'Aengus le Noir. D'autres le montraient sous son aspect plus récent de bienfaiteur de l'humanité. Nulle part on n'évoquait un suicide possible. Une nouvelle tentative pour étouffer l'affaire, encore une distorsion de la vérité. La façon de faire de Broderick Gibson, une routine en somme.
À 10 h 15, Rebus reçut un coup de téléphone. C'était le superintendant Watson.
– Il y a quelqu'un qui veut vous voir, dit-il. Je lui ai dit que vous étiez suspendu, mais il ne veut rien savoir.
– Qui est-ce ? demanda Rebus.
– Une sorte de vieil âne aveugle qui s'appelle Vanderhyde.
Vanderhyde l'attendait encore lorsque Rebus se présenta au commissariat. Il semblait très à l'aise, concentré sur les bruits qui l'entouraient : bavardages, coups de téléphone et crépitement des machines à écrire. Il était assis sur une chaise en face du bureau de Rebus. Ce dernier fit péniblement le tour du vieil homme, sur la pointe des pieds, et s'assit. Il observa Matthew Vanderhyde pendant quelques instants. Celui-ci portait un costume noir, une chemise blanche et une cravate noire : une tenue de deuil. Il tenait une chemise cartonnée bleue, posée sur les cuisses. Sa canne blanche était appuyée à la chaise.

— Bien, inspecteur, dit Vanderhyde brusquement. Vous en avez assez vu ?

Rebus eut un sourire désabusé.

— Bonjour, monsieur Vanderhyde. Qu'est-ce qui m'a trahi ?

— Vous vous déplacez avec une canne. Elle a heurté le coin de votre bureau.

Rebus hocha la tête :

— J'ai été désolé d'apprendre...

— Moins désolé que ses parents. Pendant des années, ils ont bataillé dur avec Aengus. Un rude combat, infernal, parfois. Tout ça pour rien.

Vanderhyde se pencha en avant. S'il n'avait pas été aveugle, son regard aurait vrillé celui de Rebus. De sa position, Rebus pouvait voir sa propre image se refléter dans les verres miroir des lunettes de son interlocuteur.

— Méritait-il de mourir, inspecteur ?

— Il a eu le choix.

— Réellement ?

Rebus se remémora les paroles du prêtre : *Pourrez-vous passer le reste de votre existence avec le poids du remords et de la culpabilité ?* Vanderhyde savait que Rebus n'allait pas lui répondre. Il hocha lentement la tête et se recula sur sa chaise.

— Vous y étiez, cette nuit-là, n'est-ce pas ? demanda Rebus.

— Où cela ?

— À la partie de cartes.

— Les aveugles font de piètres joueurs de poker, inspecteur.

— Une personne « voyante » peut les aider. (Rebus attendit. Vanderhyde était assis, raide et immobile comme une statue de cire.) Quelqu'un comme Broderick Gibson, peut-être ? reprit Rebus.

Les doigts de Vanderhyde tambourinaient sur la chemise bleue, puis il s'en saisit et la tendit par-dessus le bureau.

— Broderick a souhaité que vous récupériez ceci.

— Qu'est-ce que c'est ?

— Il ne me l'a pas dit. Il vous fait simplement savoir qu'il espère que vous trouverez son contenu utile, bien que lui-même en doute. (Vanderhyde fit une pause.) Bien sûr, j'ai été assez intrigué pour l'examiner à ma façon. C'est une sorte de livre.

Rebus se saisit de la lourde chemise, et Vanderhyde, la lâchant, chercha et trouva sa canne blanche.

— On a retrouvé des clefs sur Aengus. Elles ne correspondaient à aucune serrure. La nuit dernière, Broderick a mis la main sur des relevés de comptes bancaires qui indiquaient des versements mensuels à une agence immobilière. Comme il connaissait le patron de l'agence, il l'a appelé. Apparemment, Aengus avait loué un appartement dans Blair Street.

Rebus connaissait l'endroit, c'était une ruelle étroite entre High Street et Cowgate, en équilibre instable entre la bourgeoisie et la misère.

— Personne n'était au courant ?

Vanderhyde fit non.

— C'était sa tanière, inspecteur. Un véritable trou à rats, à en croire Broderick. Plein de nourriture moisie, de bouteilles vides et de vidéos pornos...

— Une piaule de célibataire ordinaire.

Vanderhyde ne releva pas cette marque de légèreté.

— C'est là qu'on a trouvé ce livre.

Rebus avait déjà ouvert la chemise. Elle contenait un grand cahier à spirale. Il ne portait pas de titre, mais toutes les lignes étaient remplies par une écriture serrée. Quelques phrases lui apprirent de quoi il s'agissait : c'était le journal intime d'Aengus Gibson.

32

Rebus s'assit à son bureau pour lire. Personne ne vint le déranger en dépit du fait qu'il était censé être suspendu. La journée arrivait à son terme, et les bureaux se vidaient petit à petit. Il aurait aussi bien pu être en quarantaine, tant on lui portait peu d'attention. Son téléphone était décroché et il se tenait la tête dans les mains, penché sur le journal. La première fois, il avait rapidement parcouru le cahier. Après tout, seules quelques pages devaient avoir un rapport avec l'affaire. Les premiers paragraphes narraient tout un tas de scènes crues : parties de jambes en l'air discrètes dans des résidences secondaires avec des femmes « du monde » d'aujourd'hui, et plus souvent encore avec les filles de ces mêmes femmes. Et aussi des disputes avec son père ou sa mère, la plupart du temps à propos d'argent. L'argent ! Il ne parlait presque que de ça dans ces premiers paragraphes : argent dépensé à voyager, dans l'achat de voitures de sport, de champagne, de vêtements de luxe. Cependant, le journal débutait sur une note plutôt étrange :

Parfois, la plupart du temps, quand je suis seul, mais à l'occasion en présence d'étrangers, du coin de l'œil, j'ai la perception furtive d'une présence. Ou bien je me l'imagine. Quand je regarde mieux, il n'y a jamais personne. Il se peut qu'il y ait eu une ombre, qui, par l'effet d'un courant d'air agitant un rideau ou autre chose, ait attisé mon inconscient et lui ait fait imaginer une forme humaine. Je parle d'un courant d'air entre une porte et une fenêtre, car c'est l'exemple le plus récent.

De toute façon, je commence à me convaincre que je vois réellement des choses. Et ce que je vois – ce qui m'est montré, pour être précis – c'est moi. La face cachée de ce qui est moi. Enfant, j'allais à l'église, et je croyais aux fantômes. Je continue à croire aux fantômes.

Rebus se rendit au début du chapitre suivant :

Je peux écrire ce journal l'esprit en paix puisque j'ai la certitude que celui qui le lira – oui, toi, cher lecteur – ne le fera qu'après ma mort. Personne ne sait qu'il existe, et comme je n'ai ni ami, ni aucune personne à qui me confier, il est peu probable que quelqu'un mette son nez dedans. Évidemment, un cambrioleur pourrait l'emporter. Si c'était le cas, honte sur toi : c'est ce qui a le moins de valeur dans cet appartement, encore qu'il pourrait en prendre à mesure que j'écris.

Il y avait des trous importants dans la chronologie. Une année entière pouvait ne comporter qu'une demi-douzaine de dates. Aengus le Noir n'était apparemment pas plus sérieux dans la tenue de son journal qu'il ne l'était pour autre chose. Cependant, cinq ans plus tôt, les entrées s'étaient bousculées : intrusion accidentelle dans l'appartement de Mo Johnson ; Mo et lui qui devenaient amis ; Mo le présentant à un certain Morris Cafferty. Un peu plus tard, comme Aengus et lui se croisaient dans les mêmes réceptions, dans les mêmes bars et les mêmes clubs, Cafferty devint simplement « Gros Gerry ».

En tout cas, le plus long article, et de loin, concernait la seule journée qui intéressait vraiment Rebus.

L'endroit n'est pas mal en soi. L'équipe d'infirmières est pleine de délicatesse et toujours prête à blaguer ou à raconter des histoires. Elles me raccompagnent dans ma chambre avec toute la gentillesse possible quand je me rends compte que je me suis perdu. Les couloirs sont longs et c'est un vrai labyrinthe. Une fois, j'ai cru voir un arbre dans un couloir, mais ce n'était qu'une fenêtre peinte en trompe-l'œil. Une infirmière m'a fait toucher la peinture pour éviter que mon esprit ne s'emmêle.

Comme les autres, elle a refusé de me faire passer de la vodka en douce. De ma fenêtre, je peux observer un écureuil. Un écureuil roux, je crois, qui bondit d'arbre en arbre et disparaît derrière ces collines où pousse une végétation anarchique. On dirait une coupe de cheveux ratée.
Mais ce n'est pas vraiment cette scène champêtre que je vois. Je suis dans une chambre, une chambre dans laquelle je crois que je vais passer un bon moment, même après avoir quitté cet hôpital.
Pourquoi ai-je même essayé de convaincre mon père de participer à cette partie de poker ? Je connais la réponse, à présent. Parce que Cafferty voulait qu'il soit présent. Et que Père était suffisamment téméraire – témérité dont il subsiste une petite étincelle en lui, une étincelle de cette violence qu'il m'a laissée en héritage. Mais il ne pouvait pas venir. S'il avait été là, je me demande si les choses auraient tourné différemment.
J'ai rencontré l'oncle Matthew au bar. Bon Dieu, quel raseur ! Il croyait, parce qu'il s'était vaguement acoquiné avec les démons et les croque-mitaines du nationalisme, qu'il pesait sur le sort du monde. J'aurais pu lui répondre que seuls des hommes comme Cafferty avaient de l'importance. C'étaient eux qui tiraient les ficelles, dans l'ombre. Qui créaient les marchés. Tout bonnement, ils organisaient les choses. Et nom de Dieu, quelles choses !
Tam Robertson me proposa de me joindre à la partie de poker qui se jouait à l'étage. La mise de départ était modeste, et je savais que je pourrais toujours faire un saut à Blair Street si j'avais besoin de plus de liquide. Naturellement, je connaissais la réputation de Tam Robertson. Il distribuait les cartes d'une manière bizarre, le coude en l'air. Bien que je ne puisse expliquer comment, certains estimaient qu'il était capable de voir le dessous des cartes en donnant. Son frère Eck expliquait qu'il s'y prenait ainsi parce qu'il s'était cassé le bras dans sa jeunesse. D'accord, je ne suis pas un expert aux cartes, et je m'apprêtais à perdre quelques billets, mais, si quelqu'un essayait de me rouler, j'étais certain de m'en apercevoir.
Et puis les deux autres joueurs sont arrivés, et j'ai compris que je ne serais pas le pigeon. L'un des deux était Cafferty. Il était accompagné d'un type qui s'appelait Jimmy Sanzaw, un artisan

boucher. Et il en avait bien l'air, d'un boucher, avec son visage bouffi, ses joues rouges et ses gros doigts boudinés. Il donnait l'impression de sortir d'une séance de récurage. Ce qui est souvent le cas chez les bouchers, les chirurgiens et les travailleurs des abattoirs. Ils essayent d'avoir l'air plus propres que nature.
Maintenant que j'y repense, Cafferty aussi était comme ça. Et Eck. Et Tam. Tam se frottait les mains en permanence, dégageant une odeur de savon au citron. Ou bien il inspectait ses ongles et les curait soigneusement. Pour ce qui était de ses vêtements, vous ne vous en seriez jamais douté, mais ils étaient d'une propreté maniaque. Je me rends compte maintenant – satané esprit d'escalier ! – que les frères Robertson n'étaient pas contents de voir Cafferty. Pas plus que le boucher n'avait l'air heureux de s'être laissé entraîner à jouer. Il n'arrêtait pas de se plaindre de devoir déjà trop d'argent comme ça, mais Cafferty ne voulait rien entendre. Le boucher était un joueur de poker calamiteux. Il prenait des mines dégoûtées chaque fois qu'il n'avait pas de jeu, et gigotait sur sa chaise, en tapant du pied, quand il en avait. Au fur et à mesure du déroulement de la partie, il devenait évident qu'il y avait un contentieux entre Cafferty et les Robertson. Cafferty se plaignait sans cesse à propos de ses affaires, elles marchaient au ralenti, l'argent ne rentrait pas comme avant. Alors, il se tourna vers moi, brusquement et posa sa main sur la mienne.
– Combien d'hommes morts as-tu déjà vus ?
En présence de Cafferty je me montrais encore plus bravache que d'habitude, un effet souligné en grande partie par ma volonté de paraître hyper-décontracté.
– Pas beaucoup, ai-je répondu (ou quelque chose comme ça).
– Même pas un ? insista-t-il. (Il n'attendait pas de réponse.) Moi, j'en ai vu des douzaines, oui, des douzaines. Et le plus beau, Aengus, c'est que j'en ai tué plus que ma part.
Il enleva sa main, se rassit et ne dit plus rien. La donne suivante se fit en silence. J'aurais aimé que Mo fût dans les parages. Elle avait le chic pour le calmer. Il buvait du whisky à même la bouteille, il le faisait tourner dans sa bouche avant de l'avaler bruyamment. Sobre, il était imprévisible ; ivre, il était dangereux. Voilà pourquoi je l'aimais bien. D'une étrange manière, je

l'admirais, même. Il obtenait ce qu'il voulait par tous les moyens. Cet état d'esprit particulier a quelque chose de fascinant. Et puis, bien sûr, en sa compagnie j'étais quelqu'un qu'on respectait, j'étais respecté par des gens qui en temps ordinaire m'auraient traité de parvenu prétentieux, et même, comme l'avait fait quelqu'un, de « pauvre bâton merdeux ». Cafferty avait pris des mesures exceptionnelles quand je le lui avais raconté. Il avait rendu une petite visite au type en question...
*Pour quelle raison voulait-il passer son temps en ma compagnie ? Jusqu'à cette nuit-là, je croyais qu'il avait lu dans nos yeux une fougue commune. Mais à présent, je sais que c'était autre chose. Parce qu'à la fin, j'allais lui être d'une tout autre utilité. Une fin définitive, amè**re**.*
Je buvais de la vodka, d'abord avec du jus d'orange, puis nature, mais toujours dans un verre et avec de la glace. Les Robertson buvaient de la bière. Ils partageaient un casier de bouteilles qu'ils avaient posé entre eux. Le boucher buvait du whisky, quand Cafferty daignait lui en accorder une gorgée, ce qui n'arrivait pas assez souvent de l'avis du pauvre homme. J'avais perdu une vingtaine de livres en quelques minutes, et plus de soixante au bout d'un quart d'heure. La main de Cafferty se posa à nouveau sur la mienne.
– Si je ne mets pas les choses au point, dit-il, ils vont te prendre ta chemise, et même ton pantalon.
– Je ne triche jamais, répliqua Tam Robertson.
J'eus l'impression que Cafferty espérait qu'il allait répondre un truc de ce genre. Ce que Robertson confirma en se mordant les lèvres. Cafferty lui demanda s'il était sûr de ne pas avoir triché. Robertson resta silencieux. Son frère essaya de calmer les esprits en les ramenant au jeu. Mais Cafferty montra les dents à Tam Robertson en ramassant ses cartes. Plus tard, il remit ça.
– J'ai tué des tas de types, dit-il en me regardant, mais il s'adressait clairement aux Robertson. Mais aucun de ces meutres n'a été gratuit. Certains me devaient de l'argent, d'autres m'avaient fait du tort, d'autres, pire encore, m'avaient doublé. À mon avis, chacun sait dans quoi il s'embarque. Pas vrai ? (Ne sachant quoi répondre, j'approuvai.) Et à partir du moment où tu t'es mis dans une sale affaire, tu devrais t'attendre à en subir

les conséquences, oui ou non ? *(Je réitérai mon approbation.)*
Dis, le Terrible, as-tu jamais songé à tuer quelqu'un ?
– Souvent.
Ce qui était la vérité, bien qu'aujourd'hui je rêve d'avoir su tenir ma langue. J'avais songé à tuer des hommes plus forts que moi, plus beaux que moi, ceux qui avaient de belles femmes, et de tuer les femmes qui avaient repoussé mes avances. J'avais eu envie de tuer tous ceux qui ne m'avaient pas rendu service quand j'étais saoul, ceux qui n'avaient pas répondu à mes sourires, ceux devant lesquels on déroulait le tapis rouge et qui faisaient des films à Hollywood, et qui possédaient des ranchs, et des châteaux, et même une milice privée. En quoi ma réponse était justifiée.
– Souvent.
Cafferty opinait. Il avait presque fini le whisky. Je m'attendais à ce qu'il se passe quelque chose, une explosion de violence, et je m'y étais préparé – du moins je le croyais. Les frères Robertson semblaient sur le point de tout démolir. Tam s'apprêtait à bondir, une main sur le bord de la table. Et soudain la porte s'ouvrit : c'était un employé des cuisines qui apportait les sandwichs que nous avions commandés un peu plus tôt, au saumon fumé et au rosbeef. L'homme attendait pour être payé.
– Allez Tam, dit Cafferty calmement, c'est toi qui as de la chance ce soir. Paie le garçon.
À contrecœur, Tam ramassa quelques billets et les tendit au serveur.
– N'oublie pas le pourboire, ajouta Cafferty.
Un billet supplémentaire changea de main. Le garçon quitta la pièce.
– Beau geste, reprit Cafferty. *(C'était à lui de donner.)* Combien est-ce que tu perds, Aengus ?
– Je ne suis pas trop mal.
– Je t'ai demandé combien.
– Dans les quarante.
J'étais descendu jusqu'à moins cent à un moment, mais deux bonnes mains m'avaient permis de réparer les dégâts. En plus – cela ne faisait aucun doute – les meilleurs joueurs à la table, autrement dit les frères Robertson, avaient du mal à se concentrer. Il ne faisait pas chaud dans la pièce, pourtant la sueur

perlait aux tempes de Eck et il s'essuyait le visage en permanence.
— Tu vas les laisser te flouer de quarante livres ? dit Cafferty sur le ton de la conversation.
Tam Robertson se dressa sur ses pieds, renversant sa chaise.
— J'en ai assez entendu !
Eck redressa la chaise et le força à se rasseoir. Cafferty avait fini de donner et il était plongé dans son jeu, mais il ne perdait pas une miette de la situation. Tout à coup, le boucher quitta la table, affirmant qu'il allait être malade. Il se précipita hors de la pièce.
— Il ne reviendra pas, prévint Cafferty.
Je bredouillai quelque chose sur le fait que je n'allais peut-être pas m'éterniser. Quand Cafferty se tourna vers moi, ni ses yeux ni sa façon de me regarder ne correspondaient à l'un des multiples visages que je lui avais connus jusque-là.
— Tu sauras ce que c'est que l'éternité quand je t'aurais broyé les couilles.
Je m'étais mis à rassembler les cartes pour une nouvelle donne. Je pouvais sentir le sang battre mes tempes. Il avait prononcé ces mots avec une sorte de dégoût. Je me disais qu'il avait trop bu. Dans ces cas-là, les gens disent de ces choses... Regardez-moi, est-ce que j'étais du genre à me formaliser de ce qu'un type bourré pouvait dire ?
Il redistribua les cartes. Quand ce fut son tour de miser, il ajouta un billet au pot, puis posa son jeu face contre table. Il mit la main à la ceinture. Il portait toujours un costume ; il était toujours élégant. Il prétendait que la police avait plus de scrupules à embarquer ceux qui étaient bien habillés, et était en tout cas moins encline à les tabasser.
— Ils n'aiment pas abîmer la bonne marchandise, m'avait-il dit un jour. Avarice écossaise, tu comprends ?
Donc, quand il retira sa main de sa ceinture, il tenait une espèce de pistolet. Les Robertson commencèrent à protester, moi j'étais fasciné par l'arme. J'en avais déjà vu avant, mais jamais d'aussi près, ni dans ce genre de situation. Soudain, la vodka qui n'avait eu que peu ou pas d'effet sur moi durant la soirée, me submergea comme de l'eau sale dans un égout. Je crus que j'allais vomir, mais je serrai les dents. Je m'imaginai

même que ça allait passer. Et pendant tout ce temps, Cafferty racontait calmement comment Tam l'avait doublé et où était l'argent.
– Et il t'a roulé aussi, Aengus, conclut-il.
Je voulais démentir, dire que ce n'était pas vrai, mais j'étais sûr que j'allais être malade si j'ouvrais la bouche, aussi je me contentai de secouer la tête, après quoi je me sentis encore plus mal. Vous ne pouvez pas imaginer la douleur et la frustration que je ressens à tenter de relater cet événement tel qu'il s'est passé et sincèrement. Depuis cette nuit-là, quatorze semaines ont passé mais, que je dorme ou non, ça revient chaque soir. Ici, ils me donnent toutes sortes de drogues, mais absolument pas d'alcool. Pendant la journée, j'ai le droit d'aller dans le jardin. Il y a des séances de « thérapie de groupe » où je suis censé évacuer mes problèmes. Bon Dieu, comme si c'était facile ! La première chose que mon père ait faite a été de me mettre hors circuit. Je serais tenté de dire de son circuit. Sa solution consistait à m'envoyer en vacances. Mère m'a chaperonné tout le temps de notre séjour en Nouvelle-Angleterre dans la maison d'une vague tante, à Bar Harbour. J'ai essayé de parler à ma mère, mais, apparemment, sans résultat. Elle ne quittait pas le stupide sourire compatissant qu'elle s'était plaqué sur le visage.
Je m'égare, non que ça ait une quelconque importance. Retour à la partie de poker. Vous avez sans doute deviné ce qui est arrivé ensuite. J'ai senti la main de Cafferty sur la mienne, mais cette fois elle me tenait. Ensuite, il y a mis le pistolet. J'en ressens encore le contact, dur et froid. D'un côté, j'essayais de me convaincre que l'arme était factice et qu'elle ne servait qu'à effrayer les Robertson. De l'autre, je savais qu'elle était réelle mais je ne voulais pas croire qu'il allait s'en servir.
Et puis j'ai senti ses doigts posés sur les miens jusqu'à ce que mon index repose sur la détente. Sa main enserrait la mienne et il armait le pistolet. Son doigt pressa le mien et l'explosion remplit la pièce, accompagnée d'un nuage de poudre. Nous fûmes tous aspergés de sang. C'était chaud, ça refroidit vite. Eck était penché sur son frère, il lui parlait. L'arme s'abattit sur la table avec fracas. Je ne la tenais plus à ce moment – Cafferty l'a mise dans un sac en plastique. Je savais que les seules empreintes qu'on y trouverait seraient les miennes.

Je me suis écarté de la table paniqué, hystérique. Cafferty est resté tranquillement assis, l'air rasséréné. Son calme a provoqué en moi une réaction inverse. J'ai jeté la bouteille de vodka contre le mur, elle a explosé, éclaboussant les rideaux et le papier peint. J'ai eu une idée, je me suis saisi d'un briquet sur la table et j'ai mis le feu à l'alcool. Cafferty a été obligé de se lever. Il m'insultait tout en essayant d'étouffer les flammes, mais elles s'étaient déjà propagées jusqu'au tissu qui recouvrait le plafond, hors de notre portée. Il réalisa alors que nous ne pouvions plus lutter contre l'incendie. Je crois que Eck avait déjà abandonné son frère avant que je ne me précipite hors de la chambre. J'ai dévalé les escaliers quatre à quatre jusqu'aux cuisines, en exigeant que l'on ouvre tous les robinets de gaz. Si le Central brûlait, autant que les preuves disparaissent avec lui. Je devais avoir l'air passablement cinglé, puisque le chef a obéi à mes ordres. Je pense que c'était lui qui nous avait apporté les sandwichs, mais il avait changé de veste. Il était tard, il était seul dans l'office et il écrivait quelque chose sur un cahier. Je lui dis de se tirer. Il est sorti par-derrière, et je l'ai suivi. J'ai couru en dissimulant mon visage jusqu'à Blair Street.
Je crois que c'est tout. Je ne me sens pas mieux de l'avoir couché sur papier. Ce n'est ni un exorcisme, ni une catharsis. Peut-être n'y en aura-t-il jamais ? Tu vois, ils ont trouvé le corps. Et en plus, ils ont découvert qu'on lui avait tiré dessus. Le diable seul sait comment, mais ils l'ont découvert. Peut-être qu'on leur a dit. Eck Robertson avait un sérieux motif pour le faire. C'est le seul qui aurait pu parler. Tout est de ma faute. J'ai compris pourquoi Cafferty s'était mis à m'injurier : parce que j'avais tout bousillé en mettant le feu à la pièce. Si je ne l'avais pas fait, il se serait arrangé pour faire disparaître le corps de Tam Robertson, comme il l'a toujours fait avec les autres. Personne n'en aurait rien su. Le meurtre aurait été effacé.
Mais ce qui est « effacé » n'est pas toujours gommé. Ce cadavre me hante. La nuit dernière, j'ai rêvé qu'il revenait me voir, carbonisé, encore fumant. Il me désignait du doigt et pressait la détente. Ô mon Dieu, je crève à petit feu. Et ils s'imaginent que je suis ici en cure de désintoxication. Je n'ai pas encore tout raconté à mon père, pas encore. Et pourtant, il sait. Il sait que j'étais là. Mais il n'en parle pas. Parfois j'en viens à souhaiter

qu'il me punisse comme un enfant et qu'il m'empêche de me conduire mal. Mais il veut que je me conduise mal. « On fera un homme de toi, mon fils », disait-il souvent. Père, je suis refait !

C'était donc ça. Rebus bascula sur son siège et fixa le plafond. Eddie Ringan en savait un peu plus qu'il ne l'avait dit. Il avait été témoin de la partie de cartes et de la présence de Cafferty. Aucun doute, il s'était enfui, terrorisé. Bien sûr, Cafferty ne le connaissait pas à cette époque et n'avait certainement pas prêté attention à un serveur qui, de toute façon, avait intérêt à se taire puisqu'il travaillait au noir.

Rebus se frotta les yeux et se replongea dans la lecture du journal. Il y avait quelques autres paragraphes à propos de vacances, puis, à nouveau, au sujet de l'hôpital. Enfin, quelques mois plus tard :

J'ai revu Cafferty aujourd'hui (dimanche). Ce n'est pas moi qui en ai pris l'initiative ! Il a dû me suivre. Il m'a rattrapé sur Blackford Hill. J'arrivais de Hermitage. J'escaladais la partie le plus escarpée de la colline. Il a dû croire que j'essayais de l'éviter. Il m'a tiré par le bras, m'a envoyé bouler sur le chemin. J'ai cru que mon cœur allait cesser de battre.
Il m'a dit que j'avais intérêt à filer droit à partir de maintenant. Il m'a dit que c'était une bonne idée d'avoir fait un séjour à l'hôpital. Je crois qu'il a essayé de me faire comprendre qu'il était au courant de tout ce que je faisais. Je pense savoir où il veut en venir. Il parie sur l'avenir. Il me surveille pendant que je me familiarise avec les affaires. Il attend le jour où j'hériterai de mon père. Alors, il prendra tout, corps et âme. Oui, mon corps et mon âme.

Il y en avait encore des pages et des pages. Le contenu et le style des écrits se modifiaient à mesure qu'Aengus essayait lui aussi de changer. Ç'avait été une tâche ardue. L'image de l'homme public, du bienfaiteur de l'humanité dissimulait un profond désir de retourner à ses errances passées. Rebus sauta au dernier paragraphe, non daté.

Tu sais, cher ami ou ennemi, j'ai vraiment aimé la sensation de tenir cette arme dans ma main. Et, quand Cafferty a posé mon doigt sur la détente... il a appuyé, j'en suis certain. Mais en supposant qu'il n'ait pas fait ça. Aurais-je tiré, avec cette main sûre et infaillible sur la mienne ? Après toutes ces années, tous ces cauchemars, ces sueurs froides, ces réveils en sursaut, quelque chose s'est produit. On rouvre l'enquête. J'en ai parlé à Cafferty qui m'a dit de ne pas m'inquiéter. Il m'a conseillé de consacrer toute mon énergie à la brasserie. Il semble en savoir beaucoup plus sur l'état de nos finances que moi. Père parle de prendre sa retraite l'an prochain. L'entreprise sera mon entière propriété, donc celle de Cafferty. Je l'ai rencontré lors de ventes de charité ou en d'autres occasions mondaines, toujours accompagné de Mo. Nous échangeons quelques mots, mais jamais, depuis cette fameuse nuit, nous n'avons passé de temps en compagnie l'un de l'autre. Il a tout, je ne lui sers plus à rien. Peut-être ai-je fait preuve de faiblesse en cassant cette bouteille. Peut-être aussi l'avait-il prévu depuis le début. Il me fait toujours un clin d'œil quand il me croise. À vrai dire, il en fait à tout le monde. Mais quand ça s'adresse à moi, quand son œil se ferme une fraction de seconde, c'est comme s'il me visait, qu'il me prenait pour cible. Seigneur, comment cesser d'être une proie ? Si je n'avais pas si peur, je prierais pour que la police me débusque. Mais Cafferty ne les laissera jamais faire, jamais.

Rebus referma le journal. Son cœur battait la chamade et ses mains tremblaient. *Aengus, pauvre crétin,* quand tu as lu qu'on avait retrouvé l'arme, tu as cru qu'on allait relever tes empreintes et venir t'arrêter. Mais, au lieu de ça, Cafferty avait rameuté la garde et tenté de me faire accuser, moi, Rebus, uniquement pour me mettre assez longtemps sur la touche. L'ironie, dans tout ça, c'est que tes empreintes étaient depuis longtemps effacées, Aengus le Noir. Tu étais blanchi, blanchi d'un crime que tu n'avais pas vraiment commis.

Cependant, une fois encore, il n'avait pas de preuve directe. Rebus imaginait déjà le feu d'artifice que tirerait l'avocat de la défense s'il se présentait devant le tribunal de Royal Mile, avec en main le seul journal intime d'un alcoolique repenti. Les juges d'Édimbourg étaient réputés pour leur prudence, pour ne pas mieux dire. Avec les avocats que Cafferty pouvait se payer, il partait perdant.

Pourtant Rebus *savait* qu'il devait agir contre Cafferty. Cet homme méritait un châtiment, un million de châtiments. Qu'il soit puni par où il avait péché, pensa-t-il. Mais il écarta cette idée. Plus jamais de revolvers.

Il ne rentra pas chez lui, pas tout de suite. Il traversa l'enfilade de bureaux, vidés de leurs occupants à l'heure qu'il était, et monta dans sa voiture. Il resta dans le parking. La clef était sur le contact mais il n'y toucha pas. Il avait posé les mains sur le volant. Au bout d'une heure, il fit tourner le moteur, simplement parce qu'il avait froid. Il ne souhaitait aller nulle part mais son esprit, lui, voyageait et, lentement mais sûrement, à force de ressasser cent fois la même chose, lui vint une idée. Sois puni par où tu as péché, soit. Mais ce ne serait pas une punition à la manière de Cafferty, non, il méritait pire.

Il allait retrouver Andrew McPhail.

33

Rebus ne s'approcha pas de St Leonard pendant deux jours, bien qu'il ait reçu un message de Watson le Péquenot l'avertissant que Broderick Gibson envisageait de porter plainte contre lui pour avoir harcelé son fils.

— Il s'est harcelé tout seul pendant des années, fut l'unique commentaire de Rebus.

Cependant, il attendait dans sa voiture lorsqu'ils relâchèrent Andy Steele. L'ex-pêcheur et apprenti détective privé cligna des yeux au soleil. Rebus klaxonna et Steele s'approcha avec circonspection. Rebus baissa sa vitre.

— Oh, c'est vous, dit Steele.

La rancœur perçait dans la voix du jeune homme. Rebus avait dit qu'il allait voir ce qu'il pourrait faire pour lui et il l'avait laissé tomber comme une vieille chaussette.

— Alors, ils vous ont laissé sortir, dit Rebus.
— Ouais, sous caution.
— Donc, quelqu'un a payé !

Steele acquiesça, puis comprit brusquement.

— C'est vous ?
— Oui, moi, dit Rebus. Maintenant montez, j'ai du boulot pour vous.
— Quel genre de boulot ?
— Montez et je vous le dirai.

Steele avait l'air un peu moins abattu lorsqu'il se dirigea vers la portière, côté passager. Il prit place dans la voiture.

— Vous voulez toujours devenir détective privé, déclara Rebus. C'est très bien, j'ai un travail à vous confier.

Pendant un instant Steele ne sembla pas avoir compris, puis il s'éclaircit les méninges en secouant violemment la tête et se passa la main dans les cheveux.

— Génial, dit-il. Du moment que c'est réglo.

— Oui, rien d'illicite. Tout ce que je vous demande c'est d'aller tailler une petite bavette avec quelques types. Comme ils laissent toujours traîner leurs oreilles, il ne devrait pas y avoir de problèmes.

— Qu'est-ce que je dois leur raconter ?

Rebus démarra.

— Vous leur direz qu'on a lancé un contrat sur un certain individu.

— Un contrat ?

— Allons, Andy, vous avez vu assez de films. Vous savez bien ce que c'est qu'un contrat.

— Un contrat, murmura Andy Steele tandis que Rebus engageait la voiture dans la circulation.

Il n'y avait toujours aucun signe d'Andrew McPhail. Alex Maclean, comme le découvrit Rebus, avait refait surface mais n'avait toujours pas repris le travail. Lorsqu'il avait rendu visite à Mme Mac Kenzie, elle lui avait affirmé ne pas avoir vu rôder d'homme avec les mains et le visage bandé. Mais l'un de ses voisins, si. Ça n'avait pas grande importance, McPhail ne reviendrait plus dans les parages. Il écrirait ou passerait un coup de fil pour donner sa nouvelle adresse et demanderait à sa propriétaire de lui envoyer ses affaires. Rebus avait jeté un long regard sur l'école en remontant dans sa voiture. Les enfants vivaient dans leur petit monde à eux... et en sécurité.

Il utilisa beaucoup son véhicule, patrouillant autour des écoles et des jardins publics. Il se doutait que McPhail devait dormir à la dure. Il était peut-être loin d'Édimbourg, à présent. Rebus eut la vision de l'homme sautant en marche dans un convoi de charbon en route vers le sud. Une main se tendait pour l'aider à grimper dans le wagon. C'était celle de Deek Torrance. Les comptes ouverts commençaient à rapporter...

Ce n'était pas grave s'il ne parvenait pas à retrouver McPhail. Ç'aurait juste été un joli geste, un geste joliment cruel.

Wester Hailes était un bon endroit pour se perdre, ou plutôt un endroit où on se perdait facilement. Situé à l'extrémité ouest de la ville, visible depuis la rocade qui ceinturait très largement Édimbourg, Wester Hailes était la zone où la cité reléguait ceux qu'elle désirait oublier. Le style de son architecture était tout sauf enthousiasmant, les murs des immeubles s'étaient lézardés sous l'effet de l'humidité.

Les gens quittaient très tôt Wester Hailes ou bien ils y restaient toute leur vie, cernés par des routes, des complexes industriels et des terrains en friche. Rebus n'aurait jamais imaginé que ce quartier constituât une si bonne cachette. On pouvait parcourir les rues, longer le golf de Kingsknowe ou les routes qui entouraient Sighthill, tant qu'on ne déparait pas dans le paysage, on était en sécurité. L'endroit regorgeait de lieux où dormir discrètement. Pour ceux que la chose attirait, il y avait même une école. Une école et quelques jardins publics.

C'est là qu'au deuxième jour de sa quête, Rebus découvrit McPhail. Inutile de scruter les arrêts de bus ou les gares, il savait où chercher. Il suivit McPhail pendant trois quarts d'heure, d'abord en voiture puis, lorsqu'il emprunta un raccourci à l'usage exclusif des piétons, à pied, non sans peine. McPhail ne cessait de se déplacer, d'un bon pas. Un type qui se promenait, c'était tout. Un peu miteux peut-être mais, en ces temps de chômage, on perdait facilement l'habitude de se raser tous les matins, pas vrai ?

McPhail prenait soin de ne pas attirer l'attention. Il ne s'arrêtait pas pour regarder les enfants qu'il croisait. Il se contentait de leur sourire et de poursuivre son chemin. Lorsque Rebus estima en avoir assez vu, il le rattrapa en quelques enjambées et lui tapota l'épaule. Il aurait aussi bien pu utiliser une aiguille.

— Seigneur, c'est vous ? (McPhail porta la main à sa poitrine.) J'ai failli avoir une attaque.

— Ça aurait épargné du travail à Alex Maclean.

— Comment va-t-il ?

— Brûlures légères. Il est sur pied et sur le sentier de la guerre.

— Nom de Dieu ! Mais cette affaire s'est passée il y a des années.

— Et vous êtes sûr que ça ne se reproduira plus ?

– Certain.
– Et c'est vraiment par hasard que vous vous êtes logé en face d'une école primaire ?
– Oui.
– Et j'avais tort de penser vous retrouver à rôder près d'une école ou d'une aire de jeux.

McPhail ouvrit et ferma la bouche. Il secoua la tête.
– Non, vous aviez raison. J'aime toujours les gosses. Mais jamais, plus jamais je ne leur ferai quoi que ce soit. Je ne leur adresse même plus la parole. (Il fixait Rebus dans les yeux.) Je fais de mon mieux, inspecteur.

Tout le monde méritait une seconde chance : Michael, McPhail et même Aengus le Noir. Quelquefois, Rebus pouvait donner un coup de pouce.
– Vous savez quoi ? dit-il, il existe des programmes de réinsertion pour anciens détenus. Vous pourriez en rejoindre un, pas ici, à Édimbourg, mais ailleurs. Vous pourriez vous inscrire à la sécurité sociale et chercher un emploi.

McPhail semblait sur le point de dire quelque chose, mais Rebus reprit :
– Je sais que ça coûte de l'argent, un petit paquet de billets juste pour vous remettre sur pied. Mais là aussi, je peux aider.

McPhail cligna des paupières et garda un œil à demi fermé.
– Pourquoi ?
– Parce que ça me ferait plaisir. Ensuite, on vous foutra la paix, je vous le promets. Je ne dirai à personne où vous êtes ni ce que vous êtes devenu. Alors, marché conclu ?

McPhail réfléchit... deux secondes.
– Marché conclu, lança-t-il.
– Très bien.

Rebus remit la main sur l'épaule de McPhail et l'attira à lui.
– Il y a juste une petite chose que j'aimerais que vous fassiez pour moi, avant.

Tout était calme au club du quartier et Chick Muir songeait déjà à rentrer chez lui lorsque le jeune type accoudé au comptoir lui demanda s'il accepterait de se faire offrir un verre. Ce qu'il ne manqua pas de faire avec empressement.

— Je n'aime pas boire en Suisse, expliqua le jeune homme.

— Qui vous en blâmerait ? répliqua Chick en tendant son verre vide au barman. Vous n'êtes pas d'ici ?

— Non, d'Aberdeen, répondit le jeune homme.

— Loin de chez vous, alors. C'est toujours comme à Dallas, là haut ?

Chick faisait allusion au boom pétrolier qui, en réalité, s'était évaporé aussi vite qu'il s'était produit, sauf dans la mythologie de ceux qui ne vivaient pas à Aberdeen.

— Peut-être bien, mais ça ne les a pas empêchés de me virer, dit le garçon.

— Désolé de l'apprendre.

Et Chick l'était réellement. Il avait espéré que ce jeune homme descendrait tout droit d'une plate-forme pétrolière avec du fric plein les poches. Il avait même projeté de le taper d'un billet de dix sacs, mais il en repoussa l'idée d'un mouvement d'épaule.

— Au fait, je m'appelle Andy Steele.

— Chick Muir.

Chick coinça sa cigarette entre ses dents pour pouvoir serrer la main d'Andy. Sa poigne avait la force d'un compresseur.

— Vous savez, l'argent n'a pas porté chance à Aberdeen, raconta Steele. Ça nous a seulement amené des requins et des gangsters.

— Je veux bien vous croire.

Muir avait déjà vidé la moitié de son verre. Il regrettait de ne pas avoir eu un whisky en main, au lieu d'une demi-pinte de bière, lorsque l'autre lui avait proposé de renouveler sa consommation. Ça n'aurait pas été correct d'échanger une bière contre quelque chose de plus raide, donc il devait se contenter de sa demi-pinte.

— C'est à cause de ça que je suis ici, reprit Steele.

— Quoi ? Des gangsters ?

L'amusement perçait dans la voix de Muir.

— En quelque sorte. Bien sûr, je suis surtout venu voir un ami, mais j'ai pensé que, tant que j'y étais, je pourrais me faire un peu de blé.

— Comment ça ?

Chick commençait à se sentir mal à l'aise, mais il était trop curieux. Steele baissa le ton bien qu'ils fussent seuls dans le bar.

— Le bruit court à Aberdeen que quelqu'un en a après un certain individu à Édimbourg.

Le barman avait mis en marche son magnétophone, derrière le bar. La pièce, basse de plafond, fut bientôt envahie par la mélodie esquissée par un duo de musiciens folk. Ils s'étaient produits au club la semaine précédente et le barman les avait enregistrés. Ça sonnait encore plus faux maintenant que sur le moment.

— Nom de Dieu, éteins ça !

La voix de Chick n'était pas forte mais personne n'aurait pu dire qu'elle manquait d'autorité. Le barman baissa légèrement le son puis, sous le regard furieux de Chick, un peu plus encore.

— Qu'est-ce que tu disais ? demanda-t-il à Andy Steele.

Et Andy Steele, qui avait apprécié son verre jusqu'à la dernière goutte, le reposa sur le comptoir et répéta son histoire à Chick Muir. Et un peu plus tard, sa mission accomplie, il repaya un dernier verre à Chick et s'en fut.

Chick Muir ne toucha pas à sa bière toute fraîche. Il fixait à travers le liquide son propre reflet dans le miroir, derrière la rangée de bouteilles. Puis il passa quelques coups de téléphone, sans manquer de gueuler au barman « d'éteindre cette merde ! ». Son troisième appel fut pour le commissariat de St Leonard où on l'informa, d'un ton un peu trop léger à son goût, que l'inspecteur Rebus était pour le moment suspendu de ses fonctions. Il essaya à l'appartement, sans résultat. Tant pis, ça n'avait pas vraiment d'importance. Ce qui comptait, c'était d'avoir pu parler au grand patron. À présent, ce dernier lui était redevable de quelque chose, ce qui était bien suffisant pour le toujours impécunieux Chick Muir.

Andy Steele rejoua sa partie dans un pub faiblement éclairé, dans une officine de paris et, le soir même, il se retrouva à Powderhall pour les courses de lévriers. Il se remémorait le portrait que lui avait fait Rebus et ne tarda pas à repérer l'homme en train de boulotter des chips, assis sur une banquette dans la salle.

— C'est vous Shuggie Oliphant ? demanda-t-il.

— C'est bien moi, répondit l'armoire à glace d'une trentaine d'années.

Il avait introduit un doigt tout au fond du sachet de chips pour recueillir les ultimes grains de sel.

— Quelqu'un m'a dit que vous pourriez être intéressé par quelques informations dont je dispose.

Oliphant ne l'avait toujours pas regardé. Le sachet vidé, il le plia dans le sens de la longueur jusqu'à obtenir une fine bande qu'il noua avant de le poser sur la table. Il y avait déjà quatre nœuds semblables disposés en ligne.

— Tu seras pas payé d'avance, l'informa Oliphant en suçant ses doigts pleins de graisse et en se léchant les babines.

Andy Steele s'assit en face de lui.

— D'accord, dit-il.

Le dimanche matin vit Rebus attendre en plein vent au sommet de Calton Hill. Il fit le tour de l'observatoire comme les autres promeneurs dominicaux. Sa jambe allait décidément mieux. Les gens désignaient du doigt divers points dans le lointain. Des nuages épars couraient dans le ciel bleu pâle. Nulle part ailleurs dans le monde, constata-t-il, on ne pouvait trouver cette variété géographique de bosses, de vallées et d'affleurements. C'est du culot volcanique, sous le château d'Édimbourg, que tout était parti. Le site était trop beau pour ne pas y construire une forteresse. Et la ville s'était étendue tout autour, aussi loin que Wester Hailes et même au-delà.

L'observatoire paraissait un curieux bâtiment, même s'il était fonctionnel. De l'autre côté, la « Folie » n'était rien de plus que cette appellation et ne servait absolument à rien sinon à se faire grimper dessus ou comme support aux graffiti. Elle n'était qu'une des faces du temple grec prévu à l'origine (après tout, Édimbourg n'était-elle pas l'Athènes du Nord ?). Le cerveau excentrique qui avait conçu ce projet s'était trouvé à court de fonds sitôt après l'érection du premier quart de la construction. Et seule cette première partie demeurait là : une série de colonnes dressées sur un socle si haut que les gamins devaient se faire la courte échelle pour l'escalader.

Dirigeant son regard de ce côté, il aperçut une femme qui, enjambant le socle, lui faisait de grands signes. C'était Siobhan Clarke et il alla à sa rencontre.

– Il y a longtemps que vous êtes là ? lui cria-t-il.
– Pas très. Où est passée votre canne ?
– Je me débrouille très bien sans. (C'était presque vrai, encore que son « très bien » ait plutôt voulu dire qu'il pouvait clopiner d'un point à un autre à une allure raisonnable.) J'ai vu que les Hibs avaient gagné, hier.
– Il était temps.
– Pas de signe de lui ?
Siobhan désigna le parking.
– Le voici. (Une Mini Metro, au sommet de la côte, était en train de se glisser entre deux grosses voitures rutilantes.) Vous pouvez m'aider à descendre ? demanda Siobhan.
– Attention à ma jambe, prévint Rebus.
Mais il eut l'impression de soulever une plume qu'il posa à ses côtés.
– Merci.
Brian Holmes avait apprécié la performance en verrouillant sa portière et s'approchait à grands pas.
– Baryshnikov dans ses meilleurs jours, commenta-t-il.
– À vos souhaits, répliqua son patron
– Alors, que se passe-t-il, monsieur ? interrogea Siobhan. Pourquoi tout ce mystère ?
– Il n'y a rien de mystérieux, répondit Rebus en se mettant en marche, à ce qu'un inspecteur désire s'entretenir avec deux jeunes collègues. Des collègues de *confiance*, qui plus est.
Siobhan accrocha le regard de Holmes. Il lui fit un signe : Rebus allait leur demander quelque chose. Comme si elle ne s'en était pas doutée.
Ils s'étaient appuyés à la rambarde, profitant du paysage tandis que Rebus faisait les frais de la conversation. De temps à autre, Siobhan et Holmes posaient une question purement rhétorique.
– On ferait donc ça en dehors de nos heures de service ?
– Évidemment, répondit Rebus, comme deux gentils flics qui prennent des initiatives.
Il avait lui aussi une question à poser.
– Comment ferez-vous pour l'éclairage ?
Holmes repoussa l'objection d'un simple mouvement d'épaule.
– J'en parlerai à Jimmy Hutton. C'est un copain, un professionnel. Il fait des photos pour les calendriers et tout ça.

– Ce ne seront ni des chatons ni les vallées des Highlands, grinça Rebus.
– Certainement, monsieur, confirma Holmes.
– Et vous pensez que ça va marcher ? interrogea Siobhan.
– On verra bien, grogna Rebus.
– On n'a pas encore dit qu'on était partants, monsieur.
– Non, répondit Rebus en les quittant, mais je sais que vous le ferez.

34

Donc, de leur propre initiative, Siobhan et Holmes décidèrent de se livrer une surveillance sur les lieux de l'opération Bourses Pleines ce lundi soir. Sans chauffage, la pièce dans laquelle ils s'étaient tapis était froide, humide et assez sombre pour attirer toutes sortes de rongeurs. Holmes avait bidouillé l'appareil photo sur les conseils de son ami, l'homme aux calendriers. Il avait même, pour l'occasion, emprunté des accessoires spéciaux, à savoir un téléobjectif et un viseur à infrarouges. Il ne s'était même pas encombré de son Walkman et de ses cassettes de Patsy Cline ; jusqu'alors, il avait toujours trouvé des tas de sujets de conversation à aborder avec Siobhan. Mais ce soir-là, elle ne semblait pas d'humeur à bavarder. Elle se mordillait les lèvres et se relevait sans cesse pour effectuer des exercices d'étirement.

– Tu ne te sens pas un peu raide ? demanda-t-elle.

– Pas moi, répondit-il gentiment. J'ai des années d'entraînement comme champignon de couche.

– Je me demandais justement d'où te venait cette aptitude.

Il la regarda se livrer à une flexion en avant.

– Toi, tu as travaillé avec Valentin le Désossé !

– Pas vraiment, mais tu aurais dû me voir dans ma jeunesse.

Le sourire de Holmes était illuminé par la lumière orangée des réverbères du dehors.

– Sage, Médor, fit Siobhan.

Ils entendirent une cavalcade au-dessus de leurs têtes.

– C'est un rat, dit Holmes. Tu en as déjà attrapé un ?

Elle secoua la tête.

— Ils sont capables de sauter comme les saumons de la Tummel, reprit-il.

— Mes parents m'ont emmenée voir l'élevage quand j'étais petite.

— À Pitlochry ? (Elle acquiesça.) Donc tu as déjà vu sauter les saumons ? (Elle acquiesça encore.) Eh bien, conclut Holmes, imagines-en un avec des poils, des moustaches et une très longue queue.

— J'aime mieux pas.

Elle regarda par la fenêtre.

— Tu crois qu'il va venir ?

— Je ne sais pas, mais John Rebus ne se trompe pas souvent.

— C'est pour ça que tout le monde le hait.

Holmes sembla un peu surpris.

— Qui le déteste ?

— Les gens avec lesquels j'ai parlé à St Leonard, lâcha-t-elle avec un mouvement d'épaule... Et ailleurs, aussi. On ne lui fait pas confiance.

— Mais il ne pourrait pas y arriver autrement.

— Pourquoi ?

— Parce qu'on l'a viré.

Il se souvenait de la première affaire sur laquelle il avait travaillé avec Rebus. Il avait passé une soirée frustrante et glaciale à surveiller un endroit où ne s'était même pas déroulé un combat de chiens. Il espérait sincèrement que ce soir, ce serait mieux. Le rat s'était déplacé. Vers l'arrière de la chambre. Près de la porte.

— Tu crois qu'il va vraiment venir ? demanda encore Siobhan.

— Oui, mon petit.

Tous deux se retournèrent d'un bloc vers la porte où s'encadrait Rebus.

— Vous papotez tous les deux comme des vieilles filles. J'aurais pu monter cet escalier avec des bottes de mineur que vous ne m'auriez pas entendu. (Il s'approcha de la fenêtre.) Du nouveau ?

— Rien, monsieur.

Rebus inclina sa montre vers la lueur du plus proche réverbère.

— J'ai moins cinq.

Siobhan avait déclenché le chronomètre de sa montre digitale.
— Moi, moins dix, monsieur.
— Saleté de montre, grommela Rebus. Ce ne devrait plus être très long. Il se passera quelque chose à l'heure pile. Sauf si cet imbécile d'Aberdeen a tout foiré.

L'imbécile d'Aberdeen n'était pas si bête. Le Gros Gerry Cafferty avait payé pour l'information. Même s'il en connaissait déjà la teneur, il avait tendance à tout payer : c'était le moyen le moins coûteux de s'assurer que *tout* remontait jusqu'à lui. Par exemple, même s'il avait déjà appris de deux sources sûres que des gros bras projetaient de lui faire sa fête, il avait tout de même fait parvenir quelques biffetons à Shug Oliphant pour l'encourager. Et Oliphant, qui n'était pas mauvais bougre, avait remis dix sacs à Andy Steele, soit les deux cinquièmes de sa propre prime.
— Et voilà, avait-il dit.
— Merci beaucoup, avait répondu Andy Steele, réellement ravi.
— T'as vu quelque chose qui te plaît ?
Oliphant parlait des cassettes vidéo qui les entouraient dans la petite boutique de location dont il s'occupait. Derrière le comptoir, l'espace était tellement réduit qu'Oliphant avait du mal à s'y glisser. À chaque mouvement, il faisait tomber un truc qui restait par terre parce qu'il n'avait pas la place de se baisser pour le ramasser.
— J'ai des trucs saldingues, sous le comptoir, si ça t'intéresse, ajouta-t-il.
— Non merci, pas en vidéo.
Oliphant grimaça un sourire mauvais.
— Je ne suis pas sûr que le monsieur ait cru à ton histoire, dit-il à Andy. Mais comme j'avais déjà entendu courir le même bruit, il se peut qu'il y ait du vrai.
— Mais c'est vrai, insista Andy Steele.
Rebus avait raison. Glissez une information à un sourd le lundi et elle fera la une des journaux le mardi soir.
— Ils gardent un œil sur toutes ses planques, y compris celle de Gorgie Road.

– Qu'est-ce que tu en sais ? dit Oliphant, soupçonneux.
– C'est un hasard, tu peux me croire. Je suis rentré dans un des mecs, ce matin. Je le connaissais d'Aberdeen. Il m'a dit de déguerpir si je ne voulais pas être mêlé à l'affaire.
– Pourquoi t'es toujours là ?
– Je me tire aux petites heures du matin par le train postal.
– Donc, tu dis qu'il va se passer quelque chose ce soir...

Oliphant semblait toujours aussi sceptique, mais c'était dans sa nature. Avec un haussement d'épaule, Steele répéta :
– Tout ce que je sais c'est qu'ils le surveillent, mais peut-être qu'ils veulent seulement discuter.

Oliphant considérait le problème en pianotant sur le boîtier d'une cassette.
– Y a deux pubs, hier soir, qui se sont fait casser la devanture.

Steele ne cilla pas.
– Des pubs où ces messieurs avaient l'habitude de boire un verre, poursuivit Oliphant. Y a peut-être un rapport.

L'attitude de Steele exprimait le doute.
– Possible.

S'il avait été honnête, il aurait pu ajouter qu'il avait lui-même participé à l'action en tant que chauffeur tandis que Rebus en personne lançait des pavés dans les vitrines, d'abord au Firth à Tollcross, puis au Bowery, en bas d'Easter Road. Mais au lieu de ça, il dit :
– C'est un crétin du nom de McPhail qui surveille Gorgie. C'est lui qui est responsable de ce secteur.

Oliphant acquiesça.
– Tu as compris comment on marche. Reviens donc dans un jour ou deux. J'aurai du fric pour toi si ton tuyau n'était pas crevé.
– Je repars pour Aberdeen, insista Steele avec un signe de dénégation.
– Ah, oui, c'est vrai. Eh bien, voilà ce qu'on va faire. (Il arracha une feuille à un bloc de papier.) Écris-moi ton adresse et je t'enverrai le flouze.

Andy prit grand plaisir à s'inventer une adresse.

Cafferty jouait au billard lorsqu'il reçut le message. Il détenait le quart de cette salle de loisirs haut de gamme à Leith. Au départ, la clientèle était composée de yuppies, ces jeunes issus des milieux populaires qui avaient réussi à décrocher le cocotier. Ceux-là avaient été emportés par la crise et, à présent, la salle de jeux était plutôt minable, avec ses loteries en vidéo, ses rabais « happy hours » et sa galerie de jeux électroniques. Il projetait d'y implanter un bowling. Après tout, les adolescents ont toujours de l'argent plein les poches. On le construirait à la place d'un espace sous-utilisé du gymnase, de la cafétéria et du centre de remise en forme.

Pour se maintenir dans la course, avait constaté Cafferty, il fallait savoir s'adapter. Si le vent changeait, inutile de lutter contre. À long terme, il envisageait même de créer un club de musique soul et une salle de bal « rétro » où se dérouleraient des thés dansants et des soirées inspirées de la prohibition. Des « soirées pelotage », comme Cafferty les appelait. Il était conscient d'être nul au billard, mais il aimait ce jeu. Il possédait la théorie, mais manquait de pratique. Sa vanité l'empêchait de prendre des leçons et son manque de patience avait dissuadé même les plus dingues de vouloir lui en donner. Sur les conseils de Mo, il avait tâté de plusieurs sports : tennis, squash et même ski, une fois. Le seul qui lui avait plu, c'était le golf. Il adorait frapper la balle. Son problème, c'est qu'il ne savait pas retenir ses coups. Il tapait toujours trop fort. Si, sur neuf trous, il n'avait pas perdu au moins deux balles, il était malheureux.

Le billard lui convenait parfaitement. Voilà un jeu qui avait tout pour lui plaire : tactique, cibiches, boissons fortes et même paris entre potes. C'est pour toutes ces raisons qu'il se retrouvait là, dans cette salle, sous les lampes qui n'éclairaient que les tapis verts, laissant les abords dans l'obscurité. C'était calme, un calme presque thérapeutique. On ne percevait que le claquement des boules, parfois un commentaire ou une plaisanterie, ou encore un coup de queue sur le sol pour souligner un beau tir. C'est alors que Jimmy l'Oreille se dirigea vers lui.

— Y a eu un appel de la maison, dit-il à Cafferty.

Et il lui fit passer le message d'Oliphant.

Andrew McPhail n'avait pas plus confiance en Rebus qu'il n'aurait pu lancer un tronc * par vent de force 7. Il savait bien qu'il aurait dû courir tout de suite se mettre à l'abri. Il envisageait plusieurs hypothèses. Rebus avait pu manigancer une rencontre entre lui et Maclean. Bon, McPhail s'y était préparé. Ou bien il avait conçu une autre ruse qui, selon toute probabilité, se solderait par son passage à tabac accompagné du message en clair d'avoir à foutre le camp d'Édimbourg. Ou alors il avait été réglo... comme une équerre tordue.

Rebus avait prié McPhail de délivrer un message, ou plus précisément une lettre. Il lui avait remis l'enveloppe. Elle était destinée à un mec nommé Cafferty qui devait sortir du siège de la compagnie de taxis sur Gorgie Road aux alentours de 22 heures.

— Et c'est quoi, ce message ?
— T'occupe, avait rétorqué Rebus.
— Et pourquoi moi ?
— Je ne peux pas le faire moi-même, c'est tout ce que tu as besoin de savoir. Assure-toi simplement que c'est bien lui et donne-lui l'enveloppe.
— Ça sent mauvais.
— Je n'ai pas pu faire plus simple. On se verra après et on envisagera ton avenir. La balle est dans ton camp.
— C'est ça, avait répliqué McPhail. Et où avez-vous planqué le putain de filet ?

Pourtant il était là, à remonter Gorgie Road. Transi de froid car la pluie menaçait. Rebus l'avait conduit à St Leonard dans l'après-midi pour qu'il puisse prendre une douche et se raser. Il lui avait même apporté des vêtements de rechange qu'il était allé récupérer chez Mme Mac Kenzie.

— Je ne veux pas d'un clochard comme facteur, avait-il expliqué.

Ah oui ! la lettre. McPhail n'avait pas envie de se faire avoir. Il avait décacheté l'enveloppe un peu plus tôt dans la soirée. À l'intérieur, il en avait trouvé une autre, brune et plus petite, ainsi qu'un message : ARRÊTE DE FOUINER MAINTENANT, MACPHAIL !

---

* Sport traditionnel écossais qui consiste à projeter comme un javelot un tronc d'arbre d'une vingtaine de centimètres de diamètre et de plus de deux mètres de long à la plus grande distance. (*N.d.T.*)

Il avait bien pensé à l'ouvrir tout de même. Il ne semblait pas y avoir grand-chose à l'intérieur, sans doute une simple feuille de papier. Mais quelque chose l'avait arrêté, une pâle étincelle d'espérance, l'espoir que tout se passerait bien.

Il ne possédait pas de montre mais un certain sens du temps qui passe. Au jugé, il ne devait pas être loin de dix heures. Et il était devant la compagnie de taxis. Les lumières étaient allumées à l'intérieur et les voitures prêtes à démarrer dans la cour. Bientôt l'heure de pointe, pour eux, quand les gens voudraient rentrer à la maison après la fermeture des pubs. L'air de la nuit sentait les 22 heures : le diesel des motrices sur les lignes de banlieue, la pluie qui menaçait... Andrew McPhail attendait.

Il vit d'abord les phares et, lorsque la voiture – une Jag – fit une embardée et monta sur le trottoir, sa première pensée fut que le chauffeur était bourré. Mais le véhicule ralentit doucement et s'immobilisa devant lui, le plaquant presque contre la clôture du garage. Le chauffeur sortit. Il était colossal. Un courant d'air fit voler ses cheveux longs et McPhail put constater qu'il lui manquait une oreille.

– C'est toi, McPhail ? demanda-t-il.

La portière arrière de la Jaguar s'ouvrit doucement. Un autre homme en émergea. Il n'était pas aussi grand que le chauffeur mais, en un sens, il en donnait l'*impression*. Il arborait un sourire mauvais.

La lettre se trouvait dans la poche du manteau de McPhail.

– Cafferty ? demanda-t-il dans un souffle.

L'homme au sourire lui fit paresseusement un clin d'œil d'acquiescement. Dans l'autre poche de McPhail se trouvait le goulot brisé d'un flacon de whisky qu'il avait trouvé près d'un container débordant de bouteilles vides. Ce n'était pas une arme très efficace, mais c'était tout ce qu'il avait pu se procurer. Même avec ça, il ne donnait pas cher de sa peau. Sa vessie lui sembla douloureusement pleine. Il voulut saisir la lettre.

Le chauffeur lui plaqua alors les bras le long du corps et le fit valdinguer face à Cafferty qui lui balança un coup de pied dans l'aine. Le fût d'une queue de billard démontable glissa expertement de la manche du manteau de Cafferty dans sa main. Comme McPhail se pliait en deux, la queue le cueillit au passage à la mâchoire, la lui fracturant et lui déchaussant les dents. Il tomba un peu plus bas mais se redressa lorsque l'arme le cogna à la nuque. Tout son corps se tétanisa. À présent, le chauffeur l'avait saisi par les cheveux et lui redressait la tête, tandis que Cafferty, lui ayant ouvert la bouche avec son arme improvisée, la lui enfonçait jusqu'au fond du gosier.

Deux personnes, un homme et une femme, accouraient depuis l'autre trottoir, leurs insignes à la main.

— On ne bouge plus ! Nous sommes officiers de police !

Cafferty leva ses deux mains à la hauteur des oreilles. Il avait abandonné son arme dans la gorge de McPhail. Le chauffeur lâcha l'homme martyrisé qui demeura à genoux. En tremblant, Andrew McPhail tentait d'extraire la queue de billard de son larynx. On entendait approcher les sirènes des voitures de police.

— Ce n'est rien, inspecteur, disait Cafferty, un simple malentendu.

— Et quel malentendu ! proféra le policier mâle.

Sa partenaire glissa la main dans la poche droite de McPhail dont elle sortit la bouteille cassée. Mauvaise poche. De l'autre, elle extirpa la lettre toute froissée, qu'elle tendit à Cafferty.

— Auriez-vous l'obligeance d'ouvrir ceci, monsieur, s'il vous plaît ?

Cafferty fixait l'enveloppe.

— C'est un coup monté ? (Mais il l'ouvrit tout de même pour y découvrir une feuille de papier qu'il déplia. La note n'était pas signée mais il savait bien de qui elle provenait.) Rebus, cracha-t-il. Ce bâtard de Rebus !

Cafferty et son chauffeur furent embarqués quelques minutes plus tard tandis que l'ambulance emportait McPhail. Siobhan ramassa le message que Cafferty avait jeté par terre. On n'y lisait que ces simples mots : *J'espère qu'on t'écorchera pour vendre ta peau comme souvenir*. Fronçant les sourcils, Siobhan leva la tête vers la fenêtre de la planque où personne ne se profilait. Si elle avait pu percer l'obscurité, elle aurait distingué la silhouette d'un homme, la main tendue mimant un revolver, visant Cafferty et appuyant sur une détente imaginaire.

BANG !

35

Personne à St Leonard ne voulut croire que la présence de Holmes et Siobhan sur les lieux relevait d'un sens exacerbé du devoir. La version la plus courante qui circulait était qu'ils s'étaient donné rendez-vous pour une partie clandestine de jambes en l'air et étaient tombés par hasard sur la scène du passage à tabac. Encore heureux qu'il y ait eu de la pellicule dans l'appareil. Et les photos, elles n'étaient pas bonnes, peut-être ?

Cafferty incarcéré, ils avaient enfin l'opportunité de fouiller ses affaires et d'éplucher ses papiers... y compris l'infâme journal intime rédigé en code. Watson et Lauderdale étudiaient minutieusement des photocopies de ce document lorsqu'on frappa à la porte du bureau du chef.

— Entrez, s'écria Watson.

John Rebus pénétra dans la pièce et admira autour de lui le plancher débarrassé de tout ce qui l'encombrait auparavant.

— Je vois qu'on vous a enfin livré vos classeurs, monsieur.

Lauderdale sauta d'un bond sur ses pieds.

— Que diable faites-vous ici ? Vous avez été suspendu de vos fonctions.

— Tout va bien, Frank, dit Watson. J'ai personnellement prié l'inspecteur Rebus de nous rejoindre. (Il tendit les photocopies à Rebus.) Regardez ça.

Ce ne fut pas long. Par le passé, le problème posé par ce code secret était qu'ils ne savaient pas *quoi* chercher. À présent, Rebus en avait une idée plutôt précise. Il désigna une ligne :

— Vous voyez ? dit-il. 3 UOB SCS.
— Bien sûr !
— Ça signifie que le boucher de South Clerk Street lui devait trois mille livres. Il abrège le mot « boucher » et inverse les trois premières lettres.

Lauderdale semblait dubitatif.
— Vous en êtes sûr ?

Rebus éluda la question d'un geste :
— Vous n'avez qu'à mettre les experts de Fettes sur ce code. Ils identifieront sans doute pas mal de mauvais payeurs.
— Merci, John, dit Watson.

Rebus effectua sa sortie en beauté tandis que Lauderdale se tournait vers son supérieur.
— J'ai comme l'impression de ne pas être au courant de tout, ici, dit-il.
— Eh bien, Frank, ça ne vous change pas de l'habitude.

Réflexion qui, comme le comprit clairement le commissaire Lauderdale, ramenait sa cote au plus bas.

C'est Siobhan Clarke qui découvrit la pièce la plus importante du dossier. Car, à présent, il s'agissait d'une véritable affaire. Rebus ne se formalisait pas de ce que la machine tourne sans lui. Holmes et Clarke lui faisaient leur rapport chaque soir. Le service de décryptage avait si bien travaillé qu'une myriade de policiers interrogeaient à présent toutes les victimes désignées par le journal de Cafferty. Il en aurait suffi d'une ou deux pour traîner le caïd en justice et le crucifier. Mais, jusque-là, personne n'avait osé se mettre à table. C'est alors que Rebus songea qu'il connaissait un homme qui, avec une dose de persuasion, ne pourrait que s'allonger...

Il en était là de ses réflexions lorsque Siobhan lui apprit que Geronimo Holdings, la société dont Cafferty était le patron, détenait 79 % des parts d'un vaste domaine agricole situé au sud-ouest des Highlands, non loin des côtes où l'on avait récemment repêché des cadavres. On avait envoyé une équipe sur les lieux et elle avait découvert tout un tas d'indices dignes d'être examinés par le laboratoire de police criminelle... en particulier aux abords de la porcherie.

Les stalles en elles-mêmes étaient assez propres, et à chacune correspondait une sorte de gerbière en surplomb. Dans son ensemble, le domaine semblait être régi par les principes les plus modernes de l'agriculture à l'exception justement de cette porcherie, ce qui avait mis la puce à l'oreille des policiers. Au-dessus des stalles, dans le grenier rempli de bottes de paille, on reniflait un air malsain, une odeur de pourriture. Ils avaient découvert des bandes d'étoffe qui provenaient sans doute de vêtements et, dans un coin sombre, la ceinture d'un pantalon d'homme. On avait photographié toute cette zone et ramassé la moindre particule digne d'intérêt. Sous les combles du bâtiment principal, au même moment, un homme qui se prétendait travailleur agricole finit par admettre qu'il se nommait Derek Torrance, plus connu sous le diminutif de Deek.

Ignorant cette partie de l'enquête, Rebus se dirigeait en voiture vers Dalkeith ou, plus précisément, vers Duncton Terrace. On était encore au début de la soirée et toute la famille McOozin était là. Le père, la mère et le fils occupaient trois des côtés d'une table pliante déployée dans la cuisine. La friteuse grésillait encore sur la cuisinière graisseuse. Le papier peint enduit reluisait de condensation. Dans les assiettes, la nourriture disparaissait sous une épaisse couche de sauce brune. Rebus renifla des arômes de vinaigre mêlés à l'odeur du liquide vaisselle. Rory McOozin s'excusa et conduisit Rebus dans la salle de séjour. Repérant le passe-plat qui reliait la cuisine à cette pièce, l'inspecteur se demanda si l'épouse et le fils de son témoin allaient y coller l'oreille. Il prit une chaise près de la cheminée, face à McOozin.

— Je vous prie de me pardonner de m'être présenté à un moment inopportun, commença Rebus.

Après tout, il fallait bien y mettre les formes.

— De quoi s'agit-il, inspecteur ?

— Vous aurez peut-être appris, monsieur McOozin, que nous avons arrêté Morris Cafferty. Il va rester quelque temps en dehors de la circulation.

Rebus observait les photos sur la cheminée, des instantanés représentant des bambins édentés, sans doute des neveux et nièces de l'occupant des lieux. Ces images lui arrachèrent un sourire.

— Alors j'ai pensé, reprit-il, que vous voudriez peut-être soulager votre conscience, maintenant.

Il garda le silence un *bon* moment, tout en continuant à examiner les clichés encadrés. McOozin ne disait rien.

— Vous savez, poursuivit Rebus, j'ai compris que vous étiez un type bien. Je veux dire un homme vraiment bon. Vous devez placer votre famille au-dessus de tout, non ? (McOozin fit un signe qui aurait pu passer pour un assentiment.) Vous feriez n'importe quoi pour votre femme et votre fils. Et même pour les autres membres de votre famille, vos parents, vos sœurs, vos frères, vos cousins... glissa Rebus.

— Oui, je sais que Cafferty a été mis hors d'état de nuire, coupa McOozin.

— Et alors ?

McOozin haussa les épaules.

— Voici où nous en sommes, reprit Rebus. Nous savons presque tout ce qu'il y a à savoir. Mais nous avons besoin de confirmations.

— Vous me demandez de témoigner contre lui ?

Rebus hocha la tête. Eddie Ringan, lui aussi, témoignerait et dirait tout ce qu'il savait sur l'affaire de l'hôtel Central si ça pouvait lui valoir une certaine indulgence de la part de ses juges.

— Monsieur McOozin, il faut que vous compreniez quelque chose. Il faut que vous compreniez que vous avez changé, que vous n'êtes plus le même homme qu'il y a un an ou deux. Pourquoi avez-vous fait ça ? demanda-t-il d'un ton amical, comme par curiosité.

McOozin essuyait une coulée de sauce sur son menton.

— Pour rendre service. Jim a toujours besoin qu'on lui rende des services.

— Donc, c'est vous qui conduisiez la camionnette ?

— Oui, je faisais ses tournées.

— Pourtant vous exercez une profession intéressante. Vous êtes bien technicien de laboratoire ?

— Mais je me faisais plus de beurre en tant que boucher itinérant, sourit McOozin. (Il haussa à nouveau les épaules.) Comme vous l'avez si bien dit, inspecteur, je fais passer ma famille avant tout... surtout si j'y gagne.

— Poursuivez.

— Qu'est-ce que vous savez exactement ?

– Nous savons que le véhicule a servi pour se débarrasser de cadavres.

– Personne ne remarque la camionnette d'un boucher.

– Sauf un pauvre *bobby* du nord-est du comté de Fife. Il souffre encore de commotion cérébrale.

– Ça, c'était après moi. Je m'étais déjà tiré à l'époque. (Il attendit que Rebus ait approuvé avant de reprendre :) Seulement, quand j'ai voulu reprendre ma liberté, Cafferty n'a pas été d'accord. Il m'a mis la pression.

– C'est pour ça qu'on vous a poignardé ?

– C'était son garde du corps, Jimmy l'Oreille. Il a perdu la tête et m'a frappé quand je suis sorti de la voiture, l'espèce d'enfoiré. (Il lança un coup d'œil au passe-plat.) Vous savez ce que Cafferty a fait quand je lui ai annoncé que je refusais de continuer à conduire pour lui ? Il a proposé le boulot de « chauffeur » à Jason. Jason, c'est mon fils.

Rebus marqua sa compassion.

– Mais pourquoi toutes ces histoires ? Il n'aurait pas eu de mal à embaucher des centaines de gars pour ce travail.

– Je croyais que vous le connaissiez, inspecteur. Cafferty est comme ça. Il a des rapports assez particuliers avec ses... subordonnés.

– C'est sûr, il n'est pas net, dit Rebus en guise de commentaire. Mais comment avez-vous mis le doigt là-dedans ?

– Je faisais le boucher itinérant à plein temps lorsque Cafferty a gagné la moitié du fonds de commerce de Jimmy. Un soir, un de ses hommes de main est venu me trouver, tout mielleux, et m'a annoncé que, le lendemain matin de bonne heure, nous ferions une balade sur la côte. En passant par une ferme dans les Highlands.

– Vous connaissez la ferme ? C'était donc pour ça qu'il y avait de la paille dans la camionnette.

La couleur avait déserté le visage de McOozin, comme le sang se serait écoulé d'une blessure.

– Ça, oui. Il y avait un truc *dans* la porcherie, emballé dans des sacs d'engrais. Ça puait que c'est rien de le dire. Je travaillais depuis assez longtemps dans la boucherie pour pouvoir affirmer que ça pourrissait dans cette stalle depuis un bon paquet de semaines, et peut-être même depuis des mois.

– Un cadavre ?
– Facile à deviner, non ? J'en ai dégueulé tripes et boyaux. L'homme de main de Cafferty a même dit que c'était du gâchis et que j'aurais dû me soulager dans l'auge des cochons. (McOozin fit une pause. Il s'essuyait toujours le menton d'où la tache de sauce avait depuis longtemps disparu.) Cafferty préférait que les corps soient en décomposition, comme ça ils étaient à peu près inidentifiables quand la mer les ramenait sur le rivage, conclut-il.
– Bon Dieu !
– Je ne vous ai pas encore raconté le pire.
Dans la pièce attenante, la femme et le fils de McOozin parlaient à voix sourde. Rebus, quant à lui, n'était pas pressé et remarqua à peine que l'homme s'était levé pour regarder par la fenêtre de derrière. Il y avait là son petit bout de jardin à lui. Il était tout petit, mais il lui appartenait. Il se retourna et se planta devant le poêle, sans regarder Rebus.
– J'étais là un jour où il a tué quelqu'un, dit-il abruptement.
Puis il serra fortement les paupières. Rebus, pour sa part, tentait de contrôler sa propre respiration. Ce type ferait un témoin précieux.
– Il les tuait comment ?
Pas de pression, toujours le même ton amical. McOozin renversa la tête en arrière, refoulant ses larmes.
– Comment ? Mais à mains nues. On était arrivés en retard. La camionnette était tombée en rade au beau milieu de nulle part. Il devait être 10 heures du matin. La brume encerclait la ferme, c'était comme de conduire à Brigadoon. Ils portaient tous les deux des costumes trois-pièces. C'est ce qui m'a frappé. Et ils pataugeaient dans le purin jusqu'aux chevilles.
Rebus fronça les sourcils. Il ne comprenait pas bien.
– Ils se trouvaient dans la porcherie ?
McOozin opina.
– Il y a une espèce d'allée bordée de palissades. C'est là que se battaient l'homme et Cafferty. Et il y avait plein de types qui les observaient de l'autre côté des barrières. (Il avala sa salive.) Je vous jure que Cafferty avait l'air de prendre son pied, reprit-il. Comme ça, à patauger dans la boue, au milieu des hurlements des gorets dans leurs stalles qui devaient se demander ce qui se passait, et avec tous ces spectateurs qui regardaient en silence.

D'un geste, McOozin tenta de chasser ce souvenir, qui le hantait sans doute chaque jour.

— Et ils se bagarraient vraiment ?

— L'homme semblait avoir été tabassé avant. On ne pouvait pas dire qu'ils luttaient à armes égales. Et, à la fin, quand Cafferty en a eu assez de patauger dans la merde, il l'a attrapé par le cou et l'a fait plonger là-dedans. Il est resté sur le dos du type, en équilibre, à lui maintenir la tête dans la fange avec ses deux mains. On aurait juré que ce n'était pas la première fois qu'il faisait ça. Et puis l'autre a cessé de se débattre...

Rebus et McOozin gardèrent le silence, le sang leur battant aux tempes, essayant tous deux de faire face à cette vision entraperçue un matin, dans une porcherie...

— Après ça, poursuivit McOozin d'une voix plus sourde que jamais, il nous a souri comme s'il fêtait son couronnement.

Et dans un silence complet et désespéré, il se mit enfin à pleurer.

Rebus faisait de si fréquentes visites à l'hôpital qu'il envisageait de prendre une carte d'abonnement. Il ne s'attendait pourtant pas à y croiser Flower.

— Vous cherchez les admissions ? Le service psychiatrique se trouve à l'autre extrémité du hall.

— Ha ! ha ! fit Flower.

— Qu'est-ce que vous fichez là, alors ?

— Je pourrais vous retourner la question.

— Moi, j'habite ici, et vous ?

— Je suis venu mener un interrogatoire.

— Auprès d'Andrew McPhail ? (Flower acquiesça.) Personne ne vous a donc averti ? On lui a ficelé les mâchoires au fil de fer. (Flower tiqua, ce qui fit naître un grand sourire chez Rebus.) De toute manière, en quoi ça vous regarde ? poursuivit-il.

— Ça concerne Cafferty, répondit Flower.

— Ah oui, c'est vrai. J'avais oublié.

— On dirait bien qu'on l'a eu, cette fois-ci.

— Oui, on dirait. Mais on ne peut jamais savoir avec Cafferty, dit Rebus qui fixait Flower sans ciller. S'il a pu durer si longtemps c'est qu'il est rusé. Un renard pareil peut faire appel aux meilleurs avocats. En plus, il fait peur à des tas de gens et il a des hommes dans sa manche... peut-être même deux ou trois flics.

Jusque-là, Flower n'avait pas bronché mais, à ces mots, il cilla.

– Vous croyez vraiment que je bossais pour Cafferty ?

Rebus y avait déjà réfléchi. Il était persuadé de la culpabilité de Cafferty dans l'agression contre Michael et dans l'arnaque au revolver. En ce qui concernait l'attaque maladroite qu'il avait subie, elle était sûrement le fait d'amateurs et il imaginait bien Broderick Gibson derrière. C'était clair : Cafferty utilisait toujours les meilleurs... Il avait gardé le silence assez longtemps, il secoua la tête.

– Non, je ne crois pas que vous soyez assez bon pour lui. Cafferty sélectionne toujours le dessus du panier dans tous les domaines. Par contre, je suis certain que vous avez glissé un mot à mon sujet au percepteur.

– Je ne vois pas de quoi vous voulez parler.

– J'adore ces phrases toutes faites, répondit Rebus, tout sourire.

Il reprit sa route vers l'autre bout du hall. Andrew McPhail était facile à trouver. La « gueule cassée » type. Du fil de fer dépassait de partout. Il ressemblait au tout premier essai d'un électricien amateur pour raccorder une prise. Rebus eut l'impression de repérer les endroits où on avait utilisé deux ligatures au lieu d'une. Mais, après tout, il n'était pas médecin.

McPhail avait les yeux fermés.

– Salut, salut, fit Rebus.

Les yeux s'ouvrirent, pleins de colère. Rebus pouvait supporter ça. Il leva la main.

– Non, dit-il. Pas la peine de me remercier. (Il sourit.) Tout est réglé pour quand ils te laisseront sortir. Direction plein nord, une bonne petite réhabilitation à la clef et, qui sait, du boulot. Sans compter les promenades de santé au bord de la mer. Mec, je t'envierais presque !

Ses yeux balayaient la salle. Tous les lits étaient occupés. Les infirmières semblaient avoir besoin de vacances ou au moins d'un bon cocktail gin-citron vert accompagné de cacahuètes grillées.

– Je t'ai promis que je ne t'embêterais plus et je tiendrai parole, poursuivit Rebus. Mais je vais tout de même te donner un petit conseil. (Il posa les mains sur le bord du lit et se pencha vers le patient.) Cafferty est le plus grand bandit de la ville et toi, probablement le seul couillon de tout Édimbourg qui ne l'ait pas su. À présent, ses sbires savent qu'un type nommé McPhail a fait tomber leur patron. Alors, ne t'avise pas de revenir par ici, hein ? (McPhail le regardait toujours fixement.) Très bien, dit Rebus.

Il se redressa et se dirigea vers la sortie de la salle. À mi-chemin, il fit demi-tour.

— Oh ! dit-il. J'avais encore quelque chose à te dire.

Il revint au pied du lit, là où était accrochée la feuille de température du malade. Il attendit que les yeux humides de McPhail se soient posés sur lui et lui adressa un nouveau sourire bienveillant.

— Je suis désolé, affirma-t-il. Et cette fois, il s'en fut définitivement.

Andy Steele avait bien rempli son rôle indispensable d'intermédiaire. Il aurait été trop imprudent pour Rebus de s'exposer en première ligne. Quelqu'un aurait pu rapporter à Cafferty qui était à la source de la rumeur, ce qui aurait fait capoter le plan. Le rôle de McPhail n'était pas indispensable, mais il s'était révélé utile. Rebus avait expliqué deux fois son stratagème à Andy et pourtant le jeune pêcheur ne semblait toujours pas avoir compris. Il avait plutôt l'air de quelqu'un qui a encore à poser une bonne douzaine de questions stupides.

— Alors, qu'est-ce que tu vas faire maintenant ? demanda Rebus.

En son for intérieur, il avait espéré que Steele serait déjà rentré chez lui.

— Oh, j'ai postulé pour une bourse, répondit le jeune homme.
— Tu veux dire, pour l'université ?

Le rire d'Andy avait tout du rugissement.

— Bah, non ! C'est pour un de ces trucs de réinsertion des jeunes chômeurs !
— Et alors ?
— Alors, j'ai été retenu, fit Steele en hochant vigoureusement la tête.

– Et on va te préparer à quelle carrière ?
– Ben, détective privé, bien sûr !
– Et ça va se passer où ?
– Bah ! ici, à Édimbourg. Je me suis fait plus de tunes depuis que je suis là qu'en six mois à Aberdeen.
– Tu te fiches de moi ? dit Rebus.
Mais Andy Steele était sérieux.

36

Il avait encore quelqu'un à rencontrer, ce qui ne lui faisait aucun plaisir. Il parcourut à pied le chemin entre St Leonard et la bibliothèque de l'université à George Square. Toujours aussi indifférent, le vigile à l'entrée jeta à peine un œil à sa carte et lui désigna le bureau d'accueil. Nell Stapleton était grande, avec des épaules musclées. Elle enregistrait le retour des livres d'un étudiant en duffle-coat. Croisant le regard de Rebus, elle eut l'air surprise. Et heureuse, de prime abord, mais, tandis qu'elle poursuivait sa tâche, Rebus comprit qu'elle n'avait pas l'esprit complètement à son travail. Au bout de quelques instants, elle eut enfin le loisir de lui parler.
– Bonjour, John.
– Salut, Nell.
– Qu'est-ce qui t'amène ?
– Est-ce qu'on peut parler un instant ?
Elle s'arrangea avec l'autre bibliothécaire pour prendre une pause de cinq minutes. Ils se réfugièrent tout au fond d'une travée de livres.
– Brian m'a dit que vous aviez bouclé l'affaire. Celle qui lui tenait tellement à cœur.
Rebus opina.
– Voilà une bonne nouvelle. Merci de ton aide.
Il haussa les épaules. Elle inclina la tête :
– Il se passe quelque chose ?
– Je n'en sais rien, c'est toi qui vas me le dire, si tu veux.

– *Moi ?*

Rebus opina derechef.

– Je ne comprends pas.

– Nell, tu as vécu assez longtemps avec un policier pour savoir que nous nous occupons toujours des mobiles. Parfois, d'ailleurs, c'est notre première piste. Il y a un bout de temps que je songe à certains d'entre eux.

Il se tut le temps qu'une étudiante passe une porte, remonte la travée en adressant un sourire à Nell et s'en aille. Nell la suivit des yeux. Rebus comprit qu'elle aurait bien voulu être à sa place pendant quelques instants.

– Des mobiles ? dit-elle en s'appuyant au mur du fond.

Rebus ne distingua que de la tension dans cette courte phrase.

– Tu te rappelles ce soir-là, à l'hôpital, le soir où Brian a été attaqué. Tu m'as parlé d'une dispute et qu'il t'avait quittée pour le Heartbreak Café.

– C'est la vérité, approuva-t-elle. On s'était retrouvés pour parler devant un verre. Et puis on s'est engueulés. Mais, je ne vois pas...

– C'est que moi j'ai réfléchi aux mobiles de cette agression. Au départ, j'en ai découvert un tas, presque trop, mais je les ai éliminés les uns après les autres. Sauf les *tiens*, Nell.

– Quoi ?

– Tu m'as dit que tu avais peur pour lui, peur parce qu'il était lui-même terrorisé. Lui, il avait la trouille parce qu'il avait mis le doigt sur quelque chose qui pouvait incriminer le Gros Gerry Cafferty. Alors, est-ce que ça n'aurait pas été mieux si *quelqu'un d'autre* s'attelait à la tâche, quelqu'un qui attirerait la foudre sur lui ? Moi, en d'autres termes. Tu as cherché le moyen de m'impliquer dans l'histoire.

– Eh ! Attends une minute...

Mais Rebus ferma les yeux et leva la main pour réclamer le silence.

– Et puis, il y avait Siobhan Clarke. Ils avaient l'air de bien s'entendre, tous les deux. Alors, la jalousie, pourquoi pas ? C'est l'un des mobiles de crimes les plus courants.

– Je n'y crois pas !

Rebus ignora sa réplique :

– Et l'un des plus évidents. Vous vous étiez engueulés au sujet de vos futurs enfants. Et en plus, il travaillait trop et ne t'accordait pas assez d'attention.
– C'est lui qui te l'a dit ?
Rebus ne voulait pas être trop dur avec elle.
– Non, c'est toi, en personne. Tu savais où il allait : au même endroit que d'habitude. Alors, pourquoi ne pas l'attendre près de sa voiture pour lui flanquer un grand coup sur la tête quand il sortirait ? Une simple petite vengeance. Alors, ça nous donne combien de mobiles plausibles ? reprit Rebus après une courte interruption. J'en ai perdu le compte, mais pas mal, non ?
– Je n'y crois pas.
Les larmes lui montaient aux yeux, plus nombreuses à chaque battement de paupières. Elle passa son pouce et son index sous son nez pour l'essuyer, et renifla.
– Qu'est-ce que tu vas faire ? demanda-t-elle enfin.
– Je vais te prêter un mouchoir, répondit-il.
– Rien à foutre de ton mouchoir, cria-t-elle.
– Chut ! Nous sommes dans une bibliothèque, n'oublie pas !
Elle renifla à nouveau et s'essuya les yeux.
– Nell, dit-il doucement. Je ne veux rien t'entendre dire. Je ne veux rien savoir. Mais je voulais que *tu* saches que je savais. D'accord ?
– Va te faire mettre, avec ta grandeur d'âme.
– Mon offre de mouchoir tient toujours.
– Chez les Grecs !
– Tu désires vraiment que Brian quitte la police ?
Mais elle s'enfuyait déjà, la tête haute, les épaules contractées, un petit peu trop, peut-être. Il la regarda regagner la banque de prêt où sa collègue, comprenant que quelque chose n'allait pas, lui mit un bras amical autour du cou. Rebus examina les titres des livres sur le rayonnage devant lui, mais n'y trouvant rien de passionnant, il quitta les lieux.

Il était assis sur un banc des Meadows, tournant le dos à la bibliothèque. Les mains dans les poches, il regardait un match de football improvisé dans la hâte. Huit hommes contre sept. Ils étaient même venus lui demander d'y participer pour équilibrer le nombre de joueurs.

— Faut-il que vous soyez désespérés, avait-il répondu en déclinant cette offre.

Les buts étaient formés d'un cône de circulation orange et blanc, d'un tas de manteaux, et en face, d'une branche plantée dans le sol et d'une pile de livres. Rebus consultait sa montre plus souvent que nécessaire. Personne, sur le terrain, ne s'occupait vraiment de la durée de la première mi-temps. Deux des joueurs avaient l'air frères, bien qu'ils jouent dans des équipes adverses. Mickey avait quitté l'appartement le matin même, emportant la photo de leur père avec l'oncle Jimmy.

— Pour me souvenir, avait-il dit.

Une femme vêtue d'un imperméable de chez Burberry s'assit à côté de lui sur le banc.

— Ils valent quelque chose ? demanda-t-elle
— Ils pourraient en remonter aux Hibs.
— Ce qui les classe où ?

Rebus se tourna vers le Dr Patience Aitken et sourit en lui prenant la main.

— Qu'est-ce qui t'a retardée ?
— La même chose que d'habitude, le travail.
— J'ai essayé de te téléphoner si souvent !
— Alors, tranquillise-moi.
— Comment ?
— Dis-moi que je ne suis pas seulement un numéro dans ton petit carnet noir...

*Achevé d'imprimer en octobre 1998
sur presse Cameron
par **Bussière Camedan Imprimeries**
à Saint-Amand-Montrond (Cher)*

Éditions du Rocher
28, rue Comte-Félix-Gastaldi
Monaco

Dépôt légal : octobre 1998. N° d'Impression : 984953/1
N° d'Édition : CNE section commerce et industrie Monaco 19023
Imprimé en France